Sabine Geissel, 1965 in Kaiserslautern geboren, studierte Sozialarbeit in Freiburg, schrieb in Australien ihre Diplomarbeit und arbeitete danach in verschiedenen sozialen Einrichtungen. 1997 zog sie nach Karlsruhe, wo sie seit 1999 in einem Telekommunikationsunternehmen beschäftigt ist. Nach zahlreichen bislang unveröffentlichten Kurzgeschichten ist „Der Igel im Meer" ihr erster Kriminalroman.

Sabine Geissel

Der Igel im Meer
Ein Karlsruhe-Krimi

Mit einem Nachwort
von Hansgeorg Schmidt-Bergmann

*Kleine Karlsruher Bibliothek
Band 7*

Lindemanns

Herr, es ist Zeit,
Der Sommer war sehr groß.
Leg' deinen Schatten auf die Sonnenuhren,
Und auf den Fluren lass' die Winde los.
Befiehl' den letzten Früchten voll zu sein,
Gib ihnen noch zwei südlichere Tage.
Dränge sie zur Vollendung hin, und jage
Die letzte Süße in den schweren Wein.
Wer jetzt kein Haus hat, baut sich keines mehr.
Wer jetzt allein ist, wird es lange bleiben,
Wird wachen, lesen, lange Briefe schreiben
Und wird in den Alleen hin und her unruhig wandern,
Wenn die Blätter treiben.

RAINER MARIA RILKE

Karlsruhe/Freiburg
Parkmorde noch immer ungeklärt

Auch eine Woche nach dem jüngsten Leichenfund im Freiburger Stadtgarten hat die Polizei offensichtlich noch keine nennenswerten Fortschritte gemacht. Man geht mittlerweile davon aus, dass es sich in allen drei Fällen um denselben Täter handelt, der unter dem Namen „der Vampir" in den letzten Wochen über die Grenzen Baden-Württembergs hinaus traurige Berühmtheit erlangt hat.

Nachdem innerhalb von zwei Monaten nun schon die dritte junge Frau brutal ermordet wurde, appelliert Hauptkommissarin Beate Müller, Leiterin der überregionalen Sonderkommission, erneut an die Bevölkerung. Jeder kleinste Hinweis könnte wichtig sein. Bei der zu diesem Zweck eingerichteten Hotline seien zwar schon zahlreiche Anrufe eingegangen, bis jetzt sei allerdings jede Spur im Sand verlaufen.

Für Hinweise, die zur Ergreifung des Täters führen, hat das Land Baden-Württemberg eine Belohnung von 10.000 Euro ausgesetzt.

Badische Neueste Nachrichten
vom 22. Juli 2010

1. Kapitel

Durch den dünnen Stoff seiner Shorts spürte er das Vibrieren des Handys auf seinem Oberschenkel. Es war ein simples Modell, so ein Billigteil, das sie einem im Mediamarkt für ein paar Euro hinterherwarfen. Es hatte noch nicht einmal eine Kamera. Wahrscheinlich würde es in seine Einzelteile zerfallen, sobald sein Zweck erfüllt war. Er hasste es fast so sehr, wie er den hasste, der es ihm in die Hand gedrückt hatte, damit er Tag und Nacht für ihn erreichbar war, bis ihr ‚Geschäft' abgewickelt sein würde. Seitdem hatte er nicht gewagt, es abzuschalten und lud jede Nacht den Akku auf. Es widerte ihn an, die winzigen Bewegungen des brummenden Handys auf der Haut zu spüren, als wäre es etwas Lebendiges, ein ekliger großer Käfer, der in seine Intimsphäre vordrang, ihm mit aufdringlichem Brummen auf die Pelle rückte. Trotzdem war das noch besser als einer der drei verfügbaren Klingeltöne – einer grässlicher als der andere.

Er zerrte es aus der Tasche und drückte auf die Annahmetaste. „Was denn noch?" Er lauschte dem Klang seiner Stimme nach. Sie klang nicht aggressiv oder genervt, wie er beabsichtigt hatte, sondern einfach nur ängstlich.

„Verlieren Sie jetzt bloß nicht die Nerven."

„Und um mir das zu sagen, rufen Sie mich an?" Wut stieg in ihm hoch, verdrängte die Angst und machte seine Stimme kräftiger.

„Was ist los mit Ihnen? Beim letzten Mal waren Sie nicht so zimperlich."

„Reden Sie nicht mit mir, als ob ich ein Serienkiller wäre. Und jetzt lassen Sie mich in Ruhe, ich muss noch ein paar Sachen erledigen."

„Ich will ihren Terminkalender."

„Was? Wozu denn?"

„Sagen wir mal, als Souvenir."

„Und wenn sie keinen Terminkalender bei sich hat? Darf es dann vielleicht ihr Herz sein? Ich könnte es in Alufolie einpacken." Er wollte lachen, doch aus seiner Kehle kam nur ein trockenes Husten, und er griff nach dem Wasserglas, das auf dem Tisch stand, und trank es leer.

„Freut mich, dass Sie Ihren Humor nicht verloren haben. Und noch eins: Ich möchte, dass die Sache bis Ende der Woche erledigt ist. Wenn Sie nervös sind, nehmen Sie eine Beruhigungspille, trinken Sie einen Schnaps oder tun Sie Ihrem Schwanz was Gutes – das entspannt." Er lachte.

„War's das jetzt?"

„Versauen Sie's nicht." Die Verbindung wurde getrennt.

Arschloch! Er widerstand der Versuchung, das Handy auf den Boden zu schmeißen und es zu Staub zu zertrampeln und warf stattdessen das Glas an die hölzerne Küchentür. An der Stelle, an der es auftraf, platzte ein daumennagelgroßes Stück weiße Farbe ab und gab den Blick auf den ursprünglichen spinatfarbenen Anstrich frei – egal, er würde nicht mehr lange hier wohnen. Die Glasscherben spritzten in alle Richtungen. Aus dem Nachbarhaus hörte er das gedämpfte Weinen des Babys, das wohl durch den Krach aufgewacht war, gefolgt von einem zornigen dreifachen Klopfen. Es hörte sich an, als schlüge jemand mit einem Gummihammer an die Wand. Die darauf folgende Schimpftirade der genervten Mutter brachte ihn zum Grinsen, und er fühlte sich etwas besser. Geschah ihr recht. Schon oft genug hatte ihn das Geplärre ihres Balgs nachts aus dem Schlaf gerissen.

Barfuß durchquerte er die Küche, um Schaufel und Besen aus der Abstellkammer zu holen. Doch schon beim zweiten Schritt bohrte sich ein Glassplitter, der unbemerkt senkrecht im Fußboden steckengeblieben war, in seinen großen Zeh. Die drei

Schritte, die er brauchte, um an die Küchenrolle zu kommen, hinterließen eine blutige Spur auf dem schmutzigen PVC.

Er riss ein Tuch ab, wickelte seinen Zeh darin ein und humpelte ins Bad. Dort drehte er den Hahn der Badewanne auf und hielt seinen blutenden Fuß unter den kalten Wasserstrahl, ignorierte den kurzen brennenden Schmerz und beobachtete nachdenklich, wie sich das hellrote Rinnsal in die Wanne ergoss. Er hatte keine Probleme mit dem Anblick von Blut. Als Jugendlicher hatte er eine Zeitlang in einem Schlachthof gearbeitet, hatte frisch geschlachteten Schweinen die Bäuche aufgeschlitzt und die Eingeweide entnommen. Die Bezahlung war gut, die Arbeit hart, und er hatte jeden Abend Unmengen von Wasser und Duschgel verbraucht, um den Geruch loszuwerden. Seitdem aß er kein Schweinefleisch mehr.

Allmählich ließ die Blutung nach, und er drehte den Hahn wieder zu. Er überlegte, ob es wohl stimmte, dass sich auf der Südhalbkugel das Wasser beim Ablaufen in die entgegengesetzte Richtung drehen würde und lächelte. Er würde es bald herausfinden.

2. Kapitel

„Nehmt ihr mich noch mit?" Sofia Stern lief auf den Aufzug zu, und einer der beiden Jugendlichen hielt geistesgegenwärtig seine Hand vor die Lichtschranke.

„Danke." Sie schenkte dem jungen Mann ein strahlendes Lächeln.

„P10?", fragte dieser hoffnungsvoll.

„Genau." Sie lächelte immer noch.

„Cooler Schuppen", mischte sich der Rothaarige ein und rückte seine Sonnenbrille zurecht.

Die Türen schlossen sich, und mit einem kleinen Ruck begann der Aufzug seine Fahrt nach oben. Sofia kramte in ihrer Handtasche, holte einen kleinen Klappspiegel heraus und überprüfte ihr Make-up.

Die Jungen tauschten einen Blick. Der Rothaarige steckte sich ein Fisherman's Friend in den Mund und hielt ihr das Tütchen hin. „Lust auf was Scharfes?" Sein schrilles Lachen endete in einem Grunzen, das er sicher nicht beabsichtigt hatte.

„Nein, danke." Sie verstaute den Spiegel wieder in ihrer Tasche. „Davon bekomme ich nur noch mehr Durst."

„Möchtest du vielleicht etwas mit uns trinken?", fragte der Blonde.

„Das ist nett von euch, aber ich bin verabredet." Sie verließ den Fahrstuhl und betrat das Parkdeck. Die für Karlsruhe so typische drückende Schwüle, die seit Tagen wie eine Dunstglocke über der Fächerstadt lag, war hier oben kaum noch zu spüren. Der Himmel hatte sich schon am Morgen zugezogen, für den späten Nachmittag waren Gewitter vorausgesagt.

Aus den Lautsprechern über der Bar erschallte der Fußball-WM-Song von Shakira. Junge Bedienungen servierten barfuss Getränke und kleine Gerichte.

Sofia setzte sich in einen Strandkorb, streifte die Riemchensandalen ab und grub ihre Zehen in den warmen Sand. Sie liebte diese Strandbar über den Dächern von Karlsruhe, auch wenn sie mit ihren achtundzwanzig Jahren schon etwas über dem Altersdurchschnitt lag.

Ein Mädchen in Hot Pants nahm Sofias Bestellung auf, kam wenige Minuten später zurück und stellte zwei Tequila Sunrise auf den niedrigen Tisch vor den Strandkorb.

Im Eingangsbereich erschien ein neuer Gast, sondierte die Lage und ging dann zielstrebig auf den Strandkorb zu. Er hatte sein Jackett über die Schulter gehängt und die Ärmel seines Hemdes bis zu den Ellenbogen hochgekrempelt.

Sie rückte ein Stück zur Seite, um ihm Platz zu machen.

„Tut mir leid, Sofia – mein Kunde hat sich verspätet." Er gab ihr einen flüchtigen Kuss und sah sich nervös um.

Sofia lachte. „Hast du Angst, deine Frau zu treffen? Hier?"

„Nein, natürlich nicht." Er legte seine Hand auf ihr Knie und strich mit dem Zeigefinger über ihr nacktes Bein, bis er den Saum ihres kurzen Rocks berührte. „Britta ist übers Wochenende in Frankfurt, und ...", er zögerte.

Sie nahm die Hand, die immer noch auf ihrem Oberschenkel lag und verschränkte ihre Finger mit seinen. „Und?"

„Du könntest zu mir kommen."

„Nein!" Sie ließ ihn los.

„Warum nicht?"

„Weil ich keine Lust habe, in eurem Ehebett zu schlafen."

„Wir haben getrennte Schlafzimmer. Schon immer."

„Trotzdem."

„Dann lass' uns zu dir gehen."

„Du weißt genau, dass ich das nicht möchte. Außerdem kommt meine Schwester am Wochenende." Auf ihrer Stirn erschien eine kleine Falte, wie immer, wenn sie sich über etwas ärgerte.

„Ich wusste gar nicht, dass du eine Schwester hast."

„Jetzt weißt du's", sagte sie schroff.

Sie schwiegen und nippten an ihren Cocktails. Er hätte lieber ein Bier gehabt. Geistesabwesend zog er den Zahnstocher mit der aufgespießten Kirsche aus der Orangenscheibe und steckte die Kirsche in den Mund. Er bereute es sofort.

Sofias Ton wurde sanfter. „Warum treffen wir uns nicht noch einmal in Knielingen? Vielleicht kaufe ich das Haus ja wirklich. Und keiner würde uns stören. Wir könnten am nächsten Morgen ausschlafen und dann irgendwo frühstücken gehen."

Er griff nach seiner Serviette und überlegte kurz, ob er die Kirsche, deren widerlich süßer Geschmack sich in seiner Mundhöhle ausbreitete wie ein Grippevirus im Kindergarten, unauffällig entsorgen konnte, doch schließlich siegte seine gute Erziehung, und er schluckte sie hinunter. „Ich habe am Sonntag einen Termin in Lörrach und müsste spätestens um neun los."

Sofia seufzte. „Das ist mitten in der Nacht."

Er trank einen großen Schluck. „Aber deine Idee ist gar nicht so schlecht. Ich werde mich morgens rausschleichen, und du kannst so lange liegen bleiben, wie du möchtest."

„Ich weiß nicht so recht."

„Wir hätten die ganze Nacht. Endlich mal wieder. Und am Samstagabend könnten wir in den Blue Saloon gehen."

„Also gut, aber erwarte nicht, dass ich noch da bin, wenn du zurückkommst."

„Ich könnte mich beeilen."

„Das musst du nicht – Kylie hat am Sonntag Geburtstag und macht eine Grillparty am Grötzinger Baggersee. Um eins geht's los." Sie zupfte an seiner Krawatte. „Du kannst nachkommen, wenn du willst."

Er verzog das Gesicht. „Lieber nicht. Was ist eigentlich mit deiner Schwester?"

14

„Sie kommt Freitagabend, das heißt, wir werden wahrscheinlich die Nacht durchtratschen und am Samstagmorgen gehen wir frühstücken."

„Und dann lässt du sie allein?" Er sah sie verwundert an. „Immerhin kommt sie extra aus Freiburg, um dich zu sehen."

Sofia runzelte die Stirn. „Hör' schon auf, Leo. Sie braucht keinen Babysitter. Außerdem hat sie sich für einen Wochenendkurs bei der Volkshochschule angemeldet, irgendwas mit Fotografie – Karlsruher Motive, oder so ähnlich. Du musst dir also keine Sorgen um sie machen."

„Wie ist sie denn so, deine Schwester?"

„Sie ist ganz anders als ich." Sofia lächelte. „Ich war noch nie im Blue Saloon."

„Es wird dir gefallen. Samstagabend spielt meine Lieblingsband." Er überlegte. „Oder war es Freitag?" Er sah sich um. „Haben die nicht auch Zeitungen hier?"

Sofia schlüpfte in ihre Sandalen und stand auf. „Ich frag' am Tresen – ich muss sowieso mal aufs Klo." Sie ging um den Strandkorb herum, und ihr Blick fiel auf einen Mann, der wohl die ganze Zeit hinter ihnen gesessen hatte. Jedenfalls hatte sie ihn nicht kommen sehen. Irgendetwas an seinem Aussehen irritierte sie. Vielleicht war es die Sonnenbrille mit verspiegelten Gläsern, die nicht so recht zu seiner spießigen Frisur und dem Vollbart passen wollte. „Entschuldigung, kann ich mir kurz Ihre Zeitung ausleihen?"

Er hob den Kopf, doch durch die dunkle Brille konnte sie seine Augen nicht erkennen. Sie war noch nicht einmal sicher, ob er sie überhaupt ansah. „Ja, natürlich." Seine Stimme klang heiser und ein bisschen atemlos. Er faltete die Blätter zusammen, um sie ihr zu geben.

Als Sofia die Hand danach ausstreckte, fiel ihre Handtasche auf den Boden, kippte zur Seite, und verstreute einen Teil ihres Inhalts in den Sand.

„Ich mach' das schon." Er bückte sich, hob die Tasche auf, räumte die Sachen wieder ein und reichte sie Sofia. „Die Zeitung können Sie behalten. Ich wollte sowieso gerade gehen."

„Super, vielen Dank."

Sie gab Leo die ‚BNN' und steuerte auf die Toiletten zu, ging über die Holzbohlen, die am Tresen entlang führten, als wäre es ein Laufsteg.

Der Mann im Korbsessel sah ihr nach, bis sie um die Ecke bog. Es gab keinen Grund für ihn, länger zu bleiben. Er trank seinen Kaffee aus und stand auf. Jetzt würde er sich erst einmal eine neue Zeitung besorgen und dann einen ausgedehnten Spaziergang durch den Schlosspark machen.

3. Kapitel

Martin Marbach stellte die leeren Bierflaschen auf den Tresen, steckte das Pfandgeld ein und schob sich an der Schlange vorbei, die sich hinter ihm gebildet hatte. „Sollen wir gehen?" Die Musik war so laut, dass er sich selbst kaum hören konnte, obwohl er das Gefühl hatte, sich die Seele aus dem Leib zu schreien. Er berührte seine Begleiterin am Arm, zeigte erst auf sie, dann auf sich und ließ seine Finger von seinem Körper weg durch die Luft laufen. Er sah, wie sie lachte und ihre Lippen das Wort ‚okay' formten. Er bahnte sich einen Weg durch die unzähligen Fans der ‚Editors', die vor der Hauptbühne standen, sich stampfend und klatschend im Rhythmus der Musik bewegten und es nicht vermeiden konnten, dabei ihre Nachbarn anzurempeln, weil einfach kein Platz war. Aber das nahm man hin, wenn man Samstagabend auf ‚das Fest' ging. Nach einer Weile drehte er sich nach ihr um und streckte ihr die Hand hin. „Damit wir uns nicht verlieren!", brüllte er. Akustisch konnte sie seine Worte unmöglich verstanden haben, doch sie nickte, nahm seine Hand und versuchte, Schritt zu halten.

Kurz bevor sie das abgesperrte Gelände verließen, drehte er sich noch einmal um und ließ seinen Blick über den dichtbevölkerten Hügel schweifen, eine wogende Masse von aneinander gedrängten schwitzenden Körpern, Tausende von Menschen. Ein paar standen, ein paar hatten sich auf das feuchte Gras gesetzt, bemüht, eine einigermaßen bequeme Position auf dem steilen Hang zu finden, ohne ihren Vordermann zu treten oder auf ihn zu rutschen. Der süßliche Geruch von Marihuana lag in der Luft und vermischte sich mit den Aromen von Pizza, Cevapcici und anderen multikulturellen Gerichten.

Ein Kaugummi kauender Typ mit glattrasiertem Schädel und einer schwarzen Weste, auf der ‚Security' stand, tippte Marbach auf die Schulter. „Wie sieht' s aus, wollt ihr rein oder raus?"

„Schon gut, wir gehen."

Sie atmeten beide auf, als sich das Gedränge allmählich lichtete. Mittlerweile waren sie weit genug von den riesigen Lautsprechern an der Hauptbühne entfernt, so dass sie sich miteinander verständigen konnten, ohne sich anschreien zu müssen.

Sie warf ihm einen schrägen Blick zu. „Du kannst mich jetzt loslassen."

Er blieb stehen. „Muss ich?"

„Willst du mich anbaggern?" Sie lachte.

Er strich mit dem Daumen zart über ihre Finger. „Hättest du was dagegen?"

Sie entzog ihm ihre Hand. „Warum können wir nicht einfach Freunde sein?"

„Also gut." Er trat einen Schritt zurück und lächelte spöttisch. „Was machen wir zwei Freunde jetzt mit dem angebrochenen Abend?"

Sie ging nicht auf seinen leichten Ton ein. „Ich bin müde, ich möchte nach Hause." Sie ließ ihn stehen und lief an einer Reihe von Dixi-Klos vorbei hinunter an die Alb, wo sie ihre Fahrräder abgestellt hatten. „Das darf ja wohl nicht wahr sein!"

Marbach, der ihr gefolgt war, ging vor ihrem Rad in die Hocke. „Was ist los, hast du einen Platten?"

„Das wäre mir lieber. Irgendein Idiot hat sein Rad mit meinem zusammengeschlossen." Sie trat gegen das fremde Bügelschloss und stieß sich den Zeh an. Ihre Stimmung näherte sich dem Nullpunkt.

Marbach stand auf. „Das ist doch nicht so schlimm. Ich bringe dich nach Hause, und morgen holen wir dein Rad."

Sie wühlte in ihrer Handtasche, suchte ihren Geldbeutel. „Jetzt tu' nicht so, als ob ich drei Jahre alt wäre. Du musst mich nicht nach Hause bringen. Ich nehme die Straba."

Marbach warf ihr einen wütenden Blick zu. „Herrgott noch mal, was ist denn plötzlich mit dir los? Wenn dir meine Gesellschaft so unangenehm ist, wieso hast du dich dann mit mir verabredet?"

„Red' nicht so einen Quatsch! Du weißt genau, dass ich dich mag. Es ist nur, weil ..."

„Weil?" Er steckte die Hände in die Hosentaschen und sah sie herausfordernd an.

„Ich kann so was nicht. Du und ich ... das ist doch völlig schräg."

Die Wut wich aus seinem Gesicht, und sein Blick wurde weich. „Mach' es nicht so kompliziert, es ist viel einfacher als du denkst."

„Klar, für euch Männer ist es immer einfach." Sie kaute auf ihrer Unterlippe, dann sah sie ihm direkt in die Augen. „Ich will keinen One-Night-Stand."

„Ich auch nicht." Er hielt ihrem prüfenden Blick stand und unterdrückte einen erleichterten Seufzer, als sich ihre Lippen zu einem Lächeln verzogen. Er legte eine Hand auf den Lenker seines Fahrrades. „Was hältst du von einem Spaziergang?"

Sie liefen quer durch die Stadt und unterhielten sich über unverfängliche Themen. Er machte keinen Versuch mehr, sie anzufassen, doch als ihnen in einer schmalen Seitenstraße ein paar grölende Jugendliche entgegenkamen, die sich rücksichtslos an ihnen vorbeidrängten, wurde sie an ihn gedrückt und verlor beinahe das Gleichgewicht. Sie blieb stehen und hielt sich an seinem Arm fest. „Warte kurz. Meine Schuhe bringen mich um." Sie streifte die Sandalen ab und hob sie auf. Von den Riemen hatte sie rote Druckstellen, und auf der Oberseite ihres rechten Fußes hatte sich bereits eine Blase gebildet.

„Wenn du willst, können wir fahren." Er wies einladend auf den Gepäckträger.

„Bloß nicht." Sie lachte. „Sonst kriege ich auch noch Blasen am Hintern." Sie ließ ihre Hand an seinem Arm nach unten gleiten, und wie von selbst verschränkten sich ihre Finger mit seinen.

„Da wären wir." Ohne ihre Hand loszulassen, lehnte er sein Fahrrad gegen die Hauswand.

„Danke fürs Nachhause-Bringen."

„Meldest du dich noch mal, bevor du nach Freiburg fährst?"

„Mal sehen." Sie bemühte sich um einen lässigen Tonfall. „War schön, dich zu sehen." Der Gedanke an die leere Wohnung, die sie oben erwartete, deprimierte sie. Als er sie küssen wollte, drehte sie den Kopf weg und drückte flüchtig ihre Wange an seine. „Mach's gut, Martin."

Er sah ihr zu, wie sie den Schlüssel aus der Handtasche fischte. „Du hast nicht zufällig noch ein Bier im Kühlschrank?"

Soweit sie sich erinnerte, bestand der Inhalt des Kühlschranks aus einer halbvollen Flasche Ouzo, einem welken Salatkopf, zwei Bechern Himbeerjoghurt und einer angebrochenen Packung Käseaufschnitt. Ihre Vernunft streckte die Waffen. „Kann schon sein, ich kann es dir aber nicht versprechen."

„Du musst mir überhaupt nichts versprechen." Er beugte sich über sein Fahrrad, um es abzuschließen.

„Wenn du dein Rad hier unten stehen lässt, ist es morgen früh weg." Erst als die Worte heraus waren, merkte sie, was sie bedeuteten.

Er verzog keine Miene. „Da hast du wahrscheinlich recht. Ich stelle es besser in den Keller. Hältst du mir die Tür auf?"

Im Treppenhaus kam ihnen ein junger Mann entgegen. Er hatte eine Sonnenbrille in die Haare geschoben und ein kleines Pflaster am Kinn. Die schwarzen Jeans betonten seinen knackigen Hintern und saßen dermaßen eng, dass man sich fragen musste, welche Hilfsmittel er benutzt hatte, um sie anzuziehen, und wie um alles in der Welt er jemals wieder aus ihnen herauskommen wollte. Ein ärmelloses Netzhemd spannte sich über seinen Waschbrettbauch und betonte seine muskulösen Arme, die mit mehreren Tätowierungen verziert waren. Um den Hals trug er ein schmales Lederband mit einem kleinen silbernen Anhänger, in den ein Name eingraviert war. Der Duftwolke nach zu urteilen, die ihn umhüllte, hätte er mit der Menge an Aftershave, das er aufgelegt hatte, locker das komplette Ensemble der Chippendales versorgen können. „Hallo Sofia." Er blieb stehen, nahm die glimmende Zigarette aus seinem Mundwinkel und schnippte die Asche auf den Steinfußboden. "Sag' bloß, ihr seid wieder zusammen?" Er hatte eine merkwürdig hohe Stimme, die nicht zu seinem Äußeren passte. Bevor sie etwas erwidern konnte, wandte er sich an Marbach. „Dich habe ich hier ja schon ewig nicht mehr gesehen." Er warf einen Blick auf Marbachs vom vielen Waschen verblichenes gelbes T-Shirt, das vorne mit dem Fest-Logo bedruckt war. Auf der Rückseite stand in fetten schwarzen Buchstaben ‚CREW'. Es stammte noch aus seiner Zivildienstzeit beim Stadtjugendausschuss, als er auf dem Fest Getränke verkauft hatte. „Krasses Shirt, Alder."

Marbach grinste. „Wie geht's dir, Cengiz?"

„Alles cool, Mann." Er schob sich an ihnen vorbei, klopfte Marbach auf die Schulter und schaffte es, dabei seinen Bizeps anschwellen zu lassen. „Ich bin spät dran. Macht's gut."

An der Haustür drehte er sich zu ihnen um. „He, Sofia, schau' doch mal bei Öznur vorbei, wenn du Zeit hast."

Sie wartete, bis die Haustür zugefallen war. „Wer ist Öznur?"

Marbach sah sie erstaunt an. „Seine Schwester. Du hast sie bestimmt schon mal gesehen. Ab und zu hilft sie unten im Dönerladen aus."

Sie schloss die Wohnungstür auf und ließ ihn eintreten.

„Komisch, wieder hier zu sein", sagte er. Im Vorbeigehen strich er mit dem Finger über die Kommode im Flur und hätte dabei beinahe eine gerahmte Fotografie umgestoßen. Er warf einen flüchtigen Blick darauf, rückte sie gerade und folgte seiner Gastgeberin in die Küche.

Pro forma öffnete sie den Kühlschrank. „Kein Bier, wie's aussieht." Sie griff nach der Ouzoflasche. „Wie wär's damit?"

Er zuckte die Achseln und holte aus einem der Hängeschränke zwei Schnapsgläser, die sie bis zum Rand füllte.

„Salute." Eigentlich mochte sie den Geschmack nicht, aber der Alkohol half ihr, ihre Bedenken beiseite zu schieben. Marbach schenkte ihr gleich noch einmal nach. Sie kippte auch das zweite Glas hinunter und schüttelte sich.

Er stellte die Flasche zurück in den Kühlschrank. „Morgen soll es den ganzen Tag regnen." Gedankenverloren fuhr er mit dem Finger über den Rand seines halbvollen Glases. „Dabei hat es beim Klassik-Frühstück noch nie geregnet, jedenfalls kann ich mich nicht daran erinnern, Freitagabend ja, aber nie am Sonntagmorgen."

„Einmal ist immer das erste Mal." Sie nahm ihm das Glas aus der Hand und trank es aus. „Ich habe keine Lust, über das Wetter zu reden."

Von der Straße hoch drang gedämpftes Stimmengewirr durch das offene Fenster. Mehrsprachige Satzfetzen, vermischt mit schrillem Gelächter stiegen wie Rauchwolken nach oben, um schließlich im dunklen Himmel zu verpuffen.

Marbach drehte sich auf die Seite, stützte sich auf den Ellenbogen und ließ seinen Blick über die schlanke Silhouette der Frau schweifen, die neben ihm lag. Sie sah an ihm vorbei, auf ihrer Stirn hatte sich die gleiche steile Falte gebildet, die er schon hundertmal bei Sofia gesehen hatte.

Es war lange her, dass er zum letzten Mal in Sofias Bett gelegen hatte. Damals war er unglücklich gewesen, weil er gewusst hatte, dass es bald enden würde. Er kniff die Augen zusammen, als ob es ihm dadurch gelingen würde, die unwillkommene Erinnerung zu vertreiben. ‚Carpe diem' dachte er, beugte sich vor und küsste sie auf das kleine Muttermal in ihrer Halsbeuge.

Die Flammen der Kerzen auf dem Nachttisch flackerten, als sie nach der leichten Sommerdecke griff, die zu einer unförmigen Wulst verdreht zu ihren Füßen lag und sie sich bis über die Brust hochzog.

„Ist dir kalt, Liebling?" Er wunderte sich, wie selbstverständlich ihm dieses altmodische Kosewort über die Lippen kam.

Sie antwortete nicht, setzte sich auf und schlang die Arme um ihre Knie. „Hast du noch eine Zigarette?"

Er tastete mit der Hand nach seiner Jeans, die vor dem Bett auf dem Fußboden lag und kramte eine halbvolle Packung Gauloises aus der Hosentasche. „Ich dachte, im Schlafzimmer wird nicht geraucht."

„Das ist jetzt auch egal", sagte sie und ließ sich von ihm Feuer geben. Sie inhalierte mit geschlossenen Augen, drehte sich um und blies den Rauch aus dem Fenster. „Wir hätten es nicht tun sollen."

Er nahm ihr die Kippe aus der Hand und zog selbst daran, „Es war schön, und wir wollten es beide." Er griff nach einer leeren Kaffeetasse, die auf der Fensterbank stand, schnippte die Asche hinein und gab ihr die Zigarette zurück.

Sie nahm einen weiteren tiefen Zug und sah dem dünnen Rauchfädchen nach, das durch das offene Fenster in den Nachthimmel stieg. Sie legte die Zigarette in die Tasse und strich mit den Fingern über den roten Satin des Bettbezugs. Ihre dunklen Haare fielen nach vorn und verdeckten ihr Gesicht. „Fühlt es sich für dich nicht seltsam an?"

„Kein bisschen." Er rückte näher an sie heran und drückte sein Gesicht in ihr Haar. „Es fühlt sich wunderbar an."

„Aber ich bin nicht ..."

„Ich weiß ganz genau, wer du bist." Er fasste sie am Kinn und drehte ihr Gesicht zu sich. „Und auch, wer du nicht bist."

Sie sah ihm in die Augen, und plötzlich musste sie lachen. „Vielleicht sollten wir uns für ‚Verbotene Liebe' casten lassen. Meinst du, wir hätten eine Chance?" Sie gab ihm einen Kuss. „Tut mir leid, dass ich so kompliziert bin."

„So seid ihr Frauen eben – das bin ich gewöhnt", sagte er leichthin und hätte sich im nächsten Moment am liebsten die Zunge abgebissen.

Sie legte sich zurück und zog sich die Decke bis zum Hals. „Manche mehr, manche weniger", sagte sie, „meine Schwester zum Beispiel ..."

„Jetzt hör' schon auf!" Er streckte sich neben ihr aus und schob eine Hand unter seinen Hinterkopf.

Sie sagte nichts und beobachtete die tanzenden Schatten, die die Kerzenflammen an die Zimmerdecke warfen.

Er stellte die Tasse auf seinen Bauch und rauchte die Kippe zu Ende. „Ich glaube, ich suche mir einen neuen Job."

„Was? Wieso das denn? Ich denke, es läuft so gut bei euch."

„Für Kess vielleicht. Ich kann dir gar nicht sagen, wie mir der alte Schleimscheißer auf den Sack geht."

„Und was willst du machen?"

„Ich war doch heute in Stuttgart, um Fotos für diese Modezeitschrift zu machen."

„WearIt!?"

„Ja, genau. Jedenfalls habe ich mich eine Weile mit der Chefredakteurin unterhalten. Wir hatten einen ganz guten Draht zueinander. Sie kennt sich aus in der Branche und hat mir angeboten, mich ein paar wichtigen Leuten vorzustellen."

„In Stuttgart?"

„Stuttgart, München, Berlin ... wo auch immer. Es wird Zeit, dass ich aus diesem öden Kaff herauskomme." Er drückte den Zigarettenstummel aus und stellte die Tasse zurück auf die Fensterbank.

„Du willst einfach weg von ..."

„Nein, das ist es nicht", unterbrach er sie. Er rieb seine Nase an ihrem Hals. „Ach, Sternchen. Manchmal kommt es mir vor, als würden wir uns schon ewig kennen. Dabei sind es gerade mal ..."

„ ... knapp zwei Jahre." Sie war froh, dass er ihr wehmütiges Lächeln nicht sehen konnte.

Er beugte sich über sie und blies die Kerzen auf dem Nachttisch aus. „Lass' uns jetzt schlafen." Er lachte leise. „Du kannst dir schon mal überlegen, was du mir morgen zum Frühstück anbieten willst."

„Himbeeryoghurt mit Salat", murmelte sie. Plötzlich merkte sie, wie müde sie war. Sie drehte ihm den Rücken zu, und er zog sie an seine Brust. Die Selbstverständlichkeit seiner Geste trieb ihr die Tränen in die Augen. Sein Atem wurde tiefer, und sie fragte sich, ob er wohl schon eingeschlafen war. Und ob es wirklich sie war, an die er dachte, wenn er sie in den Armen hielt.

4. Kapitel

Alfred Weber, Fußgängerzonenprediger, Lebenskünstler und verkrachte Existenz in einem, machte sich auf den Weg zu seiner Parkbank. Er spürte die Müdigkeit in jeder Faser seines verbrauchten Körpers. In seiner Flasche war noch ein kleiner Rest Schnaps, den würde er sich genehmigen, sobald er sich hingelegt hatte – das half beim Einschlafen, fast noch besser als Beten.

Sie hatten ihn heute wieder ausgelacht, doch das störte ihn schon lange nicht mehr. Wenigstens nahmen sie ihn wahr, hörten ihm sogar manchmal zu, die armen verirrten Seelen, und er predigte und schrie das Wort Gottes hinaus, bis ihm die Stimme versagte, oder die Polizei kam und ihn davonjagte. Manchmal nahmen sie ihn auch mit. Sie gaben ihm Kaffee und belegte Brote. Wenn es kalt war oder regnete, ließen sie ihn in einer der Arrestzellen schlafen – sofern gerade eine frei war. Der blonde Kommissar hatte ihm neulich sogar ein noch fast volles Päckchen Zigaretten zugesteckt.

Weber blieb stehen und rückte seinen Rucksack zurecht. Die Riemen schnitten ihm in die Schultern. Das Herz wurde ihm schwer, wenn er daran dachte, dass er sich dieses Jahr wohl für den Winter eine Bleibe würde suchen müssen. Er war zu alt, um, nur durch einen zerschlissenen Schlafsack vor der Eiseskälte geschützt, unter einer Brücke zu schlafen, wo er seine Essensvorräte gegen Ratten verteidigen musste. Aber noch war Sommer, und die Nächte waren mild.

Nicht weit weg vom See gab es eine Baustelle. Die Stadt war dabei, einen weiteren Spielplatz anzulegen. Und dort hatte er vor ein paar Tagen die Bank entdeckt. Vom Weg aus konnte man sie nicht erkennen, weil sie durch Büsche verdeckt war. Es sah aus, als hätte man sie dort rein zufällig hingestellt. Wahrscheinlich war sie den Arbeitern im Weg gewesen. Für Weber war sie das ideale Schlafquartier, wenigstens so lange, bis die Bauarbeiten beendet sein würden. Außerdem verirrten sich die Schlossparkbesucher nur selten hierher, so dass er meistens seine Ruhe hatte.

Umso erstaunter war er, als ihm kurz vor seinem Ziel ein bärtiger Mann entgegenkam, der einen leeren Rollstuhl, über dessen Rückenlehne eine Jacke hing, vor sich her schob und ihn fast anrempelte. Er trug eine grüne Baseballmütze, die er tief ins Gesicht gezogen hatte.

Weber lief ein paar Schritte weiter, dann drehte er sich noch einmal nach dem Fremden um und beobachtete, dass dieser stehen geblieben und jetzt neben dem Rollstuhl in die Hocke gegangen war, um einen kleinen Zweig zu entfernen, der sich in einem der Räder verhakt hatte. Die Jacke war heruntergerutscht und lag auf der Erde, so dass Weber freie Sicht auf die Rückseite des Rollstuhls hatte. Er entdeckte einen Aufkleber. Auf die Entfernung konnte er nur verschwommene Zacken- und Wellenlinien erkennen, die sich in seiner Phantasie zu einem Bild zusammenfügten von einem kleinen Igel, der im Meer schwamm und sich von den Wellen schaukeln ließ.

‚Der kleine Igel Fridolin zieht in die weite Welt, die Nase in die Luft gestreckt, die Stacheln aufgestellt.' Weber spürte ein heftiges Stechen in der Brust, wie immer, wenn er ohne Vorwarnung mit seinem früheren Leben konfrontiert wurde, als er für einen kleinen Verlag Kinderbücher illustriert hatte, um sein Theologiestudium zu finanzieren, als er noch mit Peter zusammen gewesen war und voller Optimismus in die Zukunft gesehen hatte, die ihm so rosig erschienen war, wie die Seidenschleifen, die die Einladungskarten zu Peters vierzigstem Geburtstag verziert hatten. Er sprach ein kurzes Gebet, und es gelang ihm, die Erinnerung beiseite zu wischen.

Er überlegte, ob er zu dem Fremden zurückgehen und ihn darauf hinweisen sollte, dass die Jacke heruntergefallen war, aber seine innere Stimme riet ihm davon ab, und er setzte seinen Weg fort.

Als er kurze Zeit später bei seiner Bank ankam, stellte er verärgert fest, dass sie schon besetzt war – schlimmer noch: da lag jemand. „He, hau ab, das ist mein Platz. Such' dir was Eigenes!"

Die Gestalt war bis zum Hals mit einer dunkelroten Fleecedecke zugedeckt und rührte sich nicht.

Weber schlurfte näher, stellte den Rucksack ab und beugte sich über den Schlafenden, um ihn wachzurütteln. Verdutzt hielt er inne. Vor ihm lag eine junge Frau, und sie sah nicht aus wie eine Stadtstreicherin. Sie sah aus wie ein Engel, ihr Gesicht, als wäre es von einem meisterhaften Bildhauer mit viel Liebe zum Detail aus weißem Marmor gemeißelt worden.

Erschrocken trat er zwei Schritte zurück, bekreuzigte sich, griff nach seiner Schnapsflasche und leerte sie in einem einzigen Zug. In seinem Magen breitete sich Wärme aus, und er entspannte sich etwas.

Er wartete darauf, dass etwas passierte, dass sich die himmlische Lichtgestalt erheben und ihm ihre Botschaft verkünden, oder einfach dahin zurückkehren würde, woher sie gekommen war, aber nichts geschah.

Schließlich gab er sich einen Ruck, schaltete die kleine Taschenlampe an, die er immer bei sich trug, trat vorsichtig näher und hob die Decke an. Ihr kurzes rotes Sommerkleid war bis zum Bauch hoch gerutscht, darunter trug sie einen hauchdünnen Slip, durch den das dunkle Dreieck ihrer Scham hindurchschimmerte. Hastig deckte er sie wieder zu. Mit zwei Fingern berührte er ihre Wange – ihre Haut war kalt. Dann sah er die feine dunkle Linie an ihrem Hals. Und er begriff.

5. Kapitel

„Es ist doch immer wieder erstaunlich, wie unterschiedlich Männer und Frauen sind." Hannas Gegenüber lehnte sich zurück und sah sie an, als ob er für diese ausgesprochen intelligente Erkenntnis den diesjährigen Philosophiepreis erwarten würde.

Sie unterdrückte ein Gähnen und warf verstohlen einen Blick auf die Uhr. Fünf Minuten konnten ganz schön lang sein, wenn schon nach den ersten Sätzen klar war, dass man sich nichts zu sagen hatte.

„Glaub' mir, das merke ich immer wieder", schob er noch nach.

„Ach ja, woran denn?"

Er beugte sich vor und zeigte mit dem Finger auf sie. „Siehst du, das ist genau das, was ich meine." Seine Stimme klang vorwurfsvoll. „Ein Mann hätte mir einfach nur Recht gegeben, eine Frau muss immer alles hinterfragen." Er lehnte sich wieder zurück, verschränkte die Arme und warf ihr einen triumphierenden Blick zu.

Das konnte ja heiter werden. Und ‚Nenn-mich-Joe' alias Johannes-Gottfried, wie er sich in winzigen wie gestochen wirkenden Buchstaben auf seinem Namensschild verewigt hatte, war nur der erste von zwölf Männern, die Hanna heute beim ‚Late-Nite-Speed-Dating' kennenlernen durfte. Na gut, genaugenommen waren es elf, Harald kannte sie bereits. Er war Journalist und wollte einen Artikel über moderne Methoden des Kennenlernens schreiben war also sozusagen undercover hier. Hanna hatte er gebeten mitzukommen, um ihm dann ihre Eindrücke aus weiblicher Sicht mitzuteilen.

Sie lächelte unverbindlich, haarscharf an Johannes-Gottfrieds linkem Ohr vorbei, dann riss sie sich aber zusammen und versuchte, sich an die Liste mit Fragen zu erinnern, die ihr Harald ans Herz gelegt hatte. „Bist du das erste Mal bei einem Speed-Dating?"

Daraufhin folgte ein längerer Monolog über die Singleszene im Allgemeinen und die Möglichkeiten, in dieser Stadt interessante Frauen kennen zu lernen, im Besonderen. Nötig hätte er das ja nicht, betonte er, er würde auch so genügend Angebote bekommen.

Als Hanna fragte, warum er denn dann hier wäre, ertönte der Gong.

„Darüber können wir uns bei unserem nächsten Treffen unterhalten", sagte er noch und stand auf, um die nächste Kandidatin mit seinen Weisheiten zu beglücken.

Die Verkupplungs-Aktion fand in einer schummrigen Bar in der Nähe des Hauptbahnhofs statt. Das fensterlose Kellergewölbe war in ein warmes rotgoldenes Licht getaucht, das wohl eine romantische Atmosphäre schaffen sollte. Zumindest schmeichelte die schwache Beleuchtung der äußeren Erscheinung der Teilnehmer. Im Hintergrund lief eine Kuschelrock-CD. Zwölf kleine Tische mit jeweils zwei Stühlen waren im Raum verteilt. Auf jedem standen jeweils eine schmale weiße Kerze und eine gläserne Vase, die eine einzelne rote Rose enthielt. An den Vasen lehnten kleine Schilder, die mit einer Nummer zwischen eins und zwölf bedruckt waren.

Der Veranstaltungsleiter hatte ihnen an der Bar eine kurze Einführung in den Ablauf des Abends gegeben. Daraufhin hatte jede Frau eine Nummer gezogen, sich an den entsprechenden Tisch gesetzt und auf den ersten Kandidaten gewartet.

Hanna trank einen Schluck von ihrem ,Sex on the Beach' und wappnete sich für die Begegnung mit Nummer zwei. Sie war froh, dass sie sitzenbleiben durfte und den Männern die Aufgabe zufiel, weiterzuwandern.

Nummer zwei ließ sich auf den gerade frei gewordenen Stuhl fallen und zerrte an seiner Krawatte. Nachdem er sie zusammengeknüllt und in seinen Aktenkoffer gestopft hatte, öffnete er den obersten Hemdknopf und wischte sich mit einem karierten Stofftaschentuch über die Glatze. „Verdammt heiß hier drin." Er kniff die Augen zusammen, und Hanna registrierte verwirrt, dass er auf ihren Busen starrte.

„Hallo Hanna", sagte er schließlich und sah ihr in die Augen. Ach so, das Namensschild. Sein Name war Herbert. Wenigstens wollte er nicht ‚Herby' genannt werden. „Und, schon mal bei so was gewesen?"

Das war doch eigentlich ihre Frage. „Nein, das ist das erste Mal", antwortete sie wahrheitsgemäß, „und du?"

Auch von den nächsten vier Kandidaten riss sie keiner vom Hocker. Sie war ein bisschen enttäuscht. Sie hatte sich das Ganze spannender vorgestellt.

Nummer Sieben, ein schmächtiger Jüngling mit mausbraunen Haaren und Pickeln auf der Stirn, der so penetrant nach Rasierwasser roch, als hätte er darin gebadet, kam zu ihrem Tisch, riss die Blume aus der Vase und hielt sie ihr unter die Nase. Wasser tropfte auf ihre Beine. „Du wolle Rose kaufe?" Dann ließ er sich auf seinen Stuhl fallen und brach in irres Gelächter aus.

Nummer Acht war Harald. „Na, amüsierst du dich?"

„Eigentlich nicht – nur Langweiler und Größenwahnsinnige bis jetzt." Sie warf einen Blick auf Nummer sieben, der am Nebentisch gerade einen Schmerzensschrei ausgestoßen hatte und jetzt wie ein Baby auf Schnullerentzug an seinem Daumen lutschte – anscheinend hatte er bei seiner Rosennummer einen Dorn erwischt. „Und Bekloppte."

Harald folgte ihrem Blick und lachte. „Und sonst? Keiner, mit dem du dich verabreden würdest? Angenommen natürlich, du wärst Single."

„Bis jetzt nicht. Und wie ist es bei dir gelaufen?"

„Nicht ganz so schlecht, ich erzähl's dir nachher."

„Wann war deine letzte Beziehung, wie lange hat sie gedauert und wer hat sie beendet?"

„Wie bitte?" Irritiert hob Hanna den Kopf und sah, dass der zweite Stuhl an ihrem Tisch schon wieder besetzt war. Nummer neun trug zu Jeans und T-Shirt eine khakifarbene ärmellose Weste mit mehreren Taschen. Von seinem Äußeren her passte er – wie Harald sich ausdrücken würde – nicht in ihr Beuteschema. Sie stand auf dunkelhaarige, schlanke Männer – wie Paul. Dieser war blond, und unter seinem T-Shirt war die leichte Wölbung eines beginnenden Bauchansatzes zu erkennen. ‚Chris' stand auf seinem Namensschild.

Er stellte sein halbvolles Colaglas auf dem Tisch ab und holte aus einer der Taschen einen kleinen Schreibblock und einen Kugelschreiber. Als er eine Seite des Blocks umblätterte, flackerte die Flamme der Kerze bedenklich. „Wir haben fünf Minuten Zeit, um uns ein Bild voneinander zu machen", sagte er ohne aufzusehen, „die sollten wir doch nicht mit Smalltalk verschwenden." Sein Kugelschreiber schwebte über dem Block, als wäre er ein Kellner und würde auf ihre Bestellung warten. Endlich hob er den Kopf und sah ihr ins Gesicht. „Hast du ein Problem mit meiner Frage?"

Sie bemerkte eine feine, fast verblasste Narbe, die seine rechte Augenbraue leicht nach oben zog und seinem Gesicht einen Ausdruck wacher Aufmerksamkeit verlieh. Seine Wimpern waren so hell wie sein Haar. Sie lächelte spöttisch. „Wäre ein Diktiergerät nicht sinnvoller?"

Er legte Stift und Block auf den Tisch, lehnte sich zurück und streckte die Beine aus. Er hatte ziemlich große Füße. „Also gut, spielen wir nach deinen Regeln. Über was willst du reden?"

„Erzähl' mir, wie die anderen Frauen auf deine Frage reagiert haben."

Er trank einen Schluck und strich sich über das stoppelige Kinn. „Dazu reicht die Zeit nicht. Außerdem geht es jetzt nicht um die anderen Frauen, sondern um dich und mich."

„Das klingt ja ganz schön dramatisch."

„Ist es auch." Plötzlich lachte er. „Tut mir leid, ich konnte einfach nicht widerstehen, du sahst so gelangweilt aus."

‚Ertappt', dachte sie. Sein Lachen war ansteckend. Sie spürte, wie sich ihre Mundwinkel nach oben zogen. „Und wozu das Schreibzeug?"

„Ich habe ein schlechtes Gedächtnis, also schreibe ich die Namen auf und ein paar Stichpunkte dazu, dann kann ich später meine Eindrücke besser sortieren."

„Und, was steht hinter meinem Namen?"

„Gar nichts, du bist die Erste, die mir auch so in Erinnerung bleiben wird."

„Ach ja, warum denn? Weil ich nicht so reagiert habe, wie du erwartet hast?" Allmählich begann die Unterhaltung, ihr Spaß zu machen.

Er grinste anerkennend, und die feinen Lachfältchen, in die seine graublauen Augen eingebettet waren, vertieften sich. Er gefiel ihr.

Mit einem Anflug schlechten Gewissens dachte Hanna an den Fragenkatalog, den ihr Harald ans Herz gelegt hatte. Andererseits war dieser Chris der Erste, der aus dem langweiligen Einheitsbrei der hier versammelten Männlichkeit herausstach. Er würde vielleicht Haralds Geschichte ein bisschen Würze verleihen.

Die fünf Minuten mussten bald um sein. Sie bewegte den Strohhalm in ihrem Cocktail hin und her und überlegte, was sie Chris noch fragen könnte.

Er schien ihre Gedanken zu erraten. „Na, mach' schon, du darfst mich fragen, was du willst." Er wandte sich ihr zu, den Oberkörper leicht nach vorn geneigt, die Hände locker auf den Oberschenkeln und sah sie erwartungsvoll an. Er strahlte eine ruhige Selbstsicherheit aus, ohne den Eindruck von Ich-Bezogenheit zu vermitteln, und das machte ihn attraktiv. Sein Blick war konzentriert auf sie gerichtet. Immer noch lag ein leichtes

Lächeln auf seinem Gesicht, das mehr von seinen Augen als von seinem Mund auszugehen schien.

Sie betrachtete die Vase, in der sich die Kerzenflamme spiegelte, und plötzlich wusste sie, was sie ihn fragen würde. „Wovor hast du Angst?"

Er runzelte die Stirn und antwortete nicht sofort. Sie freute sich, dass sie es geschafft hatte, ihn mit ihrer Frage zu überraschen. „Du musst nicht darauf antworten, wenn du nicht ..."

„Vor dem freien Fall", sagte er. „Als ich achtzehn wurde, haben ein paar Schulfreunde zusammengelegt und mir einen Gutschein für einen Tandemfallschirmsprung geschenkt. Obwohl ich ziemlich Schiss davor hatte, kam es natürlich nicht in Frage zu kneifen. Als ich dann gesprungen bin, war es hundertmal schlimmer als ich es mir vorgestellt hatte." Sein Blick war nachdenklich geworden. "Ich habe so geschrien, dass ich eine Stimmbandentzündung bekommen habe."

Hanna hatte mit einer flapsigem Antwort, einem coolen Spruch gerechnet, immerhin hatte sie ihm eine sehr persönliche Frage gestellt. Die Ernsthaftigkeit, mit der er darauf reagiert hatte, berührte sie.

Der Gong ertönte. Mist, gerade jetzt, wo es interessant wurde.

Chris erhob sich zögernd. Er war größer, als sie gedacht hatte. Er öffnete noch einmal den Mund, als ob er etwas sagen wollte, dann schien er es sich anders zu überlegen, zog die Oberlippe zwischen die Zähne und nickte kurz, als hätte er einen inneren Monolog geführt und wäre zu einer Entscheidung gekommen.

Impulsiv streckte sie ihm die Hand hin. „Hat mich gefreut."

Sein Händedruck war kräftig. „Mich auch." Er sah sie lange an. „Sehr sogar." Erst als ihm Nummer Zehn auf die Schulter tippte und kopfschüttelnd auf seine Armbanduhr zeigte, ließ er ihre Hand los.

Ganz in der Nähe ertönten die ersten Takte eines Songs von Nickelback. Chris holte ein Handy aus einer seiner vielen Taschen, warf einen Blick auf das Display und seufzte. Dann entfernte er sich ein paar Schritte und telefonierte.

Der Veranstaltungsleiter kam auf ihn zu und sah ihn vorwurfsvoll an. Hanna beobachtete, wie er kurz mit Chris sprach und ihm ein Blatt Papier und einen Kugelschreiber in die Hand drückte. Chris warf einen Blick auf den Zettel, machte irgendwo ein Kreuz, setzte seine Unterschrift darunter und verließ dann mit schnellen Schritten den Raum. An der Tür drehte er sich nach ihr um. Als sich ihre Blicke trafen, lächelte er, winkte ihr zu und ging.

6. Kapitel

Mit quietschenden Reifen bremste der anthrazitfarbene Jaguar vor dem Südeingang des Karlsruher Hauptbahnhofes. Zwei Rucksacktouristen sprangen erschrocken zur Seite, und ein Taxifahrer, dessen Fahrzeug er geschnitten hatte, drückte erst auf die Hupe und steckte dann den Kopf aus dem Fenster, um den Fahrer der Nobelkarosse anzubrüllen.

Unbeeindruckt von dem Aufruhr, den er verursacht hatte, sprang Benjamin Strasser aus dem Wagen, knallte die Tür zu und war schon halb in der Bahnhofshalle verschwunden, als er sich noch einmal umdrehte und hastig die Zentralverriegelung aktivierte.

Aus der Masse an Reisenden, die ihm von Gleis 2 entgegenkamen, schloss er, dass der ICE pünktlich eingetroffen war. Er rannte die Rolltreppe hinauf, rempelte einen alten Mann an und drängte sich an zwei Freundinnen vorbei, die nebeneinander auf einer Stufe standen und sich die Ohrstöpsel eines MP3-Players teilten.

Er sah sie sofort. Sie stand genau dort, wo sie ausgestiegen war, ihre Hand auf dem Griff eines Rollkoffers, auf dem sie ihre Aktentasche abgelegt hatte.

Als sie ihn erkannte, hob sie den Arm und sah demonstrativ auf die Uhr. Ungeduldig schob sie den Riemen der Handtasche, der von ihrer Schulter geglitten war, an seinen Platz zurück. Sie kam ihm keinen Schritt entgegen. „Du bist spät", sagte sie kühl.

Er griff wortlos nach ihrem Koffer.

„Wie siehst du überhaupt aus?" Mit klappernden Absätzen lief sie neben ihm her und betrachtete missbilligend die abgewetzten Jeans, das nicht mehr allzu saubere Hemd und die Turn-

schuhe ohne Schnürsenkel. „Und warum bist du so verschwitzt?"
Im Gegensatz zu ihm wirkte Britta von Hohenstein frisch und
ausgeruht, obwohl sie, wie er wusste, einen anstrengenden Tag
hinter sich hatte. Ihr hellgraues Kostüm saß perfekt. Es war elegant und zeitlos und so raffiniert geschnitten, dass es die körperlichen Attribute seiner Trägerin auf unaufdringliche Art her-
vorhob. Darunter trug sie eine figurbetonte lachsfarbene Bluse,
es waren gerade so viele Knöpfe geöffnet, dass der Brustansatz
und der spitzenbesetzte Abschluss ihres zur Bluse farblich pas-
senden Dessous zu sehen waren.

Er stellte den Koffer auf der Rolltreppe ab und wandte sich zu
ihr um. „Ich war joggen und habe mich in der Zeit verschätzt.
Also bin ich direkt losgefahren."

„Ich kann es nicht leiden, wenn man mich warten lässt."

Er schob den Koffer von der Rolltreppe. „Zwei Minuten,
Britta. Mach' nicht so einen Wind."

Sie warf ihm einen neugierigen Blick zu. „Was ist los, Ben?"

„Nichts."

„Hast du Ärger mit deiner Freundin?"

Sie war sich nicht einmal sicher, dass er zurzeit eine Freundin
hatte. Obwohl er ihr engster Mitarbeiter war, wusste sie über sein
Privatleben so gut wie nichts. Zwei oder drei seiner Freundinnen
hatte sie kennen gelernt, als sie ihn von der Arbeit abgeholt hatten. Alle waren sie Anfang zwanzig, hatten lange Beine und trugen kurze Röcke. Sie konnte sich weder an ihre Namen noch an
ihre nichtssagenden hübschen Gesichter erinnern. Keine seiner
Beziehungen schien lange zu halten. Leo hatte ihn kürzlich mit
einer neuen Frau gesehen und gemeint, es wäre etwas Ernstes.
Doch in letzter Zeit wirkte Ben oft abwesend und gereizt, was
nicht gerade für ein glückliches Liebesleben sprach.

Er warf ihr einen bösen Blick zu.

Also doch. ‚Willkommen im Club', dachte sie.

Am Wagen angekommen, hielt er ihr die Beifahrertür auf
und wartete, bis sie eingestiegen war. Nachdem er ihr Gepäck

verstaut hatte, setzte er sich hinter das Steuer und ließ den Motor an.

„Warte." Sie zerrte an ihrem Sicherheitsgurt. „Das blöde Ding klemmt schon wieder."

Als er sich über sie beugte, stieg ihm der schwere blumige Duft ihres Parfums in die Nase. Mit einem heftigen Ruck gelang es ihm, den Gurt herauszuziehen, dabei wurde sein Arm für einen Moment an ihre Brüste gepresst. Er sog scharf den Atem ein.

Sie senkte ihre Stimme zu einem verführerischen Flüstern: „Mach' schon, steck' ihn rein!"

„Was?" Ungläubig starrte er sie an.

„Na los, schnall' mich an, damit wir fahren können."

Mit einem metallenen Klicken rastete der Sicherheitsgurt in die Halterung ein. Strasser trat das Gaspedal durch, und der Jaguar machte einen Satz nach vorn. Seine Hand zitterte leicht, als er den zweiten Gang einlegte. Der Wagen rollte vom Parkplatz und nahm Kurs auf die Südtangente.

„Du hättest eben dein Gesicht sehen sollen!" Sie warf ihm von der Seite einen Blick zu und lachte.

Verdammtes Miststück! Er hasste sie dafür, dass sie so souverän war, so gelassen neben ihm saß, während er versuchte, sich auf den Verkehr zu konzentrieren und die sexuelle Spannung, die in der Luft lag, zu ignorieren. Er sah stur geradeaus und warf nur ab und zu einen Blick in den Rückspiegel.

Als sie von der Schnellstraße Richtung Durlach abfuhren, ertönten aus ihrer Handtasche die Anfangstakte von ,La vie en rose'. Britta holte ihr Handy heraus und drückte auf die Annahmetaste. „Was gibt's?" Sie hörte einen Moment zu und trommelte gereizt mit den Fingern auf ihrer Handtasche. Trotzdem schaffte sie es, ihrer Stimme einen neutralen Klang zu geben. „Kein Problem, ich bin todmüde, ich will nur noch duschen und ins Bett. Schönen Gruß an Konstantin!" Sie klappte das Handy zu und warf es in die Tasche zurück.

„Leo?", fragte Strasser scheinheilig.

„Wer sonst." Sie ließ den Verschluss der Handtasche zuschnappen. „Ganz der aufmerksame Ehemann – warte nicht auf mich, Schatz, es wird sicher spät."

„Du tust ihm unrecht, er hat sich wirklich mit seinem Bruder verabredet. Ich war dabei, als er mit ihm telefoniert hat. Sie wollten ins Vogelbräu nach Ettlingen."

Britta klappte den Sonnenschutz hinunter und warf einen Blick in den Spiegel. „Ja, ich weiß, es geht auch nicht um heute Abend. Er denkt, ich weiß nicht, mit wem er es den Rest des Wochenendes getrieben hat." Ohne Vorwarnung griff sie ihm zwischen die Beine. „Ihr Kerle seid doch alle gleich."

Strasser stöhnte auf. Vor Schreck hatte er das Steuer herumgerissen und wäre fast auf die Gegenspur gekommen. „Willst du uns umbringen?"

Sie faltete die Hände in ihrem Schoß und lächelte. „Kann es sein, dass du deinen kleinen Freund in letzter Zeit ein bisschen vernachlässigt hast?"

Wütend starrte er vor sich hin. Er hätte sie am liebsten geschlagen. Noch nie hatte er eine Frau so sehr begehrt wie sie, und er hasste sie dafür, dass sie ihn durchschaute. Er dachte an Sandrine, die französische Austauschstudentin, die er vor etwas mehr als fünf Monaten in der Rockfabrik in Bruchsal kennen gelernt hatte. Gleich am ersten Abend hatte sie ihn mitgenommen in ihr Minizimmer im Studentenwohnheim, und sie hatten sich auf der muffigen Matratze ihres schmalen Bettes die ganze Nacht geliebt. Mit ihren grünen Augen und den langen roten Locken erinnerte sie ihn an Britta. Er war verrückt nach ihr. Sie trafen sich fast jeden Tag, bis sie ihm eines Abends mitteilte, dass sie nach Frankreich zurückkehren würde und kein Interesse an einem weiteren Kontakt hatte. Es stellte sich heraus, dass sie einen festen Freund in Paris hatte. Er, Strasser, war für sie nur ein Lückenbüßer gewesen.

Britta sah wieder in den Spiegel, befeuchtete mit der Zunge ihren Zeigefinger und strich sich über die Augenbrauen.

Strasser fuhr den Wagen in die Garage und folgte ihr mit dem Gepäck ins Haus.

Sie schloss die Tür und zog die Kostümjacke aus. Sie bückte sich, um die Schuhe abzustreifen, und er sah, wie sich ihre Brustwarzen gegen den Stoff ihrer Bluse drückten. Als sie sich aufrichtete, fing sie seinen Blick auf und verzog spöttisch den Mund. Sie ging auf ihn zu, bis sie dicht vor ihm stand. Aufreizend langsam knöpfte sie ihre Bluse auf und ließ ihn dabei nicht aus den Augen.

Er starrte auf ihre Brüste, die durch den durchscheinenden Stoff des Büstenhalters eher betont als verhüllt wurden und hielt den Atem an.

Sie zog die Bluse aus und drückte sie ihm in die Hand. „Hier, die kann schon mal in die Wäsche. Ich gehe duschen."

„Ich bin nicht dein Dienstmädchen!", presste er zwischen den Zähnen hervor. Doch als er den seidigen Stoff zwischen seinen Fingern spürte, löste sich der Ärger in seiner steigenden Begierde auf und seine Augen verdunkelten sich.

Für einen Moment hielt sie seinen Blick fest. Ein triumphierendes Lächeln spielte um ihre Mundwinkel. Dann drehte sie sich um und ging.

Sie war noch keine zwei Schritte weit gekommen, als er sie von hinten am Arm packte. Er riss sie zu sich herum und presste seine Lippen auf ihre. Seine Zunge stieß grob in ihren Mund. Mit der einen Hand hielt er sie am Arm fest, mit der anderen griff er an ihren Hintern und drückte sie an sich.

Sie wehrte sich heftig, sie biss und kratzte und versuchte, ihn wegzustoßen. Schließlich bekam sie eine Hand frei und schlug ihn ins Gesicht.

Er fuhr zurück und schmeckte Blut, dort wo ihn ihr Ehering getroffen und seine Zähne gegen die Lippen geschlagen hatte. Für einen Moment sahen sie sich an. Es war keine Angst in ihrem Blick. Ein paar lockige Haarsträhnen hatten sich aus ihrer Frisur gelöst, auf ihren Wangen brannten rote Flecken. Ihre Augen funkelten herausfordernd, und sie atmete genauso heftig wie er. Den Kopf leicht nach vorn gereckt, erwartete sie mit geballten Fäusten seinen Angriff.

Seine Hände schnellten vor, hielten ihre Handgelenke fest und drückten sie nach unten. Ein Schweißtropfen rann an ihrem Hals hinunter und verschwand zwischen ihren Brüsten. Er küsste sie erneut, spürte den Schmerz nicht, als sie ihn in die Lippen biss, drängte sie an die Wand und hielt sie mit seinem Körpergewicht fest, während er ihr den engen Rock über die Taille hochschob. Sie trug keine Strümpfe, und er keuchte, als seine Finger über den feinen Schweißfilm glitten, der ihre nackten Beine bedeckte.

Sie bekam ihre Hände frei, doch statt ihn von sich zu stoßen, zwängte sie ihre Finger in seinen Hosenbund, öffnete den Knopf und den Reißverschluss. Mit einem kräftigen Ruck zog sie ihm die Jeans und die Unterhose hinunter. „Zieh dein Hemd aus!" Sie riss an seinem Kragen.

Hastig streifte er es über den Kopf. Ein Knopf sprang ab, landete auf dem Fußboden, hüpfte über das Parkett und rollte unter die Kommode. Er fühlte ihre Brüste heiß auf seiner Haut, streifte die Träger des Büstenhalters von ihren Schultern und senkte den Kopf.

Sie schnappte nach Luft, als sie den Druck seiner Zähne spürte, griff ihm mit der einen Hand in die Haare und tastete mit der anderen nach seinem erigierten Glied. Gleich würde er explodieren. Sie drückte zu. Nicht fest, aber fest genug, dass er aufstöhnte. „Fick mich!" Sie riss seinen Kopf nach oben und fuhr mit der Zunge über seinen Hals. Das dumpfe Pochen in seinem Unterleib verstärkte sich, und allmählich zweifelte er daran, ob er es schaffen würde, sich lange genug zurückzuhalten.

„Du sollst mich ficken!" Ihre Stimme klang atemlos, die Worte abgehackt.

„Mistsück", keuchte er und zerrte an ihrem Slip, „du verdammtes Mistsück!"

Sie hielt seine Hand fest. „Das ist mein Lieblingsslip. Mach’ ihn nicht kaputt." Ihr heiseres Lachen machte ihn rasend.

„Zieh’s mir vom Gehalt ab!" Er hörte den Stoff reißen, packte mit beiden Händen ihren Hintern und hob sie mühelos hoch. Sie schlang die Schenkel um seine Hüften, umklammerte ihn wie ein Schraubstock und biss ihn in die Schulter. Die Raufasertapete scheuerte an ihrem Rücken, während er in sie hineinstieß. Er küsste sie wieder, nahm ihre Lippen zwischen die Zähne, saugte an ihrem Hals, als wollte er ihr Blut trinken. Als sie kam, zog sie ihre Fingernägel über seinen Rücken. Er bog den Kopf zurück und schrie auf, halb vor Schmerz, halb vor Lust, als er sich mit zwei zuckenden Stößen in sie ergoss.

Sie klammerte sich an ihn, bis das Beben in ihrem Unterleib verebbt war, dann legte sie den Kopf an seine Brust und fuhr mit den Fingerspitzen über die frischen Kratzer auf seinem Rücken. ‚Basic Instinct in Durlach' dachte sie, und es gelang ihr gerade noch, ein Kichern zu unterdrücken.

Er fühlte sich leer und ausgepumpt. Plötzlich spürte er ihr Gewicht. Seine Arme zitterten vor Anstrengung.

Sie machte sich von ihm los, zog ihren Rock hinunter, hob ihre Bluse auf und schlüpfte hinein. „Lass mal sehen." Sie ging um ihn herum und begutachtete die roten Striemen auf seinem Rücken, die an mehreren Stellen bluteten. Ihr Atem hatte sich schon wieder beruhigt. „Da sollten wir nachher was drauf tun. Ich möchte nicht, dass es sich entzündet." Ihre Stimme klang kühl und distanziert, als würde sie mit einer ihrer Patientinnen sprechen.

Er drehte sich zu ihr um, hob die Hand und ließ sie wieder sinken. „Britta, es tut mir leid, ich wollte nicht ..." Hilflos brach er ab.

„Was wolltest du nicht?" Ohne hinzusehen, schloss sie den Knopf, der ihre Bluse über der Brust zusammenhielt. Ihre Hände waren vollkommen ruhig.

Er sah sie an, unfähig zu antworten.

„Mach' dir nichts vor, du wolltest es genauso wie ich."

Er konnte die Mischung aus Mitleid und Überlegenheit in ihrem Blick nicht ertragen und sah auf den Boden. Sein Gesicht brannte.

Sie tätschelte ihm die Wange wie einem kleinen Kind. „Krieg' dich wieder ein, Ben, es war doch nur ein Fick." Sie fuhr sich mit der Zunge über ihre wunden Lippen. „Aber ein ziemlich guter, muss ich zugeben. Vielleicht kannst du Leo ein paar Tipps geben." Ihr Lachen klang bitter.

„Hör' auf, so zu reden."

Sie nahm sein heißes Gesicht in ihre Hände und sah ihn eindringlich an. „Es war nur ein Fick. Regt die Durchblutung an und ist gut für die Figur. Denk an eine von den Gymnastikübungen, mit denen du mich so gern quälst." Sie ließ ihn los. „Sex ist auch nichts anderes."

„Sei still!"

„Komm' schon, Ben, nimm's nicht so schwer." Sie streifte seinen erschlafften Penis mit einem gleichgültigen Blick. „Und zieh' endlich deine Hose hoch."

Er zerrte die Jeans nach oben und zog den Reißverschluss zu.

Sie hielt ihm sein Hemd hin und schlug ihn leicht auf die Brust. „Und jetzt geh' duschen, du hast es nötig."

„Nutte!"

Sie wich vor dem Hass in seiner Stimme zurück. Ungläubig sah sie in sein verzerrtes Gesicht, und zum ersten Mal glaubte er, einen Hauch von Furcht in ihren Augen zu erkennen. Doch er fühlte keinen Triumph. Er schlang seine Arme um sie und presste sie an sich. „Sie war eine Nutte!" Er zitterte am ganzen Körper.

Britta hielt ihn fest und strich ihm über den Kopf. „Ja, vielleicht war sie das", sagte sie leise. Die Erleichterung ließ ihre Stimme sanft werden. Sie wusste nicht, von welcher seiner Exfreundinnen er sprach, und es war ihr auch egal. Es genügte ihr, dass er nicht sie damit gemeint hatte.

Er schluchzte. Seine Knie gaben unter ihm nach, und er zog sie mit sich hinunter. Schließlich saß sie, den Rücken an die Wand gelehnt, auf dem Boden. Er hatte sich zusammengerollt, die Arme um ihre Taille geschlungen, den Kopf in ihrem Schoß.

„Du wirst bald wieder jemanden kennen lernen." Sie strich ihm über die Haare, streichelte sein Gesicht und wartete darauf, dass er sich beruhigen würde. ‚Mein Gott, was tue ich hier bloß!' dachte sie.

Er fuhr sich mit dem Handrücken über die Augen. „Es war ihre Schuld, nicht wahr?" Er sah sie so verzweifelt an, als hinge sein Leben oder zumindest sein Lebensglück von ihrer Antwort ab.

Sie spürte, wie sich ein Hauch Verachtung in ihr Mitleid schlich, und sie bemühte sich, es sich nicht anmerken zu lassen. „Das ist nicht wichtig. Ihr habt einfach nicht zusammengepasst. Sei froh, dass du sie los bist."

7. Kapitel

Hauptkommissar Vincent Fassrath radelte auf das hohe Eingangstor des Schlossparks zu. Der Polizeibeamte, der vor dem Tor Posten bezogen hatte, winkte ihn durch und sah kopfschüttelnd dem senffarbenen Liegerad hinterher, an dessen Gepäckträger irgendein Scherzkeks ein Polizeifähnchen befestigt hatte. Nach einer Weile verließ Fassrath den geteerten Weg und fuhr über die Wiese, das blinkende Blaulicht der Polizeiautos im Blick, das durch die Bäume schimmerte. Kurz hinter dem See hielt er an, heftete den Dienstausweis an seine Weste und lehnte das Rad gegen einen Baum.

Vor einer knappen Stunde hatte der verrückte Alfred die Leiche einer jungen Frau auf seiner Parkbank gefunden. Völlig außer Atem und einen penetranten Geruch nach Schweiß und Alkohol verströmend war er auf der Dienststelle eingetroffen und hatte etwas von einem toten Engel auf seiner Parkbank gefaselt. Franz Kuhn, der diensthabende Leiter, hatte den alten Stadtstreicher mit zwei seiner Leute kurzerhand in einen Streifenwagen gesetzt und sie beauftragt, ihn ‚nach Hause‘ zu bringen.

Der tote Engel lag noch genauso da, wie Alfred ihn vorgefunden hatte.

„Ach du Scheiße!"

Oberwachtmeister Gerhard Brenck drehte sich zu seinem jungen Kollegen Jürgen Engermann um, der auf das Gesicht der Toten starrte. Er wusste genau, was in Jürgen vorging. Die erste Leiche vergisst man nicht. Und dann noch so eine Schönheit.

„Gott, wie schrecklich!"

Brenck klopfte ihm auf die Schulter. „Mit der Zeit wird's besser. Ich kann mich noch gut daran erinnern, als ich ..."

„Das ist es nicht", sagte Engermann. „Ich kenne sie."

Als Fassrath eintraf, stand seine Partnerin Margareta Sturm neben der Bank und unterhielt sich mit einem Kollegen von der Spurensicherung. Der Fundort war bereits großräumig abgesperrt. Ein paar Jugendliche standen am Rand und versuchten, einen Blick auf die Leiche zu erhaschen.

Fassrath bückte sich unter einem der Absperrungsbänder durch, nickte seinen Kollegen zu und zog sich im Gehen Latexhandschuhe über. Ein Streifenwagen fuhr an ihm vorbei – auf dem Rücksitz erkannte er den Obdachlosen, dem er neulich seine letzten Zigaretten geschenkt hatte.

Margareta ging zu ihm hinüber. „Er hat sie gefunden, der arme Irre."

Fassrath nickte. „Wissen wir schon was über sie?"

„Ich bin auch gerade erst angekommen", sagte Margareta. Sie strich mit der Rückseite ihres Zeigefingers über sein Kinn. „Lässt du dir einen Bart wachsen?"

„Es ist Wochenende. Und mein Rasierschaum ist alle."

„Was soll's. Sie wird es nicht stören." Sie machte eine vage Geste in Richtung der Leiche. „Ich war mit Michael im Open-Air-Kino. Der Film hat gerade angefangen, aber ich hatte sowieso keine rechte Lust darauf. Ich habe mich fast gefreut, als das Handy geklingelt hat."

Fassrath sagte nichts. Er wusste, dass Margaretas flapsige Sprüche und ihr manchmal etwas ruppiges Verhalten nicht echt waren. Es war nur ihre Art, mit der täglichen Konfrontation mit Tod und Gewalt umzugehen. Jeder musste seinen eigenen Abwehrmechanismus finden – oder sich einen anderen Job suchen. In den zwölf Jahren ihrer Zusammenarbeit hatte Fassrath erst einmal erlebt, dass seine Kollegin die Fassung verloren hatte.

Er erinnerte sich noch sehr genau an den Fall, der auch ihm mehr an die Nieren gegangen war, als er zugeben wollte. Es war jetzt etwa sechs Jahre her, das Opfer ein vierjähriges Mädchen. Der Täter war nachts durch das offene Fenster des Kinderzimmers eingestiegen, hatte die Kleine betäubt und entführt. Eine Lösegeldforderung blieb aus, und für die Polizei begann ein Wettlauf gegen die Zeit. Der Hausmeister des Kindergartens, den das Mädchen besuchte, machte sich durch seine übertriebene Teilnahme verdächtig. Ein ohne sein Wissen durchgeführter DNA-Test bestätigte den Verdacht. In der Hoffnung, dass er sie zum Versteck des vermissten Kindes führen wurde, ließ ihn die Kripo überwachen, doch der Vater der Kleinen schlug den Entführer mit einem Baseballschläger zusammen. Während Fassrath ihn im Krankenhaus erfolglos verhörte, fuhr Margareta mit ihrem Team erst in die Hausmeisterwohnung, dann in den Kindergarten und schließlich in die Schule, in der der Täter zuletzt gearbeitet hatte.

In einem kleinen Kellerraum, der mit einem einfachen Vorhängeschloss gesichert war, wurden sie fündig, doch sie kamen zu spät. Das kleine Mädchen, das nackt und gefesselt auf einer feuchten Matratze lag, war bereits ins Koma gefallen und starb auf dem Weg ins Krankenhaus. Der Dreckskerl hatte sie verdursten lassen.

Es war fünf Uhr morgens, als Margareta das Krankenhaus verließ. Fassrath hatte währenddessen mit dem diensthabenden Arzt gesprochen und im Krankenhausflur auf seine Kollegin gewartet. Sie war noch nie so froh gewesen, ihn zu sehen. Sie nahm ihm den Kaffeebecher ab, den er ihr mitgebracht hatte und trank einen großen Schluck. Er registrierte die dunklen Schatten unter ihren Augen, das blasse Gesicht, die strähnigen Haare – vermutlich sah er selbst nicht besser aus. „Ich fahre dich nach Hause."

Wortlos stieg sie zu ihm in den Wagen.

Er warf ihr einen kurzen Blick zu. „Kommst du klar?"

Sie nickte und sah aus dem Fenster.

Er richtete seinen Blick auf die Straße, ließ ihr Zeit.

Als sie in den Adenauerring einbogen, öffnete Margareta ihren Sicherheitsgurt. „Halt an!" Sie presste die Hand vor den Mund.

Er bremste an der Einmündung eines ungeteerten Wegs, der in den Wald führte. Sie sprang aus dem Wagen, rannte ein paar Schritte, dann krümmte sie sich zusammen und erbrach den Kaffee. Mehr hatte sie nicht im Magen, doch der Brechreiz ließ nicht nach. Sie fiel auf die Knie, stützte sich mit beiden Händen auf den feuchten Waldboden und wartete darauf, dass das Würgen aufhörte. Tränen liefen ihr übers Gesicht, doch sie beachtete sie nicht. Fassrath ging zu ihr und gab ihr ein Taschentuch.

„Es geht schon wieder."

Er griff nach ihrem Arm und half ihr beim Aufstehen. Er hatte damit gerechnet, dass sie seine Hand abschütteln würde und war erleichtert, dass sie es nicht tat.

Sie betrachtete ihre Fußspitzen. „Mein guter Ruf als taffe Polizistin ist jetzt wohl dahin."

Fassrath boxte sie leicht auf den Arm. „Keine Angst, Gretchen, dein Geheimnis ist bei mir sicher." Seine Stimme klang ungewohnt weich, fast zärtlich.

Normalerweise mochte sie es nicht, wenn man sie ‚Gretchen' nannte, aber dieses Mal hatte der so vertraute Spitzname etwas sehr Tröstliches. Sie sah ihn an, ihre Hände krallten sich in seinen Hemdkragen. „Ich fühle mich so schuldig. Wenn wir gleich in die Schule gefahren wären ...", sie konnte nicht weitersprechen.

„Auch dann hätten wir sie nicht mehr retten können. Der Arzt hat gesagt, es war ein Wunder, dass sie noch solang gelebt hat. Durch die Dehydrierung haben ihre Organe nach und nach versagt und den Körper vergiftet. Sie war schon längst ins Koma gefallen."

„Trotzdem ..., wenn wir uns gleich auf ihn konzentriert hätten ..."

„Hör' auf damit, es hat doch keinen Sinn."

„Sie war genauso alt wie Daniel. Ich weiß nicht, was ich tun würde, wenn ihm etwas passieren würde."

„Ihm wird nichts passieren", sagte Fassrath ruhig.

Sie nickte und schüttelte ihn leicht. „Du siehst Scheiße aus. Du solltest auch nach Hause fahren."

Er löste sanft ihre Hände von seinem Kragen, wartete einen Augenblick, und als sie sich nicht rührte und er die Trauer in ihrem Blick nicht mehr ertragen konnte, zog er sie an sich. Wieder war er überrascht, dass sie ihn nicht wegstieß, sondern ohne zu zögern ihre Arme um ihn legte. Er strich ihr nicht über den Rücken, ihm fielen auch keine tröstenden Worte mehr ein, er hielt sie nur fest. Am liebsten hätte er mitgeweint. Sie standen eine ganze Weile so am Waldrand. Er wusste nicht, ob sie noch weinte, doch er wollte sie nicht loslassen. Auch ihm tat es gut, nach dem Grauen der letzten Stunden die Wärme eines lebendigen Wesens zu spüren. Und im Gegensatz zu Margareta wartete auf ihn zuhause niemand.

„Wenn du mich nicht gleich los lässt, schlafe ich auf der Stelle ein." Ihre Stimme klang dumpf. „Und wer weiß, ob du mich dann noch mal wach kriegst." Sie löste sich aus der Umarmung und putzte sich die Nase.

„Geht mir genauso", sagte er und grinste unsicher. Sie grinste zurück. Er neigte seinen Kopf und lehnte für einen Moment seine Stirn an ihre.

„Danke." Sie sagten es beide gleichzeitig.

„Sofia Stern, achtundzwanzig Jahre." Die Stimme des Rechtsmediziners holte Fassrath wieder in die Gegenwart zurück. Johannes Gramling machte diesen Job schon seit über dreißig Jahren. Es gab nicht viel, was ihn noch erschrecken konnte. Mit seiner wilden grauen Mähne, die er, wie stets bei der Arbeit, mit einem Gummiband undefinierbarer Farbe zu einem dicken Pferdeschwanz gebändigt hatte, und der John-Lennon-Brille sah er aus wie ein alternder Hippie. Er war über einsneunzig groß und hager, was ihm in Kollegenkreisen den Spitznamen ‚Little John‘ eingebracht hatte. Jetzt hatte er sich über die Leiche gebeugt und leuchtete ihr mit einer Stablampe ins Gesicht.

Margareta trat neben ihn. „Woher weißt du das?"

Gramling zeigte auf Engermann, der ein paar Schritte neben ihnen mit verschränkten Armen an einem Baum lehnte und ziemlich mitgenommen aussah. „Unser junger Kollege hat sie gekannt."

Margareta legte Engermann die Hand auf die Schulter. „Alles klar bei Ihnen?"

Er schluckte und nickte.

„Woher kennen Sie das Opfer?"

„Wir haben uns bei einem Volkshochschulkurs kennen gelernt."

„Was war das für ein Kurs?"

Engermann wurde rot. „Ist das wichtig?"

„Kommen Sie schon, Jürgen, wenn es ein VHS-Kurs war, kann es ja nicht so schlimm gewesen sein."

Der junge Beamte kaute verlegen auf seiner Unterlippe. „Das bleibt aber unter uns, oder?"

Fassrath mischte sich ein. „Mensch, Engermann, Sie wissen doch, wie es läuft. Es kommt ganz darauf an, ob es einen Zusammenhang gibt zwischen dem Kurs und dem Mord. Also?"

Engermann schaute sich um, nahm Fassrath am Arm und zog ihn auf die Seite. „Es war so ein Psychokurs. ‚Entdecke dein inneres Kind‘."

Fassrath verzog keine Miene. „Wann war der Kurs?"

„Er läuft noch, immer mittwochs. Es ist einer dieser Sommerkurse – er hat vor drei Wochen angefangen. Beim ersten Mal haben wir uns alle vorgestellt. Deshalb weiß ich ihren Namen."

„Wie viele Teilnehmer?"

„Acht. Ich bin der einzige Mann." Engermann nahm seine Polizeimütze ab und drehte sie in den Händen als wäre er ein Bauer, der vor seinem Lehnsherrn steht. „Hören Sie, Chef, ich möchte nicht, dass die Kollegen davon wissen. Ich hab' echt keinen Bock auf ihre blöden Witze."

„Wer leitet den Kurs?"

„Ein Psychologe, er heißt Bernhard Bäuerle."

Fassrath nickte. „Okay, Engermann, jetzt machen Sie sich mal nicht ins Hemd. Wir müssen natürlich jeder Spur nachgehen. Aber ich werde versuchen, Ihren Namen da möglichst rauszuhalten. Was wissen Sie über Sofia Stern?"

„Sie lebt seit zwei Jahren in Karlsruhe. Und sie arbeitet bei einer Model-Agentur."

„Aha. Wissen Sie, wo sie wohnt?"

„Irgendwo in der Südstadt."

Fassrath griff nach seinem Handy und rief die Auskunft an. Er hatte Glück. Sie war unter Stern, Sofia und Marbach, Martin mit kompletter Adresse im Telefonverzeichnis eingetragen.

„Wussten Sie, dass sie mit einem Mann zusammenlebt?"

Engermann sah überrascht aus. „Sie hat keinen Freund erwähnt."

„Er muss nicht ihr Freund sein. Vielleicht teilen sie sich nur die Wohnung." Fassrath entließ seinen jungen Kollegen mit einem Klaps auf die Schulter. „Danke Engermann. Und ... ich finde es gut, dass Sie etwas für sich tun."

Er ging zurück zu Margareta und Gramling und betrachtete nachdenklich das bleiche Gesicht der toten jungen Frau. „Rot wie Blut, weiß wie Schnee, schwarz wie Ebenholz ...", murmelte er.

Margareta warf ihm einen schiefen Blick zu und wandte sich wieder an den Arzt. „Wie ist sie gestorben?"

„Jedenfalls nicht durch einen vergifteten Apfel. Halt mal!" Gramling gab ihr die Lampe und strich die langen dunklen Haare des Opfers zur Seite. „Seht ihr diesen Schnitt am Hals? Er hat ihr die Halsschlagader aufgeschnitten und sie ausbluten lassen."

Fassrath verzog angewidert das Gesicht. „Du meinst ..."

„ ... regelrecht geschlachtet, ganz genau, und vorher an den Füßen aufgehängt." Er zeigte ihnen die rötlichen Male an ihren Fußgelenken. Sie hatte sehr gepflegte Füße, die Fußnägel waren hellrosa lackiert. „Außerdem hat er ihr auch noch die Pulsadern geöffnet. Schneewittchen dürfte nicht mehr allzu viel Blut im Körper haben."

„Woher kommen die Druckstellen am Hals?" Fassrath deutete auf die selbst im grellen Licht der Lampe kaum wahrnehmbaren Verfärbungen, die sich in unregelmäßig verteilten Flecken von der Unterseite des Kinns bis zum Abschluss des Halses ausgebreitet hatten.

Gramling tippte an seine Brille und kniff die Augen zusammen. „Kann ich dir im Moment nicht sagen, es sind aber keine Würgemale, wenn du das meinst. Sieht fast wie ein Ausschlag aus."

„Hat sie's mitgekriegt?"

„Unwahrscheinlich. Er hat sie vorher niedergeschlagen, vermutlich war sie bewusstlos." Er deutete auf die Platzwunde am Hinterkopf. „Außerdem muss er ihr die Haare gewaschen haben."

Margareta trat gegen die Bank. „Das vierte Opfer in zwei Monaten, und wir sind noch keinen Schritt weiter."

„Dasselbe Muster wie bei Susanne Kolb", sagte Fassrath. Susanne Kolb galt als das erste Opfer des ,Vampirs'. Sie war vor zwei Monaten in ihrem Häuschen in der Heidenstückersiedlung getötet worden. Ihr Mörder hatte zwei Gürtel aus ihrem Kleiderschrank zu Fußschlaufen umfunktioniert, sie an einem Heizungsrohr unter der Decke des Badezimmers angebracht, sein bewusstloses Opfer kopfüber aufgehängt und ihr die Kehle durchgeschnitten. Die Leiche hatte er unbemerkt in den botanischen Garten gebracht und dort ebenfalls auf einer Bank abgelegt. Die Presse hatte sehr ausführlich über den Fall berichtet.

„Könnte natürlich auch ein Nachahmungstäter gewesen sein", gab Gramling zu bedenken. „Sie passt schon altersmäßig nicht ganz in sein Muster. Die anderen Frauen waren alle Mitte dreißig."

„Kannst du schon etwas über den Todeszeitpunkt sagen?", fragte Fassrath.

„Der Körpertemperatur nach zu urteilen unter Berücksichtigung des starken Blutverlustes und der Außentemperatur würde ich sagen, später Vormittag. Genaueres kann ich erst sagen, wenn ich sie auf meinem Tisch habe."

Margareta gab Gramling die Taschenlampe zurück.

Sie beobachteten eine kleine Kolonne von Streifenwagen, die sich langsam dem Fundort der Leiche näherten und eine vielköpfige Suchmannschaft ausspuckten, die, mit Suchscheinwerfern und Plastikbeuteln bewaffnet, den Park nach Spuren und verdächtigen Gegenständen durchkämmten. Halblaut erteilte Anweisungen mischten sich mit dem aufgeregten Gebell der Spürhunde. Es würde eine lange Nacht werden.

Fassrath massierte sich den Nacken, warf einen Blick auf seine Armbanduhr und seufzte. „Bringen wir's hinter uns."

8. Kapitel

Sofia Sterns Wohnung lag mitten in der Südstadt, schräg gegenüber der ‚Schauburg‘, eines alten Kinos mit Kultstatus, und Veranstalter der Open-Air-Kino-Nächte am Schloss Gottesaue. Hier gab es regelmäßig Filmpremieren, bei denen gelegentlich sogar der Regisseur oder einer der Schauspieler zugegen waren, um hinterher mit dem Publikum zu diskutieren. Quer über die Straße waren an einigen Stellen Schnüre gespannt, an denen Flaggen aus allen möglichen Ländern hingen – ein Überbleibsel der Fußball-Weltmeisterschaft. In ‚Klein-Kreuzberg‘, wie dieser Stadtteil häufig genannt wurde, ging es um diese Uhrzeit noch sehr lebhaft zu. Türken, Griechen, Italiener und Deutsche, hauptsächlich Jugendliche trafen sich auf der Straße, unterhielten sich, tranken, stritten, baggerten Mädchen an. Vom Multi-Kulti-Flair angezogen, wohnten hier auch viele Studenten.

In der Marienstraße selbst war alles zugeparkt. Margareta fuhr um die Ecke und stellte den Wagen in der Baumeisterstraße an der Rückseite des Badischen Staatstheaters ab. Direkt neben dem Haus, in dem Sofia Stern wohnte, befand sich ein Dönerladen. Die Tür stand offen, und ein penetranter Geruch nach gegrilltem Fleisch und Knoblauch wehte ihnen entgegen.

Kurz nachdem Margareta auf den Klingelknopf gedrückt hatte, summte der Türöffner. Das Treppenhaus war schwach beleuchtet, es roch nach kaltem Rauch. Margareta und Fassrath liefen hoch in den dritten Stock. Fassrath hob gerade die Hand um zu klopfen, da wurde die Tür von innen aufgezogen. Er warf einen Blick auf sein Gegenüber und erschrak. Unwillkürlich wich er einen Schritt zurück und trat seiner Kollegin auf den Fuß.

Vor ihnen stand das Ebenbild von Sofia Stern. Nur die Haare waren etwas kürzer, und sie hatte eine normale Gesichtsfarbe.

Er schluckte und sagte das Erste, was ihm in den Sinn kam: „Öffnen Sie immer die Tür ohne zu fragen, wer davorsteht?"

„Die Sprechanlage ist kaputt", sagte sie. „Wer sind Sie?"

Er zückte seinen Dienstausweis. „Fassrath, Kriminalpolizei, das ist meine Kollegin Sturm, und Sie sind?"

„Silvana Stern."

„Dürfen wir reinkommen?"

Sie nahm ihm den Ausweis ab und betrachtete ihn genau, als wollte sie im Nachhinein beweisen, dass sie doch nicht so vertrauensselig war, wie er dachte. Sie gab ihn ihm zurück und führte die Besucher durch einen kleinen dunklen Flur in die Küche.

„Ist Herr Marbach auch zuhause?", fragte Margareta.

„Martin? Der ist schon vor einem halben Jahr ausgezogen." Silvana setzte sich auf einen der vier Stühle am Küchentisch und zündete sich eine selbst gedrehte Zigarette an. Nach dem ersten tiefen Zug lehnte sie sich zurück und schlug die Beine übereinander. „Was wollen Sie von ihm?"

„Wir sind nicht wegen Herrn Marbach hier, sondern wegen Ihrer Schwester Sofia", sagte Fassrath.

„Wegen Sofia? Sie hat doch nichts angestellt, oder?" Silvana lachte nervös.

Fassrath warf seiner Kollegin einen ‚Mach-du-mal'-Blick zu.

Margareta setzte sich Silvana gegenüber. „Wohnen Sie mit ihrer Schwester zusammen?"

Die junge Frau zupfte sich ein Tabakfädchen von der Lippe und deponierte es im Aschenbecher. „Nein, ich bin nur zu Besuch hier. Ich wohne in Freiburg. Wir waren am Freitagabend zusammen auf dem Fest."

Seit mehr als zwanzig Jahren war das Gelände der Günter-Klotz-Anlage, eine ausgedehnte Freizeitanlage an der Alb, auch ‚Klotze' genannt, für ein Wochenende im Sommer Schauplatz für das größte Open-Air-Spektakel in der Region, genannt ‚das Fest'. Fassrath erinnerte sich wehmütig an einen verregneten Freitagabend vor vielen Jahren. Eine irische Band, deren Namen er vergessen hatte, hatte gespielt, und Corinna und er hatten sich im strömenden Regen zum ersten Mal geküsst. Er unterdrückte einen Seufzer, fuhr sich mit der Hand über das Gesicht und konzentrierte sich wieder auf die Gegenwart.

Silvana drückte ihre halb gerauchte Zigarette aus und verschränkte die Arme, vielleicht, um das Zittern ihrer Hände zu verbergen. „Jetzt sagen Sie schon, warum Sie hier sind!"

„Wann haben Sie Sofia zum letzten Mal gesehen?"

Fassrath sah die Angst, die in den dunklen Augen der jungen Frau aufflackerte, als sie zu begreifen begann, was die Frage der Kriminalbeamtin schlimmstenfalls bedeuten konnte. Er hatte diesen Blick schon oft gesehen, und doch schnitt ihm diese seltsame Kombination aus wachsender Verzweiflung und sterbender Hoffnung jedes Mal aufs Neue ins Herz. Im Laufe der Jahre hatte er gelernt, damit umzugehen. Gefühle, wie Mitleid zuzulassen. Auf seine Weise den Schmerz der Hinterbliebenen zu teilen, half ihm dabei, ihr Vertrauen zu gewinnen und wenigstens einen Teil seines inneren Friedens zu wahren.

Silvana erwiderte seinen Blick und sah schnell wieder weg. „Gestern Morgen. Wir waren frühstücken im Café Palaver. Dann hatte sie einen Termin wegen eines Jobs. Sie arbeitet als Model bei ‚Show Your Face'. Silvana schluckte. „Ihr ist doch nichts passiert, oder?"

Margareta atmete tief durch, beugte sich etwas vor und sah der jungen Frau in die Augen. „Ihre Schwester ist tot, Frau Stern. Es tut mir sehr leid."

Silvana schnappte nach Luft. Alle Farbe wich aus ihrem Gesicht, was ihre Ähnlichkeit mit der Toten ins Groteske steigerte. „Erzählen Sie nicht so einen Quatsch. Ich habe heute Morgen noch mit ihr telefoniert. Sie ist spät aufgestanden und wollte um eins auf eine Grillparty zum Grötzinger Baggersee. Wahrscheinlich ist sie immer noch dort." Sie griff nach einem Handy, das auf dem Tisch lag. „Hier, ich rufe sie an, dann können Sie selbst mit ihr sprechen." Ihre Hände zitterten so stark, dass sie die Tasten nicht bedienen konnte. Margareta stand auf, ging zu ihr und nahm ihr das Handy aus der Hand. Sie blieb neben der jungen Frau stehen und legte ihr die Hand auf die Schulter.

Fassrath öffnete den Kühlschrank, fand eine Flasche, in der noch ein Rest Ouzo war, goss etwas davon in ein Wasserglas, das auf dem Trockengestell neben der Spüle stand und stellte es vor Silvana auf den Tisch. „Hier, trinken Sie das."

Als er die Kühlschranktür schloss, fiel sein Blick auf einen Notizzettel, der mit einem Magnet in Form eines Mini-Eiffelturms an die Tür geheftet war: ‚Samstag, 20:00 Uhr, Blue Saloon'. Er nahm den Zettel und steckte ihn in die Tasche.

Sie reagierte nicht auf seine Worte, starrte auf den Tisch und fuhr mit dem Zeigefinger eine Linie der Holzmaserung nach. „Sie hatte einen Unfall, nicht wahr? Ich habe ihr immer gesagt, dass sie zu schnell fährt."

Margareta griff nach dem Glas und drückte es Silvana in die Hand. „Trinken Sie."

Silvana leerte das Glas, verschluckte sich, hustete.

Margareta wartete einen Moment, dann sagte sie leise: „Sofia ist ermordet worden. Ein Obdachloser hat ihre Leiche im Schlosspark entdeckt."

Die junge Frau drehte den Kopf und sah zu Margareta hoch. Sie sprang so heftig auf, dass ihr Stuhl umkippte. Mit einer einzigen Bewegung fegte sie das Handy, den Aschenbecher und das Glas vom Tisch und flüchtete aus der Küche ins Wohnzimmer. Sie hielt sich am Türrahmen fest und heulte auf. Es war ein fürchterliches Geräusch, das Fassrath durch Mark und Bein ging. Er dachte an das Seminar über professionelle Distanz, an dem er erst vor kurzem teilgenommen hatte. Es half nicht.

Margareta legte den Arm um Silvana und führte sie zu dem lindgrünen Ledersofa, das die Sitzecke im Wohnzimmer dominierte. Sie setzte sich neben sie. „Gibt es jemanden, den wir anrufen können?"

Silvana schüttelte den Kopf und zog die Nase hoch. Sie wischte sich mit dem Ärmel über das Gesicht. Der kurze Ausbruch war vorbei.

„Was ist mit Ihren Eltern?", fragte Margareta.

„Sie wohnen in Freiburg. Sie ... wir ... haben beide kein besonders gutes Verhältnis zu ihnen. Sofia sieht sie zweimal im Jahr." Sie schluchzte auf, dann sprach sie weiter: „Ich fahre morgen früh zurück – ich werde es ihnen sagen. Besser ich, als die Polizei." Sie schüttelte Margaretas Arm ab, der noch immer um ihre Schulter lag und wandte sich an Fassrath: „Wer war es? Sie haben einen Verdacht, nicht wahr? Sagen Sie mir, wer es war. Ich will es wissen!"

„Nein, wir wissen es noch nicht", sagte Fassrath. Er war froh, dass Silvana nicht danach fragte, wie ihre Schwester getötet worden war. „Aber vielleicht können Sie uns helfen. Wissen Sie, was Sofia gestern gemacht hat? Hat sie sich mit jemandem getroffen?" Er klappte seinen Block auf und sah sie erwartungsvoll an.

Silvana griff nach einer Packung Kleenex, die auf dem Couchtisch stand, und putzte sich die Nase. „Sie hat einen Typen kennen gelernt. Sie haben sich schon ein paar Mal getroffen. Schien dieses Mal was Ernsteres zu sein. Mit dem hat sie sich gestern Abend verabredet. Sie hat mir gesagt, dass sie nicht nach Hause kommen würde, also habe ich mir keine Gedanken gemacht."

„Sie war mit dem Auto unterwegs, nicht wahr?"

Silvana nickte. „Haben Sie es gefunden?"

„Nein, aber wir werden es suchen. Können Sie uns das Kennzeichen sagen?"

„KA-OS – die Zahl weiß ich nicht. Ein graublauer Twingo."

„Wissen Sie, wo sie sich getroffen haben?", fragte Fassrath gespannt.

„In irgend so einem Edelschuppen in der Innenstadt."

Fassrath holte den Zettel aus der Tasche. „Könnte es der Blue Saloon gewesen sein?"

„Keine Ahnung."

„Wie hieß der Typ?", fragte Fassrath.

Silvana überlegte. „Sein Vorname ist Leo. Sie kannte ihn seit ein paar Wochen. Wenn der es war, der sie umgebracht hat, dann finde ich ihn und dann ..." Sie knüllte das Taschentuch so fest zusammen, dass ihre Fingerknöchel weiß hervortraten.

„Nur, weil sie sich mit ihm verabredet hat, heißt das noch lange nicht, dass er der Mörder ist", sagte Fassrath, „aber wir gehen natürlich jedem Hinweis nach." Er machte sich eine Notiz. „Wissen Sie, ob Ihre Schwester ein Tagebuch geführt hat?"

Silvana schüttelte den Kopf. „Früher haben wir beide Tagebuch geschrieben. So zwischen vierzehn und sechzehn. Wir haben uns immer gegenseitig daraus vorgelesen."

Margareta sah sich im Wohnzimmer um. Es sah aus, als wäre es frisch renoviert worden. Die Wände waren in einem warmen Apricot gestrichen, die Möbel waren schlicht und edel. Gegenüber der Sofaecke befand sich ein Sammelsurium modernster Unterhaltungselektronik, LCD-Fernseher, DVD-Recorder, Stereoanlage. Hinter einem Paravent, der mit der gleichen Tapete wie die Wände bespannt war und als Raumteiler fungierte, stand ein kleiner Schreibtisch.

Margareta stand auf. „Haben Sie etwas dagegen, wenn wir uns den Rest der Wohnung ansehen?"

„Machen Sie nur." Sie ging ihnen voran ins Schlafzimmer und blieb in der Tür stehen.

Das Schlafzimmer war relativ klein. Am Fenster stand ein französisches Bett, die Bettwäsche aus dunkelrotem Satin erinnerte Margareta an die Fleecedecke im Park. An den Wänden hingen zwei gerahmte Akt-Fotografien eines wunderschönen Frauenkörpers in Schwarzweiß. Es waren Kunstwerke aus Licht und Schatten. Die Konturen waren verwischt, das Gesicht nicht zu erkennen. Auf dem Nachttisch lagen ein paar Modezeitschriften. Margareta öffnete den Kleiderschrank. Kleider, Röcke, Hosen und Blusen waren ordentlich aufgehängt. In den Regalen stapelten sich T-Shirts und Pullis – farblich sortiert. Die helle Kommode enthielt hauptsächlich teure Unterwäsche und ein paar seidene Nachthemden. Ein aufgeklappter Koffer lag neben der Kommode.

„Schlafen Sie in Sofias Bett, wenn Sie hier sind?"

„Das Bett ist groß genug. Außerdem übernachtet sie nicht immer hier."

„Auch nicht, wenn Sie sie besuchen?"

Silvana strich mit der Hand über den roten Satin. „Ich komme manchmal hierher, wenn es mir in Freiburg zu eng wird. Manchmal muss ich einfach raus. Sofia ist viel unterwegs, und ich habe einen Schlüssel."

Margareta betrachtete nachdenklich den Koffer. „Leben Sie allein, Frau Stern?"

Silvana nickte. „Wissen Sie, ich ... ich bin nicht wie Sofia."

„Wie meinen Sie das?"

„Sofia kann nicht allein sein. Und wenn sie keinen festen Freund hat, dann ..." Sie brach ab.

„Dann ...?", hakte Margareta nach.

„Na ja, Sie wissen schon. Sie hatte sehr viele Verabredungen. Sie wollte Spaß haben und etwas erleben." Sie begann wieder zu weinen.

Fassrath inspizierte das Badezimmer. In einem dreitürigen Spiegelschrank, der über dem Waschbecken hing, bewahrte Sofia ihre Schminksachen auf. Etwa fünfzehn Lippenstifte standen farblich sortiert nebeneinander, Gesichtspuder, Lidschatten, Kajalstifte, Wimperntusche – alles war ordentlich verstaut. Auch die Hausapotheke war darin untergebracht, Heftpflaster, Wundsalbe, Kopfschmerztabletten, Nasenspray. Neben der Duschkabine befand sich ein weiterer Schrank, der Handtücher, Waschlappen und Hygieneartikel enthielt. Im oberen Fach lag eine Wärmflasche, die in einem Plüschüberzug in Froschform steckte.

Das Medizinschränkchen war abgesperrt, doch der Schlüssel steckte. Es enthielt keine Medikamente, sondern eine Auswahl an kuriosen Kondomen und eine Schachtel mit Sexspielzeugen.

Zurück im Wohnzimmer zog Fassrath die erste Schublade des Schreibtisches auf und holte einen Stapel Post heraus. Es waren hauptsächlich Rechnungen und Zahlungserinnerungen.

„Hatte Sofia finanzielle Probleme?"

Silvana zuckte die Achseln. „Sie hat nie was davon gesagt. Sie hat sich eben gern teure Klamotten gekauft."

„Und sich teure Urlaube geleistet." Margareta nahm einen der Hochglanzprospekte in die Hand, die auf dem Schreibtisch lagen.

Silvana schüttelte den Kopf. „Sie ist oft eingeladen worden."

„Von wem?"

„Von den Typen, die sie kennen gelernt hat."

„Kannten Sie diese Männer auch?"

„Nein, es ging meistens nur ganz kurz. Und ehrlich gesagt: So genau wollte ich es gar nicht wissen. Wir haben kaum darüber gesprochen."

Die restlichen Schubladen enthielten nur die üblichen Büroutensilien. „Hatte sie einen Terminkalender?"

„Ja, den hatte sie immer dabei."

Fassrath zeigte auf den Laptop. „Wir würden gern ihre E-Mail Kontakte überprüfen. Kennen Sie ihr Passwort?"

Silvana schüttelte den Kopf. Ihre Augen waren rot und geschwollen, und sie sah elend aus, aber sie zitterte nicht mehr, und ihr Gesicht hatte wieder etwas Farbe bekommen. „Nehmen Sie alles mit, was Sie wollen, aber gehen Sie jetzt bitte. Ich würde gern allein sein."

„Sind Sie sicher? Wir können Ihnen jemanden vorbeischicken, der ..."

Sie sah ihn an, und während sich ihre Lippen zu einem zittrigen Lächeln verzogen, liefen ihr die Tränen übers Gesicht. „Vielen Dank, ich möchte keine psychologische Betreuung. Aber bitte gehen Sie jetzt!"

‚Tapferes Mädchen', dachte er. „Ja natürlich." Er packte den Laptop und das Ladekabel ein, schrieb eine Empfangsquittung aus und gab ihr seine Karte. „Wenn Ihnen noch irgendetwas einfällt, dann rufen Sie mich an, egal wann."

Sie nahm die Karte entgegen, ohne sie anzusehen, und legte sie auf den Schreibtisch.

An der Tür drehte sich Margareta noch einmal um. „Frau Stern, wären Sie bereit, ihre Schwester zu identifizieren?"

Silvana zuckte zusammen, dann straffte sie die Schultern. „Ja, natürlich. Ich verstehe zwar nicht, warum das notwendig ist, sie sieht ja genauso aus wie ich, aber ich würde sie gern sehen."

„Ich hole Sie um neun ab. Versuchen Sie, ein bisschen zu schlafen."

Auf der Kommode im Flur stand ein gerahmtes Bild von Sofia, Arm in Arm mit einem jungen Mann. Fassrath nahm es in die Hand und ging zurück ins Wohnzimmer. „Wer ist der Mann auf dem Foto, Frau Stern?"

Silvana stand auf und nahm es ihm ab. „Das ist Martin Marbach, Sofias Exfreund." Ihm fiel auf, dass sie seinen Blick mied. „Er hat auch die Fotos im Schlafzimmer von ihr gemacht." Man konnte ihr ansehen, dass ihre Gedanken abschweiften. Zärtlich strich sie mit dem Finger über das Bild. Als Fassrath die Hand danach ausstreckte, fuhr sie zusammen und sah ihn an, schuldbewusst, als hätte er sie bei etwas Ungehörigem ertappt. „Sie waren aber noch Freunde", sagte sie. Zögernd ließ sie das Bild los.

„Von wem ging die Trennung aus?"

Ihre Antwort kam schnell. „Von Sofia natürlich."

„Und warum ist das so natürlich?"

„Weil sich kein Mann freiwillig von Sofia trennen würde." Es klang wie eine nüchterne Feststellung, ein Naturgesetz, dem sich niemand widersetzen konnte. Weder Stolz noch Neid klangen in ihrer Stimme mit.

Fassrath löste das Foto aus dem Rahmen und steckte es ein. „Sie kriegen es bald wieder, versprochen."

9. Kapitel

„Wieso willst du dich mit ihm treffen?" Harald sah Hanna über den Rand seines Weinglases neugierig an.

Sie saßen in Hannas Küche und sprachen über ihre Eindrücke vom Speed-Dating. Harald hatte sein Laptop aufgeklappt und arbeitete an der Rohfassung seines Artikels. Wie Hanna erwartet hatte, kamen die Frauen weit besser weg als die Männer, abgesehen von einigen wenigen Ausnahmen, zu denen auch Chris zählte. Sie hatte ihre Handynummer für ihn freigegeben und war gespannt, ob er sich melden würde.

„Fängt Paul an, dich zu langweilen?" Harald konnte Paul nicht leiden. Er neigte dazu, seine Mitmenschen in Schubladen zu stecken – seine Hauptadjektive für Hannas derzeitigen Lebensgefährten waren ,oberflächlich' und ,arrogant'. In mancher Hinsicht mochte das sogar zutreffen.

„Ich will ja nichts mit ihm anfangen. Außerdem hat er eine kleine Revanche verdient – schließlich hat er mich auch verarscht."

„Nur weil er dich mit dieser Frage aus der Reserve locken wollte?"

„Okay, ich bin einfach nur neugierig – ich möchte ein bisschen mehr über ihn erfahren – was ist so schlimm daran?"

„Wirst du es Paul erzählen?"

„Er erzählt mir auch nicht alles."

„Wo ist er eigentlich?"

„Bei der Arbeit."

„Am heiligen Sonntag?" Er warf einen Blick auf die Küchenuhr. „Und um diese Zeit?"

„Er kommt mit seinem neuen Projekt nicht so recht voran – zurzeit macht er ständig Überstunden."

Haralds Miene war unergründlich. „Und sonst? Wie läuft's denn so bei euch?"

Bevor Hanna darauf antworten konnte, kam Paul zur Tür herein. Er begrüßte die beiden mit einem müden ‚Hallo', holte sich ein Bier aus dem Kühlschrank und verschwand im Wohnzimmer.

Sofort hatte Hanna ein schlechtes Gewissen. Sie wusste, dass Haralds Abneigung gegen Paul gegenseitig war – außerdem hatte sie nichts zum Abendessen vorbereitet, wie sich das wohl für die treusorgende Freundin eines schwer arbeitenden Mannes gehört hätte.

„Ich geh' dann mal." Harald packte seinen Laptop ein und stand auf. An der Tür drehte er sich noch einmal um. „Viel Spaß mit Chris. Ruf' mich an, wenn du dich mit ihm getroffen hast."

Paul saß auf dem Sofa und sah sich die Spätnachrichten an.

Hanna ließ sich neben ihn fallen und strich ihm über die Haare. „Na, alles klar bei dir?"

„Sicher", sagte er geistesabwesend und trank einen Schluck aus seiner Flasche.

„Soll ich dir eine Pizza in den Ofen schieben?"

Er sah sie irritiert an. „Weißt du eigentlich, wie spät es ist? Ich will doch um diese Uhrzeit keine Pizza mehr. Außerdem habe ich im Büro schon etwas gegessen. Der Chef hat eine Runde Dönersalat ausgegeben." Er gähnte. „Kann sein, dass ich am Wochenende wieder arbeiten muss."

„Nächstes Wochenende? Aber da sind wir doch auf die Hochzeit eingeladen. Hast du das vergessen?"

Er knallte die Flasche auf den Tisch. „Du weißt genau, wie wichtig dieses Projekt für meine Karriere ist. Du kannst doch auch allein hinfahren." Er grinste boshaft. „Vielleicht hat dein lieber Freund Harald Lust mitzukommen."

Hanna stand so schnell auf, dass sie an den Tisch stieß und Pauls Bierflasche ins Wanken geriet. „Es ist dein Freund, der am

Samstag heiratet. Ich kann verstehen, dass du das vergessen hast, schließlich habe ich mich um alles gekümmert, du warst ja nicht einmal in der Lage, eine Karte zu besorgen!"

Paul sah zu ihr hoch. „Fang' jetzt keinen Streit an. Ich bin echt geschafft. Du kannst dir nicht vorstellen, wie es bei uns zugeht. Die Konkurrenz sitzt uns im Nacken und wartet nur darauf, dass wir einen Fehler machen. Und mein Chef hat die ganze Verantwortung auf mich abgedrückt." Er griff nach der Flasche und leerte sie. „Das ist die Chance für mich ...", er griff nach ihrer Hand und versuchte, Hanna auf seinen Schoß zu ziehen, „ ... für uns, Hanna. Versuch' doch, das zu verstehen."

„Hör' auf mit dem Gesülze und sei nicht so verdammt herablassend!" Sie riss sich los und ging aus dem Zimmer, wütend und verletzt. Allmählich musste sie sich eingestehen, dass Paul sich in der letzten Zeit verändert hatte. Es war schließlich nicht das erste Mal, dass bei der Arbeit nicht alles rund lief und er unter Stress stand, aber normalerweise ließ er seine schlechte Laune nicht an ihr aus. Nicht zum ersten Mal kam ihr der Gedanke, dass eine andere Frau dahinter stecken könnte. Auf seinen zahlreichen Dienstreisen lernte er ständig neue Leute kennen. Und Paul konnte sehr charmant sein, wenn er wollte.

Sie war kurz vorm Einschlafen, als Paul sich auf der Bettkante niederließ. Er legte sich hin, drehte sich auf die Seite und berührte ihre Schulter. „Tut mir leid wegen vorhin."

„Lass' mich bloß in Ruhe!"

„Ach komm' schon, ich habe mich doch entschuldigt."

Sie drehte sich zu ihm um und warf ihm einen bösen Blick zu. „Du machst es dir zu einfach. Ich habe keine Lust mehr, ständig dein Fußabtreter zu sein."

„Du bist nicht mein ..."

„Ich weiß, dass die Firma und deine Karriere in deinem Leben an erster Stelle stehen", unterbrach sie ihn, „und ich frage mich, an welcher Stelle ich stehe. Es ist doch so, wir verbringen kaum noch Zeit miteinander, es ist fast wie in einer Zweck-WG."

„Das sagt gerade die Richtige. Du bist doch auch fast jedes Wochenende bei einer deiner Massageveranstaltungen."

Sein abfälliger Tonfall verletzte sie. „Ich nehme mal an, du sprichst von meiner Ausbildung zur Cranio-Sacral-Therapeutin", sagte sie kühl, „aber wahrscheinlich ist es zu viel verlangt, dass du dir ein so schwieriges Wort merkst."

„Wir haben keine Zweck-WG", sagte er und strich ihr mit dem Zeigefinger über den Hals, „in einer Zweck-WG schlafen die Bewohner nicht miteinander."

„Das tun wir doch auch nicht", sagte sie und schlug seine Hand weg, „jedenfalls kann ich mich kaum noch daran erinnern."

„Dann wird es Zeit, dass wir die Erinnerung auffrischen", sagte er und versuchte sie zu küssen. Sie drehte das Gesicht weg, so dass sein Kuss auf ihrem Ohr landete.

Er ließ sich nicht beirren. „Komm' schon, Süße, es tut mir wirklich leid. Und natürlich würde ich viel lieber mit dir zu der Hochzeit gehen als im Büro zu sitzen. Ich hatte einfach so einen Scheißtag heute. Und dann komme ich nach Hause und sehe dich mit diesem eingebildeten Zeitungsheini zusammensitzen. Das hat mir dann den Rest gegeben." Während er redete, rückte er näher an sie heran und begann, sie zu streicheln.

„Hör' auf damit!" protestierte sie halbherzig.

„Womit genau?", murmelte er. Allmählich kam er in Fahrt, und sie spürte, wie ihr Körper auf ihn reagierte und ihr Widerstand zu bröckeln begann. Auf der sexuellen Ebene hatten sie schon immer harmoniert.

Dieses Mal schien er es darauf anzulegen, möglichst schnell zum Ende zu kommen. Während er sich auf ihr abrackerte und gleichzeitig eine ihrer Brüste knetete, als wäre sie ein Brotteig, betrachtete sie sein Gesicht. Er hatte die Augen zusammengekniffen und keuchte vor Anstrengung. „Komm' schon, Baby!" Und obwohl sie sich gerade noch nach seiner Umarmung gesehnt hatte, spürte sie, wie ihre Lust verebbte.

Als er es geschafft hatte, stöhnte er ihr sein obligatorisches ‚ich liebe dich' ins Ohr, rollte sich von ihr herunter und war innerhalb weniger Minuten eingeschlafen. Der Mond schien ins Zimmer, und sie starrte hellwach auf die allmählich größer werdende kahle Stelle auf Pauls Hinterkopf. Sie war immer noch sauer.

Nach einer Weile stand sie auf und ging in die Küche. Als sie sich mit einem Glas Wasser an den Tisch setzte, hörte sie ein gedämpftes dreifaches Piepsen. Ohne zu überlegen griff sie in die Innentasche seiner Lederjacke, die über einem der Küchenstühle hing, holte sein Handy heraus und legte es auf den Tisch. Nach einer Weile nahm sie es wieder in die Hand. Sie kam sich mies vor. Sie hatte ihm noch nie hinterher spioniert. Das Display leuchtete, und unten blinkte das Briefumschlagsymbol. Sie klickte auf den Nachrichteneingang: Lena, sie kannte keine Lena. Sie holte tief Luft und öffnete die SMS. Sie war nur ganz kurz. Und absolut eindeutig.

Hanna spürte, wie sich ihr Magen verkrampfte. Also doch. Sie dachte an die vielen Überstunden, die Nächte, die er angeblich im Büro verbrachte, seine Gereiztheit, wenn sie nachfragte, seine Gleichgültigkeit ihr gegenüber. Sie konnte es nicht fassen, dass er gerade noch mit ihr geschlafen hatte. ‚Ich liebe dich', hatte er gesagt. Wahrscheinlich hatte er die Augen zugemacht und dabei an diese Lena gedacht.

Hanna ging zurück ins Schlafzimmer, knipste die Deckenlampe an und pfefferte das Handy aufs Bett. Es traf Paul an der Schulter. Er fuhr aus dem Schlaf auf und blinzelte erschrocken ins helle Licht. „Spinnst du? Was ist denn los, verdammt noch mal?"

Sie verschränkte die Arme und sah auf ihn hinunter. „Ich will, dass du gehst. Jetzt!"

Er tastete nach dem Handy, las die SMS und wurde blass. „Süße, ich …"

„Geh' einfach." Sie sprach leise. Sie wollte nicht, dass er das Zittern in ihrer Stimme hörte.

Er setzte sich auf, tastete auf dem Nachttisch nach seiner Brille und setzte sie auf die Nase. „Wir können doch über alles reden."

„Das ist meine Wohnung, und ich will, dass du jetzt gehst."

„Hör' mal ..."

„Nein, hör' du zu. Du hast keinen offiziellen Mietvertrag. Wenn du in zehn Minuten noch da bist, hole ich die Polizei."

„Du hast sie nicht mehr alle." Er schwang seine Beine aus dem Bett und suchte seine Sachen zusammen. Wieder streckte er die Hand nach dem Handy aus, dann zögerte er und warf Hanna einen unbehaglichen Blick zu.

„Nur zu, ruf' sie ruhig an." Sie drehte sich um, knallte die Tür zu und ging zurück in die Küche.

Ein paar Minuten später kam er ihr nach. Er war angezogen und hatte eine Reisetasche gepackt, die er neben sich auf den Boden stellte. „Hanna, findest du nicht, dass wir ..."

„Hau einfach ab!"

Er holte tief Luft, als wollte er noch etwas sagen, dann drehte er sich um und ging.

Sie duschte eine halbe Stunde lang. Dann holte sie ein paar Umzugskartons vom Speicher und verbrachte den Rest der Nacht damit, seine Sachen einzupacken, seine Klamotten, seine Bücher, seine Büroutensilien, seine Stereoanlage. Als sie den letzten vollen Karton in den Flur stellte, war es kurz nach fünf. Sie bezog das Bett frisch und stellte die Waschmaschine an. Dann kochte sie sich einen Kaffee und setzte sich auf den Balkon. Neben all dem Schmerz, der Wut und der Enttäuschung spürte sie auch einen Hauch von Erleichterung. Wenn sie ehrlich war, musste sie sich eingestehen, dass in ihrer Beziehung schon lange nicht mehr alles gestimmt hatte. Vielleicht war es besser so. Sie schob die Tasse zur Seite, legte den Kopf auf die Arme und weinte.

Hanna wachte davon auf, dass ihr die Sonne auf den Nacken schien. Sie machte sich frischen Kaffee und nahm das Branchenbuch und das Telefon mit auf den Balkon. Kurz nach acht kam ein Mitarbeiter eines Schlüsseldienstes und wechselte das Schloss aus. Sie war ihm dankbar, dass er keine Fragen stellte. Er half ihr sogar, die Kartons, die teilweise recht schwer waren, in den Hausflur zu stellen.

Nachdem sie ihn mit einem großzügigen Trinkgeld verabschiedet hatte, zog sie sich um, nahm eine Kopfschmerztablette und machte sich auf den Weg zu ihrer ersten Patientin.

Als sie am Abend nach Hause kam, waren die Kartons verschwunden.

10. Kapitel

Nach einer nicht endenwollenden schlaflosen Nacht, in der sie sich im Bett ihrer toten Schwester hin- und hergewälzt hatte, betrat Silvana Stern am Morgen mit Margareta die Räume der Gerichtsmedizin.

Fassrath hatte Gramling vorgewarnt, so dass er nicht überrascht war, das Ebenbild der schönen Toten so quicklebendig vor sich zu sehen. Er zog die Decke von Sofias Gesicht. Ihr Gesichtsausdruck war friedlich. Im hellen Neonlicht konnte man erkennen, dass ihre Haare nicht schwarz, sondern dunkelbraun waren mit einem kaum wahrnehmbaren Rotstich.

Silvana war sehr blass, wirkte aber gefasst. „Wie ist sie gestorben?"

Gramling warf Margareta einen fragenden Blick zu, und als diese kaum merklich nickte, sagte er: „Der Mörder hat sie niedergeschlagen und ihr die Halsschlagader geöffnet. Sie ist verblutet."

„Hat sie ...? Musste sie ...?"

„Sie hat sich nicht gewehrt. Vermutlich hat sie den Schlag nicht kommen sehen. Sie hat nicht leiden müssen."

Der letzte Rest an Farbe wich aus Silvanas Gesicht. „Die Halsader aufgeschnitten ..., oh mein Gott, es war dieser Serienmörder, der, der schon drei Frauen umgebracht hat, nicht wahr?"

„Das können wir noch nicht mit Sicherheit sagen", antwortete Margareta, „es gibt ein paar Gemeinsamkeiten mit den anderen Fällen, das stimmt, trotzdem ermitteln wir in alle Richtungen."

Silvana schluckte. Ihre Unterlippe zitterte, aber sie weinte nicht. „Ich möchte die Wunde sehen", sagte sie.

Gramling war mit Leib und Seele Rechtsmediziner. Er arbeitete schnell und gründlich und er irrte sich fast nie. Während er Brustkörbe zersägte, Organe abwog und Mageninhalte untersuchte, hatte er mit der Zeit gelernt, die für sein eigenes seelisches Wohlbefinden nötige innere Distanz zu wahren. Die Musik, manchmal Wagner, manchmal AC/DC, die er oft nebenbei laufen ließ, half ihm dabei. Durch seine Arbeit trug er einen nicht unwesentlichen Teil zu den Ermittlungen bei, half, den Täter zu fassen und von der Straße zu holen, und diese Gewissheit erfüllte ihn mit grimmiger Genugtuung, versöhnte ihn mit der Notwendigkeit, der menschlichen Hülle, die auf seinem Tisch lag, neben den tödlichen Verletzungen durch den Mörder noch weitere, meist größere und brutalere Wunden zuzufügen. Seinen ‚Patienten' begegnete er mit Achtsamkeit und Respekt. Es lag ihm viel daran, ihre Würde zu wahren, er achtete darauf, dass ihre nackten Körper zugedeckt waren, wenn er nicht gerade an ihnen arbeitete. Es wäre ihm nie in den Sinn gekommen, Witze über irgendwelche körperlichen Unzulänglichkeiten zu reißen und er duldete das auch nicht bei seinen Mitarbeitern.

„Ich weiß nicht so recht ..." Er hielt das Tuch fest, als fürchtete er, dass Silvana es ihm im nächsten Moment aus der Hand reißen würde.

„Zeigen Sie mir die Wunde!", befahl Silvana.

Wieder nickte Margareta.

Mit sichtlichem Widerwillen zog Gramling das Tuch noch ein Stück nach unten und legte den Hals frei. Er wollte nicht, dass Silvana den Ansatz des wieder grob zusammengenähten Y-Schnitts sah, dessen Anblick den letzten Rest der Illusion einer friedlich Schlafenden grausam zerstört hätte.

Silvana sog scharf die Luft ein, und bevor sie jemand daran hindern konnte, bückte sie sich und drückte einen Kuss auf den Schnitt am Hals. „Schlaf gut, Schwesterchen", flüsterte sie, dann wandte sie sich ab und ging zur Tür.

Margareta ging ihr nach. „Kann ich Sie irgendwo hinfahren?"

71

Silvana schüttelte den Kopf. „Vielen Dank, ich nehme mir ein Taxi zum Bahnhof – ich will jetzt allein sein." An der Tür stieß sie fast mit Fassrath zusammen.

Er betrat den Obduktionssaal und nickte Gramling zu. „Und?"

„Dir auch einen wunderschönen guten Morgen", sagte Gramling trocken. „Danke, dass du mich angerufen hast. Sonst hätte ich doch noch an die wundersame Auferstehung geglaubt."

Fassrath winkte ungeduldig ab. „Du siehst ein bisschen fertig aus. Hast du wieder die Nacht durchgemacht?"

„So ungefähr. Ich schlafe zurzeit sowieso schlecht." „Aber gewöhn' dich nicht dran." Er gähnte. „Lisa war übrigens auch schon um sechs da."

Mit einer fast zärtlich anmutenden Geste arrangierte er die Haare der Toten so, dass sie den Schnitt am Hals verbargen und betrachtete sie eine Weile, wie ein Künstler sein Werk betrachtet. „Sie sieht wirklich aus wie Schneewittchen." Er deckte sie wieder zu, streifte die Handschuhe ab und ging zum Waschbecken. Er sprach laut, um das Rauschen des Wassers zu übertönen. „Jede Menge Spuren. Und noch ein paar Abweichungen zu den anderen Morden. Kurz vor ihrem Tod hatte sie Geschlechtsverkehr. Ungeschützten."

„Glaubst du, dass sie vergewaltigt wurde?"

Gramling drehte den Hahn zu und griff nach einem Papierhandtuch. „Falls ja, dann war sie nicht bei Bewusstsein. Jedenfalls hat sie sich nicht gewehrt. Wir können also davon ausgehen, dass sie ihren Mörder gekannt hat."

„Du meinst, sie hat sich in unseren Serienkiller verliebt?", fragte Margareta nachdenklich, „falls er der Mörder ist."

„Warum nicht? Vielleicht ist er ein ganz charmanter Kerl. Wie dem auch sei, wenn er derjenige war, haben wir jetzt seinen genetischen Fingerabdruck."

„Wann ist sie gestorben?"

„Sonntagvormittag zwischen elf und eins. Sie hat eine Schädelfraktur am Hinterkopf. Der Mörder hat nur einmal zugeschlagen, dafür umso heftiger, vermutlich mit einer Metallstange oder etwas ähnlichem. Keine Materialrückstände von der Mordwaffe – leider. Aufgrund der Schwere der Verletzung können wir davon ausgehen, dass sie sofort das Bewusstsein verloren hat. Aber der Schlag war nicht tödlich. Sie hat noch gelebt, als er ihr die Halsschlagader und die Pulsadern geöffnet hat."

Margareta rieb sich die Arme. „Wie bei Susanne Kolb."

Gramling warf das Handtuch in den Müll. „Es ist äußerst unwahrscheinlich, dass sie noch einmal das Bewusstsein erlangt hat." Er schob sich eine graue Haarsträhne, die sich aus seinem Pferdeschwanz gelöst hatte, hinters Ohr. „Es gibt schlimmere Arten zu sterben."

„Ja, ich weiß."

Gramling nahm seine Brille ab, sprühte sie mit Glasreiniger ein und zog ein Brillenputztuch aus einer kleinen Box, die neben dem Seifenspender stand. „Wir haben übrigens Fasern in Hals- und Nackenbereich und in den Haaren gefunden. Das dürfte die Druckstellen erklären. Es sieht so aus, als hätte sie eine Cervicalstütze getragen."

„Eine was?", fragten Margareta und Fassrath gleichzeitig.

„Eine medizinische Stützvorrichtung zur Stabilisierung der Halswirbelsäule, in der Umgangssprache auch Halskrause genannt." Lisa Brandt, Gramlings Assistentin, betrat den Raum, eingehüllt in eine Duftwolke aus frischem Kaffee mit Karamellaroma. In der einen Hand hielt sie einen Pappbecher von Starbucks, in der anderen ein paar Blätter Papier. „Guten Morgen, allerseits." Sie lächelte den Anwesenden zu, trank ihren Kaffee aus und warf den Becher in den Abfalleimer.

Fassrath sah ihm sehnsüchtig hinterher.

Lisa fing seinen Blick auf und grinste. „Was ist los, Vincent, noch kein Frühstück gehabt?"

„Hier drin wird nicht gegessen!", blaffte Gramling.

„Wer hat was von essen gesagt?" Lisa schnitt ihrem Chef hinter seinem Rücken eine Grimasse.

„Ich habe vergessen, Kaffeepulver zu kaufen", sagte Fassrath.

„Kaffeepulver!" Lisa rümpfte die Nase. „Wann legst du dir endlich mal eine gescheite Maschine zu?"

„Du meinst, so einen Kaffeevollautomaten für 2.000 Euro?" Er grinste. „Ich bin dabei, meinen Staubsauger abzubezahlen."

„Ach was, die gibt's schon ganz günstig. Bei Metro gibt's gerade einen im Sonderangebot, für knapp 300 Euro, mit Milchschäumer und allen Schikanen." Sie kam näher und drückte Margareta die Blätter in die Hand. „Hier, der Obduktionsbefund. Es gab übrigens keine medizinische Indikation. Für die Halskrause, meine ich."

„Wahrscheinlich hat er sie ihr angelegt, als sie schon tot war", sagte Margareta, „aber wozu?"

„Um ihren Hals zu stabilisieren und die Wunde zu verbergen", mutmaßte Fassrath.

Gramling schüttelte den Kopf. „Sie muss noch gelebt haben, sonst hätte die Haut nicht mehr reagiert."

„Aber das macht überhaupt keinen Sinn", sagte Fassrath, „warum hätte er das tun sollen?"

„Mörder handeln nicht immer logisch", philosophierte Gramling, „das solltest du allmählich wissen. Vielleicht wollte er das Halsaufschneiden hinauszögern und hat erstmal geschaut, ob die Halskrause passt ..."

„ ... Um die Vorfreude zu genießen?", fragte Margareta skeptisch.

Gramling zuckte die Schultern. „Wer weiß."

„Vielleicht dachte er ja auch, sie sei schon tot. Als er gemerkt hat, dass sie noch lebt, hat er ihr das Ding wieder abgenommen, und ihr den Hals aufgeschlitzt", sagte Lisa. Sie war vor Fassrath stehen geblieben und strich flüchtig über sein zerknittertes Hemd. Dann, als wäre sie über ihren eigenen Mut erschrocken, ließ sie die Hand sinken und versenkte sie in der Tasche ihres Laborkittels. Aus der Nähe sah Fassrath, dass sie sich sorgfältig geschminkt hatte. Das schimmernde Lipgloss betonte ihren breiten Mund. Ihre Haut war noch heller als seine und übersät mit Sommersprossen. Sie hatte ihre widerspenstigen roten Locken zu zwei kurzen Zöpfen geflochten, was sie sehr jung aussehen ließ. Für einen Moment überdeckte ein frischer zitroniger Duft die normalerweise in der Gerichtsmedizin vorherrschenden unangenehmen Gerüche. „Was kriege ich dafür, wenn ich dir auch so einen wunderbaren Kaffee besorge?"

Fassrath senkte die Stimme und lächelte sein Robert-Redford-Lächeln. „Soll ich dir das wirklich hier vor allen Leuten sagen?"

Ihre Augen weiteten sich kaum merklich. Als sie seinen amüsierten Blick bemerkte, lachte sie ein wenig zu schrill, und eine leichte Röte breitete sich auf ihrem Gesicht aus.

Es tat ihm leid, dass er sie in Verlegenheit gebracht hatte. Bemüht, den peinlichen Moment zu überbrücken, drehte er sich hilfesuchend zu Margareta um, die völlig in den Bericht vertieft zu sein schien, und räusperte sich.

„Tortillas und Guacamole", murmelte sie.

„Was?"

„Sofia Sterns Mageninhalt", sagte Gramling. Nachdem er seine frisch geputzte Brille noch einmal zur Kontrolle gegen das Licht gehalten hatte, nickte er zufrieden und setzte sie wieder auf. Er ging zu Margareta und las über ihre Schulter mit.

Lisa ging hinaus.

„Hört sich sehr nach Abendessen an", sagte Fassrath, „wenn wir aber davon ausgehen, dass sie frühestens am nächsten Morgen um elf getötet wurde, hätte doch das Abendessen schon verdaut sein müssen, oder nicht?" Er rieb mit dem Finger die kleine Narbe über seinem Auge und fühlte sich wie Harry Potter bei dem Versuch, gedanklich mit ‚Du-weißt-schon-wem' in Kontakt zu treten. „Sag' mal, Johnny, kann es sein, dass du dich beim Todeszeitpunkt geirrt hast?"

Gramling warf ihm einen mitleidigen Blick zu.

„Noch ein Wort, und er wird dich zum Duell fordern." Lisa kam aus der Küche und brachte Fassrath seinen Kaffee. „War eigentlich für Johannes gedacht", sagte sie, „aber ihm war er zu süß."

„Kunststück, da sind mindestens drei Stück Zucker drin", knurrte Gramling, „so was kann doch kein Mensch trinken – na ja, außer dem da vielleicht."

„Da ist überhaupt kein Zucker drin, sondern Karamellsirup", sagte Lisa fröhlich und reichte Fassrath den Becher. „Tut mir leid, er ist wahrscheinlich schon kalt."

Gramling hob die Hände zum Himmel. „Meine Güte, seine Hoheit wird es überleben."

Fassrath schnupperte mit geschlossenen Augen, dann nahm er einen großen Schluck. „Er ist genau richtig – könnte nur vielleicht ein klein wenig süßer sein." Er zeigte mit dem Kinn auf Gramling und verdrehte die Augen.

Diesmal klang ihr Lachen echt.

„Wahrscheinlich war Sofia am Abend in einem spanischen Restaurant, hat dort gegessen und sich den Rest einpacken lassen", sagte Margareta, „und am nächsten Morgen hat sie Hunger bekommen und das Zeug kalt verdrückt."

Lisa grinste Fassrath an. „Hast du sicher auch schon mal gemacht, oder?"

„Wenn ich essen gehe, gibt's keine Reste", sagte er und leckte sich den Milchschaum von den Lippen.

„Ach, noch was." Gramling griff nach einem durchsichtigen Plastikbeutel, der bei näherem Hinsehen ein paar blonde Haare enthielt. „Kunsthaar, ziemlich schlechte Qualität, drei waren auf ihrem Kopf, zwei auf ihrem Kleid. Sieht so aus, als ob der Mörder ihr auch noch eine Perücke aufgesetzt hat."

Fassraths Handy ging los. Er entfernte sich ein paar Schritte, um seinen Gesprächspartner besser zu verstehen. Zehn Sekunden später kam er zurück, steckte das Handy ein und packte Margareta am Arm. „Sie haben ihn! Er ist gestern Abend in Freiburg gefasst worden und hat die Nacht im Präsidium verbracht. Ingo Schuster heißt er. Ich fahre gleich los. Willst du mit?"

„Was denkst du denn!"

Bevor er ging, drehte er sich noch einmal zu Lisa um und warf ihr eine Kusshand zu. „Vielen Dank für den Kaffee, du hast was gut bei mir."

Sie erwiderte sein Lächeln. „Ich werde dich daran erinnern."

Es war eine Menge los auf der A 5, doch immerhin waren sie bislang in keinen Stau geraten. Während Margareta mit ihrem Mann telefonierte, dachte Fassrath über Lisa nach. Er hatte den harmlosen Flirt genossen. Andererseits hatte er ein schlechtes Gewissen. Er war sich ziemlich sicher, dass Lisas Interesse an ihm stärker war als umgekehrt, und es war unfair, ihr falsche Hoffnungen zu machen. Und nicht nur ihr. Er hatte Margaretas zufriedenes Grinsen bemerkt, als sie ihn und Lisa beobachtet hatte – sie brannte schon seit langem darauf, ihn zu verkuppeln. Er seufzte. Es könnte alles so einfach sein.

Margareta hatte ihr Gespräch beendet und legte das Handy auf die Ablage. „Grüße von Michael."

„Danke. Welchen Film habt ihr denn gestern Abend angeschaut?"

„Per Anhalter durch die Galaxis", sagte Margareta und verdrehte die Augen. „Ich bin nur mitgegangen, weil Michael ihn unbedingt sehen wollte. Du weißt ja, dass ich mir nichts aus Science-Fiction mache."

„Das ist keine klassische Science-Fiction, das ist mehr eine Parodie, das ist .... Kult ..., allein schon Marvin, der manisch-depressive Roboter ..., warum hat er mich nicht mitgenommen?"

Margareta sah Fassrath irritiert an. „Ich habe dich gefragt, ob du mit willst, weißt du nicht mehr? Aber du hast gesagt, du kannst nicht."

Fassrath mochte den Mann seiner Kollegin. Michael arbeitete halbtags beim Karlsruher Sport- und Bäderamt, schmiss den Haushalt und kümmerte sich um den gemeinsamen Sohn Daniel. Vor ein paar Jahren hatten sie sich ein Häuschen mit einem kleinen Garten in Waldbronn gekauft. Michael war ein netter, etwas flippiger Typ mit Augenbrauenpiercing und Oberarmtattoo, ein schillernder Paradiesvogel unter den angepassten Anzugträgern, die sonst bei der Stadt arbeiteten. Sein Chef hatte ihn schon mehrmals darum gebeten, sich etwas konventioneller zu kleiden, was Michael aber wenig beeindruckte. Er war gut in seinem Job und kam mit seinen Kollegen aus – und das war das Wichtigste. Margareta war seit über zehn Jahren mit ihm verheiratet. Fassrath konnte sich noch gut an die Hochzeit erinnern. Kurz nach der standesamtlichen Trauung war bei Margareta die Fruchtblase geplatzt, und Fassrath hatte das frisch gebackene Ehepaar mit Blaulicht ins Krankenhaus gefahren. Daniel kam fast sechs Wochen zu früh und verbrachte die ersten Wochen seines Lebens im Brutkasten. Die eigentliche Hochzeitsfeier fand dann ein halbes Jahr später statt.

„Wie geht es meinem Patenkind?"

„Ganz gut. Er schreibt heute eine Mathe-Arbeit. Und er hat eine Freundin." Sie lächelte.

„Er ist noch nicht mal elf!"

„Sie ist neu in der Klasse, frisch zugezogen sozusagen. Sie wohnt bei uns um die Ecke. Sie holt ihn morgens ab, dann laufen sie zusammen zur Straba, und manchmal machen sie zusammen Hausaufgaben."

„Als ich elf war, fand ich Mädchen doof."

„Tja, mein Lieber, die Zeiten haben sich geändert." Sie betrachtete ihn von der Seite. „Du solltest dich auch mal wieder mit einer Frau verabreden."

Er warf seiner Kollegin einen finsteren Blick zu. Warum musste sie immer wieder darauf herumreiten? Das Thema war sein wunder Punkt, und sie wusste es. Er war seit zwei Jahren geschieden. Corinna, seine damalige Frau, war nicht mit seinem Job zurecht gekommen, mit den unregelmäßigen Arbeitszeiten, den vielen Überstunden, den Fällen, die er mit nach Hause nahm, die ihn auch nach Feierabend nicht losließen, den Nächten, die er vor seinem Schreibtisch verbrachte, den Zeiten, in denen er sich innerlich von ihr zurückzog. Sie hatte mehrere Anläufe gemacht, mit ihm darüber zu sprechen, eine neue Basis für ihr Zusammenleben zu finden, doch es war ihr nicht gelungen, wirklich zu ihm durchzudringen.

Nach drei Jahren zog Corinna die Konsequenz und beschloss, sich von ihm zu trennen. Für Fassrath brach die Welt zusammen. Corinna war diejenige gewesen, die ihm Kraft gab, die Energie, durchzuhalten und sich Tag für Tag den Anforderungen seines Jobs zu stellen. Doch das wurde ihm erst bewusst, als es zu spät war. Er versprach, dass jetzt alles anders werden würde, suchte verzweifelt nach einer Möglichkeit, seine Beziehung zu retten, schlug vor, zur Eheberatung zu gehen oder zu einer Selbsthilfegruppe für Paare in Krisen, aber Corinna hatte ihre Entscheidung getroffen.

Er zog aus, suchte sich eine kleine Wohnung in der Weststadt, überließ ihr alle Möbel, alles, was ihn irgendwie an sie hätte erinnern können. Er bekam eine Lungenentzündung und musste sogar ein paar Tage ins Krankenhaus. Danach schickte ihn sein Chef in Kur, und endlich fand er die Zeit, über sein Leben und das, was schief gelaufen war, nachzudenken. Er schrieb lange Briefe an Corinna, keine E-Mails, sondern richtige Briefe. Den ersten las sie, die anderen schickte sie ihm ungeöffnet zurück. Zwei Monate später hatte sie einen neuen Freund und weitere sechs Monate später gab sie ihren Job in Karlsruhe auf und zog zu ihm nach München.

Nachdem Fassrath und Corinna fast ein Jahr keinen Kontakt mehr gehabt hatten, rief sie an. Plötzlich ihre Stimme wieder zu hören, war wie ein Schock für ihn. Und sofort keimte die aberwitzige Hoffnung in ihm auf, dass sie wieder zu ihm zurückkommen würde. Sie fragte ihn, wie es ihm ginge, wollte wissen, ob er jemanden kennen gelernt hatte. Und dann erwähnte sie nebenbei, dass sie wieder geheiratet hatte. Corinna beendete das Gespräch mit den Worten: „Wir bleiben in Kontakt."

Und sie hielt ihr Versprechen. Einmal im Monat rief sie ihn an, erzählte ihm kleine Anekdoten aus ihrem Münchner Leben, die ihn nicht wirklich interessierten, fragte ihn nach seinen Erlebnissen, ermunterte ihn, auszugehen und Frauen kennen zu lernen. Allmählich gewöhnte er sich an ihre Anrufe und er wunderte sich darüber, wie sie es schafften, diese lose freundschaftliche Beziehung zu pflegen.

„Hör' auf damit, Gretchen." Der warnende Unterton in seiner Stimme war nicht zu überhören, aber Margareta war nicht so leicht einzuschüchtern.

„Ich will dich doch nicht ärgern – ich mache mir nur Sorgen um dich. Es ist für niemanden gut, lange allein zu sein." Sie zupfte einen unsichtbaren Fussel von seinem Hemd. „Was ist eigentlich mit Lisa?"

„Wieso, was soll mit ihr sein?"

„Immerhin habt ihr gerade heftig miteinander geflirtet." Sie sah ihn nicht an, sondern fummelte immer noch an seinem Hemd herum. „Und das nicht zum ersten Mal. Mein Gott, wie sie dir mit den Fingern über die Brust gestrichen hat ..."

„Jetzt übertreib' mal nicht, das war doch völlig harmlos. Sie hat mir einen Kaffee gebracht, als ich dringend einen gebraucht habe – ich hätte sie küssen können."

„Sie hätte sicher nichts dagegen gehabt. Du glaubst doch nicht im Ernst, dass sie den Kaffee für Little John besorgt hat, der ihn nur schwarz und möglichst bitter mag – der war von Anfang an für dich bestimmt."

Er warf ihr einen amüsierten Blick zu. „Dann solltest du dir mal ein Beispiel nehmen, meine Gute."

Margareta schnalzte ungeduldig mit der Zunge. „Jetzt lenk' nicht ab, Vincent. Warum gehst du nicht mal mit ihr ins Kino? Schloss Gottesaue? Du nimmst eine Decke mit und eine Flasche Wein ..."

„Und in welchen Film? Bandscheibenvorfall unter dem Sternenhimmel?" Er lachte über seinen eigenen Scherz.

„Ach vergiss' es."

Fassrath betätigte den Blinker und wechselte auf die linke Spur, um einen LKW zu überholen. „Sie ist halb so alt wie ich und sie verbringt den größten Teil des Tages mit Leichen."

„Ja und? Das machst du doch auch. Und sie ist nicht halb so alt wie du. Sie wird nächsten Monat 32."

Er sah Margareta überrascht an. „Woher weißt du das?"

„Weil ich im Rechenunterricht in der ersten Klasse aufgepasst habe. Lisa ist vor zwei Jahren 30 geworden. Du warst mit mir auf ihrer Party, weißt du das nicht mehr?"

„Oh Gott – die Party meinst du." Natürlich erinnerte er sich. Gerade frisch geschieden, hatte er sich an dem Abend die Kanne gegeben und beim Karaoke-Singen ,Bye-bye Love' geschmettert. Er hatte mit sämtlichen anwesenden Frauen getanzt und schließlich Lisas Arme bei ,Are you lonesome tonight' von seinem Hals gelöst und sie mitten auf der Tanzfläche stehen lassen, weil er sie sonst vollgekotzt hätte. Margareta hatte ihn nach Hause gefahren. Im Auto hatte er das heulende Elend bekommen, also war sie mit ihm nach oben gegangen, hatte ihm die Schuhe ausgezogen und sogar gewartet, bis er eingeschlafen war. „Das war vielleicht eine Nacht!"

Margareta schwieg eine Weile und sah aus dem Fenster. Schließlich nahm sie das Gespräch wieder auf. „Sie mag dich, Vincent. Und du magst sie auch."

„Ja, ich mag sie. Ich mag sie sogar sehr. Sie war mir von Anfang an sympathisch."

Ein selbstzufriedenes Lächeln breitete sich über Margaretas Gesicht aus.

„Aber ich fange nichts mit Kolleginnen an. Außerdem ..." Er brach ab, aber Margareta wurde sofort hellhörig.

„Außerdem?"

Er seufzte. „Also gut, du lässt mir ja doch keine Ruhe. Ich war gestern beim Speed-Dating."

„Du warst wo?"

„Speed-Dating – das ist so eine Art Turbo-Kennenlernabend für Singles auf Partnersuche."

„Du verarschst mich!"

„Ganz wie du meinst."

Margareta sah ihn ungläubig an, dann ging ihr ein Licht auf. „Du hast mit Corinna telefoniert."

Fassrath schwieg. Sie kannte ihn viel zu gut.

„Was ist passiert?"

Er antwortete nicht gleich.

„Jetzt sag' schon!"

„Sie ist schwanger. Sie bekommt ein Kind von diesem ..., diesem ..."

„Von ihrem Mann", sagte Margareta, „mit dem sie glücklich ist. Gönnst du ihr das nicht?"

Er schlug mit der Hand aufs Lenkrad.

„Du hast immer noch gehofft, dass sie zu dir zurückkommt."

Aus dem Augenwinkel sah er, dass seine Kollegin den Kopf schüttelte, und er wurde wütend. „Lass' uns das Thema wechseln, okay?"

„Einverstanden – erzähl' mir von gestern Abend! War eine interessante Frau dabei?"

Seine Wut verflog schnell, und er musste lachen. „Ich hätte dich mitnehmen sollen, du hättest mir bestimmt die Richtige ausgesucht."

Sie beobachtete ihn gespannt.

„Schwer zu sagen, weißt du, du sitzt der Frau fünf Minuten lang gegenüber. Dann kommt ein Gong, und du gehst zur Nächsten. Ich kann mir kaum etwas Unromantischeres vorstellen. Außerdem habe ich die letzten drei verpasst, weil du mich angerufen hast." Er dachte an Hanna, und ohne dass er es bemerkte, veränderte sich sein Gesichtsausdruck.

Margareta grinste. „Wie heißt sie?"

„Wer?"

„Sag' schon!"

„Hanna, sie heißt Hanna. Sonst weiß ich nichts über sie. Wir haben sozusagen nur über das Miteinander-Reden selbst geredet. Es war völlig verrückt. Und das Merkwürdige war, ich hatte gar nicht den Eindruck, dass sie auf der Suche ist. Als ich mich zu ihr gesetzt habe, sah sie total gelangweilt aus, als ob sie nicht freiwillig dort wäre."

„Und gerade deshalb findest du sie interessant. Denn, wenn sie nicht auf der Suche ist, kann sie dir nicht gefährlich werden."

„Du hast zu viele psychologische Ratgeber gelesen. Nein, das ist es nicht. Sie war souverän und sie hatte Humor, und ich hatte so ein merkwürdiges Gefühl, als ob wir uns schon ewig kennen würden."

„Und wie geht's jetzt weiter?"

„Keine Ahnung, ich habe meine Handynummer für sie freigegeben. Wenn sie will, kann sie mich anrufen. Na ja, sobald sie ihren Brief hat."

„Welchen Brief?"

„Man bekommt einen Brief vom Veranstalter mit den Namen und Telefonnummern von denen, die dich kennenlernen wollen." Er lächelte. „Allerdings glaubt sie, dass ich ‚Chris' heiße."

11. Kapitel

Kurz vor elf trafen sie auf dem Polizeipräsidium in Freiburg ein, wo sie der Chef persönlich in Empfang nahm und in das Besprechungszimmer neben seinem Büro führte. Beate Müller, die Leiterin der SoKo ‚Vampir‘, und ihr Kollege Helmut Henke saßen bereits am Tisch. Der Rest des Teams trudelte nach und nach ein. Herbert Bergheimer hatte vor zwei Jahren hier die Leitung des Morddezernats übernommen. Mit fünfundfünfzig fühlte er sich alt genug für einen Schreibtischjob. Seine Mitarbeiter schätzten und respektierten ihn, weil er bis vor kurzem einer von ihnen gewesen war. Fassrath hatte in Freiburg seine Ausbildung gemacht und war hier danach drei Jahre lang Streife gefahren, bevor er sich nach Karlsruhe versetzen ließ.

Dr. Katharina Berndorf, die Polizeipsychologin, lehnte am Fenstersims und aß eine Banane. Nachdem sich alle begrüßt hatten, kam Bergheimers Sekretärin Heidemarie Wölk herein. Sie arbeitete seit fünfundvierzig Jahren im Vorzimmer des Chefs und hatte schon viele kommen und gehen sehen. Sie schob einen kleinen Servierwagen mit Kaffeegeschirr, Thermoskannen und zwei Tellern mit Keksen vor sich her. Als sie Fassrath sah, blieb sie wie angewurzelt stehen. „Das gibt's ja nicht – der Vincent."

Fassrath sprang auf, lief um den Wagen herum und küsste sie auf die Wange. „Mensch Wölkchen, sagen Sie bloß, Sie erinnern sich noch an mich."

„So einen wie dich vergisst man doch nicht." Sie tätschelte seinen Arm. „Du siehst müde aus – behandeln sie dich nicht gut in Karlsruhe?" Sie warf Margareta einen missbilligenden Blick zu.

Fassrath lachte. „Das ist Margareta Sturm, meine Partnerin und mein Fels in der Brandung. Ohne sie hätte ich schon längst aufgegeben. Margareta, das ist Frau Wölk, die rechte Hand des Chefs."

Margareta stand auf und schüttelte der älteren Frau die Hand. „Komisch, dass wir uns noch nie begegnet sind."

Frau Wölk winkte ab. „Ich war fast drei Monate weg, erst Urlaub, dann krank, dann Kur, wie das halt so ist, wenn man älter wird."

Bergheimer räusperte sich vernehmlich.

„Sagen Sie Bescheid, wenn Sie noch etwas brauchen." Frau Wölk ging hinaus.

Bergheimer schraubte die Kanne auf und goss Kaffee in die Tassen. „Jetzt haben wir ihn also endlich gefasst", sagte er.

„Hat er auch den Mord an Sofia Stern gestanden?", fragte Fassrath gespannt.

Bergheimer schüttelte den Kopf. „Ich muss zugeben, dass es mich doch sehr erstaunt hat, dass Sie es nicht für nötig hielten, uns umgehend über Ihren jüngsten Fall zu informieren."

„Aber das habe ich doch", sagte Fassrath, „ich habe Ihnen gestern Abend noch den vorläufigen Bericht zugefaxt. Und ich habe Frau Müller auf dem Handy angerufen, aber es war nur die Mobilb..., verdammt." Er hatte nicht auf die Mobilbox sprechen wollen und dann vergessen, es später noch einmal zu probieren.

Beate zog die Augenbrauen hoch und warf Henke einen vielsagenden Blick zu.

Bergheimer winkte ab. „Wie dem auch sei, das ist jetzt unwichtig. Ich habe bereits mit Schatz telefoniert." Er seufzte. „Schuster hat mit dem Mord an Sofia Stern nichts zu tun – so viel wissen wir mit Sicherheit."

„Warum nicht?"

„Er hat sich unfreiwillig selbst ein Alibi verschafft. Er hat sich bei der Arbeit versehentlich die Axt ins Bein gehauen und war die letzten drei Tage im Krankenhaus."

„Mist", fluchte Fassrath. „Warum haben Sie uns nicht früher Bescheid gesagt?"

Bergheimer lehnte sich zurück. „Sagen Sie's ihm, Frau Müller."

„Wir wissen es auch erst seit gestern", begann Beate. „Ihr wisst ja, dass vor zehn Tagen das letzte Opfer des Vampirs im Stadtpark gefunden wurde. Am Samstag hat sich eine Joggerin gemeldet, die beobachtet hat, wie am Tatabend ein Lieferwagen der Gärtnerei Seiler durch den Stadtpark gefahren ist. Auf der Ladefläche lagen ein paar zugebundene Säcke und eine umgedrehte Schubkarre. Es kam ihr komisch vor, weil es schon so spät war, fast zehn."

„Warum hat sie sich nicht früher gemeldet?", fragte Margareta.

„Das haben wir sie auch gefragt", fuhr Beate fort. „Sie ist am nächsten Tag für ein paar Tage zu einem Seminar in die Schweiz gefahren und hat erst von dem Mord erfahren, als sie zurückgekommen ist. Jedenfalls sind wir der Sache nachgegangen. Von der Stadt lagen keine Aufträge für Fremdfirmen vor – die hat ihre eigenen Gärtner. Die Joggerin konnte sich sogar noch an den Namen der Gärtnerei erinnern, also sind wir hin und haben mit dem alten Seiler geredet. Er schmeißt den Laden mit seiner Frau und seinem Sohn und beschäftigt einen Lehrling."

„Ingo Schuster", sagte Fassrath.

Beate nickte und fuhr sich durch ihre streichholzkurzen dunkelblonden Haare. „Genau. Seiler hat in den höchsten Tönen von ihm gesprochen. Schuster arbeitet seit zwei Jahren für ihn und hat noch keinen Tag gefehlt. Bis diese dumme Sache mit der Axt passierte. Macht seine Arbeit gut und gern und hat einen grünen Daumen. Ist immer der Erste, der kommt, und der Letzte, der geht. Privat allerdings sehr verschlossen. Seiler wusste noch nicht einmal, ob Schuster eine Freundin hat."

„Das heißt, er hatte einen Schlüssel."

„Und das uneingeschränkte Vertrauen des Chefs. Durfte den Wagen auch mal für private Zwecke benutzen."

„Um zum Beispiel nach Karlsruhe zu fahren." Margareta starrte in ihre Tasse. „Er hat also die Frauen umgebracht, sie in einen Sack gesteckt und ist dann seelenruhig mit dem Auto seines Chefs in den Park gefahren, hat die Leiche auf die Schubkarre geladen und hat sie zu einer einsamen Parkbank gekarrt."

„Botanischer Garten in Karlsruhe, Colombi-Park und Stadtgarten in Freiburg", sagte Beate.

Fassrath schlug leicht mit der Faust auf den Tisch. „Wie hat er das bloß geschafft, ohne Spuren zu hinterlassen?"

„Hat er ja gar nicht. Wir haben den Sack, in dem er die Leiche transportiert hat, im Müllcontainer der Gärtnerei gefunden. Auch hier hatten wir mehr Glück als Verstand. Der Müll wird alle zwei Wochen montags abgeholt. Die DNA-Analyse war eindeutig. Es war fast so, als wollte Schuster gefasst werden."

„Und warum die Frau in Karlsruhe?"

Beate griff nach der Thermoskanne und schenkte sich eine zweite Tasse ein. „Schuster ist in Karlsruhe geboren. Seine Mutter war fünfzehn, als sie ihn bekommen hat. Sie ist mit dem Baby aus dem Krankenhaus getürmt, war zwei Tage spurlos verschwunden, dann hat sie ihn im Botanischen Garten ausgesetzt. Als man ihn fand, war er fast verhungert. Ein halbes Jahr später kam er in Freiburg in eine Pflegefamilie. Als er fünf Jahre alt war, erwischte ihn seine Pflegemutter dabei, wie er versuchte, seinen dreijährigen Bruder mit dem Kopfkissen zu ersticken. Daraufhin kam er ins Heim. Die anderen Kinder hatten Angst vor ihm, er war ihnen unheimlich, weil er seltsame Geschichten erzählte. Und er machte grausame Experimente mit Tieren. Mit zehn schloss er sich einer Bande von älteren Jungs an, beteiligte sich an Raubüberfällen und Ladendiebstählen. Als er zwölf war, brach er nachts in das Büro der Heimleiterin ein und klaute seine Akte. So erfuhr er die Geschichte mit seiner Mutter."

„Diese Frauen verbluten zu lassen, war für ihn ein symbolischer Akt." Dr. Katharina Berndorf wischte sich mit einem Papiertaschentuch den Mund ab, wickelte die Bananenschale darin ein und warf sie in den Papierkorb. „Das Blut, ihre Lebenskraft, sollte sie so verlassen, wie seine Mutter ihn verlassen hatte. Der erste Mord brachte ihm nicht die gewünschte Befriedigung, also machte er weiter. Seine Opfer waren alle Mitte dreißig, lebenslustig, alleinstehend. Er hat ihnen vor Discotheken aufgelauert, in denen Single-Parties stattfanden, ist ihnen gefolgt, hat sich unter einem Vorwand Zutritt in ihre Wohnung verschafft, sie niedergeschlagen, in die Badewanne gelegt und ihnen die Halsschlagader aufgeschnitten."

„Sein erstes Opfer in Karlsruhe hat er an den Füßen aufgehängt", sagte Margareta, „mit zwei ihrer eigenen Gürtel."

„Stimmt", sagte Katharina, „aber nur, weil das Heizungsrohr über der Badewanne sich so praktisch dafür angeboten hat. Wahrscheinlich hatte er das ursprünglich gar nicht vor." Sie stieß sich vom Fenstersims ab, setzte sich neben Fassrath und flüsterte ihm ins Ohr: „Kommen Sie an den Kaffee ran?"

„Sicher." Er griff nach der Kanne, schenkte ihr eine Tasse ein und war stolz darauf, dass er nichts verschüttete. Selbst nach fünfzehn Jahren hatte er es nicht geschafft, die Befangenheit abzulegen, die ihn überkam, sobald die Psychologin in seiner Nähe war. Als junger Polizist war er von seinem damaligen Chef zu mehreren Sitzungen bei ihr verdonnert worden, nachdem er bei einem Einsatz die Beherrschung verloren und in einem ‚Akt sinnloser Gewalt' einen Mann niedergeschlagen hatte, der seine Frau krankenhausreif geprügelt hatte. Katharina, die selbst nur fünf Jahre älter war als er, schaffte es in kürzester Zeit, seine Abwehrmechanismen zu durchschauen und ihm zu zeigen, warum er so heftig reagiert hatte. Bevor sie richtig angefangen hatte, war ihre therapeutische Beziehung dann auch schon beendet. Nachdem Fassrath Katharinas Vorschlag, eine Psychoanalyse zu machen, vehement abgelehnt hatte, verlor sie nie wieder ein Wort darüber. Obwohl sie ihm seitdem immer nur mit kollegialer Freundlichkeit begegnet war, konnte er nicht vergessen, dass er mehr als beabsichtigt von sich preisgegeben hatte.

„Danke. Den kann ich jetzt wirklich gebrauchen." Sie lächelte ihm kurz zu. Es war dasselbe warme Lächeln, das er aus seinen Therapiesitzungen bei ihr kannte, vertrauenerweckend und einfühlsam. Für einen Moment war er wieder sechsundzwanzig. Er überlegte, ob sie sich noch an ihre gemeinsamen Sitzungen erinnerte und ob sie immer noch den hitzköpfigen jungen Polizisten von damals in ihm sah. Erst als sie leicht die Stirn runzelte und er ihren fragenden Blick bemerkte, wurde ihm bewusst, dass er sie anstarrte. Er räusperte sich. „Keine Milch, richtig?"

„Richtig, nur Zucker." Sie lächelte immer noch, und Fassrath hatte das unangenehme Gefühl, dass sie genau wusste, woran er dachte. „Genau wie Sie."

Er reichte ihr die Zuckerdose. „Warum hat er die beiden anderen Frauen in Freiburg getötet?"

Henke, der bis jetzt geschwiegen hatte, nahm einen Keks und betrachtete ihn nachdenklich. „Das haben wir ihn auch gefragt. Er hat gesagt, nach dem ersten Mord sei die Stadt für ihn nicht mehr wichtig gewesen. Es war so bequemer für ihn."

Margareta sah ihn ungläubig an. „Das hat er gesagt? Dass es bequemer für ihn war?"

Bergheimer beugte sich nach vorn und sah seine Karlsruher Kollegen eindringlich an. „Über eines müssen Sie sich klar sein – der Typ ist völlig durchgeknallt. Erwarten Sie keine logischen Erklärungen."

„Wie haben Sie das in der kurzen Zeit alles herausgefunden?", fragte Margareta.

„Wir haben ihn gestern Abend direkt aus dem Krankenhaus hierher geholt und die halbe Nacht verhört", sagte Beate. „Er hat gesungen wie ein Vögelchen. Es war fast, als würde er ein Interview für seine Biographie geben. Er wollte auch bis jetzt keinen Anwalt. Und er kann sich seinen Anwalt wahrscheinlich aussuchen, schon allein wegen der Publicity."

Fassrath trank einen Schluck aus seiner Tasse. „Ich würde gern mit ihm sprechen."

Bergheimer nickte. „Nur zu. Sie kennen sich ja aus."

Henke stand auf und streckte sich. Er hatte dunkle Schatten unter den Augen, war unrasiert, und sein Hemd sah aus, als ob er darin geschlafen hätte. „Ich bring' ihn dir in den Vernehmungsraum."

„Glaubst du, du kriegst ihn wach?" Beate gähnte herzhaft.

„Das lass' mal meine Sorge sein", sagte Henke grimmig und verließ das Büro.

Ingo Schuster sah nicht aus wie ein Vampir. Eher wie ein unausgeschlafener Fünfzehnjähriger mit dreckigen Fingernägeln und Pickeln im Gesicht. Sein linker Oberschenkel war dick verbunden.

Fassrath betrachtete den Verband. „Wie ist das passiert?"

Schuster sah ihn überrascht an. Mit dieser Frage hatte er nicht gerechnet. „Bin abgerutscht, hab' geblutet wie ein abgestochenes Schwein. Ich hab' noch gedacht, jetzt hat's mich selbst erwischt. Es hat mir nichts ausgemacht. War eigentlich gar kein so schlechtes Gefühl."

Margareta betrachtete den Jungen, versuchte, ihren Ekel zu unterdrücken. „Wollten Sie noch mehr Frauen umbringen?"

„Klar wollte ich. Ich hab' ja gerade erst angefangen. Es war ein geiles Gefühl, ihnen beim Verbluten zuzusehen. Nur schade, dass es jedes Mal so schnell vorbei ist. Man blutet nur so lange, wie das Herz schlägt, haben Sie das gewusst? Ich hab' als Kind mit Ratten rumexperimentiert. Hab' ihnen ein Bein abgeschnitten und beobachtet, wie lange sie noch leben. Das sind richtig zähe Viecher. Und wenn man sie zusammen einsperrt, fressen sie sich gegenseitig auf."

Sie fing seinen Blick auf und spürte eine Kälte, die nichts mit der Außentemperatur zu tun hatte. „Warum haben Sie die Frauen in den Park gebracht? Das war doch total riskant."

„Warum fragen Sie nicht die Psychotussi? Wissen Sie ...", er ließ seinen Blick über Margaretas dünne Sommerbluse gleiten, und seine Augen blieben an ihrem Ausschnitt hängen, „die meisten Weiber sind Schlampen. Aber meine Mutter war die Schlimmste von allen. Nicht nur, dass sie das Hirn zwischen den Beinen hatte …, sie wollte mich nicht. Also hat sie versucht, mich loszuwerden und mich einfach auf diese Bank gelegt. Ich wär' fast verdurstet. Sie hat's drauf ankommen lassen. Es war ihr egal."

„Sie war fünfzehn", sagte Margareta.

„Ja, ich weiß. Fünfzehn ist eine schöne Zahl – finden Sie nicht?" Er lächelte kalt. „Viel schöner als drei." Er hatte blassblaue Augen, die sie immer noch mit mildem Interesse musterten. „Wie alt sind Sie?" Er sah kurz zu Fassrath. „Sind Sie mit ihm zusammen? Haben Sie Kinder?"

Margareta verzog keine Miene und erwiderte seinen Blick.

„Haben Sie Angst vor mir?" Er sah sie unverwandt an und leckte sich die Lippen. „Sie nennen mich den Vampir – das gefällt mir irgendwie."

Margareta lehnte sich zurück und verschränkte die Arme.

Schuster grinste zufrieden und kratzte an einem Pickel an seinem Kinn. Als die ohnehin schon entzündete Stelle zu bluten begann, drückte er seinen Finger auf die Wunde. „Sie haben Angst vor mir." Mit einem schmatzenden Geräusch leckte er sich das Blut vom Finger.

„Sie sind kein Vampir", sagte Margareta verächtlich. „Sie sind nur ein armseliger kleiner Mistkerl, der ziemlich krank im Hirn ist." Die beiden Ermittler tauschten einen Blick und standen gleichzeitig auf.

Schuster ballte die Fäuste. „Ich bin der Vampir." Seine Augen bekamen einen unnatürlichen Glanz. „Die Zeitungen werden sich um Interviews mit mir reißen. Und ich werde berühmter sein als Dracula und Robert Pattinson zusammen."

Fassrath rückte den Stuhl, auf dem er gesessen hatte, wieder an seinen Platz und streckte sich ausgiebig. Seine Fingerspitzen berührten die Zimmerdecke. „Ich sag' dir, wie es weitergeht,

Schäfer. Du wirst für den Rest deines Lebens weggesperrt, und in ein paar Tagen wird sich keiner mehr für dich interessieren." Er folgte Margareta, die vorausgegangen war und an der Tür auf ihn wartete.

Der Junge sprang auf und ließ beide Fäuste auf die Tischplatte krachen. „Mein Name ist Schuster, du blöder Wichser!"

Fassrath drehte sich mit einem halben Lächeln zu ihm um. „Siehst du, Kleiner, das ist genau das, was ich meine."

„Was sollte das denn?" Margareta sah Fassrath verständnislos an.

„Ich wollte nur, dass er mit seinem dummen Gelaber aufhört."

„Der kleine Scheißer hat es tatsächlich geschafft, dich zu provozieren. Vielleicht solltest du ein paar Tage Urlaub machen."

„Ich könnte meine Überstunden nehmen."

„Untersteh' dich, mich zwei Jahre allein zu lassen!"

„Was sollte der Scheiß mit ‚berühmter als Ronald Paddington?' Wer ist das überhaupt?"

„Pattinson, er heißt Robert Pattinson. Er spielt den Edward Cullen in dieser Vampirfilmreihe und ist der Schwarm aller Mädchen zwischen zehn und ..."

„Fünfundvierzig?", sagte Fassrath und grinste, „oder warum kennst du dich da so gut aus?"

Margareta verdrehte die Augen. „Man merkt, dass du keine pubertierenden Nichten hast. Als Laura uns für eine Woche besucht hat, hat sie sein Poster im Gästezimmer aufgehängt."

Sie verabschiedeten sich von den Freiburger Kollegen und verließen das Gebäude.

„Das hätten wir uns sparen können", sagte Margareta. „Ich habe Kopfschmerzen bekommen da drin."

„Lass uns einen kleinen Spaziergang machen, bevor wir zu Sofias Eltern fahren", schlug Fassrath vor.

Sie liefen durch die Fußgängerzone zum Schwabentor, bogen nach links ab und überquerten die Fußgängerbrücke, die zum

Schlossberg führt. Dort betraten sie ein Felsengewölbe und fuhren mit dem Fahrstuhl, der durch den Berg geht, zum Kastaniengarten. ,Willkommen im schönsten Biergarten Südbadens' stand mit Kreide auf einer am Eingang aufgestellten Tafel. Sie setzen sich auf die Terrasse unter einen Sonnenschirm.

„Schöne Aussicht", sagte Margareta und ließ ihren Blick über die Freiburger Altstadt schweifen. „Schade, dass wir keine Zeit haben. Ich würde gern mal auf den Münsterturm hochsteigen."

Fassrath grinste. „Da habe ich ja noch mal Glück gehabt. Weißt du, wie viele Stufen das sind?"

„Das war übrigens nett von dir, was du vorhin zu Bergheimers Sekretärin gesagt hast."

„Was denn?"

„Dass ich dein Fels in der Brandung bin."

Fassrath sah von der Speisekarte auf. „Das habe ich ernst gemeint."

„Ich weiß. Deshalb war es ja so nett. Dafür lade ich dich jetzt zu einer Rhabarberschorle ein."

Als die Bedienung die Getränke brachte, klingelte Fassraths Handy.

„Wo sind Sie denn, verdammt noch mal?" Die Stimme von Heinrich Schatz klang ziemlich wütend.

„Der Vampir ist gefasst worden, und wir sind nach Freiburg gefahren, um ihn uns anzusehen."

„Sind Sie verrückt geworden?", brüllte ihr Chef. „Sie haben hier einen Mord aufzuklären und treiben sich in Freiburg herum, um einen Irren zu interviewen!"

„Wir dachten erst, dass ..."

„Ich weiß, was Sie dachten", unterbrach ihn Schatz. „Bergheimer hat mich angerufen. Ein einfaches Telefongespräch, und die Sache wäre in zwei Minuten erledigt gewesen. Aber nein, die Herrschaften beschließen, sich einen schönen Tag in Freiburg zu machen. Wahrscheinlich sitzen Sie gerade mit Gretchen im Biergarten."

Fassrath grinste. „Nicht ganz, wir sind unterwegs zu den Eltern von Sofia Stern, dem jüngsten Mordopfer – sie leben in Freiburg."

„Immer eine Ausrede parat, was? In spätestens drei Stunden habe ich Ihren Bericht auf meinem Schreibtisch." Er legte auf, ohne sich zu verabschieden.

12. Kapitel

Ernst und Elvira Stern bewohnten ein freistehendes Haus in Zähringen, eines der nobleren Wohnviertel Freiburgs. Auf Fassraths Klingeln hin öffnete Silvana Stern die Tür. „Sie schon wieder", sagte sie und trat zur Seite, um sie vorbeizulassen.

Sie traten in einen geräumigen Flur, von dem mehrere Türen abgingen. Eine davon öffnete sich, und ein großer schlanker Mann um die sechzig kam heraus. Er trug einen maßgeschneiderten dunkelgrauen Anzug und italienische Schuhe. Er wandte sich an Fassrath: „Sind Sie von der Polizei?"

Fassrath nickte und stellte sich und Margareta vor.

„Ernst Stern." Er schüttelte ihnen die Hände und nahm mit unbewegtem Gesichtsausdruck ihre Beileidsbekundungen entgegen. Dann führte er sie ins Wohnzimmer und deutete auf eine schwarzlederne Couchgarnitur. Sie setzten sich auf eines der Corbusier-Sofas und schauten sich um. Stern nahm gegenüber auf einem Zweiersofa Platz und schlug die Beine übereinander. Fassrath kam der Gedanke, dass wohl seine ganze Wohnung in diesen Raum passen würde. Auf der anderen Seite stand ein glänzend polierter weißer Flügel. Die Ostseite war völlig verglast, die Tür zum Garten stand offen.

Stern räusperte sich. „Meine Frau hat sich hingelegt. Es wäre mir recht, wenn wir sie jetzt nicht wecken müssten. Sie hat ein Beruhigungsmittel genommen."

Fassrath nickte. „Was machen Sie beruflich, Herr Stern?"

„Ich bin Patentanwalt, Teilhaber bei ‚Fichte und Kuntz', falls Ihnen das etwas sagt. Wir betreuen gerade ein großes internationales Projekt. Ich arbeite sechzehn Stunden am Tag." Er warf einen Blick auf seine Armbanduhr. „Heute Nachmittag muss ich nach München fahren. Eigentlich kann ich es mir gar nicht leisten ..." Er brach ab und biss sich auf die Lippen. „Entschuldigen Sie, ich bin noch ganz ..."

„Herr Stern, Ihre Frau braucht Ihren Beistand jetzt nötiger als Ihre Firma, glauben Sie nicht?" Margaretas Stimme klang sanft, aber bestimmt. „Dafür haben Ihre Kollegen sicher Verständnis."

„Ich habe es ihnen noch nicht gesagt." Er schaute auf, und sie konnten sehen, wie er um seine Beherrschung kämpfte. „Ich konnte es nicht." Er vergrub das Gesicht in den Händen.

Fassrath beugte sich vor und berührte seinen Arm. „Wir können das für Sie übernehmen, wenn Sie möchten."

Stern schaute auf. Der Moment der Schwäche war vorbei. „Nein, das mache ich lieber selbst. Sobald Sie gegangen sind."

Silvana kam herein, eine ihrer selbstgedrehten Zigaretten in der Hand. Sie lief durch das Zimmer in den Garten, legte sich in einen Liegestuhl und zündete die Zigarette an.

Margareta stand auf, folgte Silvana nach draußen und schloss die Tür hinter sich.

Fassrath beobachtete, wie sie sich zu ihr setzte und wandte sich wieder Stern zu. „Wie war Ihr Verhältnis zu Sofia?"

Stern verzog den Mund zu einem freudlosen Lächeln. „Ich kann mir vorstellen, was Ihnen Silvana erzählt hat."

„Was glauben Sie denn, was sie uns erzählt hat?"

Stern fuhr mit der Hand durch die Luft, als wollte er eine Fliege verscheuchen. „Ach, hören Sie doch mit diesem therapeutischen Quatsch auf! Ich habe mein Leben lang hart gearbeitet, um meiner Familie diesen Lebensstandard zu ermöglichen. Mit sechzehn hatten meine Töchter schon die ganze Welt gesehen, Kreuzfahrten, Safaris, die ganze Palette, kulturelles Programm vom Feinsten – sie sollten ja schließlich auch etwas lernen, Schüleraustausch, Aupair in London und Paris, ich wollte, dass ihnen die ganze Welt offen steht. Sofia hatte nichts Besseres zu tun, als gleich nach dem Abitur auszuziehen. Und jetzt raten Sie mal, was sie beruflich machen wollte?" Er wartete Fassraths Antwort nicht ab. „Sozialarbeit, können Sie sich das vorstellen? Das hat doch keine Zukunft. Damit kann man kein Geld verdienen! Aber zuerst wollte sie sich selbst finden, wie sie es nannte. Also hat sie sich zusammen mit ihrer Schwester eine kleine Wohnung gemietet und hat gejobbt, mal dies, mal das. Wir haben nie genau gewusst, was sie eigentlich macht."

„Und Silvana?"

Stern lachte ärgerlich. „Silvana hat sich anstecken lassen und tatsächlich Sozialarbeit studiert. Sofia war schon immer diejenige, die sagte, wo es lang ging. Wussten Sie, dass es in Freiburg gleich zwei Fachhochschulen dafür gibt? Jetzt arbeitet sie bei der Jugendgerichtshilfe für einen Hungerlohn. Und wohnt immer noch in dieser Bruchbude. Wir haben eigentlich gehofft, dass Silvana Musik studiert oder Konzertpianistin wird. Sie ist sehr gut, wissen Sie, vor zehn Jahren hat sie einen Preis gewonnen bei ‚Jugend musiziert'." Er sah auf seine Hände. „Und Sofia, Sofia hat es ein bisschen übertrieben mit ihrer Selbstfindung. Sie hat einen Fotografen aus Karlsruhe kennen gelernt und ist mit ihm zusammengezogen. Über ihn ist sie an eine Modelagentur geraten, und da hat sie wohl ein paar Aufträge bekommen. Sie war ein Jahr mit ihm zusammen, dann haben sie sich getrennt."

„Was wissen Sie über ihn?"

„Nur das, was sie uns erzählt hat, und das war nicht viel. Er heißt Martin Marbach und arbeitet als freier Fotograf."

„Wann hatten Sie zum letzten Mal Kontakt mit Sofia?"

Stern überlegte kurz. „Das war Anfang des Jahres. Sofia hatte sich gerade von Marbach getrennt, oder er von ihr, das weiß ich nicht so genau, und sie ist nach Freiburg gekommen, um Silvana zu sehen. Sie kam zu uns zum Abendessen. Wir hatten wieder den alten Streit, ich habe ihr gesagt, dass sie nicht jünger wird und sich endlich entscheiden muss, was sie mit ihrem Leben machen will. Sie ist aufgestanden, hat ihre Serviette hingelegt und ist gegangen." Er schluckte. „Sie hat gesagt ‚du wirst mich nie verstehen'." Er atmete zweimal tief durch. „Das waren ihre letzten Worte. Ich glaube, Elvira hat sie noch einmal angerufen ..." Er brach unvermittelt ab, sah zur Tür und stand auf.

Fassrath drehte sich um und sah eine schlanke dunkelhaarige Frau, in der er unschwer die Mutter von Sofia und Silvana Stern erkannte. Sie schien um einiges jünger zu sein als ihr Mann. Fassrath hatte das unbestimmte Gefühl, sie schon einmal gesehen zu haben.

Sie war barfuss und trug einen eleganten Morgenmantel aus lindgrüner Seide. „Ich habe die Klingel gehört", sagte sie. Ihr Mann streckte die Hand nach ihr aus, als wollte er sie stützen, doch sie beachtete ihn nicht. Ihre Augen waren auf Fassrath gerichtet, der mittlerweile aufgestanden war.

Für einen Moment sagte keiner ein Wort. Schließlich brach Ernst Stern das Schweigen. „Es tut mir leid, dass wir dich geweckt haben. Leg' dich doch wieder hin."

„Wer sind Sie?" Sie griff nach dem Kragen ihres Morgenmantels und zog ihn zurecht.

„Fassrath, Kripo Karlsruhe. Es tut mir sehr leid, Frau Stern." Er hätte ihr gern die Hand gegeben, doch er hatte das Gefühl, dass sie das nicht wollte, und so sah er sie nur an und wartete darauf, dass sie sich setzen würde.

Sie musterte ihn kurz, ignorierte ihren Mann, der auf dem Sofa zur Seite gerutscht war, um ihr Platz zu machen, und nahm in dem Sessel Platz, der zwischen den beiden Sofas stand. „Wie oft haben Sie diesen Satz schon gesagt, Herr Fassrath?"

„Elvira!", mahnte ihr Mann.

„Ich weiß es nicht", sagte Fassrath. Das dunkle Blaugrün ihrer Augen erinnerte ihn an die Farbe des Meeres kurz vor Sonnenaufgang. Es fiel ihm schwer, ihrem Blick standzuhalten, in den sich Trauer, Verzweiflung und Erschöpfung mischten. Der Gedanke, wie es sich anfühlen musste, ein Kind auf solch brutale Weise zu verlieren, war jenseits seiner Vorstellungskraft. Er wusste, dass nichts, was er sagen oder tun konnte, ihr Trost spenden würde, doch das erwartete sie auch nicht.

Sie sah ihn lange an, dann nickte sie kaum merklich, und ihre Lippen verzogen sich zu einem schmerzlichen Lächeln. „Sie können nichts dafür", sagte sie, „Sie tun nur Ihren Job." Sie griff wieder nach dem Kragen ihres Morgenmantels und ließ die Hand darauf liegen, als wollte sie sich schützen. „Haben Sie Kinder, Herr Fassrath?"

„Elvira!" Stern warf Fassrath einen unbehaglichen Blick zu und machte eine unbestimmte Geste in Richtung seiner Frau, als wollte er sich für ihr Benehmen entschuldigen.

Fassrath schüttelte den Kopf. Sätze wie ‚Ich weiß, wie Sie sich fühlen' hatte er sich schon lange abgewöhnt. Schmerz machte einsam. Und solche Floskeln trugen nur dazu bei, die Kluft zu vertiefen. „Ich habe ein Patenkind", sagte er nach einer Weile, „er ist zehn."

Er erwartete, dass sie etwas sagen würde, wie ‚das ist nicht dasselbe', doch sie nickte nur.

„Sie sehen Ihren Töchtern sehr ähnlich, Frau Stern."

„Und jetzt möchten Sie sicher wissen, ob wir uns auch im Wesen ähnlich waren, ob ich mich nicht in erster Linie als Mutter, sondern als Freundin oder ältere Schwester sehe oder gesehen habe, nicht wahr? Oder zu welcher meiner Töchter ich das bessere Verhältnis hatte?"

Stern stand auf. „Ich hole dir etwas zu trinken." Er ging hinaus.

Fassrath sah ihm nachdenklich hinterher.

„Er hat ein schlechtes Gewissen", sagte Elvira.

„Warum?"

„Er konnte sie nie so akzeptieren, wie sie waren – beide nicht."

„Und Sie?"

„Bei mir hat er Kompromisse gemacht. Außerdem mag er Musik."

„Das habe ich nicht gemeint."

Sie stand auf, ging zum Flügel und fuhr mit dem Finger über das polierte Holz. „Ich weiß, was Sie gemeint haben." Als sie den Kopf hob, sah er Tränen in ihren Augen. „Ich habe es versucht. Aber ich konnte es nicht ertragen, wenn er unglücklich war. Und ich habe mich verantwortlich gefühlt."

„Wofür?"

Sie setzte sich wieder hin. „Für alles."

Stern kam zurück. Er trug ein Tablett, auf dem eine Karaffe mit Eistee und ein paar Gläser standen. Er warf einen kurzen Blick in den Garten, schien zu überlegen, ob er Silvana und Margareta auch eine Erfrischung anbieten sollte, dann stellte er das Tablett auf den Tisch, füllte ein Glas für seine Frau und stellte es vor sie hin. „Möchten Sie auch, Herr Kommissar?"

„Im Moment nicht, danke." Fassrath beugte sich vor und suchte wieder den Augenkontakt zu Elvira. „Sie wollten mir etwas über Ihr Verhältnis zu Sofia erzählen."

Sie trank einen Schluck aus ihrem Glas und stellte es behutsam zurück auf den Tisch. „Sofia war schon von kleinauf zugänglicher als Silvana. Sie war temperamentvoll und offen, während Silvana zurückhaltend und still war, ein wenig schüchtern. Bis beide zwölf waren, hatten wir ein Kindermädchen. Ich war knapp 21, als sie geboren wurden. Als ich mit dem Studium fertig war, habe ich ein Engagement beim Theater bekommen."

Fassrath erinnerte sich plötzlich daran, woher er sie kannte. „Sie haben die ‚Pamina' gesungen, nicht wahr? Das muss so in den späten Neunzigern gewesen sein. Und Bernadette Brimbeau die Königin der Nacht."

„Stimmt, sagenhafte Stimme – grauenvolle Aussprache. ‚Der Ölle Raaaake ...'"

„ ... kott in meine Ehrzen'", vollendete Fassrath. „Als ich noch in Freiburg gewohnt habe, war ich oft im Theater."

„Sie haben ein gutes Gedächtnis."

Stern sah ungläubig von seiner Frau zu Fassrath, als könnte er nicht fassen, dass sie hier saßen und sich über Opern unterhielten, als hätten sie den eigentlichen Grund ihres Gesprächs vergessen.

„,Die Zauberflöte' ist meine Lieblingsoper", sagte Fassrath.

„Meine auch." Sie lächelte traurig. „Über unregelmäßige Arbeitszeiten muss ich Ihnen wohl nichts erzählen. Und Ernst stand noch seltener zur Verfügung." Sie sagte es ohne Vorwurf. „Aber wir haben immer darauf geachtet, regelmäßig als Familie etwas miteinander zu unternehmen."

„Safaris, Bildungsurlaube ...", sagte Fassrath.

Sie warf ihm einen scharfen Blick zu. „Sofia und Silvana wussten beide, dass sie mit allem zu mir kommen können."

„Zu uns", sagte Stern. Er hatte den Kopf gesenkt und sprach so leise, dass man ihn kaum verstehen konnte.

Elvira stand auf, setzte sich neben ihren Mann aufs Sofa, berührte ihn aber nicht, sondern faltete die Hände in ihrem Schoß.

Fassrath schenkte sich ein Glas Eistee ein. „Wussten Sie, dass Sofia Geldprobleme hatte?"

Stern sah auf. „Ich habe es mir gedacht. Von mir hat sie nichts angenommen, weder Geld noch Ratschläge."

,Vielleicht wollte sie ja etwas ganz anderes von dir, einfach nur ein bisschen väterliche Liebe und Anerkennung', dachte Fassrath. „Herr Stern, fällt Ihnen irgendjemand ein, der Sofia unangenehm war, mit dem sie vielleicht Streit hatte?"

Stern schüttelte den Kopf. „Nein, sie war sehr beliebt. Aber, wie gesagt, über ihr Leben in Karlsruhe weiß ich nicht viel. Da sprechen Sie vielleicht lieber noch mal mit Silvana."

„Frau Stern?"

Elvira seufzte. „Da Sie es sowieso herausfinden werden, kann ich es Ihnen auch sagen."

„Was denn?" Stern sah sie erschrocken an und schüttelte leicht den Kopf, als wollte er sie daran hindern, etwas preiszugeben, das er nicht hören wollte.

„Vielleicht ist es wichtig. Du willst doch auch, dass ..." Sie schluckte und atmete tief durch. Fassrath bewunderte ihre

Selbstbeherrschung. „Es stimmt schon, was mein Mann gesagt hat. Sofia war sehr beliebt, vor allem bei ..." Sie brach ab und sah auf ihre gefalteten Hände, als überlegte sie, ob sie ein Gebet sprechen sollte.

„Männern?", half Fassrath nach.

Elvira nickte. „Ich war sehr froh, als sie Martin kennen gelernt hat. Es war das erste Mal, dass sie sich auf eine längere Beziehung eingelassen hat."

„Du redest, als ob sie ein Flittchen gewesen wäre", sagte Stern.

Elvira schüttelte müde den Kopf. „Sag' so was nicht. Ich weiß nicht, was der Grund war, vielleicht hatte sie Angst davor, sich festzulegen oder verletzt zu werden, oder, ich weiß es nicht, Herr Fassrath. Für sie war es ein Spiel. Sie wollte Spaß haben, aber es fiel ihr schwer, sich zu verlieben."

„Herr Stern, was glauben Sie, warum das so war?", fragte Fassrath.

„Was soll die Frage?" Stern sah wütend aus. „Kommen Sie schon wieder mit Ihrer Hobbypsychologie? Meine Frau hat Ihnen doch gerade gesagt, dass wir den Grund nicht kennen."

Elvira griff nach der Hand ihres Mannes. „Glauben Sie, es könnte einer von den Kerlen gewesen sei, denen sie den Laufpass gegeben hat?" Eine Träne löste sich von ihren Wimpern und tropfte auf den Morgenmantel, perlte an der glatten Seide ab und zerplatzte in tausend kleine Tröpfchen, die innerhalb der nächsten Sekunde in der warmen Luft verdunsteten. „Ich habe ihr immer gesagt, sie soll vorsichtig sein."

Fassrath betrachtete sie mit tiefem Mitgefühl. Wahrscheinlich fühlte sie sich mitschuldig am Tod ihrer Tochter, weil sie deren Lebenswandel gekannt und sich nicht genügend darum bemüht hatte, sie davon abzubringen. Darum ging es immer. Um die Schuld daran, etwas getan oder nicht getan zu haben – der Fluch der Elternschaft.

„Momentan ist es noch zu früh, Vermutungen darüber anzustellen, warum Sofia getötet wurde. Ob sie ihren Mörder gekannt hat oder ob sie nur zur falschen Zeit am falschen Ort war. Wir stehen noch ganz am Anfang unserer Ermittlungen."

„Zur falschen Zeit am falschen Ort …", wiederholte Elvira tonlos.

Fassrath trank einen Schluck von seinem Tee. Er war ungesüßt und schmeckte nach Minze. „Kennen Sie die Namen der Männer, mit denen sie sich getroffen hat?"

Elvira schüttelte den Kopf. „Wenn jemand etwas darüber weiß, dann ist es Silvana. Wobei …" Sie sah in den Garten hinaus und ließ ihren Blick über die im Liegestuhl ausgestreckte Gestalt ihrer Tochter schweifen. „Silvana ist in dieser Beziehung völlig anders. Sie hat sich mit siebzehn in ihren Deutschlehrer verliebt. Er war doppelt so alt wie sie und verheiratet, hatte zwei kleine Kinder."

Fassrath hob die Augenbrauen.

„Nein, nicht was Sie denken. Er hat sich erst auf sie eingelassen, nachdem sie von der Schule gegangen war. Er wollte seinen Job nicht aufs Spiel setzen. Sie waren fast vier Jahre zusammen."

Stern sah sie so erstaunt an, als wäre diese Information neu für ihn.

„Und dann?"

„Er ging zu seiner Frau zurück." Sie schnaubte verächtlich. „An seinem vierzigsten Geburtstag. Ende der Midlife-Crisis." Wieder sah sie in den Garten. „Seitdem hat sie sich auf keinen Mann mehr eingelassen."

Stern stand auf. „Jetzt reicht's aber wirklich! Ich glaube nicht, dass es die Polizei weiterbringt, wenn sie weiß, dass Silvana vier Jahre lang mit einem Mann zusammen war, der ihr Vater hätte sein …" Er brach mitten im Satz ab. Die Worte hingen in der Luft wie ein unangenehmer Geruch, der sich nur langsam verflüchtigte.

Keiner sprach.

Fassrath trank sein Glas aus, dann erhob er sich ebenfalls. „Danke für den Tee."

Stern schaute ihn an. „Sie werden uns doch auf dem Laufenden halten, nicht wahr?"

Fassrath nickte und gab ihm seine Karte. „Und wenn Ihnen beiden noch irgendetwas einfällt, egal was, rufen Sie mich an." Er trat auf die Terrasse hinaus.

Margareta verabschiedete sich von Silvana.

Stern, der Fassrath gefolgt war, warf einen Blick auf seine Tochter. Man konnte ihr ansehen, dass sie wieder geweint hatte, und auch seine Augen glänzten verdächtig. „Soll ich dir etwas zu trinken bringen, Schatz?"

Sie schüttelte den Kopf, putzte sich die Nase und stand auf.

Er machte einen Schritt auf sie zu, streckte die Hand nach ihr aus, dann schien er es sich anders zu überlegen und drehte sich um. „Ich bringe Sie zur Tür." Ohne jemanden anzusehen, ging er mit schnellen Schritten voran und öffnete die Haustür, um die Besucher hinauszulassen.

Elvira war ihm gefolgt. Sie war nur ein paar Zentimeter kleiner als Fassrath und musste kaum den Kopf heben, um ihm ins Gesicht zu sehen. „Finden Sie ihn!", sagte sie. Ihre Augen baten ihn um ein Versprechen, das er ihr nicht geben konnte.

Dieses Mal streckte er ihr die Hand hin, und sie nahm sie. Sie brachte sogar ein Lächeln zustande. Ihre Hand war eiskalt. „Passen Sie auf sich auf", sagte er, ließ sie los und gab ihrem Mann die Hand. „Sie beide."

13. Kapitel

„Da seid ihr ja endlich." Carola Schiller sah von ihrem PC auf, als Fassrath und Margareta hereinkamen. Der kleine Raum war durch eine Glaswand von dem Büro getrennt, das sich die beiden Ermittler teilten. Die Vorderkanten ihrer Schreibtische bildeten ein stumpfwinkliges Dreieck, in dessen Innenraum zwei Stühle für Besucher standen. Auf der anderen Seite lag das Büro von Heinrich Schatz. „Der Chef wartet schon sehnsüchtig auf euch."

Carola arbeitete hier seit zwei Jahren als Sekretärin und Mädchen für alles. Für ihre fünfundzwanzig Jahre war sie erstaunlich selbstbewusst. Sie war gut in ihrem Job und trug durch ihre manchmal etwas schnoddrige Art wesentlich zu der lockeren Atmosphäre bei, die auf der Dienststelle herrschte. Ihr rechtes Ohr war mindestens zwölfmal gepierct, und die Farbe ihres punkigen Haarschnitts variierte von orange bis dunkellila, je nach Stimmung.

Fassrath griff im Vorbeigehen nach ihrer Kaffeetasse und trank einen Schluck. Er verzog das Gesicht. „Der ist ja kalt!"

„Hol' dir gefälligst selbst einen." Sie hielt ihm einen Stoß Papier hin.

„Was ist das?"

„Ein Ausdruck des E-Mail-Verkehrs der letzten zwei Monate von Sofia Stern. Und hier noch das eingescannte Foto in fünffacher Ausfertigung. Ach ja, und der Blue Saloon hat mittwochs geschlossen, nur zur Info."

„Danke, Carola. Ach noch was, Uri soll ihren PC mal ansehen, vielleicht findet er etwas Interessantes."

„Ich habe ihm den Laptop schon gegeben. Sonst noch was?"

„Nein, danke. Du bist ein Goldstück."

Heinrich Schatz saß mit finsterer Miene hinter seinem Schreibtisch und deutete wortlos auf die beiden Besuchersessel. Dann warf er Fassrath einen Ausdruck der Nachrichtenseite von www.kriponews.de in den Schoß. „Können Sie mir erklären, was das soll?"

Margareta lehnte sich zu ihrem Kollegen hinüber, und sie überflogen gemeinsam den Internetartikel. ‚Vampir schlägt wieder zu – nackte Frauenleiche von Obdachlosem im Karlsruher Schlosspark entdeckt. Wer wird die Nächste sein?' Unter dem Titel war ein grobkörniges Foto abgedruckt, Gramling, wie er sich über die Tote beugte, die Hand an ihrem Hals. ‚Wer ist der ‚tote Engel'?' stand darunter.

Margareta und Fassrath wechselten einen ratlosen Blick.

„Sie war nicht nackt", sagte Fassrath.

Schatz griff über den Schreibtisch und riss Fassrath das Blatt aus der Hand. „Hier, das gefällt mir am besten – ‚Polizei tappt nach wie vor im Dunkeln – wie viele Frauen müssen noch sterben?' Das ist genau die Publicity, die wir nicht brauchen können! Vorhin hatte ich den Assistenten vom OB am Telefon – was glauben Sie, was ich mir alles anhören durfte." Es war nicht das erste Mal, dass sich das Stadtoberhaupt in die Arbeit der Karlsruher Polizei einmischte. Schatz hielt Fassrath den Sendebericht des Faxgerätes unter die Nase. „Und dann das hier! Heute Morgen ruft mich der Bergheimer an und fragt mich, warum er nicht über den Mord an Sofia Stern informiert worden ist."

„Aber ich habe ihm den vorläufigen Bericht doch gestern Abend noch zugefaxt."

„Dann setzen Sie das nächste Mal Ihre Brille auf, verdammt noch mal. Hier steht es ‚Übertragung nicht okay'. Vielleicht lassen Sie sich mal bei Gelegenheit von Frau Schiller das Faxgerät erklären!" Er zerknüllte das Papier und warf es in den Papierkorb.

„Woher wusste Bergheimer denn dann davon?"

„Stellen Sie sich vor, Herr Fassrath, sogar die Polizei in Freiburg hat Internet-Zugang. Und raten Sie mal, woher die Informationen kamen."

„Oh Gott." Fassrath verdrehte die Augen.

„Fast, nicht Gott selbst, aber sein demütiger Diener. Der alte Penner hat es wohl gestern Abend verdammt eilig gehabt. Ist wieder losgezogen, gleich nachdem die Kollegen das Protokoll aufgenommen hatten, Richtung Schlosspark. Und dann hat ihn einer von der Presse abgefangen und ihm was zu trinken spendiert. Und der hat dann diesen Mist ins Netz gestellt. Keine Ahnung, wo er das Foto herhat."

„Woher wissen Sie das denn alles?", fragte Margareta.

„Weber war heute Morgen wieder hier, wollte unbedingt mit dem netten blonden Kommissar sprechen. Ich glaube noch nicht mal, dass er dem Typen viel erzählt hat. ,Toter Engel nackt auf Parkbank, Schnitt im Hals' – das hat ja schon ausgereicht. Den Rest haben die sich zusammengereimt." Schatz warf Fassrath einen finsteren Blick zu.

Margareta sprach als Erste. „Das ist vielleicht gar nicht so schlecht. Offensichtlich wollte der Mörder uns auf eine falsche Spur bringen, indem er den ,Vampir' imitiert hat. Es ist doch gut, wenn er glaubt, dass ihm das gelungen ist. Dann wird er vielleicht leichtsinnig und macht einen Fehler." Sie sprang auf. „Warum halten wir die Information nicht einfach noch eine Weile zurück?"

„Setzen Sie sich wieder hin, Frau Sturm." Schatz drehte sich um und warf einen Blick auf die Uhr, die hinter seinem Schreibtisch an der Wand hing. „Vor einer halben Stunde hat die Pressekonferenz in Freiburg begonnen, Radio, Fernsehen, Internet, die Aufklärung der Parkmorde wird in den nächsten Tagen überall Topthema sein."

„Das wird Schuster freuen", murmelte Fassrath.

Schatz nahm seine Brille ab, massierte mit Daumen und Zeigefinger die Druckstellen an seinem Nasenrücken und holte tief Luft. „Also, was haben wir?"

Fassrath warf einen Blick auf den Bericht. „Wir wissen, dass sich Sofia Stern kurz vor ihrem Tod mit einem Mann getroffen hat, den sie erst vor kurzem kennen gelernt hat. Vermutlich im Blue Saloon. Und sie hatte Sex mit ihm."

„Und – wissen wir auch schon, wer der Typ war?"

„Wir arbeiten daran", sagte Margareta.

„Was sitzen Sie dann hier noch herum?" Schatz wedelte mit beiden Armen wie ein Dirigent, der sein lahmes Orchester antreiben will. „Los, los, gehen Sie schon – und bringen Sie mir Ergebnisse."

Fassrath hielt Margareta die Tür auf, schnappte sich einen Apfel aus dem Obstkorb, der immer auf Carolas Schreibtisch stand und verließ mit seiner Kollegin das Gebäude.

„Heinrich, mir graut vor dir", murmelte Margareta.

„Und das aus Gretchens Munde." Fassrath lachte, biss in den Apfel und gab ihr den Autoschlüssel.

Sie nahm ihn, blieb aber unschlüssig stehen. „Sollten wir nicht erst mal die E-Mails durchsehen?"

Fassrath winkte ab. „Das mache ich im Auto. Außerdem hat Carola schon Vorarbeit geleistet, die Gute." Er nahm einen weiteren großen Bissen.

„Denk' dran, auf dem Rückweg ein bisschen Obst zu besorgen, du kannst nicht immer nur schnorren und nie was reinlegen."

„Mach' ich, Gretchen, krieg' dich wieder ein – können wir jetzt losfahren?" Er klang genervt.

„Mach' mich nicht an, Fassrath!" Sie machte ein wütendes Gesicht, musste aber lachen, als er in gespieltem Erschrecken zurückwich, sich verschluckte und sie mit Apfelstückchen besprühte. „Was ist denn los mit dir?"

„Ich habe Hunger."

„Ja, ich auch, wir können uns unterwegs was zu essen holen."

„Und in diesem Apfel ist der Wurm drin." Fassrath warf den Rest in die Büsche. „Der Blue Saloon macht erst um sechs auf, lass' uns zuerst diesen Exfreund unter die Lupe nehmen. Carola hat uns die Adresse der Agentur rausgesucht."

Sie fuhren in die Waldstraße. Es stellte sich heraus, dass sich das Büro der Agentur ganz in der Nähe des ‚Stövchens' befand, einer Studentenkneipe, die für wenig Geld einfache Gerichte servierte. Sie bekamen draußen noch einen freien Tisch. Nach zwanzig Minuten hatten sie ihre Blumenkohlmedaillons mit Salat verputzt.

Frisch gestärkt liefen sie ein paar Häuser weiter und drückten auf den Klingelknopf, neben dem ein Werbeschild der Agentur hing. Das Logo war ein mit wenigen Strichen stilisiertes Frauengesicht, darunter stand in dunkelroten Lettern ‚Show Your Face'. Eine schwarz-grau gesprenkelte Steintreppe führte hinauf in den ersten Stock. Eine junge Schwarze in Minirock und rückenfreiem Top öffnete ihnen die Tür. „Hallo", sagte sie, „ich bin Kylie, was kann ich für Sie tun?" Auf einem ihrer Schneidezähne glitzerte ein kleiner Stein.

Margareta zückte ihnen Dienstausweis. „Sturm, Kriminalpolizei, das ist mein Kollege Fassrath. Wir möchten zu Herrn Marbach. Ist er hier?"

Kylie schluckte. „Sie kommen wegen Sofia, nicht wahr?"

„Sie wissen es also schon", stellte Margareta fest.

Kylie nickte. „Martin, also ich meine, Herr Marbach hat es mir gesagt." Ihre Unterlippe zitterte. „Der Chef weiß es gar nicht, er hat einen Auswärtstermin bei einem Kunden und hat sein Handy ausgeschaltet." Sie schluckte wieder. „Und so etwas kann man doch nicht auf die Mobilbox sprechen." Eine Träne rollte über ihre Wange, und sie wischte sie mit dem Handrücken weg.

„Standen Sie sich nahe?", fragte Margareta.

„Nein, eigentlich nicht, aber sie war eine Kollegin, und wir haben sie alle sehr gemocht. Viele Models sind richtige Zicken.

Aber Sofia war ganz anders." Sie sah von Margareta zu Fassrath und straffte die Schultern. „Ich hole Ihnen jetzt Herrn Marbach." Sie führte sie in einen kleinen Empfangsraum. „Nehmen Sie Platz. Möchten Sie etwas trinken? Cappuccino, Espresso, Milkshake?"

Sie lehnten dankend ab, und Kylie ließ sie allein. Sie setzten sich auf zwei der Sessel, die um einen ovalen Couchtisch drapiert waren. Auf der Glasplatte standen ein paar Schälchen mit Gummibärchen und Erdnüssen.

„Das ist ja wie bei ‚Gute Zeiten, schlechte Zeiten'", sagte Margareta.

„Sag' bloß, du schaust das an."

„Als meine Nichte zu Besuch war, lief jeden Abend GZSZ, da habe ich mich ein- oder zweimal dazugesetzt."

Fassrath grinste. „Das muss dir doch nicht peinlich sein, ich würd's mir ja auch anschauen, aber dummerweise überschneidet es sich mit ‚Big Brother'."

„Ach", sagte Margareta gedehnt, „und ich habe dich immer für einen ‚Bulle sucht Frau'-Fan gehalten."

Martin Marbach kam zur Tür herein. „Ich habe mir schon gedacht, dass Sie hier auftauchen", sagte er zur Begrüßung und ließ sich in den dritten Sessel fallen. Er wirkte älter als auf dem Foto. Seine dichten dunkelbraunen Haare waren sorgsam gestylt. Er trug ein grünbraunes Markenhemd, das die Farbe seiner Augen unterstrich. Wahrscheinlich hatte er irgendwann mal eine Farbberatung gemacht. Er schien der Typ dazu zu sein. Er sah müde aus.

„Wie haben Sie von Frau Sterns Tod erfahren?", fragte Fassrath.

„Silvana hat mich angerufen, als Sie weg waren. Ich bin gleich zu ihr gefahren, aber sie wollte allein sein. Ich ... ich bin immer noch total geschockt."

„Was Sie aber nicht davon abgehalten hat, zur Arbeit zu gehen", sagte Fassrath.

„Hier habe ich wenigstens Ablenkung." Er griff in die Schale mit den Gummibärchen, fischte ein rotes heraus und drehte es zwischen Daumen und Zeigefinger hin und her.

„Wie lange waren Sie befreundet?"

„Ziemlich genau ein Jahr. Dann hat sie sich von mir getrennt."

„Hatte sie jemand anderen kennen gelernt?"

Marbach lachte bitter. „Sie hat ständig Männer kennen gelernt. Sie war sehr attraktiv, und sie wusste es. Aber es hat ihr nie viel bedeutet."

Margareta beugte sich vor. „Sie meinen, sie hatte Beziehungen zu anderen Männern, während sie mit Ihnen liiert war?"

Marbach legte das Gummibärchen auf den Tisch. „Am Anfang nicht, oder vielleicht habe ich es nur nicht gemerkt. Ich habe damals hier nur auf Honorarbasis gearbeitet. Ich hatte viele verschiedene Jobs und war oft unterwegs. Wir hatten gar nicht viel Zeit füreinander, aber das war gut so, weil wir beide unseren Freiraum gebraucht haben. Einmal ist ein Auftrag geplatzt. Ich wollte sie überraschen, und dann habe ich sie mit einem anderen Kerl im Bett erwischt. Es war einer unserer Kunden. Ihm war es furchtbar unangenehm – er ist gleich verschwunden. Sofia hat gesagt, ich soll mich nicht so aufregen, es würde nichts bedeuten, ihr ginge es nur um den Spaß, um einen guten Fick, mit uns hätte das nichts zu tun." Er griff wieder in die Schale und holte vier weitere Gummibärchen heraus, von jeder Farbe eins und legte sie neben das rote.

„Aber es hat Sie wahnsinnig gemacht", sagte Fassrath.

„Ich war natürlich eifersüchtig, aber sie hat immer nur gesagt, dass sie mich liebt und ich sie so nehmen muss, wie sie ist. Aber ich konnte es einfach nicht. Tja, und dann hat sie gesagt, sie könnte meine Vorwürfe nicht länger ertragen und hat sich von mir getrennt." Er nahm die fünf Gummibärchen, die er auf den Tisch gelegt hatte, steckte sie in den Mund und kaute grimmig darauf herum.

„Wo waren Sie gestern zwischen elf und dreizehn Uhr?"

Marbach warf ihnen einen feindseligen Blick zu. „Ich habe sie geliebt! Warum hätte ich sie umbringen sollen?"

„Eifersucht ist ein starkes Motiv", sagte Fassrath, „außerdem müssen wir Ihnen diese Frage stellen."

„Ich hatte ein Foto-Shooting in Stuttgart, ich bin um halb acht losgefahren und gegen vier zurückgekommen. Dass ich in Stuttgart war, können Ihnen ungefähr dreißig Leute bestätigen."

„Zwei oder auch drei würden uns schon reichen", sagte Margareta.

Es klopfte, und Kylie steckte den Kopf zur Tür herein. „Martin, kannst du kurz kommen? Jenny muss los, sie will dir noch was zeigen. Dauert nur eine Minute."

Er stand auf. „Kylie gib Ihnen einen Durchschlag meines Auftrags für das Shooting in Stuttgart." Er zögerte, den Türgriff schon in der Hand. „Ich nehme an, Sie brauchen mich nicht mehr."

Margareta und Fassrath erhoben sich ebenfalls.

„Vielen Dank, dass Sie sich die Zeit genommen haben", sagte Margareta. „Es tut uns sehr leid, was mit Sofia passiert ist."

Er presste die Lippen zusammen und nickte. Er hatte Tränen in den Augen. Als er hinausging, schob Kylie verstohlen ihre Hand in seine.

Fassrath atmete auf, als er wieder auf die Straße trat. „Der arme Kerl. Das wirft ein ganz neues Bild auf unseren toten Engel."

Margareta öffnete ihre Handtasche, holte eine Wasserflasche heraus, trank einen Schluck und bot sie dann Fassrath an. „Ach, ich weiß nicht so recht. Silvana hat das doch schon angedeutet. Klingt ein bisschen nymphomanisch. Und auch ihre Mutter hat gesagt, dass sie ständig einen neuen Kerl hatte. Hast du mir doch erzählt."

„Stimmt schon, aber ihre Mutter hat auch gesagt, dass sie froh war, als Sofia Marbach kennen gelernt hatte. Ich bin mir sicher, dass sie davon ausging, dass Sofia Marbach treu war."

„Sie war eben schlau genug, ihrer Mutter nicht alles auf die Nase zu binden." Sie fasste Fassrath am Arm. „Mist, wir haben den Durchschlag vergessen."

Er schraubte die Flasche zu und gab sie ihr. „Ich hole ihn."

Die Tür war nur angelehnt. Als Fassrath eintrat, sah er Marbach und Kylie im Flur stehen. Sie hatte ihre Arme um ihn gelegt und zuckte zusammen, als sie den Ermittler sah. Marbach hob den Kopf, befreite sich fast gewaltsam aus ihrer Umarmung und flüchtete in den Empfangsraum.

„Ich brauche noch den Durchschlag des Stuttgarter Auftrags", sagte Fassrath freundlich.

Kylie machte ihm eine Kopie.

„Außerdem hätte ich gern eine Liste aller Kunden, mit denen Sofia Kontakt hatte, „und die dazugehörigen Aufträge."

Sie sah ihn unsicher an. „Ich weiß nicht so recht, fällt das nicht unter den Datenschutz?"

„Wir werden natürlich alles streng vertraulich behandeln, machen Sie sich keine Sorgen", sagte Fassrath und lächelte beruhigend. Kylie sah unsicher in die Richtung, in der Marbach verschwunden war. „Lassen Sie ihn lieber eine Weile in Ruhe", sagte Fassrath.

„Wo warst du so lange?" Margareta sah ihren Partner gespannt an.

„Ich habe uns ein bisschen Arbeit besorgt", sagte Fassrath und wedelte mit den Kopien, „das sind die Aufträge der Kunden, mit denen Sofia zu tun hatte. Ich habe da so eine Idee ..."

„Haben die die etwa freiwillig rausgerückt?"

„Ich habe Kylie bezirzt. Du weißt ja, wie charmant ich sein kann, wenn ich will."

Er warf ihr einen glühenden Blick zu, und sie lachte. „Hoffentlich bekommt sie deinetwegen keinen Ärger."

Fassrath überflog die Kopien und lachte grimmig. „Habe ich mir doch gedacht. Ich will ja nicht behaupten, dass ich mich in dieser Branche besonders gut auskenne, aber schau' dir mal die Auflistungen an, die unter ‚Verschiedenes' auftauchen. Komischerweise nur bei den männlichen Kunden."

Margareta nahm ihm ein paar der Blätter aus der Hand. „Du glaubst, Sofia hat sich gegen Bezahlung mit verschiedenen Männern getroffen und hat sie begleitet, zu Veranstaltungen, in den Urlaub und ..."

„ ...ins Bett", ergänzte Fassrath. „Überleg' doch mal, Marbach hat es selbst gesagt, er hat sie mit einem Kunden erwischt! Eine kleine Provinz-Agentur wie ‚Show Your Face' kann es sich nicht leisten, solche Preise zu verlangen."

Margareta schüttelte den Kopf. „Schade, dass wir ihren Terminkalender nicht haben."

Fassrath überflog die Kopien. „Ich glaube, dass Schneewittchen ein Doppelleben geführt hat. Sie hat sicher noch eine zweite E-Mail-Adresse, über die sie ihre ‚Geschäfte' abgewickelt hat. Und falls es auf der Festplatte ihres Laptops irgendwelche Geheimnisse gibt, wird Uri das herausfinden."

Thorsten Geller war der Computerexperte auf dem Revier, ein wahrer Zauberer auf seinem Gebiet. Sein Nachname hatte ihm den Spitznamen ‚Uri' eingebracht. Selbst der Chef nannte ihn so, wenn er von ihm sprach.

Fassraths Handy klingelte. Er warf einen Blick auf das Display. „Wenn man vom Teufel spricht", murmelte er. „Uri, mein Guter, was hast du für uns?" Er hörte kurz zu, dann steckte er das Handy wieder ein. „Volltreffer."

14. Kapitel

Uri hatte über den Internetprovider einen zweiten E-Mail-Account in Erfahrung gebracht. Außerdem war es ihm gelungen, einige verschlüsselte Dateien zu öffnen.

Als sie den Flur, der zu ihren Diensträumen führte, betraten, sprang Alfred Weber von einem Stuhl auf und verschüttete etwas von seinem Kaffee, ohne es zu bemerken. „Gott sei Dank, Herr Kommissar, ich muss unbedingt mit Ihnen sprechen."

Fassrath seufzte. „Kommen Sie mit, Herr Weber." Er führte ihn in sein Büro und wies auf einen der Besucherstühle. „Ich bin gleich bei Ihnen." Er ließ die Tür auf und ging ein Zimmer weiter, wo Carola vor ihrem PC saß und mit atemberaubender Geschwindigkeit in die Tastatur hackte. „Hier, ich habe dir etwas mitgebracht." Fassrath legte fünf Pfirsiche und ein Pfund Kirschen in die Obstschale.

Sie sah auf und lächelte. „Kümmer' dich um deinen Besuch, er wartet schon seit über einer Stunde." Sie öffnete die oberste Schreibtischschublade und griff nach einem USB-Stick. „Schönen Gruß von Uri – das ist der erste Teil."

„Der erste Teil?"

„Ja, er versucht noch, ein paar der gelöschten Dateien wiederherzustellen, aber das scheint etwas komplizierter zu sein."

„Super, kannst du das bitte ausdrucken?"

„Klar, alle 200 Seiten?"

Margareta nahm Carola den Stick ab. „Wir schauen es uns nachher am PC an."

Fassrath ging in sein Büro und schloss die Tür. Er setzte sich hinter den Schreibtisch und sah Weber erwartungsvoll an. „Was kann ich für Sie tun, Herr Weber?"

Weber stellte die Kaffeetasse auf den Schreibtisch. „Sagen Sie doch Alfred zu mir, Herr Kommissar. Herr Weber – das klingt so komisch."

„Also gut, Alfred, jetzt reden Sie schon. Warum sind Sie hier?"

„Krieg' ich eine Zigarette?"

„Nein, ich habe aufgehört, ich habe Ihnen mein letztes Päckchen geschenkt, wissen Sie noch? Ist schon ein paar Wochen her. Außerdem dürfen Sie hier drin nicht rauchen."

Weber seufzte resigniert und trank einen Schluck aus seiner Tasse. „Ich wollte Ihnen nur sagen, Herr Kommissar, es war nicht der Vampir."

„Wer war es denn dann, Alfred?"

„Es war ein Zeichen Gottes. Er hat uns einen toten Engel geschickt, um uns vor den Mächten des Bösen zu warnen." Er sprang auf. „Wir müssen Buße tun. Oder es werden noch viel schlimmere Dinge passieren!" In einer theatralischen Geste hob er beide Arme zum Himmel und rollte mit den Augen.

Fassrath sagte ruhig: „Setzen Sie sich wieder hin. Und hören Sie auf mit dem Quatsch."

Weber erstarrte mitten in der Bewegung. „Kehret um und tuet Buße!", flüsterte er.

Fassrath stand auf, holte eine Flasche Schnaps aus seinem Schreibtischschrank und stellte sie auf den Tisch.

Weber bekam große Augen und hielt ihm seine Tasse hin.

Fassrath goss ihm einen kräftigen Schluck ein und wartete, bis der alte Mann die Tasse geleert hatte. „Hören Sie zu, Alfred. Das war kein toter Engel, sondern eine junge Frau. Sie war ein ganz normaler Mensch, wie Sie und ich. Sie war gerade mal achtundzwanzig Jahre alt. Und weder Gott noch die Mächte des Bösen haben etwas mit ihrem Tod zu tun. Sie wurde ermordet, und wir müssen herausfinden, wer sie getötet hat, damit wir ihn einsperren können. Sonst bringt er vielleicht noch mehr Menschen um. Und Sie können uns helfen. Vielleicht ist Ihnen ja irgendetwas aufgefallen, als Sie an diesem Abend durch den Park gelaufen sind. Ist Ihnen jemand begegnet?"

Weber schielte nach der Flasche, und Fassrath goss ihm noch einmal ein.

„Kein Engel?"

Fassrath schüttelte den Kopf.

„Aber es steht doch sogar in der Zeitung."

„Was steht in der Zeitung?", fragte Fassrath geduldig.

„Das mit dem Engel."

„Ach so, Sie meinen diesen schwachsinnigen Artikel im Internet. Haben Sie den etwa gelesen?"

„Nein, aber Freddy hat alles aufgeschrieben. Und er hat gesagt, das kommt in die Zeitung", sagte Weber stolz.

Fassrath wurde hellhörig. „Wer ist Freddy?"

„Er hat sich mit mir unterhalten gestern Abend. Wollte alles ganz genau wissen. Er heißt eigentlich Alfred, so wie ich. Er hat gesagt, ich soll ihn Freddy nennen."

„Für welche Zeitung arbeitet Ihr Freddy?"

„Das weiß ich nicht. Aber er hat mir geglaubt, dass es ein toter Engel war."

„Das ist nur ein Name, mit dem die Presse die Ermordete bezeichnet, damit es sich interessanter anhört. Sie wissen doch auch, dass der Mann, der die anderen drei Frauen getötet hat, kein echter Vampir war. Und trotzdem haben sie ihn so genannt."

Weber riss die Augen auf. „Vampire töten keine Engel. Aber die Dämonen ..." Er brach ab, schloss die Augen und murmelte unverständliche Beschwörungsformeln vor sich hin.

Fassrath atmete tief durch. Es hatte keinen Zweck. „Haben Sie jemanden gesehen?"

Weber trank seine Tasse aus und leckte sich die Lippen. „Nein, da war niemand."

Obwohl Fassrath mit dieser Antwort gerechnet hatte, war er enttäuscht. Es war gut möglich, dass der Mörder ganz in der Nähe gewesen war, als Weber die Leiche entdeckt hatte.

Webers Augen klebten an der Flasche.

Fassrath verstaute sie wieder im Schrank. „Kommen Sie zu mir, wenn Ihnen noch etwas einfällt."

Weber erhob sich schwerfällig und ging langsam zur Tür. Dort drehte er sich um. „Ich habe doch jemanden gesehen", sagte er, „einen Mann, mit einem Rollstuhl."

„Ich glaube nicht, dass der Mörder im Rollstuhl sitzt", sagte Fassrath müde.

„Er ist nicht im Rollstuhl gesessen, er hat ihn vor sich her geschoben."

„Und wer saß drin?"

„Niemand, er hat einen leeren Rollstuhl geschoben."

„Wie hat er ausgesehen?", fragte Fassrath. Er spürte, wie sich sein Herzschlag beschleunigte.

Weber kratzte sich am Kinn. „Wie ein Rollstuhl eben aussieht."

„Ich meine nicht den Rollstuhl, sondern den Mann, der ihn geschoben hat."

Weber überlegte. „Er war groß, etwa so groß wie Sie. Und er hatte eine Kappe auf. Sie hat seine Augen verdeckt. Und er hatte einen Bart."

Fassrath nahm Weber am Arm. „Kommen Sie mit."

Er ließ Weber die Verbrecherkartei durchsehen. Der alte Mann erkannte den Fremden aus dem Park in zehn verschiedenen Personen. Mit einem fotografischen Gedächtnis schien er leider nicht gesegnet zu sein. Danach übergab er Weber seinem Kollegen Brenck, der nach Webers Angaben am PC ein Phantombild anfertigte, und gesellte sich zu Margareta, die an ihrem Schreibtisch saß und mit offenem Mund auf den Computerbildschirm starrte.

Fassrath zog sich seinen Stuhl heran. „Der Mörder hat Sofia eine Halskrause angelegt, um ihren Kopf zu fixieren. So konnte er sie im Auto zum Park fahren, ohne sie im Kofferraum verstecken zu müssen. Wahrscheinlich hat er ihr eine Sonnenbrille

aufgesetzt. Und eine blonde Perücke. Es war dunkel. Im Vorbeifahren konnte niemand erkennen, dass die Frau auf dem Beifahrersitz schon tot war. Er hat irgendwo an einer einsamen Stelle
das Auto geparkt, den Rollstuhl aus dem Kofferraum geholt und
sie hineingesetzt. Dann hat er sie zur Parkbank gebracht. Wenn
Weber zehn Minuten früher gekommen wäre, hätte er ihn wahrscheinlich auch noch umgebracht."

„Zwischen dem Eintritt des Todes und dem Transport lagen
mindestens zehn Stunden", sagte Margareta. „Was ist mit der To-
tenstarre? Wenn er sie tatsächlich sitzend transportiert und dann
flach auf den Rücken gelegt hat – wie hat er das gemacht?"

„Das will ich mir lieber nicht so genau vorstellen", sagte Fassrath, „aber ich bin sicher, Little John wird es dir gern detailgetreu erklären."

„Schau dir das an, Vince." Sie hatte ihm gar nicht richtig zu-
gehört. Sie klickte eine Fotodatei an und startete die Diashow.
Die Fotos hatten alle dasselbe Motiv: Sofia Stern und ein Mann
Mitte dreißig in leidenschaftlicher Umarmung. Die Perspektive
der Aufnahme war bei jedem Bild gleich.

„Selbstauslöser", murmelte Fassrath.

„Und er hat gewusst, dass er fotografiert wird", sagte Margareta, „auf einigen der Bilder grinst er direkt in die Kamera. Das
muss übrigens Leo sein. Hübscher Kerl."

Fassrath suchte sich ein Bild aus, vergrößerte den Bildaus-
schnitt, auf dem Leos Gesicht zu sehen war, und druckte es aus.
„Ich bin gleich wieder da."

„Könnte das der Mann mit dem Rollstuhl sein, Alfred?" Weber blickte von dem Computerbildschirm auf und betrachtete
den Ausdruck, den ihm Fassrath unter die Nase hielt. „Der hat
keinen Bart", sagte er.

„Möglicherweise war der Bart nicht echt." Fassrath griff nach
einem Stift und malte Leo einen Bart ins Gesicht. „Und jetzt?"

Weber kratzte sich am Kopf. „Ich weiß es nicht, Herr Kommissar. Es war dunkel und ..."

„Schon gut", sagte Fassrath, „es ist auch kein gutes Foto." Er warf einen Blick auf das unfertige Phantombild. „Lassen Sie sich Zeit, Alfred."

Er ging zu Margareta zurück und schüttelte resigniert den Kopf. „Was ist in den anderen Dateien?"

„Sie hat für ihre Männerbekanntschaften Ordner angelegt."

„Du meinst, für alle?"

„Nein, scheinbar nur für zwei: Leo und Martin Marbach, ihren Exfreund. In den anderen Ordnern hat sie ihre ‚geschäftlichen' E-Mail-Kontakte abgespeichert. Gerhard soll sie sich mal durchsehen, vielleicht ist was Brauchbares dabei."

„Na gut." Fassrath warf das Foto von Leo, das er Weber gezeigt hatte, auf den Tisch. „Druck' das bitte noch mal aus."

Es war kurz nach halb sieben, als sie den Blue Saloon betraten. Margareta zeigte dem Türsteher ihren Ausweis. Oben war ein kleiner Empfangstresen. Auf der glänzend polierten Oberfläche stand eine Schale mit metallicblauen Feuerzeugen, in die in silberner Schrift ‚Blue Saloon' eingraviert war. Neben dem Tresen befanden sich die Garderobe und die Toiletten, auf die Margareta jetzt zusteuerte.

Fassrath ging eine gewundene Marmortreppe nach unten und betrat den eigentlichen Blue Saloon. Der Raum war riesengroß und ziemlich verwinkelt. An einer Seite befand sich die Bar mit einem langgezogenen Tresen und mit dunkelblauem Samt bespannten Barhockern. Die Tanzfläche war durch eine Stufe nach unten abgesetzt und schloss an einer Seite an eine Spiegelwand an, so dass sie doppelt so groß wirkte, wie sie war. Auf der gegenüberliegenden Seite war die Bühne für die Live-Bands. In den zahlreichen Nischen befanden sich kleine Sitzgruppen mit gemütlich aussehenden blauen Sesseln, Sofas und niedrigen Tischen.

Um diese Uhrzeit waren noch nicht viele Besucher da. Es lief dezente Jazzmusik vom Band. Niemand tanzte.

Fassrath setzte sich auf einen Barhocker und bestellte eine Cola.

Das Mädchen, das ihn bediente, war höchstens zwanzig. Sie hatte lange dunkelblonde Locken und trug ein tief ausgeschnittenes schwarzes Kleid. Sie stellte Fassrath das Glas hin und blieb bei ihm stehen. „Dich hab' ich hier noch nie gesehn. Bist du zum ersten Mal hier?"

Fassrath nickte und trank einen Schluck.

Sie streckte ihm über den Tresen ihre Hand entgegen. „Ich bin Nicki."

Er schüttelte ihr die Hand. „Vincent", sagte er.

„Bist du neu in der Stadt?"

„Nicht direkt." Er hielt ihr das Foto von Sofia hin. „Hast du diese Frau hier schon einmal gesehen?"

Nicki runzelte die Stirn. „Was soll das denn? Bist du'n Bulle?"

„Ganz genau." Margareta setzte sich neben Fassrath und zeigte Nicki ihren Ausweis.

„Ach so." Sie nahm Fassrath das Foto ab. „Die war Samstagabend da. Wieso, was ist mit ihr?"

Fassrath ignorierte ihre Frage. „War sie allein?"

„Nein, Leo hat sie mitgebracht. Warum willst ... warum wollen Sie das wissen?"

„Leo – und wie heißt er mit Nachnamen?"

„Keine Ahnung." Sie kaute auf ihrer Unterlippe. „Jetzt sagen Sie schon, warum Sie hier sind!"

Fassrath deutete wieder auf das Foto. „Das ist Sofia Stern. Wir haben gestern Abend ihre Leiche im Park gefunden."

„Fuck!" Selbst im schummrigen Licht der Bar konnte man sehen, dass Nicki blass wurde. Sie schwankte und hielt sich am Tresen fest.

Margareta legte ihre Hand auf die der jungen Frau. „Alles okay?"

„Geht schon wieder." Sie fuhr sich mit der Zunge über die Lippen. „Wollen Sie was trinken?"

„Nein danke. Also dieser Leo, der kommt öfter her, oder?"

„Ja, so ein- bis zweimal die Woche."

„Und immer in Begleitung?"

Nicki überlegte. „Nein, manchmal kommt er auch allein, trinkt nur was und geht wieder." Sie zeigte auf das Foto. „Aber die Frau da, die hab' ich vorher noch nie gesehen. Sie war voll hübsch. Leo war ganz verknallt in sie."

„Was wissen Sie sonst noch über ihn?"

„Eigentlich nicht viel. Er ist schon 'n bisschen älter, auf jeden Fall über dreißig, würd' ich sagen. Er erzählt kaum was von sich. Aber er ist voll nett, und er sieht diesem Schauspieler ähnlich, der in ‚Akte X' mitspielt, ich komm' nur nicht auf den Namen."

„David Duchovny", sagte Margareta.

Fassrath kramte das Foto von Leo aus der Tasche. „Ist er das?" Das Mädchen nickte.

Ein kleiner glatzköpfiger Mann betrat den Blue Saloon und ging zielstrebig auf sie zu. Er trug einen perfekt sitzenden mitternachtsblauen Anzug und ein helles Seidenhemd. Er zog sich einen Barhocker heran und setzte sich neben Margareta. Nicki sah ihn fragend an.

„Gib mir einen Tomatensaft. Und dann lass' uns allein."

Sie stellte das gewünschte Getränk auf den Tresen.

Der Glatzkopf schnippte mit dem Finger gegen den Strohhalm. „Was soll das?"

„Sorry, ich hab' nicht dran gedacht." Hastig nahm Nicki den Strohhalm aus dem Glas, legte eine Serviette daneben und verschwand hinter einer Tür, die von der Bar abging.

Er streckte Margareta die Hand hin. „Ich bin Bodo Richter, der Geschäftsführer. Wenn Sie also irgendwelche Fragen haben, dann sprechen Sie am besten mit mir."

Nachdem er auch Fassrath die Hand geschüttelt hatte, trank er einen Schluck und tupfte sich mit der Serviette den Mund ab. Er hatte kleine stechende Augen, eine breite Nase und wulstige Lippen, was seinem Aussehen etwas Froschähnliches verlieh.

„Ich habe es nicht gern, wenn die Polizei hier Befragungen durchführt. Ist nicht gut fürs Geschäft."

„Kommt das öfter vor?", erkundigte sich Fassrath.

„Nicht, seit ich den Laden übernommen habe", sagte Richter. „Und jetzt sagen Sie, warum Sie hier sind."

„Wir untersuchen den Mord an Sofia Stern", sagte Margareta und schob ihm das Foto hin. „Gestern Abend wurde ihre Leiche im Schlosspark gefunden."

„Ich erinnere mich an sie", sagte Richter, „sie war mit diesem Playboy da. Schade drum, sie war wirklich eine Schönheit."

Margareta spürte, wie sich die Härchen auf ihren Unterarmen aufstellten. „Schade drum? Sofia Stern ist brutal ermordet worden. Sie war gerade mal achtundzwanzig Jahre alt."

Richter zuckte die Achseln. „Ja, ja, schlimme Sache. Was wollen Sie von mir hören? Ich habe das Mädchen nicht gekannt. Also erwarten Sie nicht, dass ich in Tränen ausbreche."

„Wissen Sie denn etwas mehr über diesen Leo?", fragte Fassrath. „Zum Beispiel, wie er mit Nachnamen heißt?"

Richter sah ihn überrascht an. „Natürlich weiß ich, wie er heißt, er ist schließlich Stammgast hier."

„Ihre Mitarbeiterin kannte ihn nicht."

„Nicki? Sie arbeitet noch nicht lange für mich. Und sie ist nicht die Hellste. Haben Sie ja gerade selbst gemerkt. Sie müsste allmählich wissen, dass ich Strohhalme nicht ausstehen kann. Aber sie ist ein netter Anblick, und die Gäste mögen sie."

„Also?"

„Er heißt Leonhard von Hohenstein."

„Von Hohenstein? So wie diese Schönheitschirurgin in Durlach?"

„Er ist mit ihr verheiratet."

„Was können Sie uns sonst noch über ihn sagen?"

„Wie gesagt, er ist einer meiner besten Kunden. Er war allerdings noch nie mit seiner Frau hier. Aber mit einigen anderen, alles einwandfreie Exemplare." Er grinste anzüglich und tippte mit dem Finger auf das Foto. „Aber dieses Mädchen hat sie alle in den Schatten gestellt. Wirklich schade drum."

„Ist Ihnen irgendetwas Ungewöhnliches aufgefallen?"

Richter trank einen Schluck und griff wieder zur Serviette. Dann schüttelte er den Kopf. „Es war ziemlich voll. Samstagabend eben. Und die Pink Angels haben gespielt."

„Haben Sie mit Herrn von Hohenstein gesprochen?"

„Ich habe ihn begrüßt, er ist schließlich Stammgast."

„Wie hat er auf Sie gewirkt?"

Wieder dieses anzügliche Grinsen. „Wie jemand, der weiß, dass er das große Los gezogen hat."

„Was wollen Sie damit sagen?"

„Er konnte kaum die Finger von ihr lassen. Es war offensichtlich, auf was der Abend hinauslief. Aber der gute Leo ist ein Genießer. Es hat ihn wohl angetörnt, das Vorspiel hinauszuzögern." Er sah Margareta tief in die Augen und leckte sich die Lippen. „Sie wissen, wovon ich spreche, nicht wahr, Frau Sturm?"

Fassrath spürte, wie sich Margaretas Körper neben ihm anspannte. Aus dem Augenwinkel beobachtete er, wie sich ihre Hand, die bis jetzt locker auf ihrem Oberschenkel gelegen hatte, zur Faust ballte. Obwohl er es Richter aus vollem Herzen gegönnt hätte, würde es nicht gerade ein gutes Bild auf die Karlsruher Polizei werfen, wenn ihn Hauptkommissarin Sturm vom Hocker hauen würde. Fassrath veränderte seine Sitzposition und berührte dabei wie zufällig ihr Knie mit seinem. „Oh, tut mir leid."

Sie sah ihn an und schüttelte leicht den Kopf. ‚Du solltest mich eigentlich besser kennen' sagte ihr Blick. Dann wandte sie sich wieder Richter zu, beugte sich nach vorn, bis ihr Gesicht nur noch ein paar Zentimeter von seinem entfernt war, senkte die Augenlider und fragte mit samtweicher Stimme: „Können Sie sich noch daran erinnern, wann die beiden gegangen sind?" Sie strich mit den Fingerspitzen über die Vorderseite seines Seidenhemdes, bis sie seine Gürtelschnalle berührte und registrierte mit Genugtuung, dass Richters Atem ins Stocken geriet. Mit einem Ruck hob sie den Kopf und sah ihm direkt ins Gesicht. „Oder war Ihnen das Hirn da schon in die Hose gerutscht?"

Richters Augen verengten sich, dann lachte er, halb belustigt, halb ärgerlich. „Tut mir leid, da müssen Sie Nicki fragen. Ich bin so gegen zwei nach Hause gegangen – da waren sie noch da."

‚Wahrscheinlich, um dir in aller Ruhe einen runterzuholen' dachte Margareta.

Richter winkte Nicki heran, die am anderen Ende des Tresens ein paar frühe Gäste bediente. „Die Polizei möchte wissen, wann unsere Turteltäubchen am Samstag gegangen sind."

„Leo?" Sie runzelte die Stirn. „Sie sind fast bis zum Schluss geblieben. Es muss kurz nach drei gewesen sein."

Margareta rutschte von ihrem Barhocker und berührte Fassrath am Arm. „Ich glaube, wir sind fertig hier, was meinst du?"

Er nickte und stand ebenfalls auf. „Was kostet die Cola?"

„Geht aufs Haus", sagte Richter, „ich bringe Sie nach oben."

„Bemühen Sie sich nicht", sagte Margareta, „trinken Sie Ihren Saft, bevor er warm wird." Sie lächelte kalt. „Wäre doch schade drum."

Margareta atmete auf, als sie wieder an der frischen Luft waren. „Was für ein widerliches kleines Arschloch!"

Fassrath zuckte die Achseln. „Er war bloß ehrlich. Ich kann mir vorstellen, dass viele so denken würden wie er."

Margareta stieß hörbar die Luft aus. „Okay, immerhin wissen wir jetzt ein bisschen mehr."

„Auf zu Leo." Fassrath hielt ihr die Autotür auf. „Findest du auch, dass er diesem Schauspieler ähnlich sieht?"

„Wem, David Duchovny? Eigentlich nicht." Sie grinste. „Ich finde, du siehst Agent Mulder viel ähnlicher, na ja, außer, dass du etwas stattlicher gebaut bist und blonde Haare hast, und ..."

„Halt die Klappe, Scully."

15. Kapitel

Britta von Hohenstein atmete heftig. Ihr Sportdress war schweißgetränkt, alle ihre Muskeln schmerzten. Ihre Haare waren feucht und ringelten sich in kleinen Löckchen um die Stirn.

Benjamin Strasser legte seine Hände auf ihre angespannten Bauchmuskeln. „Nicht schlecht, Frau von Hohenstein." Aus dem unpersönlichen Griff wurde ein Streicheln.

„Lass' das!" Sie schlug seine Hände weg.

Er zuckte die Schultern, griff nach einem Handtuch und warf es ihr in den Schoß. Dann wechselte er die CD. „Das reicht für heute." Sphärische Harfenmusik vermischte sich mit dem Vogelgezwitscher, das durch das offene Fenster in den Fitnessraum drang.

Britta nahm das Handtuch, wischte sich den Schweiß vom Gesicht und ließ es achtlos neben sich fallen. Dann stellte sie sich auf die Zehenspitzen und streckte die Arme zur Decke, bis ihr Körper einer angespannten Bogensehne glich, atmete tief aus und berührte mit den Fingerspitzen den Boden. Nach ein paar weiteren Dehnübungen schüttelte sie Arme und Beine aus, legte sich mit einem wohligen Seufzer auf die Matte und schloss die Augen. Ihre Gedanken schweiften ab.

Schon als er wütend und verschwitzt vor ihr auf dem Bahnsteig gestanden hatte, hatte sie geahnt, dass es passieren würde. Und sie hatte jede Sekunde genossen. Es war die einfachste Art, den Schmerz zu betäuben. Nicht daran denken zu müssen, wie es Leo mit diesem Model trieb.

Sie hatte von Anfang an gewusst, dass ihr Mann sie betrog, auch wenn sie ihm das nie gesagt hatte. Denn dann hätte sie reagieren müssen. So konnte sie vortäuschen, nichts von seinen Eskapaden zu wissen, und er konnte so tun, als ob er ihr das glauben würde. In den neun Jahren ihrer Ehe hatte sie sich von keiner seiner Affären bedroht gefühlt. Sie wusste, dass er immer zu ihr zurückkommen würde. Doch seit dem Tag, an dem Sofia Stern in sein Leben getreten war, hatte sich alles geändert. Britta hatte die Gefahr sofort gespürt. Also war sie ihm eines Tages heimlich gefolgt. Er war durch die Fußgängerzone geschlendert, hatte auf dem Marktplatz einen Strauß Margariten gekauft und sich dann vor die Pyramide auf die Kette gesetzt. Als wäre er einer der Jugendlichen, die sich täglich dort verabredeten. Dann war Sofia Stern aufgetaucht. Britta hasste sie vom ersten Moment an. Alles an ihr war perfekt, ihr Aussehen, ihr warmes Lächeln, die natürliche Eleganz, mit der sie sich bewegte. Sie machte in keiner Weise den Eindruck des billigen Flittchens, das Britta gern in ihr gesehen hätte. Britta war nah genug um zu erkennen, wie sein Gesicht aufleuchtete, als er Sofia mit demselben liebevollen Blick ansah, den Britta aus den Anfangszeiten ihrer Ehe kannte. Und zum ersten Mal in ihrer zehnjährigen Beziehung hatte sie Angst. Angst, dass er sie verlassen würde. Oder schlimmer noch, dass er nur bei ihr blieb, weil es bequemer für ihn war. Und aus Dankbarkeit oder Mitleid ab und zu in ihr Bett kommen würde.

Sie war nach Hause gegangen und hatte sich nichts anmerken lassen. Für den Abend hatte sie in einem Delikatessengeschäft ein paar ausgesuchte Leckereien besorgt, den Tisch im kleinen Salon gedeckt, Kerzen angezündet und eine seiner Lieblings-CDs aufgelegt. Leo hatte das Geschenk angenommen, und sie hatten den Abend miteinander verbracht. Doch als sie ihre Hand auf seinen Oberschenkel gelegt und ihm deutlich gezeigt hatte, dass sie einer gemeinsamen Nacht nicht abgeneigt wäre, hatte er gesagt, er wäre müde, hatte sich noch einmal für das Essen bedankt, sie so flüchtig geküsst, dass seine Lippen kaum die ihren berührt hatten und war dann in sein Schlafzimmer gegangen. Sie hatte ihren Stolz hinuntergeschluckt, war ihm hinterher geschlichen und hatte ihr Ohr an seine Tür gepresst. Das dicke Eichenholz hatte seine Stimme gedämpft, so dass sie die Worte nicht verstehen konnte, aber sein liebevoller Tonfall hatte ihr verraten, mit wem er telefonierte.

Seine gleichgültige Höflichkeit verletzte sie mehr als alles andere. Sie hatte ihm nie gezeigt, geschweige denn gesagt, dass sie ihn liebte, dass er der erste Mann in ihrem Leben war, der sie im Innersten berührte. Und jetzt war es zu spät. Er begehrte sie nicht mehr.

Sie dachte an Ben. Sie hätte sich nicht auf ihn einlassen sollen. Nicht so sehr der Sex, aber die halbe Stunde danach, als er schluchzend in ihren Armen gelegen hatte, hatten ihre Beziehung auf eine Weise verändert, die ihr nicht behagte. Er hatte ihr einen kurzen Einblick in sein Seelenleben gegeben, hatte ihr seine Verletzbarkeit gezeigt, während sie für keine Sekunde die Kontrolle verloren hatte. Und das nahm er ihr übel. Er würde es wieder versuchen und erst zufrieden sein, wenn es ihm gelungen sein würde, einen Blick hinter ihre Maske zu werfen. Und dann gnade ihr Gott.

Strasser sah auf sie hinunter. Sein Blick wanderte über ihren Körper, ihre kleinen festen Brüste, die sich im Rhythmus ihres Atems hoben und senkten, die schlanken Beine, die entspannt auf der Matte lagen, die Füße leicht nach außen gekippt. Er betrachtete das dunkle Mal an ihrem Hals, dort, wo sich seine Lippen an ihr festgesaugt hatten. Wenn er die Augen schloss, konnte er ihre Haut auf seiner fühlen, ihren Geschmack auf der Zunge spüren, er konnte ihr Gesicht vor sich sehen, in Ekstase verzerrt.

„Mir ist kalt."

Er zuckte zusammen, griff nach der Decke, die er für die Entspannungsphase bereitgelegt hatte, und breitete sie über ihr aus.

„Schon besser." Sie sprach leise und undeutlich, als wäre sie kurz davor einzuschlafen.

Strasser ging zur Bar, füllte den Entsafter mit Äpfeln und Möhren und bereitete einen Mix aus dem frisch gepressten Saft, einem Spritzer Öl, Yoghurt und Gelee Royale. Er füllte zwei Gläser, schlenderte hinüber zur Stereoanlage und schob den Lautstärkeregler zu einem perfekten Fadeout nach unten.

Britta öffnete die Augen, setzte sich auf und wickelte sich in die Decke. Er ging zu ihr und brachte ihr das Getränk.

Sie nahm es wortlos entgegen und leerte das Glas in drei gierigen Zügen.

„Gute Arbeit", sagte er und nippte an seinem Shake.

Ohne ihn anzusehen, drückte sie ihm ihr Glas in die Hand und stand auf. „Ich gehe duschen."

Als sie an ihm vorbeiging, griff er nach ihrer Hand. „Soll ich mitkommen?"

„Bist du verrückt? Leo kann jeden Moment zurück sein."

Er hob ihre Hand an seine Lippen und küsste die Fingerspitzen. „Vielleicht würde es ihn gar nicht stören."

Wahrscheinlich hatte er damit sogar Recht. Mit einem heftigen Ruck entzog sie ihm ihre Hand. „Aber mich würde es stören. Und jetzt lass' mich vorbei!"

Fassrath und Margareta fuhren langsam durch das Durlacher Villenviertel und hielten schließlich vor einem schmiedeeisernen Tor an. Fassrath stieg aus und drückte auf den Klingelknopf.

„Ja bitte?"

„Fassrath und Sturm, Kriminalpolizei." Er winkte mit seinem Ausweis in die Kamera. „Machen Sie bitte das Tor auf."

„Stellen Sie Ihren Wagen vor die zweite Garage", befahl die Stimme, und das Tor öffnete sich geräuschlos.

In der offenen Eingangstür stand eine rothaarige Frau und sah ihnen misstrauisch entgegen.

„Frau von Hohenstein?"

Sie streckte fordernd ihre Hand aus. „Geben Sie mir Ihren Ausweis. Einer reicht."

Sie hatte ein schmales Gesicht mit ebenmäßigen Zügen, und obwohl man an den Fältchen um ihre Augen erkennen konnte, dass sie die vierzig schon überschritten hatte, war sie eine sehr attraktive Frau. Sie hatte ihr dichtes rotes Haar hochgesteckt, ein paar lockige Strähnen ringelten sich um ihr Gesicht. Sie trug einen elegant geschnittenen Hosenanzug aus hellem Leinenstoff und hatte, trotz des warmen Abends, ein dunkelgrünes Seidentuch um den Hals gebunden.

Sie sah sich Fassraths Dienstmarke genau an, verglich das Foto mit seinem Gesicht und gab sie ihm zurück. „Kommen Sie herein." Sie führte die beiden Ermittler durch ein schwach erleuchtetes Foyer, öffnete eine Tür und bat sie herein. Eine Seite des relativ kleinen Raums bestand nur aus Regalen, die bis zur Decke mit Büchern gefüllt waren. An der gegenüberliegenden Wand lehnte eine gerahmte Kopie eines Bildes von Henri Matisse in Originalgröße.

„La joie de vivre", murmelte Fassrath, „Öl auf Leinwand. Das ist ... großartig."

„Ich habe es einem Kunststudenten in Nizza abgekauft." Britta trat neben ihn. „Ich habe mich noch nicht entschieden, wo ich es aufhängen möchte. Kaum vom Original zu unterscheiden, nicht wahr?"

Fassrath nickte. „Aber ich bin kein Experte."

„Immerhin kennen Sie Matisse, und Sie sprechen Französisch." Beides schien sie zu überraschen.

Er hielt es nicht für nötig, ihr zu sagen, dass sich seine Französischkenntnisse auf eine Handvoll Wörter beschränkten, die er während diverser Urlaube in Südfrankreich aufgeschnappt hatte.

Auf dem glänzenden Parkettboden lag ein ziemlich großer Perserteppich, auf dem zwei Ledersessel und ein kleines Sofa zu einer lockeren Sitzecke zusammengestellt worden waren. Daneben stand eine Glasvitrine, die eine Menge Flaschen und Gläser enthielt.

„Nehmen Sie bitte Platz. Darf ich Ihnen etwas zu trinken anbieten?" Sie zeigte auf die Vitrine, dann lächelte sie. „Wie dumm von mir, Sie sind ja im Dienst. Aber vielleicht einen Kaffee?"

„Nein danke", sagte Margareta. „Frau von Hohenstein, wir wollten eigentlich zu Ihrem Mann – ist er hier?"

Die Dame des Hauses musterte sie kühl. „Was wollen Sie denn von ihm?"

„Das würden wir ihm gern selbst sagen."

„Wie Sie wünschen." Sie drehte sich um und ging hinaus. Dabei gab sie ihnen Gelegenheit, ihre makellose Rückenansicht zu bewundern.

Fassrath blies die Backen auf und stieß die Luft aus.

Margareta grinste. „So muss eine Schönheitschirurgin aussehen. Ich frage mich nur, warum ihre männlichen Kollegen alle so hässlich sind."

„Wieso – wie viele Schönheitschirurgen kennst du denn?"

„Na ja, die aus dem Fernsehen, und der, der Michael am Knie operiert hat."

„Der war Schönheitschirurg?"

Margareta nickte. „Und sah selbst aus wie eine übergewichtige Bulldogge."

„Sag' mal, hast du ihre Augen gesehen? Diese strahlenden, grünen ..."

„Krieg' dich wieder ein, Vince. Das sind wahrscheinlich farbige Kontaktlinsen. Und wer weiß, was sonst noch alles nicht echt ist. Die kennt doch jeden in der Branche." Sie warf ihm einen schrägen Blick zu. „Ich wusste gar nicht, dass du Kunstkenner bist."

„Bin ich auch nicht. Aber von den wenigen Gemälden, die ich kenne, ist das mein Lieblingsbild. Ich habe das Original in München gesehen. Das ist bestimmt schon fünfzehn Jahre her."

Margareta runzelte die Stirn. „In München? Soviel ich weiß, hängt ,la joie de vivre' in der Nähe von Pennsylvania in der Barnes Foundation."

„Stimmt, jetzt weiß ich's wieder! ,Die ungesehenen Werke der Barnes Collection', 93 muss das gewesen sein – meine damalige Freundin hat mich mitgeschleppt. Sie war Galeristin. In den fünfeinhalb Monaten, in denen ich mit ihr zusammen war, habe ich mehr Museen von innen gesehen als in den vierundzwanzig Jahren davor."

„Warum habt ihr euch getrennt?"

Fassrath stand auf, ging vor dem Gemälde in die Hocke und zeichnete mit dem Finger unsichtbare Linien in die Luft. „Sie haben einen Ausschnitt des Bildes als Poster verkauft. Ich habe es in unserer WG in Freiburg im Flur aufgehängt." Er drehte sich zu Margareta um. „Wir haben nicht zusammengepasst. Uns war beiden von Anfang an klar, dass unsere Beziehung nicht auf Dauer sein würde."

Sie runzelte die Stirn. „Warum habt ihr euch dann überhaupt aufeinander eingelassen?"

„Animalische Anziehungskraft", sagte er und grinste. „Jetzt ist sie mit einem Maler verheiratet und wohnt in Worpswede, in dieser Künstlerkolonie in der Nähe von Bremen." Er warf einen letzten Blick auf das Gemälde, dann setzte er sich wieder neben seine Kollegin.

„Woher weißt du das?"

„Sie schickt mir jedes Jahr eine Weihnachtskarte. Und immer ein Motiv von Paula Modersohn-Becker. Obwohl ich die nicht ausstehen kann. Oder vielleicht gerade deswegen." Sein Grinsen wurde breiter. „Und ich schick' ihr eine mit einem Cartoon."

„Du hast sie immer noch gern, stimmt's?" Margareta betrachtete ihn von der Seite. „Jedenfalls hast du Frau Doktor sehr beeindruckt."

Leonhard von Hohenstein betrat das Zimmer. In Natur sah er noch besser aus als auf den Fotos – warme braune Augen, kräftiges Kinn, guter Body – ein Frauentyp. Margareta hatte keinen Zweifel daran, dass er seinen Charme aufdrehen konnte wie einen frisch entkalkten Wasserhahn. Im Moment wirkte er eher nervös. Nachdem seine Frau sie einander vorgestellt hatte, ging er zur Vitrine und schenkte sich einen Cognac ein. Mit dem Glas in der Hand drehte er sich um, blieb aber stehen. „Sie wollten mich sprechen?"

Fassrath stand auf und hielt ihm das Foto hin. „Kennen Sie diese Frau, Herr von Hohenstein?"

Er warf einen kurzen Blick darauf und räusperte sich. „Ja, irgendwie kommt sie mir bekannt vor, kann sein, dass ich beruflich mit ihr ..."

„Sie ist gestern ermordet worden", unterbrach ihn Margareta. „Ihr Mörder hat sie verbluten lassen und ihre Leiche im Schlosspark auf eine Bank gelegt."

Von Hohenstein zuckte so heftig zusammen, dass ein Teil des Cognacs aus seinem Glas auf den Teppich schwappte. „Was sagen Sie? Ermordet?" Er trank den Rest aus, füllte gleich noch einmal nach und setzte sich in einen der Sessel.

Britta nahm Fassrath das Foto aus der Hand. Ihre Miene verriet nichts, doch ihre Hände zitterten leicht, als sie es ihm zurückgab. „Eine Patientin hat mir davon erzählt. Sie hat einen Artikel im Internet darüber gelesen. Sie glauben, es war dieser Serienmörder, nicht wahr?" Sie zerrte an dem Tuch um ihren Hals, als würde es ihr die Luft abschnüren. Dann schien sie sich daran zu erinnern, warum sie es umgebunden hatte, und hielt erschrocken inne. Sie wandte sich an Fassrath. „Was hatte mein Mann mit dieser Frau zu tun?"

Von Hohenstein schenkte sich das dritte Glas Cognac ein. Er war kreideweiß und schluckte mehrmals, bevor er sprechen konnte. „Ich kannte sie nur ganz flüchtig. Sie hatte Interesse an dem Haus in Knielingen, und ich habe es ihr gezeigt."

Seine Frau sah Margareta an. „Sie glauben doch wohl nicht, dass mein Mann sie ermordet hat?"

Margareta beachtete sie nicht. „Herr von Hohenstein, mehrere Zeugen haben Sie am Vorabend der Tat zusammen mit dem Mordopfer Sofia Stern im Blue Saloon gesehen."

„Und die hatten nicht den Eindruck, dass Sie sie nur flüchtig kannten", ergänzte Fassrath unbarmherzig.

Von Hohenstein sah erschrocken zu seiner Frau, stellte das Cognacglas auf den Tisch und verschränkte die Hände. „Sie stand kurz davor, das Haus zu kaufen, und ich habe sie im Blue Saloon zu einem Drink eingeladen." Er schluckte wieder. „Es war völlig harmlos."

„Das hast du mir gar nicht erzählt, Liebling." Die Stimme der Ärztin war eisig.

„Ich habe nicht mehr daran gedacht, ich hatte doch am nächsten Morgen den Termin in Lörrach, und du bist erst abends von deinem Kongress zurückgekommen."

„Sie sind also am Sonntagmorgen nach Lörrach gefahren, um sich mit einem Kunden zu treffen", sagte Fassrath. Er zückte seinen Block. „Wie heißt der Kunde?"

„Binoche."

Fassraths Stift schwebte über dem Block. „Wie schreibt man das?"

„Binoche – wie die französische Schauspielerin, die in diesem Film mit Johnny Depp mitgespielt hat."

Fassrath sah ihn verständnislos an.

„Chocolat", sagte Margareta. Sie kannte alle Filme mit Johnny Depp. Sie nahm Fassrath den Block aus der Hand und schrieb den Namen auf.

„Er ist Franzose und hatte an dem Tag in Basel zu tun. Deshalb hat er mich um diesen Termin gebeten."

„Lörrach ist ganz schön weit weg."

„Das Haus gehört meiner Tante. Sie will es verkaufen und hat mich gebeten, mich darum zu kümmern. Also habe ich es ins Internet gesetzt."

„Und, hat ihm das Haus gefallen?"

„Er will es sich noch überlegen – er hat gesagt, dass er sich meldet."

„Wir brauchen seine Adresse und seine Telefonnummer."

Von Hohenstein griff nach seinem Handy. „Alles, was ich von ihm habe, ist seine Handynummer."

„Und die ganzen Mails, die Sie sich gegenseitig geschrieben haben?"

„Wie gesagt, er hat nur telefonisch mit mir Kontakt aufgenommen."

„Okay, rufen Sie ihn an."

Von Hohenstein zuckte die Achseln und leitete den Wählvorgang ein.

Fassrath nahm ihm das Handy aus der Hand und hielt es ans Ohr.

„Leonard? Was ist los? Gibt es ein Problem?" Der Angerufene sprach sehr leise, als fürchtete er, belauscht zu werden.

„Guten Abend, Herr Binoche, mein Name ist Fassrath, Kriminalpolizei Karlsruhe, ich ...", Fassrath schaute auf das Display des Handys, „... er hat aufgelegt." Er betätigte die Wahlwiederholung, erreichte aber nur die Mobilbox. Von dem französischen Ansagetext verstand er nur den Namen. Zumindest der schien zu stimmen.

Von Hohenstein streckte die Hand nach seinem Handy aus. „Sie hätten erst mich mit ihm reden lassen sollen."

Fassrath reichte das Handy an Margareta weiter, die Binoches Nummer auf ihrem Block notierte und es dann von Hohenstein zurückgab. „Sie duzen sich?"

„Nein, wir sind per Sie. ,Herr von Hohenstein' ist für ihn schwierig auszusprechen, deshalb habe ich ihm angeboten, dass er mich beim Vornamen nennen kann."

„Und wie nennen Sie ihn?"

„Guillaume – sein Vorname ist Guillaume."

„Herr Binoche hat mich gefragt, ob es ein Problem gibt. Was hat er damit gemeint?"

Von Hohenstein massierte sich den Nacken. „Keine Ahnung. Vielleicht hat er gedacht, ich rufe ihn an, weil ich noch einen anderen Interessenten habe."

Margareta und Fassrath tauschten einen Blick. „Herr von Hohenstein, wir müssen Sie leider bitten mitzukommen."

„Was soll das denn?", sagte Britta, „wollen Sie ihn jetzt einsperren, nur weil dieser Franzose sein Alibi noch nicht bestätigt hat?" Ihre grünen Augen blitzten angriffslustig.

„Ob wir ihn einsperren, weiß ich noch nicht", sagte Margareta freundlich, „erst einmal werden wir ganz offiziell ein Protokoll aufnehmen."

„Ich sehe nicht ein, warum es notwendig ist, dass mein Mann deswegen mit aufs Revier fährt."

„Das verlangt auch niemand von Ihnen", sagte Margareta, „kommen Sie jetzt bitte, Herr von Hohenstein."

„Es ist schon in Ordnung", sagte von Hohenstein zu seiner Frau, der über die Aussicht, das Haus zu verlassen, gar nicht so unglücklich schien, „es wird sicher nicht lange dauern."

Britta beobachtete nachdenklich, wie das Auto den gekiesten Weg hinunter durch das offene Eingangstor fuhr und um die Ecke bog. Strasser, der unbemerkt hinter sie getreten war, legte den Arm um sie, und sie zuckte zusammen. „Musst du dich immer so anschleichen!" Sie schüttelte seinen Arm ab und trat einen Schritt zur Seite. „Warum bist du überhaupt noch hier?"

Der junge Mann wandte sich ihr zu. Er trug teure Sporthosen und ein enganliegendes ärmelloses Shirt, das seinen durchtrainierten Oberkörper gut zur Geltung brachte. „Machst du dir Sorgen wegen Leo?"

Sie verschränkte die Arme. „Nein, warum sollte ich?"

„Immerhin ist er gerade von den Bullen abgeführt worden. Was hat er denn angestellt?"

Sie setzte zu einer heftigen Erwiderung an, dann überlegte sie es sich anders. „Es geht um die Tote, die sie gestern Abend im Schlosspark gefunden haben. Er war Samstagabend mit ihr im Blue Saloon.

„Du meinst, sie war Leos kleine Freundin?" Er pfiff leise durch die Zähne. „Und, glaubst du, er hat sie umgebracht?"

„Leo, der Vampir?"

Sie sahen sich an und fingen gleichzeitig an zu lachen.

Er griff an ihr vorbei und schloss die Haustür. „Du siehst blass aus."

„Hör' zu, Ben. Das, was gestern Abend zwischen uns passiert ist, das wird nicht wieder vorkommen."

„Okay." Er knotete ihr Seidentuch auf und ließ es zu Boden fallen. „Du bist der Boss."

„Ich meine es ernst, Ben. Du bist ein guter Trainer, und ich möchte dich nicht entlassen müssen, weil ..."

„Musst du nicht", flüsterte er und drückte einen sanften Kuss auf das dunkle Mal an ihrem Hals.

Die Zärtlichkeit seiner Berührung traf sie wie ein Schock. Sie schloss die Augen und stellte sich vor, dass es Leos Lippen wären, die über ihren Hals glitten, Leos Hände, die die Spangen aus ihrem Haar zogen, ihr Oberteil aufknöpften und es von ihren Schultern streiften, Leos Atem, der warm über ihre Haut strich.

„Hast du immer noch Angst, dass dein Mann uns erwischt?" Strassers Worte holten sie brutal in die Wirklichkeit zurück, und der Zauber war gebrochen. Er spürte, wie sie in seinen Armen erstarrte und wusste, dass er es vermasselt hatte.

„Lass' mich los, Ben." Ihre Stimme klang ruhig.

Er gehorchte zögernd und sah zu, wie sie ihre Jacke wieder über die Schultern schob.

„Ich habe Kopfschmerzen." In einer etwas zu theatralischen Geste hob sie die Hand an die Stirn, ließ sie aber gleich wieder sinken, als sie seinen spöttischen Gesichtsausdruck bemerkte. Egal, sie war ihm keine Rechenschaft schuldig. Sie trat noch einen Schritt zurück. „Geh' jetzt nach Hause. Wir sehen uns morgen früh."

„Wie du willst. Aber du kannst nicht so tun, als ob nichts passiert wäre." Die Worte klangen wie eine Drohung. Er hob das Seidentuch auf, drückte es ihr in die Hand und ging hinaus.

Britta atmete auf und lehnte sich mit dem Rücken an die geschlossene Haustür. Er hatte Recht. Es war etwas passiert. Sofia Stern war tot. Langsam begann sie zu begreifen, was das für sie und für ihre Beziehung zu Leo bedeuten könnte. Er würde zu ihr zurückkommen. Er hatte sie einmal begehrt – er würde sie wieder begehren.

16. Kapitel

Fassrath warf von Hohenstein im Rückspiegel einen Blick zu. „Wer war der Mann?"

Von Hohenstein schreckte aus seinen Gedanken auf. „Was?"

„Wer war der Typ, der gerade neben Ihrer Frau stand?"

„Ach der. Das ist Benjamin Strasser."

„Er scheint sehr vertraut mit Ihrer Frau zu sein."

„Er ist ihr Fitnesstrainer, Ernährungsberater, Chauffeur. Ihr Mädchen für alles, sozusagen."

„Trainiert er Sie auch?"

„Jetzt nicht mehr, aber er war früher Fitnesstrainer im ‚Le Corps Vital' in Malsch. Dort hat sie ihn abgeworben. Jetzt arbeitet er nur noch einmal die Woche dort, gibt Kurse. Vielleicht kennen Sie es. Die Sauna ist spektakulär. Sie wissen schon, Honigaufguss, eisgekühlte Fruchtschnittchen ..."

„Nicht meine Preisklasse", sagte Fassrath. Natürlich hatte er von diesem edlen Fitnesspalast gehört. Die Mitglieder stammten aus der High Society der Region. „Was hat er denn für Arbeitszeiten?"

„Wie gesagt, er arbeitet einmal die Woche im ‚LCV'. Abgesehen davon ist er mehr oder weniger rund um die Uhr für sie verfügbar. Und er himmelt sie an."

„Stört Sie das?"

Von Hohenstein schüttelte den Kopf. „Warum sollte mich das stören? Strasser ist achtundzwanzig, er könnte theoretisch ihr Sohn sein."

Fassrath setzte Margareta vor der Dienststelle ab und führte von Hohenstein in den Vernehmungsraum. Er schaltete das Auf-

139

nahmegerät ein und setzte sich ihm gegenüber. „So, Herr von Hohenstein, und jetzt reden wir mal Klartext. Wie lange lief das schon mit Ihnen und Frau Stern?"

Von Hohenstein sah auf. Seine Augen waren feucht. „Sie war nur eine Kundin, da ist nichts gelaufen. Wir haben etwas miteinander getrunken, dann habe ich sie nach Hause gefahren."

Fassrath atmete tief durch. „Sie sagen, Frau Stern sei eine Kundin von Ihnen gewesen. Nur seltsamerweise war sie finanziell überhaupt nicht dazu in der Lage, sich eine Wohnung zu kaufen, geschweige denn ein Haus. Abgesehen davon schien sie mir kein Mensch gewesen zu sein, der sich gern festlegt. Sie hat sich also sicherlich nicht auf eine Immobilienanzeige bei Ihnen gemeldet."

Von Hohenstein senkte den Kopf. Er hatte erstaunlich lange Wimpern. Für einen Moment wirkte er wie ein Schuljunge, der bei einer Lüge ertappt worden war. „Sie haben Recht", sagte er leise. Er sah auf. „Ich habe Sofia in der Agentur kennen gelernt."

„Warum waren Sie dort?"

„Ich war mit ihrem Chef zum Squash verabredet und wollte ihn abholen.

„Ist er ein Freund von Ihnen?"

„Nicht wirklich. Wir gehen nur ins selbe Fitnessstudio.

„Ins ‚LCV'?"

„Ja, genau. Seit ein paar Jahren spielen wir einmal die Woche Squash", fuhr von Hohenstein fort. „Er war aber gar nicht da, und sein Handy war abgeschaltet. Als ich gehen wollte, stand sie plötzlich vor mir."

„Sofia Stern", sagte Fassrath überflüssigerweise.

Von Hohenstein nickte. „Ich weiß gar nicht mehr, was sie zu mir gesagt hat. Wir sind zusammen die Treppe hinunter gegangen." Er schwieg und sah an ihm vorbei.

„Und dann haben Sie sie angegraben", sagte Fassrath trocken.

Von Hohenstein lächelte traurig. „Nein, so war es nicht. Okay, wir sind etwas trinken gegangen. Aber es war ihre Idee."

„Wann war das?"

„Donnerstagabend, halb sieben, vor fünf Wochen", sagte von Hohenstein wie aus der Pistole geschossen.

Fassrath veränderte seine Sitzposition. Seine Nackenmuskeln waren völlig verspannt, und trotz der sommerlichen Temperaturen sehnte er sich nach einer warmen Dusche. „Okay, kommen wir zurück zu Samstagabend. Sie waren also mit Frau Stern im Blue Saloon."

„Ja, das stimmt."

„Und danach?"

Von Hohenstein knetete seine Hände. „Sie wollte nach Hause. Sie war mit dem Fahrrad da, und ..."

Fassrath unterbrach ihn. „Hören Sie doch endlich mit der Lügerei auf, Herr von Hohenstein. Frau Stern hatte kurz vor ihrem Tod Geschlechtsverkehr, und zwar ungeschützten. Die Ergebnisse der DNA-Analyse liegen bereits vor. Sie haben gegen einen Test sicher nichts einzuwenden, oder?"

Von Hohenstein atmete tief durch. „Okay, okay, ich habe mit ihr geschlafen. Sie nimmt die Pille, und wir mögen beide keine ..."

„Schon gut", sagte Fassrath, „Sie haben also mit ihr geschlafen, und am nächsten Morgen haben Sie sie umgebracht."

„Nein, verdammt!" schrie von Hohenstein, „warum hätte ich sie umbringen sollen? Sie war einmalig. Sie war wunderschön. Ich habe sie geliebt." Seine Stimme brach, und er vergrub das Gesicht in den Händen.

Fassrath schlug mit der flachen Hand auf den Tisch. „Lassen Sie doch das Theater! Sie hatten sie doch gerade erst kennen gelernt."

Von Hohenstein sah auf und wischte sich mit dem Handrücken die Tränen vom Gesicht. „Sofia war etwas ganz Besonderes. Sie verstehen das vielleicht nicht. Ich weiß, dass sie im Blue Saloon über mich reden, weil ich öfter mal eine andere Frau dabei habe. Das hat alles nichts bedeutet. Aber Sofia ..."

„Was ist mit Ihrer Frau?"

Er lachte freudlos. „Meine Frau? Sie haben sie ja erlebt. Sie ist wunderschön, aber sie ist völlig unberechenbar. Und sie ist eifersüchtig. Ich weiß, man sieht es ihr nicht an, aber Britta ist zwölf Jahre älter als ich."

„Wie lange sind Sie schon verheiratet?"

„Neun Jahre. Ich war 27, sie 39."

„Wie haben Sie sich kennen gelernt?"

„Über meine Mutter. Sie hat sich von ihr operieren lassen, und ich habe sie abgeholt. Britta hat mich vom ersten Moment an fasziniert. Sie war so ... so lebendig. Ich war verrückt nach ihr. Aber kurz nachdem wir geheiratet hatten, hat sie sich total verändert. Manchmal hat sie mich tagelang nicht beachtet, und dann war sie wieder völlig ... – Sie hat mich wahnsinnig gemacht."

„Also haben Sie sich anderswo Ablenkung gesucht", sagte Fassrath.

„Ich hatte nie Probleme, Frauen kennen zu lernen. Britta war oft unterwegs und viel zu beschäftigt, als dass ihr etwas aufgefallen wäre."

„Warum haben Sie sich nicht von ihr getrennt?"

Von Hohenstein antwortete nicht.

„Wegen ihres Geldes?"

„Sie glauben nicht, wie schnell man sich an ein Leben im Luxus gewöhnt. Außerdem, auch wenn Sie mir das vielleicht nicht glauben – ich habe sie geliebt."

„Bis Sie Sofia kennen gelernt haben."

Von Hohenstein fuhr sich mit beiden Händen durch die Haare und nickte. „Wissen Sie, für Britta war es keine Liebesheirat."

„Wie meinen Sie das?"

„Britta von Hohenstein klingt einfach besser als Britta Bäuerle, macht sich auch viel besser im Branchenbuch und auf dem Arztschild. Ich hatte den Namen, und sie hatte das Geld – so einfach ist das."

„Also ein Deal."

„Sagen wir, ein Arrangement."

„Dann hätte sie Ihnen doch Ihre Affären gönnen können."

Von Hohenstein schüttelte den Kopf. „Dazu ist sie viel zu stolz. Sie haben sie ja gesehen. Sie wird nächsten Monat neunundvierzig, und immer noch ist alles an ihr perfekt. Sie tut alles für ihre Schönheit. Sie wissen schon, sie trinkt keinen Alkohol, raucht nicht, treibt Sport, hält sich streng an ihren Ernährungsplan. Sie wollte immer von mir hören, dass sie die Schönste ist. Und das war sie auch. Bis Sofia aufgetaucht ist. Für Sofia hätte ich mich sogar scheiden lassen."

„Und Ihre Frau ...", Fassrath griff sich an den Hals.

„Sie haben es also auch gesehen." Von Hohenstein schüttelte den Kopf und sprach, mehr zu sich selbst, als zu Fassrath. „Ich habe es mir gleich gedacht. Sie trägt normalerweise keine Halstücher, schon gar nicht im Sommer."

„Und wer ...?"

„Ich habe keine Ahnung. Ich nehme an, einer von ihren Ärztekollegen in Frankfurt. Es hat nichts zu bedeuten. Warum interessiert Sie das so?"

Fassrath ging um den Tisch herum, setzte sich direkt vor von Hohenstein auf die Kante und sah auf ihn hinunter. „Sie haben Recht. Lassen Sie uns über Samstagabend sprechen. Sie sind wahrscheinlich der letzte Mensch, der Sofia lebend gesehen hat – abgesehen von ihrem Mörder. Jetzt erzählen Sie mal. Wohin sind Sie mit ihr gegangen, nachdem sie den Blue Saloon verlassen hatten?"

„In das Haus in Knielingen. Die Besitzer sind für ein paar Wochen verreist, und ich habe einen Schlüssel wegen der Besichtigungen."

„Sie haben vielleicht Nerven! Und dann?"

„Wie gesagt, ich hatte am nächsten Morgen den Termin in Lörrach. Ich bin kurz nach neun losgefahren. Sofia hat noch geschlafen."

„Haben Sie danach noch einmal mit ihr gesprochen?"

„Ich habe sie von Lörrach aus angerufen, aber sie hatte ihr Handy ausgeschaltet."

„Hat es Sie denn nicht gewundert, dass Sofia Sie nicht zurückgerufen hat?"

„Überhaupt nicht. Sofia hat sich oft tagelang nicht gemeldet. Und soviel ich weiß, hätte sie heute einen vollen Terminplan gehabt."

„Waren Sie seitdem noch einmal in der Wohnung?"

„Nein."

„Hatten Sie keine Angst, dass den Nachbarn etwas auffällt?"

„Das Haus liegt ziemlich abgelegen, direkt an der Alb. Außerdem wussten die Nachbarn, dass es zum Verkauf steht und die Hausbesitzer einen Immobilienmakler beauftragt hatten, der es in ihrer Abwesenheit verkaufen sollte. Ich habe sogar die Blumen gegossen."

„War Samstag das einzige Mal, dass Sie mit Frau Stern dort waren?"

Von Hohenstein sah auf seine Hände. Fassrath fiel auf, dass sie manikürt waren. „Nein, war es nicht", sagte er schließlich.

„Wie oft waren Sie dort?"

„Vier- oder fünfmal, vielleicht auch öfter. Wir haben beide unregelmäßige Arbeitszeiten, so konnten wir uns tagsüber treffen."

„Warum haben Sie sich nicht in Frau Sterns Wohnung getroffen?"

„Das wollte sie nicht."

„Warum nicht?"

„Sie wollte es eben nicht. Und ich habe das akzeptiert. In manchen Dingen war sie etwas eigen."

„Haben Sie in Knielingen auch die Fotos gemacht?"

Von Hohenstein sah ihn überrascht an. „Welche Fotos?"

„Sie wissen genau, welche Fotos ich meine. Wenn man sie aneinander heften würde, könnte man wahrscheinlich ein Daumenkino daraus machen."

Von Hohenstein lächelte ohne Verlegenheit. „Sie hat ihre Digitalkamera an einem Stativ befestigt und den Selbstauslöser so eingestellt, dass sie alle drei Sekunden ein Bild gemacht hat. Ich wusste nicht, dass Sofia sie ausgedruckt hat."

„Hat sie auch nicht. Sie hat sie in einer verschlüsselten Datei auf der Festplatte ihres PCs gespeichert."

Von Hohenstein hob resigniert die Arme. „Es ist nett von Ihnen, dass sie meiner Frau gegenüber davon nichts erwähnt haben."

„Also gut." Fassrath stand auf und griff nach seiner Jacke. „Haben Sie den Schlüssel dabei?"

Von Hohenstein sah ihn verwirrt an. „Ja, sicher."

„Gut, fahren wir."

Wie von Hohenstein gesagt hatte, lag das Haus in Knielingen inmitten eines kleinen verwilderten Gartens direkt an der Alb. Das Gezirpe der Grillen war ohrenbetäubend. Auf der gegenüberliegenden Straßenseite parkte ein graublauer Twingo.

„Das ist ihr Auto", sagte von Hohenstein beklommen.

Fassrath hatte schon sein Handy am Ohr. „Wir haben das Auto von Sofia Stern gefunden. Schickt einen Abschleppwagen her." Er sagte die Adresse durch und beendete das Gespräch.

„Was machen Sie damit?" fragte von Hohenstein.

„Die KTU wird es auf Spuren untersuchen", antwortete Fassrath, „wenn wir Glück haben, finden wir etwas, das uns weiterhilft."

Von Hohenstein schloss die Haustür auf.

Fassrath ging an von Hohenstein vorbei, streifte Latexhandschuhe über und schaltete das Licht im Flur an. Er registrierte sofort den etwa handtellergroßen Blutfleck, der den blassgelben Teppich im Flur an dieser Stelle bräunlich verfärbt hatte und verzichtete bewusst darauf, von Hohenstein darauf aufmerksam zu machen. „Wo ist das Schlafzimmer?"

Von Hohenstein deutete stumm auf eine geschlossene Tür.

„Sie warten hier." Fassrath drückte die Klinke hinunter und betrat das Zimmer. Ein schwacher unangenehm süßlicher Geruch hing in der Luft. Das Bett war zerwühlt, auf dem Fußboden lag ein Büstenhalter aus roten Spitzen. Das Bad ging direkt vom Schlafzimmer ab. Die Tür stand offen.

Von Hohenstein, der Fassrath unbemerkt gefolgt war, bückte sich, um das Dessous aufzuheben.

„Nichts anfassen!" Fassrath packte ihn am Arm. „Ich habe Ihnen doch gesagt, Sie sollen draußen bleiben!"

Über Fassraths Schulter warf von Hohenstein einen Blick ins Badezimmer, stieß einen erstickten Schrei aus und würgte.

„Fangen Sie bloß nicht an zu kotzen!" Fassrath versuchte, ihn zurück in den Flur zu schieben, doch von Hohenstein rührte sich nicht von der Stelle. Mit einem Schlag war alle Farbe aus seinem Gesicht gewichen – seine Augäpfel rollten nach innen, und er sackte ohnmächtig zusammen.

Fassrath packte ihn unter den Achseln, legte ihn auf den Bettvorleger, schob ihm ein Kissen unter die Füße und schlug ihm sachte gegen die Wangen.

Von Hohensteins Augenlider flatterten, er schob Fassraths Hände weg und stöhnte. „Was ist passiert?"

„Sie sind ohnmächtig geworden. Geht's wieder?"

Von Hohenstein versuchte, sich aufzusetzen. Er war immer noch sehr blass.

Fassrath legte ihm die Hand auf die Schulter. „Bleiben Sie lieber noch eine Weile liegen." Er reichte ihm einen Plastikbeutel. „Hier, für alle Fälle."

Von Hohenstein grinste schwach, griff in die Innentasche seines Leinenjacketts und fischte ein Fläschchen Notfalltropfen heraus.

Fassrath warf einen Blick auf das Etikett. „Rescue? Für einen Bachblütenanhänger hätte ich Sie nicht gehalten."

„Aber für einen Mörder." Von Hohenstein legte den Kopf zurück, ließ etwas von der klaren Flüssigkeit auf seine Zunge tropfen und schluckte. „Ich kann kein Blut sehen. Das war schon immer so. Fragen Sie mal meine Mutter, wie oft ich als Kind zusammengeklappt bin." Er schraubte das Fläschchen zu und leckte sich die Lippen. „Jetzt glauben Sie mir hoffentlich, dass ich sie nicht umgebracht habe."

Fassrath sah auf die Uhr. Es war kurz nach Mitternacht. Er wollte nur noch nach Hause. Er hatte Margareta angerufen, die jetzt neben ihm stand und sich die Augen rieb. „Scheißjob", murmelte sie.

Von Hohenstein hatte sich schnell von seinem Ohnmachtsanfall erholt, und Fassrath hatte ihn mit einem Taxi nach Hause geschickt.

„Bist du hier fertig, Tom?"

Der Fotograf nickte und packte seine Ausrüstung zusammen. „Was für eine Schweinerei!"

Das war keine Übertreibung. Die hellgrünen Kacheln über der Badewanne waren von oben bis unten mit Blut besprizt. Eine Menge dunkelbrauner Haare, die mit Seifenresten und getrocknetem Blut vermischt waren, verstopften den Abfluss. An der Zimmerdecke waren zwei Haken angebracht worden, an denen zwei Schlaufen aus stabilem Plastikband hingen. Fassrath dachte an die Druckstellen an Sofias Fußgelenken.

Er sprach mit Ulrike Gärtner, der Leiterin des Teams von der Spurensicherung. „Ich will, dass ihr jeden Zentimeter unter die Lupe nehmt. Vor allem Schlafzimmer und Bad. Und dann natürlich den Zugang durch das Haus zur Garage. Ich denke, dass der Mörder die Leiche durch den Keller in die Garage geschleppt hat. Er muss einen Schlüssel gehabt haben, sonst hätte er das Tor nicht öffnen können."

Margareta unterdrückte ein Gähnen. „Wahrscheinlich hat Sofia ihn hereingelassen. Dann konnte er sich einfach einen der Ersatzschlüssel vom Schlüsselbrett nehmen. Angenommen natürlich, der Mörder war nicht von Hohenstein."

„Ich habe ihn für morgen früh aufs Revier bestellt. Wir machen einen DNA-Test, und ich werde eine Gegenüberstellung mit Alfred Weber organisieren."

„Ich kann mir nicht vorstellen, dass er es war."

„Ich auch nicht, aber wir müssen auf Nummer sicher gehen. Selbst wenn es stimmt, dass er kein Blut sehen kann – in extremen Situationen kommt es vor, dass man sich völlig anders verhält als sonst."

Margareta schüttelte den Kopf. „Er war es nicht. Das wäre auch zu einfach gewesen."

Ulrike Gärtner trat wieder zu ihnen. In ihrem unförmigen weißen Overall sah sie aus wie ein kleiner Eisbär mit Taille. „Schaut euch das mal an."

Fassrath nahm ihr den durchsichtigen Plastikbeutel aus der Hand. Er enthielt eine abgebrochene rote Rose, an der ein umgeknicktes Blatt hing. Der Stiel war noch etwa vier Zentimeter lang. Eine der Dornen hatte einen Fetzen des Einwickelpapiers aufgespießt.

„Lag unter der Kommode im Flur. Und nach der Konsistenz der Blütenblätter zu urteilen, lag sie noch nicht lange dort."

„Vielleicht waren die Rosen von Leo", sagte Margareta.

„Wir haben keinen Rosenstrauß in der Wohnung gefunden", sagte Ulrike. „Ich denke, dass derjenige, der das Papier entfernt hat, dabei versehentlich eine der Rosen abgeknickt hat. Dabei ist ein Stück des Papiers an dem Dorn hängen geblieben. Die Rose ist heruntergefallen und unter der Kommode gelandet." Sie hielt ihnen einen zweiten Plastikbeutel entgegen. Er enthielt zwei einzelne Blütenblätter, dieses Mal in blassgelb. „Die haben wir auf dem Teppich gefunden."

„Dieselbe Farbe – deshalb hat sie der Mörder übersehen", sagte Margareta.

Ulrike nickte. „Genau. Ich nehme an, der Strauß fiel aus irgendeinem Grund zu Boden, dabei landete die abgeknickte Rose unter der Kommode." Sie hielt einen dritten Beutel hoch. „Und dieses hier lag am Rand halb unterhalb des Teppichs."

Margareta nahm ihn ihr ab. „Noch ein Blütenblatt? Scheint ein ziemlich bunter Strauß gewesen zu sein, rot, weiß, orange ..."

Fassrath hielt den Beutel mit der abgeknickten Rose gegen das Licht. „Damit kriegen wir dich, du Dreckskerl."

Ulrike strich sich mit dem Handrücken über die Stirn. „Nicht unbedingt, Vincent. Aber vielleicht haben wir ja Glück. In der Küche haben wir übrigens die Reste eines Doggy-Bags gefunden, hat sie sich wohl im Restaurant einpacken lassen, so eine grüne Knoblauchpampe und ein halber aufgerollter Fladen."

„Tortillas und Guacamole", sagte Fassrath zu Margareta, „also hat deine Theorie gestimmt. Was ist mit den Fußschlaufen?"

„Stabiles Plastikband. Meterware – gibt's in jedem Baumarkt." Ulrike streckte sich. „Den Rest kriegt ihr morgen früh. Wir sind hier sicher noch ein paar Stunden beschäftigt."

17. Kapitel

Am nächsten Morgen erschien von Hohenstein pünktlich auf dem Revier. Er war unrasiert und sah aus, als hätte er nicht viel geschlafen. Gegen einen DNA-Test hatte er nichts einzuwenden und hielt geduldig still, als der Abstrich entnommen wurde.

Alfred Weber, der von einem Streifenwagen direkt von seiner neuen Parkbank aufs Revier gebracht worden war, wartete hinter der Glaswand, wo die Gegenüberstellung stattfinden sollte. Glücklicherweise war er nüchtern.

Fassrath stand neben ihm und versuchte, unauffällig in die andere Richtung zu atmen. „Also Alfred, ist der Mann dabei, den Sie im Schlosspark gesehen haben?"

Weber drückte seine Nase an die Scheibe und kniff die Augen zusammen. Dann nickte er. „Ja, die Nummer 3."

Fassrath seufzte. Nummer 3 war der Hausmeister. „Sind Sie sicher?"

Alfred kratzte sich am Bart. „Hmm, es könnte vielleicht auch Nummer 1 sein ..."

Fassrath sprach in das Mikrophon. „Setzen Sie bitte die Schirmmützen auf, meine Herren."

Die Männer setzten die Baseballkappen auf, die man ihnen vor der Gegenüberstellung in die Hand gedrückt hatte.

Alfred nickte wieder. „Jetzt weiß ich es, Herr Kommissar, ich erkenne ihn genau. Es ist Nummer 1."

Nummer 1 war ein Kollege vom Polizeirevier in Durlach. Es hatte keinen Zweck. Fassrath sprach wieder in das Mikro. „Vielen Dank, Sie können gehen."

„Werden Sie ihn jetzt verhaften, Herr Kommissar?"

Fassrath schüttelte den Kopf. „Er war wohl doch nicht dabei."

„Krieg' ich einen Schnaps?"

„Nein, diesmal nicht. Frühstücken Sie erst mal." Er gab ihm ein belegtes Brötchen, das er auf dem Weg hierher beim Bäcker besorgt hatte und führte ihn hinaus.

Carola sah auf, nahm einen Pfirsich aus der Obstschale und rannte Weber hinterher. „Hier Alfred, Vitamine sind wichtig."

Weber blieb stehen, nahm den Pfirsich und steckte ihn zu dem Brötchen in seinen Rucksack. Er machte einen Schritt auf Carola zu und hielt seine Hände über ihre lila Haarpracht, als wollte er sie segnen. „Auch du kannst gerettet werden, meine Tochter, denn du hast ein reines Herz."

Fassrath, der sich ebenfalls einen Pfirsich genommen hatte und gerade hineinbeißen wollte, ließ ihn sinken und packte Weber am Arm. „Lassen Sie das, Alfred. Ich habe Ihnen schon einmal gesagt, dass Sie meine Mitarbeiter nicht belästigen sollen."

„Schon okay, Vincent", sagte Carola, „er belästigt mich nicht."

Weber nickte ihr zu und schlurfte zur Tür. Dort drehte er sich noch einmal um. „Ich habe von dem Rollstuhl geträumt."

Fassrath setzte sich auf die Kante von Carolas Schreibtisch. „Erzählen Sie mir den Traum."

„Na ja, es war irgendwie merkwürdig. Auf dem Rollstuhl saß ein Igel. Und der Rollstuhl ist von selbst gefahren – niemand hat ihn geschoben. Er wurde immer schneller und ist direkt ins Meer gerollt und untergegangen."

„Und dann?"

„Der Igel ist geschwommen – im Meer."

„Und dann?"

„Er ist auf mich zugeschwommen und ist immer größer geworden. Dann bin ich aufgewacht – merkwürdig, nicht wahr?"

Fassrath seufzte. „Träume sind oft merkwürdig, Alfred. Der Mann, der den Rollstuhl geschoben hat, kam in Ihrem Traum nicht vor?"

Weber schüttelte den Kopf. „Nein, nur der Igel im Meer. Seine Schnauze war blutig." Er fuhr sich mit der Zunge über die Lippen. „Er hat mir Angst gemacht. Vielleicht hat der tote Engel ein Zeichen geschickt." Vor sich hin murmelnd ging er hinaus.

Fassrath sah ihm nachdenklich hinterher. „Schwimmende Igel und tote Engel ..."

Carola riss das Fenster auf und setzte sich wieder hin. „Der Chef will dich sehen", sagte sie.

„Was für eine Überraschung. Ist Margareta schon da?" Fassrath biss in seinen Pfirsich, und der Saft lief ihm über die Finger.

Ohne hinzusehen hielt ihm Carola eine Box mit Papiertaschentüchern hin, die griffbereit neben der Obstschale stand. „Sie hat vorhin angerufen, sie muss noch warten, bis der Kuchen fertig ist. Ihr Mann hat doch heute Geburtstag. Ich habe übrigens deinen Bericht getippt. Und lass' beim nächsten Mal bitte die Kommas weg. Sonst sind die nie da, wo sie hingehören."

„Ich dachte, wenn ich die Kommas mit dazusage, wird es übersichtlicher für dich."

„Ganz im Gegenteil", sagte sie, „vertrau' mir einfach."

Er grinste. „Kann ich den Ausdruck haben?" Er wickelte den Pfirsichkern in das feuchte Papiertaschentuch, mit dem er seine Hände gesäubert hatte, knüllte es zu einer Kugel zusammen und warf es mit einem lässigen Schwung quer durchs Zimmer, wo es auf dem Rand des metallenen Papierkorbs auftraf und mit einem kleinen Hüpfer ins Innere kullerte.

Carola senkte die Stimme. „Schatz hat mir den Bericht aus der Hand gerissen, tut mir leid. und ... Hilt ist bei ihm im Büro."

„Ach du je ..."

Sie blätterte in ihren Notizen. „Wie es aussieht, haben wir von Hohensteins Franzosen gefunden. Guillaume Binoche, er hat ein kleines Maklerbüro in Straßburg. Die Straßburger Kollegen nehmen seine Aussage auf und faxen sie uns zu. Ich habe mit einem Kommissar Boucher telefoniert – hier ist seine Nummer, falls du ihn anrufen willst."

„Gute Arbeit, Frau Schiller." Er schielte auf ihre Kaffeetasse. „Ist der frisch?"

Zu ihrem Leidwesen war Carola die Einzige auf der Dienststelle, die Fassraths Schwäche für stark gesüßten Kaffee teilte. „Okay, von mir aus. Nimm' ihn schon. Und komm' bloß nicht auf die Idee, dich zu bedanken oder mir auch mal einen zu bringen."

Mit einem Anflug schlechten Gewissens nahm er die Tasse und trank einen Schluck. „Du bist die Beste."

„Jedenfalls habe ich ein reines Herz. Kannst du das von dir auch sagen?" Sie stand auf, schob ihn zur Seite und ging in die Küche.

Freches Biest! Fassrath sah ihr nach. Sie trug ein kurzes schwarzes Baumwollkleid, dünne lila-schwarz geringelte Strumpfhosen und Schnallenschuhe. Fehlte nur noch der Besen. Er lächelte, atmete tief durch und betrat die Höhle des Löwen.

„Wo ist Frau Sturm?", fragte Schatz zur Begrüßung.

„Sie kommt gleich. Wir hatten gestern einen verdammt langen Tag."

„Und wann hatten Sie gedacht, mich über ihre eigenmächtigen Aktionen in Kenntnis zu setzen?", ertönte eine gereizte Stimme.

Erst jetzt sah Fassrath die gedrungene Silhouette von Staatsanwalt Wilfried Hilt am geöffneten Fenster stehen. Er hatte ihnen den Rücken zugewandt und schien den wolkenlosen Himmel zu betrachten.

„Die Aktion gestern Abend war so nicht geplant", sagte Fassrath.

„Davon bin ich überzeugt", sagte Hilt und drehte sich um. Wie stets war er sehr sorgfältig gekleidet, hellgrauer Anzug, schwarz-grau-gestreifte Krawatte, schwarze blankgeputzte Slipper. Er hielt Fassraths Bericht in der Hand, wippte auf den Füßen hin und her und streckte angriffslustig das glattrasierte Kinn vor. „Was haben Sie sich dabei gedacht?"

„Wobei?", fragte Fassrath unschuldig.

Hilt machte zwei Schritte auf Fassrath zu und blieb dicht vor ihm stehen. Er musste zu Fassrath, der ihn mit seinen einsdreiundachtzig um einen halben Kopf überragte, hochsehen, was ihm überhaupt nicht gefiel, und so bemühte er sich, mangelnde Körpergröße durch die Autorität seines Amtes zu kompensieren. Er sprach jetzt leise, doch die Wut, die in seiner Stimme mitschwang, war nicht zu überhören. „Ist Ihnen vielleicht einmal in den Sinn gekommen, die Hauseigentümer zu informieren, bevor sie unbefugt eindringen und ..."

„Ich bin nicht unbefugt eingedrungen", unterbrach ihn Fassrath, „Herr von Hohenstein hatte einen Schlüssel. Außerdem sind die Hauseigentümer zurzeit nicht im Lande."

„Gar nicht zu reden von der Polizeiaktion danach – und das alles ohne richterlichen Beschluss."

„Es handelte sich eindeutig um den Tatort des Mordes an Sofia Stern – wir mussten die Spuren sichern, solange sie noch möglichst frisch waren."

„Da hat er nicht unrecht", sagte Schatz, „bei Gefahr im Ver ..."

„Es war keine Gefahr im Verzug!", sagte Hilt. Bei jedem Wort schlug er mit dem Handrücken auf den Ausdruck und knallte ihn schließlich auf den Schreibtisch. „Die fünf Minuten für einen Anruf wären wohl noch drin gewesen! Sie können froh sein, wenn die Krügers keine Anzeige erstatten!" Der Staatsanwalt ging zurück zum Fenster, lehnte sich an den Sims und verschränkte die Arme. „Ab jetzt will ich über jeden Ihrer Schritte informiert werden – ist das klar?"

„Jawohl, Euer Ehren", sagte Fassrath.

„Werden Sie nicht unverschämt."

Fassrath riskierte einen Blick auf seinen Vorgesetzten, der in den Papieren auf seinem Schreibtisch kramte und sich offensichtlich bemühte, seine zuckenden Mundwinkel unter Kontrolle zu bekommen. Schließlich brach er das Schweigen. „Wo ist von Hohenstein jetzt?"

„Wir haben gerade eine Gegenüberstellung gemacht, und jetzt sitzt er im Vernehmungsraum. Er ist sehr kooperativ. Bei allem, was wir bis jetzt herausgefunden haben, glaube ich nicht, dass er der Mörder ist. Wir sind noch dabei, sein Alibi zu überprüfen. Und wir werden ihn natürlich weiter im Auge behalten."

„Was haben Sie heute vor?"

„Wir werden die Agentur, bei der Sofia Stern gearbeitet hat, noch einmal unter die Lupe nehmen. Ich weiß nicht, ob Sie die E-Mails gelesen haben."

„Natürlich, Uri – ich meine, Herr Geller, hat mir einen Ausdruck gebracht. Na gut, dann lassen Sie sich nicht aufhalten."

Fassrath stand auf. „Ach ja, noch etwas. Wir sollten die Information über den unbekannten Mann mit dem Rollstuhl im Park an die Presse geben. Vielleicht hat ihn ja sonst noch jemand gesehen. Rollstühle kann man auch ausleihen. Oder stehlen. Wir müssen Sanitätsgeschäfte, Krankenhäuser, Rehabilitationskliniken und so weiter überprüfen. Außerdem müssen die Nachbarn befragt werden. Vielleicht haben wir Glück, und jemand hat den Mörder gesehen, als er sich Zutritt ins Haus verschafft hat." Er seufzte. „Leider liegt das Haus ziemlich abgelegen."

„Gut, veranlassen Sie das. Engermann und Walther können die Befragung der Nachbarn übernehmen. Bevor ich's vergesse, morgen um elf kommen die Kollegen aus Freiburg zur Abschlussbesprechung. Seien Sie ausnahmsweise mal pünktlich."

Auch das noch. Fassrath zögerte und sah Hilt an, der ihn immer noch finster musterte. „Na los, gehen Sie schon", sagte dieser schließlich. „Und wenn Sie das nächste Mal einen richterlichen Beschluss brauchen, dann fragen Sie gefälligst vorher."

Fassrath fand Margareta in der Teeküche, wo sie sich gerade ein Brötchen mit Butter und Honig bestrich. „Na, ausgeschlafen?" Sie hielt ihm eine Hälfte hin.

Fassrath nahm sie ihr ab und leckte sich den Honig vom Finger. „Warum hast du so gute Laune?"

„Als ich heute Nacht nach Hause gekommen bin, haben wir noch ein bisschen Geburtstag gefeiert." Sie lächelte.

„Während ich mitten in der Nacht noch mal hergekommen bin, den blöden Bericht für Schatz ins Diktiergerät gesprochen habe und dann zuhause vor dem Fernseher eingeschlafen bin."

„Das ist der Preis für dein cooles Image als einsamer Wolf." Sie strich ihm ein paar Krümel vom Hemd. „Vergiss nicht die Party heute Abend."

„Ich kann's kaum erwarten."

„Komm' schon. Michael hat lauter nette Leute eingeladen. Du wirst dich amüsieren. Außerdem hat dein Patenkind Sehnsucht nach dir, also komm' nicht so spät."

Er beugte sich vor und schnupperte an ihren Haaren. „Du riechst gut, irgendwie nach ... frischem Schokoladenkuchen. Zum Anbeißen."

Sie lachte. „Heute Abend kriegst du ein Stück."

Carola, die vor der Kaffeemaschine stand und Wasser nachgoss, warf Fassrath einen finsteren Blick zu. „Da hat schon wieder einer unserer reizenden Kollegen den letzten Kaffee genommen und keinen neuen gekocht."

Fassrath hob beide Hände. „Ich bin unschuldig."

„Und du warst auch nicht zufällig vorhin in der Küche, hast gesehen, dass der Kaffee alle ist und hast dir dann meinen gekrallt?"

„So etwas würde ich nie tun", sagte er treuherzig. „Aber wenn du willst, sorge ich dafür, dass die Küche in Zukunft videoüberwacht wird."

Carola musste gegen ihren Willen grinsen. Sie schaltete die Maschine ein und ging hinaus.

Fassrath stopfte den Rest des Brötchens in den Mund. „Okay, ich schicke jetzt von Hohenstein nach Hause, und dann fahren wir zur Agentur. Hol' schon mal den Wagen, Harry. Und pass auf, dass du dem wilden Willi nicht in die Arme läufst."

„Oh je, wir kriegen Ärger wegen gestern Abend, stimmt's?"

Fassrath winkte ab. „Das Schlimmste ist vorbei. Ich habe schon gedacht, er kriegt einen Herzinfarkt."

„Na ja, so ganz astrein war die Aktion wirklich nicht."

„Jetzt fang' du nicht auch noch an!"

Fassrath öffnete die Tür zum Vernehmungsraum. „Sie können gehen, Herr von Hohenstein, wir melden uns bei Ihnen."

Von Hohenstein stand auf, steckte die Hände in die Taschen und trat mit gesenktem Kopf in den Flur. Eine junge Frau kam ihnen entgegen. Sie trug ein riesiges buntes Kopftuch, das auch noch einen Teil ihres Gesichts verdeckte. Ohne sie anzusehen, ging von Hohenstein an ihr vorbei und lief die Treppe hinunter.

„Kann ich Ihnen helfen?"

Die junge Frau nahm das Tuch ab, und Fassrath sah sie verblüfft an. „Was machen Sie denn hier?"

Silvana Stern reagierte nicht auf seine Frage. „Wer war das, dieser, dieser von Hohenstein? War das etwa Leo?"

Fassrath nickte. Sie drehte sich halb um, als wollte sie ihm hinterherlaufen, dann hielt sie inne. „Und, hat er sie umgebracht?"

„Das halte ich für unwahrscheinlich", sagte Fassrath vorsichtig.

„Das halten Sie für unwahrscheinlich?" Ihre Stimme wurde lauter. „Sie wissen es also nicht? Und Sie lassen ihn einfach laufen?"

„Beruhigen Sie sich, Frau Stern. Kommen Sie bitte mit in mein Büro." Er hielt ihr die Tür auf. Sie überlegte kurz, dann warf sie ihm einen finsteren Blick zu und trat ein.

Durch die Glaswand sah er Margareta bei Carola stehen. Sie unterhielten sich, und jetzt lachten beide. Beneidenswert. Er wandte sich seiner Besucherin zu. „Setzen Sie sich. Möchten Sie etwas trinken?"

Sie schüttelte den Kopf, setzte sich auf einen der Besucherstühle, schlug die Beine übereinander und verschränkte die Arme.

Fassrath setzte sich hinter seinen Schreibtisch. „Was kann ich für Sie tun?"

„Was Sie für mich tun können? Wollen Sie mich verarschen? Ich will, dass Sie endlich den Mörder meiner Schwester finden!"

„Wir tun, was wir können. Aber Sie müssen uns ein bisschen Zeit lassen. Es ist gerade mal zwei Tage her." Er betrachtete sie mitleidig. Sie war sehr blass, ihre Haare wirkten stumpf, ihre Hände zitterten. „Fahren Sie wieder nach Hause. Ich melde mich bei Ihnen, wenn wir etwas Neues wissen."

„Ich werde eine Zeitlang hier sein. Ich bin in Sofias Wohnung eingezogen."

„Müssen Sie nicht arbeiten?"

Sie lachte bitter. „Ich bin seit zwei Monaten arbeitslos. Die Stadt hat meinen Vertrag nicht verlängert. Haben Sie gewusst, dass die Stellen im sozialen Bereich mittlerweile fast alle befristet sind? Meine haben sie gestrichen. Sparmaßnahmen."

Er sah sie überrascht an.

Sie schien seine Gedanken zu erraten. „Mein Vater weiß nichts davon. Er weiß auch nicht, dass ich in Karlsruhe bin. Aber was soll's, er hat sich noch nie besonders für mich interessiert."

„Und für Sofia?"

„Für sie auch nicht. Wir haben ihn beide enttäuscht, weil wir nicht in seine Fußstapfen getreten sind. Er hätte lieber einen Sohn gehabt."

„Aber Ihre Mutter weiß Bescheid, nicht wahr?"

Silvana warf ihm einen neugierigen Blick zu. „Meine Mutter hat Sie beeindruckt, stimmt's? Nein, Herr Kommissar, ich habe meiner Mutter nichts davon erzählt. Wozu auch. Sie hat schon genug damit zu tun, sich um meinen Vater zu kümmern und dafür zu sorgen, dass die Dummheiten, die seine Töchter treiben, nicht zu ihm durchdringen. Sie denkt immer, sie muss ihn beschützen. Uns alle. Meine Mutter ist ein Kontrollfreak. Sie braucht das Gefühl, immer alles im Griff zu haben. Sie hat regelmäßig mit Sofia telefoniert. Selbst das hat sie ihm nicht erzählt. Sofia war ihr Liebling. Schon immer. Ihr wäre es sicher lieber gewesen, wenn es mich erwischt hätte."

Die Bitterkeit in ihrer Stimme jagte ihm eine Gänsehaut über den Rücken. ‚Sie wissen, dass das nicht stimmt', wollte er sagen. „Glauben Sie das wirklich?", fragte er stattdessen.

Sie sah auf ihre Hände. „Ich weiß es nicht", sagte sie leise, „ich weiß noch nicht einmal, ob es mir selbst lieber wäre." Ihre Augen, die denen ihrer Mutter so ähnlich waren, füllten sich mit Tränen. „Ach, Scheiße!"

Er hätte sie gern getröstet, doch er wusste, dass er das nicht konnte. Also ließ er sie weinen, und als sie sich mit dem Handrücken über das Gesicht wischte, holte er eine Packung Papiertaschentücher aus seiner Schublade und schob sie ihr über den Tisch.

„Danke." Sie putzte sich die Nase. „Sie sind wohl für alles gewappnet."

Er senkte die Stimme. „Sie können auch einen Schnaps haben, wenn Sie wollen."

„Lieber nicht." Sie grinste schief. „Für einen Bullen sind Sie ziemlich nett. Und ich habe ein paar kennen gelernt."

„Durch Ihre Arbeit, nehme ich an."

Sie nickte. „Mit der Mordkommission hatte ich allerdings nur einmal zu tun. Er war siebzehn, netter Kerl eigentlich."

„Was war passiert?"

„Seine Freundin wurde vergewaltigt. Von ihrem Nachhilfelehrer. Er hat ihm aufgelauert und ihm ein Messer in den Bauch gestoßen. Ich konnte ihn verstehen." Sie sah Fassrath an, als ob sie sich vergewissern wollte, dass er ihr noch zuhörte. „Ich weiß gar nicht, warum ich Ihnen das alles erzähle." Er sagte nichts, doch sie schien auch keine Antwort zu erwarten. „Aber das lernen Sie sicher in Ihrer Ausbildung", fuhr sie fort, „Leute zum Reden zu bringen, ohne dass die es merken." Sie knüllte das Taschentuch zusammen und warf es in den Papierkorb. „Sind Sie verheiratet?"

Er runzelte leicht die Stirn, und sie sah, wie sich die dünne Narbe über seiner Augenbraue spannte. „Geschieden."

Silvana nickte. „Entschuldigung, das geht mich nichts an."

„Das ist kein Geheimnis." Fassrath lächelte. „Was haben Sie jetzt vor, Frau Stern?"

Sie holte ein Päckchen Zigaretten aus ihrer Handtasche und steckte sich eine an.

Er sah sich suchend im Zimmer um, und sie überlegte, ob er wohl nach einem ‚Rauchen verboten'-Schild Ausschau hielt, das er ihr unter die Nase halten konnte. Stattdessen schob er ihr eine leere Kaffeetasse hin. „Hier, ich habe keinen Aschenbecher."

Sie inhalierte und stieß den Rauch durch die Nase aus. „Sie rauchen wahrscheinlich nicht, oder?"

„Ich habe aufgehört."

„Oh." Sie lächelte hinterlistig. „Möchten Sie eine?"

„Sie haben meine Frage noch nicht beantwortet. Was haben Sie vor? Und warum die Verkleidung?"

„Ich möchte in der Nähe sein, wenn Sie etwas herausbekommen. Und ich will nicht angegafft werden, nur weil ich das Gesicht einer Toten habe. Eine Frau mit Kopftuch fällt in der Südstadt nicht auf."

„Mir wäre es lieber, Sie würden zurück nach Freiburg fahren."

„Warum?"

Fassrath sah sie eindringlich an. „Solange wir das Motiv des Täters nicht kennen, besteht die Möglichkeit, dass auch Sie in Gefahr sind."

Silvana lachte. „Wie kommen Sie denn darauf? Weil ich genauso aussehe wie Sofia und der Mörder meinen Anblick nicht ertragen kann? Oder haben Sie Angst, ich mische mich in Ihre Ermittlungen ein und finde ihn vor Ihnen?"

„Silvana, wenn Sie einen Verdacht haben, müssen Sie mir das sagen! Sofias Freunde, die Kollegen bei der Agentur, wissen die alle, dass sie eine Zwillingsschwester hatte?"

„Keiner weiß es, na ja, außer Martin natürlich und den Hausmitbewohnern."

„Und warum ist das so?"

Sie zuckte die Achseln. „Unsere gemeinsamen Freunde sind größtenteils in Freiburg. Und seit Sofia nach Karlsruhe gezogen ist, sehen wir uns nicht mehr so oft." Sie biss sich auf die Lippen und schluckte. „Sofia ist bei der Agentur nicht gerade damit hausieren gegangen, dass sie eventuell auch im Doppelpack zu haben wäre."

„Hätten Sie denn Interesse daran gehabt?"

Sie schüttelte heftig den Kopf. „Nein, überhaupt nicht." Sie schniefte, holte sich noch ein Taschentuch aus der Packung und stand auf. „Ich gehe jetzt. Sie haben schließlich was Besseres zu tun." Es klang vorwurfsvoll.

Fassrath erhob sich ebenfalls. „Passen Sie auf sich auf, Frau Stern. Und wenn Ihnen noch irgendetwas einfällt, rufen Sie mich an, egal wann."

Sie griff nach ihrem Tuch und wand es sich um den Kopf. An der Tür wiederholte sie die Abschiedsworte ihrer Mutter: „Finden Sie ihn!"

18. Kapitel

Kylie sah auf, als Margareta und Fassrath die Agentur betraten. „Herr Marbach ist nicht da", sagte sie abweisend.

Fassrath lächelte freundlich. „Wir möchten gern Ihren Chef sprechen. Ist der da?"

„Warten Sie hier. Ich schaue nach, ob er Zeit hat."

Gleich darauf kam sie mit einem kräftigen Mann im hellen Leinenanzug zurück. Fassrath schätzte ihn auf Mitte vierzig. Sein schwarzes Haar war eindeutig gefärbt, am Scheitel war der graue Haaransatz zu sehen. Im Vergleich zu seinem massigen Oberkörper wirkten seine Hände klein. „Mein Name ist Konrad Kess, ich bin der Geschäftsführer."

„Fassrath", sagte dieser, „und das ist meine Kollegin Frau Sturm."

Kess schüttelte ihnen die Hände. Obwohl es im Gebäude angenehm kühl war, schien er stark zu schwitzen. Margareta unterdrückte den Impuls, ihre Hand an der Hose abzuwischen. Er führte sie in den Empfangsraum, und sie setzten sich. „Bringst du uns drei Cappuccino?", rief er über die Schulter. Dann wandte er sich an seine Gäste. „Oder möchten Sie doch lieber etwas anderes?"

„Cappuccino ist prima", sagte Margareta, und Fassrath nickte.

Kess lehnte sich in seinem Sessel zurück. „Was kann ich für Sie tun?" Ohne die Antwort abzuwarten, sprach er weiter. „Ich nehme an, Sie kommen wegen des Mordes an Sofia Stern?"

„Ganz genau." Fassrath zückte seinen Block. „Es gibt da noch ein paar offene Fragen, die Sie uns sicher beantworten können."

Kess verschränkte die Arme. „Schießen Sie los."

„Gut. Wir würden gern etwas mehr über die Arbeit von Frau Stern erfahren."

„Das ist ganz einfach. Sofia hat als Model für mich gearbeitet, hauptsächlich in der Produktwerbung."

„Welche Produkte?"

„Kosmetika, Textilien, Nahrungsmittel – von jedem etwas. Wir konnten jeden Teil ihres Körpers einsetzen. Sie war einfach perfekt."

„Und sonst hat sie nichts gemacht?"

Kess runzelte die Stirn. „Wie meinen Sie das, was soll sie sonst noch gemacht haben?"

Fassrath griff in seine Tasche und warf Kess ein Blatt Papier in den Schoß, auf dem die Namen der Kunden aufgelistet waren, mit denen Sofia in E-Mail-Kontakt gewesen war.

Als Kess nach dem Papier griff, sah Margareta die dunklen Schweißflecken unter seinen Achseln. Kess überflog die Liste und sah Fassrath zornig an. „Wo haben Sie das her?"

In diesem Moment kam Kylie herein und brachte den Cappuccino, drei gefüllte Wassergläser und einen Teller mit Gebäck. Sie spürte die Spannung im Raum und sah erschrocken von einem zum anderen.

„Stell' das Tablett auf den Tisch, und geh' wieder raus", sagte Kess grob.

Fassrath lächelte sie an. „Vielen Dank, Kylie." Er nahm sich einen Keks.

„Ich habe Sie gefragt, wo sie diese Liste herhaben", sagte Kess.

Fassrath schluckte den Keks hinunter. „Das spielt keine Rolle."

Kess beugte sich nach vorn. Er sprach ganz leise, doch seine Stimme zitterte vor Entrüstung. „Das sind völlig streng vertrauliche Daten. Wir sichern unseren Kunden absolute Anonymität zu. Sie verstoßen hier gegen unsere aller höchsten Geschäftsprinzipien. Ich werde mich bei Ihrem Vorgesetzten beschweren."

Margareta nahm Kess die Liste aus der Hand. „Hier geht es nicht um irgendwelche Geschäftsprinzipien. Eine junge Frau, eine Mitarbeiterin Ihrer Firma, ist brutal ermordet worden. Der Mörder hat sie nackt ausgezogen, an den Füßen aufgehängt, ihr den Hals und die Pulsadern aufgeschlitzt und sie ausbluten lassen, als wäre sie ein Tierkadaver auf dem Schlachthof." Sie warf ein paar Fotos, die am Vorabend am Tatort gemacht worden waren, auf den Tisch. Darauf sah man die blutbespritzte Dusche und die Fußschlaufen, die von der Decke hingen.

Kess warf einen Blick auf die Fotos, wurde blass und sah schnell wieder weg.

Margareta schlug mit dem Handrücken auf die Liste. „Mit all diesen Männern stand Sofia in E-Mail-Kontakt. In den E-Mails ging es um Treffen, Geschäftsessen, Konzertbesuche, Kurzurlaube. Und ich glaube nicht, dass das zu den normalen Aufgaben eines Models gehört." Sie gab ihm die Ausdrucke der E-Mails. „Und jeder dieser Männer könnte der Mörder sein."

Fassrath trank einen Schluck von seinem Cappuccino und leckte sich den Milchschaum von den Lippen. „Wo waren Sie denn am Sonntag zwischen elf und dreizehn Uhr, Herr Kess?"

Kess sah ihn entgeistert an. „Glauben Sie etwa, ich wäre zu so etwas fähig?" Er schob Margareta die Fotos zu. „Stecken Sie die bitte wieder ein, sonst wird mir schlecht." Auf seiner Oberlippe bildeten sich feine Schweißperlen.

„Wo waren Sie?", wiederholte Fassrath.

„Ich habe meine Mutter besucht. Sie lebt in einem Seniorenwohnheim in Ettlingen. Ich habe sie um neun abgeholt, und wir sind frühstücken gegangen."

„Wo waren Sie denn frühstücken?"

„Im Kurhaus in Baden-Baden."

„Was haben Sie danach gemacht?"

„Ich habe sie wieder zurückgebracht und bin noch eine Weile mit ihr im Garten gesessen."

„Wie lange?"

„Zwei Stunden vielleicht. So gegen halb drei bin ich gegangen. Hören Sie, es wäre mir sehr recht, wenn Sie meine Mutter nicht mit hineinziehen würden. Sie regt sich furchtbar schnell auf, und das ist nicht gut für ihr Herz. Sprechen Sie mit dem Altenheimpersonal. Der Pförtner hat mich kommen und gehen sehen."

„Machen Sie sich keine Sorgen", sagte Margareta, „aber ich glaube, Sie wollten uns noch etwas über Frau Sterns Nebentätigkeit erzählen."

Kess öffnete ein Zuckertütchen und ließ den Inhalt in seine Tasse rieseln. „Wir bieten nebenher einen Begleitservice an, für ausgesuchte Kunden." Er schwieg, griff nach dem Löffel und verrührte den Zucker in der Tasse.

„Und wie dürfen wir uns das vorstellen?"

„Unsere Kunden sind hauptsächlich gutsituierte Geschäftsleute, die viel unterwegs sind. Wenn sie es wünschen, vermitteln wir ihnen weibliche Begleitung. Das ist alles."

„Und wie sind die Preise?"

„Wir haben einen festen Stundensatz. Je nach Uhrzeit und Wochentagen kommen Zuschläge dazu. Spesen gehen natürlich extra. Und eine Tagespauschale für Ausgaben wie Kleidung und Kosmetika."

„Was ist mit … ?"

Kess ließ sie nicht ausreden. „Sexuelle Kontakte schließt der Vertrag aus."

„Klingt doch alles ganz seriös", sagte Margareta, „warum die Geheimniskrämerei?"

Kess wand sich unbehaglich in seinem Sessel. „Das Ganze hat sich eher zufällig ergeben und läuft noch nicht lange, sozusagen ein Pilotprojekt. Wir wollten erst abwarten, wie sich die Sache entwickelt."

Margareta trank ihre Tasse aus. „Und Sofia war das Versuchskaninchen."

„Es war ihre Idee. Es hat ihr Spaß gemacht. Und sie hatte keine Berührungsangste."

„Hat sie auch Aufträge abgelehnt?"

Kess schüttelte den Kopf. „Nicht, dass ich wüsste. Wenn es gut lief, hat sie an einem Tag mehr verdient als ihre Model-Kolleginnen in einer Woche."

„Den Löwenanteil haben doch sicher Sie eingesteckt", sagte Fassrath.

„Trotzdem, für Sofia war es leicht verdientes Geld."

„Wie war denn Ihr Verhältnis zu Frau Stern?"

Kess trank einen Schluck und wischte sich mit der Serviette über den Mund. „Unser Verhältnis war rein geschäftlich."

Margareta stand auf. „Entschuldigen Sie mich einen Moment, der viele Kaffee ... ich bin gleich wieder da." Sie verließ den Raum und schloss die Tür hinter sich.

Fassrath beugte sich vor und schlug einen vertraulichen Ton an. „Jetzt mal unter uns, Herr Kess, Sofia war eine sehr attraktive junge Frau, und sie hatte viele Männerbekanntschaften. Haben Sie nicht auch versucht, bei ihr zu landen?"

Kess schob das Kinn vor. „Nein, das habe ich nicht. In unserer Branche muss man lernen, Geschäftliches und Privates zu trennen." Er fischte ein Papiertaschentuch aus der Hosentasche und tupfte sich die Stirn ab.

„Hätten Sie denn eine Chance bei ihr gehabt?"

„Wie gesagt, das war nie Thema. Außerdem verstehe ich nicht, was diese Fragen sollen. Vielleicht sind ja Sie derjenige, mit dem die Phantasie durchgeht, Herr Kommissar!"

„Ja, vielleicht", sagte Fassrath, „das bringt mein Beruf wohl so mit sich." Er lehnte sich wieder zurück. „Wussten Sie, dass Ihr Freund Leonhard von Hohenstein und Frau Stern eine sexuelle Beziehung miteinander hatten?"

Bei den Worten ‚sexuelle Beziehung' war Kess leicht zusammengezuckt. Er stellte seine Tasse auf den Unterteller und schob sie von sich weg. Sie war noch fast voll. „Wie oder mit wem meine Angestellten ihre Freizeit verbringen, geht mich n..."

„Beantworten Sie bitte meine Frage", unterbrach ihn Fassrath.

Kess warf ihm einen wütenden Blick zu. „Herr von Hohenstein ist nicht mein Freund."

‚Zumindest jetzt nicht mehr', dachte Fassrath. „Haben Sie nun davon gewusst oder nicht?"

„Er hat es mir nicht erzählt, wenn Sie das meinen."

„Aber Sie haben es vermutet."

„Wie gesagt, es hat mich nicht interessiert." Er zog seine Tasse wieder zu sich heran, griff nach dem Löffel und verrührte den Milchschaum so energisch, dass kleine Schaumtropfen auf die Tischplatte spritzten. „Glauben Sie, Leo hat etwas mit der Sache zu tun?"

Fassrath strich sich über das Kinn. „Haben Sie seine Frau kennen gelernt?"

„Britta? Ja sicher, sie hat eine Zeitlang mit uns trainiert."

„Warum hat sie aufgehört?"

„Sie hat sich zuhause ihr eigenes kleines Fitnessstudio eingerichtet und den besten Trainer aus dem ‚LCV' mit nach Hause genommen."

„Benjamin Strasser", murmelte Fassrath.

Kess sah ihn überrascht an, sagte aber nichts.

„Wie geht es denn jetzt weiter mit ihrem Begleitservice?"

„Das weiß ich noch nicht. Ohne Sofia .... Mein Geschäftspartner war sowieso von Anfang an dagegen."

„Wer ist denn Ihr Geschäftspartner?"

„Martin Marbach."

Nachdem die beiden Ermittler gegangen waren, blieb Kess noch eine Weile sitzen und sah in seine Tasse. Er beobachtete, wie die wenigen Schaumbläschen, die seine Rühraktion überstanden hatten, eines nach dem anderen zerplatzten.

Er sah nicht auf, als jemand in den Raum kam, sorgfältig die Tür hinter sich schloss und sich neben ihn setzte. Erst als ihm der vertraute Duft ihres Parfums in die Nase stieg, hob er den Kopf und wandte sich der Frau zu, die jetzt ihre kühle Hand auf seine schweißfeuchte legte. Seine Hand zuckte unter ihrer, und sie ließ ihn los und rückte mit ihrem Stuhl ein Stück von ihm weg.

Manuela Renz war eine durchaus attraktive Frau, wenn sie auch Sofia Stern, was das betraf, nicht das Wasser reichen konnte – aber wer konnte das schon. Sie wäre gern schlanker gewesen, hatte sich aber irgendwann damit abgefunden, dass sie auf Dauer nicht gewillt war, die dafür nötigen Opfer zu bringen. Stattdessen achtete sie darauf, sich vorteilhaft zu kleiden. Seit etwas mehr als zehn Jahren leitete sie die Personalabteilung der Optikerkette ihres Vaters.

„Tut mir leid, dass ich dich hier so überfalle", begann sie, „aber ich habe von der Sache mit Sofia gehört und gedacht, du könntest vielleicht eine Freundin brauchen."

„Hast du mit meiner Mutter gesprochen?"

Sie sah ihn erstaunt an. „Nein, warum sollte ich?"

„Ich könnte mir vorstellen, dass sie dich zu mir geschickt hat." Seine Stimme klang bitter. „Wozu Zeit verlieren, jetzt, wo Sofia nicht mehr zwischen uns steht."

Sie schlug die Beine übereinander und strich ihren Rock glatt, und wieder roch er ihr Parfum. Er mochte diesen Duft – er hatte ihn für sie ausgesucht. Er war überrascht, dass sie es immer noch benutzte.

„Sie steht aber noch zwischen uns, nicht wahr? Es spielt keine Rolle, ob sie tot ist oder lebt. Du hast unsere Verlobung gelöst, nur weil sich Sofia von ihrem Freund getrennt hat ohne zu wissen, ob du überhaupt eine Chance bei ihr hast. Ehrlich gesagt, hat mich das sogar beeindruckt. Nur dumm, dass du es nicht geschafft hast, sie vor Leo zu verstecken." Sie stand auf und ging ans Fenster.

„Woher weißt du das?"

Sie lachte kurz und hart auf. „Die Welt ist klein, Konny. Und Karlsruhe ist ein winziges Dorf, in dem man ständig übereinander stolpert. Ich habe sie zusammen gesehen."

Kess schluckte. „Wann?"

„Vor zwei oder drei Wochen – das ist doch nicht wichtig."

„Wo? Was ... was haben sie gemacht?"

„In einer Salsa-Kneipe, sie haben miteinander getanzt. Du hättest sie sehen sollen." Sie öffnete das Fenster, fischte eine Zigarette aus ihrer Handtasche, zündete sie an und nahm einen tiefen Zug. „Jeder konnte sehen, dass sie ein Paar sind." Wieder zog sie an ihrer Zigarette, drehte den Kopf und blies den Rauch aus dem Fenster.

Kess schob seinen Stuhl zurück, stand auf und ging zu ihr. „Kann ich auch eine Zigarette haben?"

„Tut mir leid, das war meine letzte." Sie hielt sie ihm hin, und nach kurzem Zögern nahm er sie, inhalierte und gab sie ihr zurück. In einträchtigem Schweigen rauchten sie sie gemeinsam zu Ende.

„Bist du mit jemandem zusammen?"

Sie schüttelte den Kopf. „Die Zeiten, wo ich von einer Beziehung in die nächste gestolpert bin, sind vorbei. Außerdem hat das Single-Leben auch seine Vorteile."

Er streckte die Hand aus und berührte ihr Haar. „Die neue Frisur steht dir gut."

Sie stieß ihn mit der Schulter an. Mit ihren hochhackigen Schuhen war sie ein Stückchen größer als er. „Du hast mir gefehlt."

„Ja, du mir auch." Verwundert gestand er sich ein, dass es wirklich stimmte.

„Weißt du Konny, zwischen uns mag es vielleicht nicht die große Liebe sein, aber wir sind aus dem gleichen Holz geschnitzt."

„Du redest wie meine Mutter."

„Dabei kann ich sie überhaupt nicht leiden." Sie nahm ihre Handtasche, die sie auf dem Fensersims abgestellt hatte und hängte sie sich über die Schulter. „Ich gehe jetzt. Du hast ja meine Telefonnummer." Sie blieb kurz stehen, als wollte sie ihm Gelegenheit geben, sie zurückzuhalten oder sich von ihr auf die Art, die ihm angemessen erschien, zu verabschieden, doch er reagierte nicht, und schließlich verließ sie den Raum, ohne sich noch einmal umzusehen.

19. Kapitel

Über dem Eingang des Seniorenwohnheims prangte das Logo in warmen Rottönen: eine stilisierte Sonne, die zwischen zwei Bergen unterging. Margareta rümpfte die Nase und betrat das Foyer. Fehlte nur noch, dass die Wildecker Herzbuben hinter der nächsten Ecke hervorsprangen, um ein schmalziges Abendlied zu schmettern. Haus Abendsonne gehörte zu den gehobeneren Etablissements. Der Pförtner saß in einem verglasten Büro, dessen Ausstattung an die Kommandozentrale eines mittelgroßen Raumschiffs erinnerte. Mehrere Bildschirme, unzählige teilweise blinkende Lämpchen, Telefonanlage, Computer. Von irgendwoher ertönte leise klassische Musik. Margareta klopfte an das kleine Fenster. Der Pförtner hatte seine Augen auf einen der Bildschirme geheftet, als würde er einen spannenden Film verfolgen und hob die Hand. In rascher Folge betätigte er ein paar Schalter, dann öffnete er das Fenster und wandte sich der Besucherin zu. Er trug einen dunklen Anzug wie ein Hotelportier. An sein Jackett war ein Namensschild geheftet, auf dem ‚Maximilian König' stand.

„Was kann ich für Sie tun?"

Margareta hielt ihm ihren Dienstausweis vor die Nase.

„Sturm, Kriminalpolizei. Können Sie mir sagen, wer am Sonntagvormittag Dienst hatte?"

König fuhr sich mit der Zunge über die Lippen. „Sie ermitteln wegen des Mordes an Sofia Stern, nicht wahr?"

„Wie kommen Sie darauf?"

„Das war nicht schwer zu erraten. Es gibt hier kaum noch ein anderes Gesprächsthema. Wissen Sie, das Leben in unserer

171

Seniorenresidenz hat nicht viel Spannendes zu bieten. Und eine unserer Bewohnerinnen ist die Mutter ihres Chefs. Sie glauben doch nicht etwa, dass Kess etwas damit zu tun hat?"

„Nun mal langsam. Beantworten Sie bitte meine Frage. Also – wer hatte am Sonntag Dienst?"

„Moment mal." Er wandte sich der Bildschirmwand zu und drückte eine Taste der Telefonanlage. „Heidi, schau' mal nach Frau von Rüden, sie hat sich wieder auf den Boden gesetzt." Er drehte den Kopf wieder zu Margareta. „Ich hatte Dienst."

„Überwachen Sie die Apartments der Bewohner?"

„Nur ein paar, die es möchten und die es sich leisten können. Ist nämlich nicht ganz billig. Wir haben ein paar Kandidaten, die sich dadurch sicherer fühlen. Falls der Notfallknopf mal nicht in Reichweite sein sollte."

„Was ist mit Frau Kess? Ich habe gehört, sie soll ein schwaches Herz haben."

Er schnaubte. „Die? Die ist gesünder als wir alle zusammen. Zumindest, was das Herz betrifft. Kein Wunder, musste ja auch nie einen Finger krumm machen. Wenn man allerdings bedenkt, wie schlecht es ihr vor ein paar Monaten noch ging ..."

Margareta verkniff sich ein zufriedenes Lächeln. König schien die Klatschbase vom Dienst zu sein. „Wie meinen Sie das?"

„Ist im Badezimmer ausgerutscht. Sie kennen das ja, passiert jeden Tag. Hat sich dabei beide Beine gebrochen. Wochenlang Liegegips. Für viele hier wäre das das Todesurteil gewesen. Aber sie hat's geschafft. Hat wieder laufen gelernt. Und das in ihrem Alter."

Margareta beugte sich ein Stück vor und senkte die Stimme. „Wie gut kennen Sie Konrad Kess?"

„Na ja, zumindest sehe ich ihn regelmäßig, habe auch schon ein paar Mal mit ihm gesprochen. Er ist ganz okay, ein bisschen exzentrisch vielleicht, aber das kommt bestimmt von seinem Job. Eine Zeitlang kam seine Freundin mit zu den Besuchen. Hübsche Frau, hatte Stil, und nicht so ein Hungerhaken, wie viele in ihrem Alter, die sich nur von Yoghurt und Knäckebrot ernähren, eher so Typ Christiane Neubauer." Er sah Margareta aufmerksam an, als würde er überlegen, in welche Kategorie sie diesbezüglich passen könnte.

Margareta grinste innerlich. Mit ihren einsvierundsechzig war sie nicht besonders groß, doch fünfundzwanzig Jahre Kampfsport hatten ihren vom Knochenbau her eher zierlichen Körper gekräftigt. Obwohl sie durchaus weibliche Formen aufzuweisen hatte, verzichtete sie bei der Arbeit bewusst auf figurbetonte Kleidungsstücke. Meistens trug sie Jeans, Turnschuhe und weit geschnittene Oberteile. Hungerhaken oder Vollblutweib? Keine leichte Entscheidung.

König schien plötzlich zu bemerken, dass er sie anstarrte und räusperte sich verlegen. „Aber anscheinend haben sie sich getrennt. Ich habe sie schon mindestens ein halbes Jahr lange nicht mehr gesehen."

„Kommt er seine Mutter oft besuchen?"

„Das kann man wohl sagen. Mehrmals die Woche, eine Zeitlang ist er sogar jeden Tag gekommen. Sonntags holt er sie zum Essen ab, und nach zwei Stunden bringt er sie wieder. Letzten Sonntag war er auch da. Kam aber schon früh, so kurz nach neun. Sie sind nach Baden-Baden ins Kurhaus gefahren – zum Brunchen. Nachdem er sie zurückgebracht hat, ist er noch fast zwei Stunden dageblieben, hat mich ein bisschen gewundert."

„Warum?"

„Na, weil die alte Kess nach dem Essen immer einen Mittagsschlaf macht. Sie schläft überhaupt viel. Das sind wahrscheinlich die Medikamente. Sie nimmt immer noch starke Schmerzmittel."

In Gedanken machte sich Margareta eine Notiz.

„Außerdem ging es Kess nicht gut an diesem Tag. Er sah total elend aus, ich habe ihn darauf angesprochen. Er meinte, er hätte Magenschmerzen." König grinste. „Vielleicht war der Krabbencocktail schlecht."

„Wenn es ihm so schlecht ging, wieso ist er dann nicht gleich nach Hause gefahren?", fragte Margareta.

König beugte sich nun seinerseits vor, und der vertraute Duft eines teuren Rasierwassers stieg ihr in die Nase. Sie war sich ziemlich sicher, dass ihr Chef dasselbe benutzte. „Vergessen Sie's, Frau Sturm, Kess hat mit der Sache nichts zu tun."

„Ich würde trotzdem gern kurz mit seiner Mutter sprechen."

„Klar, kein Problem – sie hat allerdings schon Besuch."

„Ach ja, von wem denn?"

„Ihr Neffe. Der Sohn ihrer älteren Schwester. Wenn Sie mich fragen, der ist nur hinter ihrem Geld her." Er ließ seinen Blick über die zahlreichen Bildschirme schweifen, schien aber nichts zu entdecken, was ihn beunruhigte. „Soll ich Sie anmelden?"

„Nicht nötig. Sagen Sie mir einfach nur, wie ich hinkomme."

Weiche Teppiche dämpften ihre Schritte, als sie den langen Flur entlang ging. An den Wänden hingen gerahmte Aquarelle mit Blumenmotiven. Vor der Tür mit der Nummer 7 blieb sie stehen und klopfte an.

Ein untersetzter weißhaariger Mann öffnete. Er trug einen dunklen Anzug, ähnlich dem des Pförtners und verströmte einen schwachen Whiskyduft. „Wer sind Sie?" Seine wässrigblauen Augen musterten sie unfreundlich.

„Sturm, Kriminalpolizei." Margareta zeigte ihm ihren Ausweis. „Und Sie sind ...?"

„Mein Name ist Hoffmann, zu Diensten." Er deutete eine spöttische Verbeugung an.

„Ich würde gern mit Frau Kess sprechen. Es dauert nicht lange."

Er zögerte kurz, dann trat er von der Tür zurück und machte eine einladende Geste. Sein Lächeln wirkte aufgesetzt. „Bitte, kommen Sie herein. Ich wollte sowieso gerade gehen."

Margareta durchquerte den kleinen Flur und betrat das Wohnzimmer. Hoffmann war ihr gefolgt und wandte sich an seine Tante. „Die Kripo ist da, Tante Elli." Weder er noch seine Tante schienen sich darüber zu wundern.

Zehn Minuten später saß Margareta mit Frau Kess im ‚Regenbogen-Café'. Im Hintergrund lief seichtes Klaviergeklimper, das sich verdächtig nach ‚Ballade pour Adeline' anhörte.

Frau Kess fixierte Margareta durch ihre randlose Brille und verzog spöttisch das Gesicht. „Mir tut das Personal hier leid. Ich würde dieses Gedudel nicht den ganzen Tag ertragen."

Margareta gab ihr im Stillen Recht. Sie ließ ihren Blick durch das Café schweifen, die gepolsterten Stühle und die mit Schnörkeleien verzierten kleinen Tische, auf denen schlichte Vasen mit frischen Blumen standen. An den Fenstern und an der Decke hingen vereinzelte Prismen, die so geschickt platziert waren, dass sie unzählige kleine Regenbögen an die hellen Wände projizierten.

Frau Kess folgte ihrem Blick. „Ist ja eigentlich ganz hübsch hier. Aber manchmal fühle ich mich wie in einem Heim für christliche junge Mädchen – Café Regenbogen, Haus Abendsonne – ich bitte Sie. Es gibt sogar einen Raum der Morgenröte. Dort wird Meditation und Yoga angeboten." Sie winkte ungeduldig der Bedienung.

Eine junge Serviererin kam an ihren Tisch. Bevor Margareta etwas sagen konnte, bestellte Frau Kess zwei Eiskaffees. „Das ist das Beste bei diesem Wetter." Sie lehnte sich zurück. „Sie sind also von der Kriminalpolizei."

Margareta nickte.

„Warum verdächtigen Sie meinen Sohn?"

„Wir verdächtigen ihn nicht. Es ist nur so, dass wir alle Personen in Frau Sterns näherem Umfeld überprüfen – reine Routine."

Die Eiskaffees wurden gebracht. Frau Kess schaufelte sich einen großen Löffel Sahne in den Mund. „Hier verwenden sie wenigstens noch richtige Sahne und nicht dieses ekelhafte Sprühzeug."

„Hat Ihr Sohn mit Ihnen über Sofia Stern gesprochen?"

„Natürlich hat er das. Ihr Tod hat ihn schwer getroffen. Wenn Sie mich fragen – er war ganz vernarrt in sie. Vor allem seit er sich von seiner Freundin getrennt hat. Aber Sie wissen bestimmt auch, dass man Privates und Geschäftliches nicht miteinander mischen sollte."

„So etwas Ähnliches hat Ihr Sohn auch gesagt."

„Das habe ich ihm beigebracht." Sie lächelte. „Wissen Sie, ich habe meinen Mann bei der Arbeit kennen gelernt – Modehaus Karl Kess in Mannheim ist Ihnen sicher ein Begriff. Ich war seine Assistentin. Als es klar war, dass wir heiraten würden, habe ich sofort gekündigt."

Margareta runzelte die Stirn. „Sie waren mit Karl Kess verheiratet? Dem Gründer der Karl-Kess-Stiftung?"

Die alte Frau warf ihr einen scharfen Blick zu. „Warum wundert Sie das so, Frau Sturm? Mein Mann hatte schon immer soziale Ambitionen. Vielleicht, weil er selbst eine schwierige Jugend hatte. Er hat sich aus eigener Kraft ein ganzes Imperium aufgebaut. Die Stiftung hat ihm öffentliche Anerkennung gebracht und dafür gesorgt, dass der Name Kess in aller Munde war. Es war also nicht nur Selbstlosigkeit, was ihn dazu bewogen hat."

Margareta spielte gedankenverloren mit ihrem Löffel. „Ich habe erst vor kurzem einen Artikel im Zeitmagazin über ihn gelesen. War er nicht mit einer Gräfin verlobt?"

Frau Kess kniff die Lippen zusammen. „Sie hatte einen tragischen Unfall."

„Was ist passiert?"

„Sie ist vom Pferd gestürzt. Soviel ich weiß, war sie auch sofort tot."

„Stimmt, ich erinnere mich. Davon war in dem Artikel auch die Rede."

Die alte Frau sog an ihrem Strohhalm. „Sie ist geritten wie der Teufel. Und Reiten ist nun mal ein gefährlicher Sport. Wer die Gefahr sucht, muss damit rechnen, darin umzukommen."

„Sie haben sie nicht gemocht", stellte Margareta fest.

„Unsinn. Ich habe sie gar nicht gekannt. Als der Unfall passiert ist, war ich noch ganz neu in der Firma." Sie wechselte das Thema. „Konrad ist mein einziger Sohn. Und er ist schon 47. Allmählich mache ich mir Sorgen um ihn. Er war einmal kurz verheiratet, aber seine Frau hatte nur ihre Karriere im Kopf. Sie war Schauspielerin. Sie wollte keine Kinder. Die Ehe hat nicht lange gehalten. Dann hat er vor zwei Jahren Manuela Renz kennengelernt, Sie wissen schon – Brillen-Renz."

„Die Optikerkette?"

„Ja, genau, die Tochter des Chefs. Sie haben sich bei einer Wohltätigkeitsveranstaltung getroffen, auf die er mich begleitet hat."

„Sie meinen, Sie haben das Treffen arrangiert?"

Frau Kess lachte. „Selbstverständlich. Ich habe noch nie viel davon gehalten, wichtige Entwicklungen dem Zufall zu überlassen. Eigentlich hätte ich die Dinge viel früher in die Hand nehmen sollen. Ich habe dafür gesorgt, dass sie beim Abendessen nebeneinander saßen. Es wäre eine passende Verbindung gewesen. Sie hatte auch das richtige Alter, alt genug, um ihre mädchenhaften Schwärmereien hinter sich zu haben und jung genug, um noch Kinder zu bekommen."

„Gehört nicht auch Liebe dazu?", fragte Margareta kühl.

„Oh, sie haben sich geliebt, zumindest sind sie gut miteinander ausgekommen. Sie hatten viele Gemeinsamkeiten. Doch kurz nachdem sie sich verlobt hatten, ist dieses Model aufgetaucht und hat ihm den Kopf verdreht. Ein paar Wochen später haben sie sich getrennt."

„Hat Ihr Sohn sie mit Sofia betrogen?"

„Nein, natürlich nicht, er hat sich damit begnügt, sie von ferne anzuhimmeln." Die alte Frau sah auf und legte ihre beringte Hand auf Margaretas Arm. „Halten Sie mich nicht für herzlos. Natürlich ist es schrecklich und sehr bedauernswert, was dem Mädchen passiert ist. Ich war völlig fassungslos, als Konrad es mir gesagt hat." Sie griff nach ihrer Serviette, und Margareta sah, dass ihre Hände zitterten. „Mein Sohn hat mir von den Fotos erzählt, was muss das für ein Mensch sein, der so etwas fertigbringt?"

„Was glauben Sie, Frau Kess, wer könnte ein Interesse daran gehabt haben, Sofia Stern zu ermorden?"

Frau Kess schlürfte sehr undamenhaft den letzten Rest kalten Kaffee durch ihren Strohhalm und tupfte sich den Mund ab. „Das kommt auf das Motiv an", sagte sie schließlich. „Ich könnte mir vorstellen, dass sie sich durch ihr Verhalten nicht nur Freunde gemacht hat."

„Wie meinen Sie das?"

„Kommen Sie schon, Sie wissen doch, was ich meine. Man soll ja nicht schlecht von den Toten reden, aber im Grunde genommen war sie ein Flittchen. Und wer mit dem Feuer spielt ..." Sie strich mit den Fingern über die Tischdecke.

„Hat Ihnen das Ihr Sohn erzählt?", fragte Margareta.

„Konrad hat sie immer in Schutz genommen. Aber gefallen hat es ihm nicht, wie sie sich aufgeführt hat. Und jetzt wissen wir, wohin es sie gebracht hat."

Margareta bemühte sich um einen neutralen Gesichtsausdruck, obwohl sie dieser selbstgefälligen alten Hexe am liebsten den Rest ihres Eiskaffees ins Gesicht geschüttet hätte. „Wollen Sie damit sagen, dass sie selbst schuld daran ist, dass sie ermordet wurde?"

Frau Kess sah Margareta in die Augen und schüttelte traurig den Kopf. „Niemand verdient es, so sterben zu müssen, aber ja, sie hat keine Rücksicht auf die Gefühle der anderen genommen, und das hat sich schließlich gerächt. Ich an Ihrer Stelle würde den Mörder unter den Männern suchen, denen sie das Herz gebrochen hat."

„Das träfe ja dann auch auf Ihren Sohn zu", sagte Margareta trocken.

In dem Lachen der alten Frau schwang alles Mögliche mit, nur keine Fröhlichkeit. „Ich sage es nur ungern, aber mein Sohn ist ein Schlappschwanz. Er könnte keiner Fliege etwas zuleide tun."

„Besser ein Schlappschwanz als ein Mörder", sagte Margareta.

Die alte Frau nickte nachdenklich. „Sofias Tod hat ihn ziemlich aus der Bahn geworfen. Es wird lange dauern, bis er sich wieder erholt hat." Ihre Gedanken schienen abzuschweifen. „Sehen sie dagegen meinen Neffen an – Sie haben ihn gerade kennen gelernt. Er ist der Sohn meiner älteren Schwester. Seine Eltern sind bei einem Brand ums Leben gekommen, da war er siebzehn. Konrad war damals gerade acht. Ich habe ihn adoptiert. Ich dachte, er würde einen guten Einfluss auf Konrad haben. Aber Konrad ist und bleibt ein Träumer. Eberhard hat sich auf Scheidungsrecht spezialisiert – das hat Zukunft. Und er arbeitet auch noch als Notar. Kümmert sich um meine finanziellen Angelegenheiten. Wissen Sie, Frau Sturm, die Familie ist das Wichtigste im Leben."

„Warum wohnen Sie eigentlich hier, Frau Kess, und nicht in ..."

„... in meiner Villa?" Sie lachte wieder. „Der alte Kasten hat mir mehr Arbeit als Vergnügen bereitet. Und ich wollte in der Nähe meines Sohnes sein. Er hatte sich ja dieses lächerliche Modelagentur-Projekt in den Kopf gesetzt. Er braucht jemanden, der sich um ihn kümmert, der dafür sorgt, dass sein Leben nicht völlig aus der Bahn läuft." Sie schlug mit der flachen Hand leicht auf die Tischplatte. „So, und jetzt möchte ich gehen." Sie erhob sich mühsam und schob Margareta den kleinen Teller hin, auf dem die Rechnung lag. „Wenn Sie noch weitere Fragen haben, dann kommen Sie meinetwegen nach."

Margareta winkte der Bedienung und zahlte siebzehn Euro für die beiden Eiskaffees. Ihren hatte sie kaum angerührt. Sie holte die alte Frau auf dem Flur ein und brachte sie zurück in ihr Apartment. Durch die offene Terrassentür trat Margareta in den Garten.

Frau Kess folgte ihr langsam und setzte sich in einen Korbstuhl. „Sehen Sie, hier bin ich am Sonntag nach dem Essen mit Konrad gesessen."

„Was haben Sie gemacht?"

„Wir haben die Ruhe genossen." Als wollte sie ihre Worte unterstreichen, lehnte sie sich zurück und schloss die Augen. „Und wir haben uns unterhalten. Es ging natürlich um seine Agentur. Er hatte sich mit seinem Geschäftspartner gestritten und war ziemlich deprimiert."

„Worum ging es bei dem Streit?"

„Um Sofia Stern natürlich, und um die Zukunft der Agentur. Marbach wollte aussteigen. Wahrscheinlich konnte er es nicht mehr ertragen, Tag für Tag mit seiner Exfreundin konfrontiert zu sein. Er war sehr eifersüchtig. Doch nach allem, was mir mein Sohn erzählt hat, hat sich Sofia nie Gedanken über die Gefühle der anderen gemacht."

„Sie sind gut informiert."

Die alte Frau setzte sich sehr aufrecht hin. „Mein Sohn hat keine Geheimnisse vor mir."

‚Armer Kerl' dachte Margareta. Nachdenklich betrachtete sie den Zaun, der das rückwärtige Grundstück des Altenheims eingrenzte. Man musste kein Hochleistungssportler sein, um darüber zu klettern. Und wer weiß, vielleicht war Frau Kess beim ‚Ruhe-genießen' eingenickt. Immerhin war sie den täglichen Mittagsschlaf gewöhnt. Margareta beschloss, Kess vorerst noch nicht von der Liste der Verdächtigen zu streichen.

„Finden Sie den Schweinehund", sagte Frau Kess, als sie Margareta zur Tür brachte, „und sperren Sie ihn ein. Dafür werden Sie schließlich bezahlt."

20. Kapitel

Fassrath überflog das Fax, das ihm Kommissar Boucher geschickt hatte. Binoches Aussage deckte sich mit der von Hohensteins. Auch das Personal des Restaurants, in dem die beiden zu Mittag gegessen hatten, konnte sich an sie erinnern. Damit war von Hohenstein endgültig aus dem Rennen.

Carola stellte ihre dampfende Tasse auf den Schreibtisch, setzte sich und vertiefte sich wieder in das Protokoll der letzten Teamsitzung. Sie wollte sichergehen, dass sich kein Rechtschreibfehler eingeschlichen hatte, bevor sie es ausdrucken und im Protokollordner abheften würde. Als Fassrath auf sie zuschlenderte, legte sie ihre Finger um den Henkel der Tasse. „Vergiss' es", sagte sie, ohne ihn anzusehen, „das war der letzte Schluck in der Kanne, und die Maschine wird gerade entkalkt."

Fassrath sagte nichts, blieb vor ihr stehen und fuhr mit dem Finger am Rand der Obstschale entlang.

„Die Spülmaschine muss übrigens ausgeräumt werden." Sie verstärkte den Griff um ihre Tasse. „Das ist dieser große weiße Kasten in der Küche, in die ihr immer euer dreckiges Geschirr stellt und dann auf die Spülmaschinenfee wartet, die den Rest erledigt."

Er sagte immer noch nichts, nahm einen Apfel in die Hand, drehte ihn hin und her, als würde er nach einem Wurmloch suchen und legte ihn wieder zurück.

Sie versuchte, weiter zu lesen, hatte aber Schwierigkeiten, sich zu konzentrieren. Er ging ihr auf die Nerven. Schließlich gab sie auf. „Also gut, von mir aus, wenn du dir eine Tasse holst, gebe ich dir vielleicht was ab."

„Nein, danke." Er setzte sich auf die Schreibtischkante.

Misstrauisch sah sie zu ihm hoch. „Du willst doch irgendwas?"

Er legte zwei Kinogutscheine für die Schauburg auf die Tastatur und lächelte, als er ihren verblüfften Gesichtsausdruck sah. „Mach' dir mit deinem Freund einen schönen Abend im Openair-Kino. Sieh' es als kleines Dankeschön für die vielen Kaffees und die Äpfel, die ich mir bei dir geklaut habe."

Sie grinste verlegen. „Du hast doch immer wieder welche reingelegt."

„Und für die Berichte, die du für mich getippt hast, auch wenn du eigentlich schon Feierabend hattest."

„Das ist echt nett von dir. Da steckt Margareta dahinter, stimmt's?"

„Gretchen hat damit überhaupt nichts zu tun", sagte er beleidigt, „das war ganz allein meine Idee!"

„Danke." Sie steckte die Gutscheine in ihre Handtasche. „Ich weiß auch schon, in welchen Film wir gehen werden."

„Lass' mich raten", er warf einen Blick auf das Poster von Keanu Reeves, das hinter ihrem Schreibtisch an der Wand hing, „Das Haus am See?"

Sie lachte. „In so was krieg' ich Olli nicht rein. Nein, wir werden uns ,From Dusk Till Dawn' reinziehen."

„Wie romantisch", sagte Fassrath trocken.

„Immerhin spielt George Clooney mit." Sie gab ihm einen Zettel. „Das hätte ich fast vergessen: Kurz bevor du gekommen bist, hat sich eine Frau Klein gemeldet. Sie hat am Sonntagmorgen Sofia Stern mit einem Mann im Café Bleu gesehen. Ich habe dir die Telefonnummer aufgeschrieben. Du kannst sie heute dort bis um halb acht anrufen."

„Mach' ich." Er steckte den Zettel in die Hosentasche. „Aber erst räum' ich die Spülmaschine aus."

Jutta Klein arbeitete zeitweise als Kellnerin im Café Bleu, einer Studentenkneipe in der Nähe des Mühlburger Tors. Sie hatte in der Zeitung ein Foto von Sofia Stern gesehen und sich an sie erinnert. Sofia Stern habe am Sonntagmorgen in Gesellschaft eines jungen Mannes hier gefrühstückt und die Kneipe gegen zwölf Uhr verlassen. Fassrath sagte ihr, dass er gleich vorbeikommen würde, um persönlich mit ihr zu sprechen. Dann rief er bei der Redaktion der Modezeitschrift ‚WearIt!' an, um Marbachs Alibi zu überprüfen. Die Sekretärin verband ihn mit der Chefredakteurin.

„Guten Tag, Herr Fassrath, Karin Thaler hier. Katja hat mir schon gesagt, weswegen Sie anrufen. Das Foto-Shooting letztes Wochenende, nicht wahr?"

„Genau, eine reine Routineüberprüfung."

„Natürlich, kein Problem. Herr Marbach war den ganzen Tag hier, aber es hat sich gelohnt, die Fotos sind phantastisch geworden. Wissen Sie, wir haben schon öfter mit ihm zusammengearbeitet. Er hat Talent, er ist absolut zuverlässig und flexibel – diese Kombination findet man selten."

„Ich bräuchte noch in etwa die Uhrzeit, wann Herr Marbach am Sonntag bei Ihnen eingetroffen und wann er wieder gegangen ist."

„Am Sonntag, sagen Sie?", fragte Thaler irritiert. „Herr Marbach war am Samstag hier. Im Nachhinein war es gar nicht so schlecht, das Shooting vorzuverlegen, so bleibt uns ein Tag mehr für das Layout."

„Wie bitte?"

„Das Layout, wissen Sie, so eine Zeitschrift ..."

„Warum wurde das Shooting vorverlegt?", unterbrach Fassrath sie. „Hatte Marbach darum gebeten?"

„Keineswegs", sagte Thaler kühl. „Für Sonntag war Dauerregen gemeldet. Deshalb haben wir kurzfristig umdisponiert. Aber die Wettervorhersage hat wieder mal nicht gestimmt."

Das Café Bleu war gut besucht. Der versprochene Regen ließ noch immer auf sich warten, und die meisten Bierbänke unter der Laube waren besetzt. Als Fassrath eintrat, kam ihm eine junge Frau entgegen, die mit einem schweren Tablett beladen war.

„Sie sind der Kommissar, nicht wahr? Ich komme gleich zu Ihnen, ich muss das nur noch schnell servieren."

„Wo können wir uns ungestört unterhalten?", fragte Fassrath, als sie zurückkam.

Sie warf einen Blick auf den vollen Biergarten. „Lassen Sie uns ein paar Schritte gehen. Ich habe Bescheid gesagt, dass ich kurz weg bin."

Langsam gingen sie nebeneinander her.

„Was möchten Sie noch wissen?"

„Können Sie den Mann beschreiben, der Frau Stern begleitet hat?"

Jutta überlegte. „Groß, noch relativ jung, dreißig vielleicht, eher jünger. Attraktiv. Die beiden haben gut zusammengepasst."

Fassrath kramte das Foto von Sofia und Marbach heraus. „War es vielleicht der?"

Sie nahm es ihm ab und kniff die Augen zusammen. „Ja genau, das war er."

Fassrath steckte das Foto wieder ein. „Haben Sie gehört, über was sich die zwei unterhalten haben?"

Jutta schüttelte den Kopf. „Es war total viel los, schönes Wetter, Sonntagmorgen – beste Frühstückszeit. Ich habe nur mitbekommen, dass sie sich gestritten haben, kurz bevor sie gegangen ist."

Fassrath blieb stehen und sah sie erwartungsvoll an. „Versuchen Sie sich genau zu erinnern. Jedes Detail könnte wichtig sein."

„Wie gesagt, es war kurz vor zwölf. Ich weiß das so genau, weil ich um zwölf Feierabend hatte. Ich hatte Sonntag eigentlich keinen Dienst und bin kurzfristig für eine Kollegin eingesprungen, aber um zwölf musste ich weg, meine Tochter bei meinem Exmann abholen, der ..." Sie brach ab, als sie Fassraths ungeduldige

Miene sah. „Entschuldigen Sie, ich wollte Ihnen nur erklären, warum ich nur drei Stunden gearbeitet habe."

Fassrath lächelte. „Keine Sorge, Sie stehen hier nicht unter Verdacht, Frau Klein. Ich bin Ihnen sehr dankbar, dass Sie helfen möchten. Und wenn ich vielleicht ein bisschen kurz angebunden bin, hat das nichts mit Ihnen zu tun. Es war einfach nur ein langer Tag. Also, eigentlich müsste ich mich bei Ihnen entschuldigen. Erzählen Sie mir, an was Sie sich erinnern."

„Okay." Sie erwiderte sein Lächeln. Langsam liefen sie wieder zurück. „Erst haben sie sich ganz normal unterhalten. Und plötzlich ist sie wütend geworden, ist aufgestanden und hat ihn angeschrien. Er wollte sie beruhigen, aber sie hat seine Hand weggeschlagen und hat ihn sitzen lassen."

„Was hat er dann gemacht?", fragte Fassrath gespannt.

„Er hat seinen Kaffee ausgetrunken, hat gezahlt und ist gegangen."

„Wie viel später?"

„Zwei Minuten vielleicht. Ich habe ihn noch abkassiert, dann habe ich Feierabend gemacht."

Fassrath verabschiedete sich und rief in der Agentur an. „Hallo Kylie, Fassrath hier, ich brauche die Privatadresse von Martin Marbach."

„Er ist gerade hier, wollen Sie mit ihm sprechen?"

„Ist schon gut, ich bin gleich da.

Als Fassrath in der Agentur eintraf, stand Marbach am Empfangstresen und musterte ihn unfreundlich. „Was wollen Sie denn schon wieder? Haben Sie den Mörder gefasst?"

„Ich habe gerade mit Karin Thaler telefoniert", sagte Fassrath.

Marbachs Augenlid zuckte.

„Sie waren am Sonntag nicht in Stuttgart. Haben Sie wirklich gedacht, dass Sie damit durchkommen?"

Marbach fuhr sich nervös durch die Haare. „Auf dem Auftragsformular stand das alte Datum. Ich dachte, das genügt als Alibi."

„Dann sind Sie naiver, als ich dachte. Herr Marbach, ich frage Sie noch einmal. Wo waren Sie am Sonntag zwischen elf und dreizehn Uhr?"

„Ich war zuhause und habe gearbeitet. Am PC."

„Allein?"

„Ja, ich hatte keine Lust auf Gesellschaft."

„Und Sie haben das Haus nicht verlassen?"

„Nein, am Sonntag nicht." Er hob die Hände. „Ich weiß, ich weiß, ich habe keine Zeugen, also habe ich kein Alibi. Bin ich deswegen in Schwierigkeiten?"

„Allerdings, aber nicht, weil Sie kein Alibi haben." Fassrath schlenderte um den Empfangstresen herum, griff in seine Jackentasche und legte Marbach Handfesseln an. „Sie sind vorläufig festgenommen."

Marbach sah ihn ungläubig an. „Das dürfen Sie gar nicht."

Fassrath verzog keine Miene. „Kommen Sie so mit, oder muss ich Verstärkung holen?"

„Nehmen Sie mir die Handschellen ab."

„Auf dem Revier."

Marbach stieß einen Fluch aus. „Dann hängen Sie mir wenigstens meine Jacke um. Die Dinger muss ja nicht jeder sehen."

Fassrath sprach nicht während der Fahrt und beobachtete im Rückspiegel, wie Marbach immer nervöser wurde.

Erst im Vernehmungsraum nahm er ihm die Fesseln ab.

Marbach setzte sich und rieb sich die Handgelenke.

Fassrath betrachtete ihn kühl. „Wenn Sie so weitermachen, werden Sie sich dran gewöhnen müssen."

„Wie meinen Sie das, verdammt?"

Fassrath schaltete das Band ein. „Herr Marbach, ich frage Sie jetzt zum letzten Mal, wo waren Sie am Sonntag zwischen elf und dreizehn Uhr?"

Marbach nickte. „Wer einmal lügt, dem glaubt man nicht, was? Ich war zuhause und habe gearbeitet. Um zwei habe ich mir eine Pizza in den Ofen geschoben, und zwischen drei und vier habe ich einen Mittagsschlaf gemacht, mir ging's nicht so besonders."

Fassrath setzte sich auf die Tischkante. „Kennen Sie das Café Bleu?"

Marbachs Augenlid begann wieder zu zucken. „Klar, das kennt doch jeder."

„Sie haben am Sonntag dort gefrühstückt. Zusammen mit Sofia Stern."

Marbach legte den Finger an sein Auge, senkte den Kopf und sagte nichts.

„Sie haben miteinander gefrühstückt, dann haben Sie sich gestritten. Sie ist gegangen, zurück in die Wohnung in Knielingen, in der sie mit ihrem Lover die Nacht verbracht hatte. Vielleicht hatte sie etwas vergessen. Sie sind ihr gefolgt. Sie haben das zerwühlte Bett gesehen, vielleicht hat sie Sie auch ausgelacht. Und dann sind Sie durchgedreht und haben zugeschlagen."

Marbach schwieg noch immer.

Fassrath sprach weiter. „Sie dachten, sie wäre tot. Aber sie war nur bewusstlos. Sie hat noch gelebt, als Sie ihr den Hals aufgeschlitzt haben. Vielleicht hat sie es sogar mitbekommen."

Marbach sah auf. Seine Augenlider waren gerötet. „Hören Sie auf", sagte er leise, „ich habe Sofia nicht getötet. Ich hätte ihr nie weh tun können."

Fassrath stand auf. „Die Märchenstunde ist vorbei. Mir reicht's für heute." Er ging zur Tür.

„Es war nicht Sofia."

Fassrath drehte sich um. „Was?"

„Ich war mit Silvana im Café Bleu."

Fassrath kam zurück und setzte sich Marbach gegenüber.

„Sie hat mich am Samstag angerufen und gefragt, ob ich Lust hätte, mit ihr aufs Fest zu gehen."

„Und Sie haben ‚ja' gesagt."

„Klar, warum nicht."

„Und dann?"

„Wir hatten einen netten Abend. Ich mochte Silvana schon immer, obwohl sie völlig anders ist als Sofia."

„Wie meinen Sie das?"

„Viel ruhiger, introvertierter. Na ja, und sie hat mit Männern nicht viel am Hut."

„Sondern eher mit Frauen?"

Marbach lachte. „Nein, so habe ich das nicht gemeint. Sie ist eher … sehr zurückhaltend."

„Aber für Sie hat sie eine Ausnahme gemacht?"

Marbach antwortete nicht.

„Sie haben Silvana genommen, weil sie Sofia nicht haben konnten?"

„Mein Gott, wir hatten beide etwas getrunken. Vielleicht haben wir uns einfach gegenseitig getröstet, was ist so schlimm daran?" Er fuhr sich mit der Hand über das Gesicht. „Am nächsten Morgen hat sie Schuldgefühle bekommen wegen Sofia. Im Café Bleu hat sie mir dann eine Szene gemacht, hat mir vorgeworfen, dass ich sie nur benutzen würde, und hat mich sitzen lassen."

„Und – hatte sie Recht?"

„Nein, verdammt. Ich mag sie wirklich." Er sah auf seine Hände. „Wie gesagt, ich mochte sie schon immer." Seine Stimme hatte einen weichen Klang angenommen.

„Wie haben Sie sich kennen gelernt?"

„Über meinen Bruder. Er arbeitet als Sozialarbeiter bei der Jugendgerichtshilfe in Freiburg – wie sie. Er hat mich zu einer Party nach Freiburg eingeladen, und dort habe ich sie getroffen."

„Silvana und Sofia?"

„Nein, Sofia war an diesem Abend nicht da. Silvana und ich haben uns angefreundet, und zwei Monate später hat sie mich zu ihrem Geburtstag eingeladen."

„Wussten Sie, dass sie eine Zwillingsschwester hat?"

„Nein, sie hat immer nur von ihr als ihrer kleinen Schwester gesprochen." Er lächelte, als er sich an den ersten Abend seiner Begegnung mit Sofia erinnerte.

Er hatte sich über die Einladung gefreut. Nach diesem ersten Treffen auf der Party seines Bruders hatte sich ein intensiver E-Mail-Kontakt zwischen ihm und Silvana entwickelt. Ihre Mails unterschrieb sie immer mit einem kleinen Stern, und er begann, sie ‚Sternchen' zu nennen. Sie hatten ein gemeinsames Interesse – die Fotografie. In ihrer Freizeit zog Silvana oft mit ihrer Digitalkamera los auf der Suche nach interessanten Motiven. Sie hatte ihm ein paar ihrer Bilder geschickt, und er hatte sofort ihr Talent erkannt. Ihre Beziehung war bisher rein freundschaftlich gewesen, doch als er seine Reisetasche packte – er würde bei seinem Bruder übernachten –, fragte er sich, ob sich das jetzt vielleicht ändern würde. Wenn er ehrlich war, hoffte er es sogar.

Kurz nachdem er geklingelt hatte, wurde die Tür aufgerissen, und sie stand vor ihm. Von der fast schüchternen Zurückhaltung, mit der sie ihm bei ihrem ersten Treffen begegnet war, war nichts mehr zu spüren. Ihre Augen blitzten übermütig, und sie strahlte übers ganze Gesicht.

Er nahm sie in den Arm und hörte sie leise lachen, als er sie an sich drückte. „Alles Gute zum Geburtstag, Sternchen", sagte er und gab ihr einen Kuss auf die Wange. Nur zögernd ließ er sie los.

„Vielen Dank, Martin. Du bist doch Martin, oder?"

Er verstand ihre Frage nicht, die wahrscheinlich ein Scherz sein sollte und suchte nach der Pointe. „Habe ich mich so verändert?", fragte er schließlich und sah an sich hinunter.

„Da musst du Silvana fragen. Ich bin Sofia, hat sie dir etwa nicht von mir erzählt?"

„Wie ich sehe, habt ihr euch schon kennen gelernt." Das Ebenbild der jungen Frau, die er eben noch in den Armen gehalten hatte, war in den Flur getreten. Die Schwestern tauschten einen Blick und lachten über Marbachs verblüfftes Gesicht.

Die meisten Partygäste gingen gegen zwei. Schließlich waren nur noch Marbach, Sofia und Silvana übrig. Sie saßen in der Kuche, tranken Rotwein und rauchten. Irgendwann zog sich

Silvana in ihr Zimmer zurück. Es schien sie nicht zu überraschen, als sie am nächsten Morgen in die Küche kam und Marbach und Sofia händchenhaltend am Frühstückstisch sitzen sah.

„Herr Marbach?"

Marbach schüttelte leicht den Kopf, doch die Erinnerungen ließen sich nicht vertreiben.

Fassrath beugte sich nach vorn. „Gut, kommen wir noch einmal zu gestern zurück. Silvana hat sie also im Café Bleu sitzen lassen. Wie ging es dann weiter?"

„Ich bin ihr nachgefahren und habe Sturm geklingelt, bis sie mich reingelassen hat."

„Und dann?"

„Haben wir uns versöhnt."

Fassrath seufzte. „Warum haben Sie uns das nicht gleich gesagt? Und stattdessen falsche Alibis erfunden?"

Marbach verschränkte die Arme und sah Fassrath an. „Ist das so schwer zu verstehen? Was glauben Sie, wie ich mich gefühlt habe? Sofia wurde ermordet, während ich mit ihrer Schwester im Bett war. In Sofias Bett! Und Silvana! Sie ist fast durchgedreht."

21. Kapitel

Als Fassrath in Waldbronn eintraf, war die Party bereits in vollem Gange. Er hatte Silvana Stern angerufen, die Marbachs Aussage detailgetreu bestätigt hatte, dann hatte er Marbach zur Agentur zurückgebracht, war nach Hause gegangen, hatte geduscht und sich umgezogen und war wieder losgefahren. Nach dem langen Arbeitstag hatte er Kopfschmerzen und wäre lieber daheim geblieben.

Daniel öffnete ihm die Tür. Er hatte schon seinen Schlafanzug an. „Warum kommst du so spät?" Er warf ihm einen missmutigen Blick zu.

Fassrath fuhr seinem Patenkind durch die Haare und drückte ihm die Flasche Wein in die Hand, die er mitgebracht hatte. „Bringst du das für mich in die Küche?"

„Okay, aber du kommst doch noch hoch zu mir? Mama hat gesagt, ich muss ins Bett."

„Ganz genau, mein Schatz. Es ist schon fast neun, und du hast morgen einen Englisch-Test." Margareta schob ihren Sohn zur Seite. „Schön, dass du endlich da bist."

Fassrath ergriff ihre Hände und betrachtete seine Kollegin in ihrem figurbetonten dunkelroten Sommerkleid. „Du siehst ja wie eine richtige Frau aus!" Er küsste sie leicht auf die Wange. „Und du riechst auch so."

„Halt die Klappe, Fassrath!" Sie lächelte. „Du siehst auch nicht schlecht aus."

„Ich habe mich rasiert."

Michael kam aus dem Garten. Er trug eine buntgestreifte kurze Hose und ein ärmelloses T-Shirt, das sein Oberarmtattoo voll zur Geltung brachte. „Hallo Vincent. Du kommst gerade richtig. Die Sojaschnitzel müssten jetzt durch sein."

„Schade, du weißt doch, ich mag sie lieber blutig." Fassrath schüttelte ihm die Hand. „Alles Gute zum Geburtstag."

„Vincent! Mann!!! Kommst du endlich!"

„Dein Sohn ruft nach mir." Fassrath grinste und klopfte Michael auf die Schulter. „Halt' mir mein Schnitzel warm."

Die Tür zum Kinderzimmer stand offen. Daniel saß aufrecht im Bett, eine Zeitschrift vor sich und sah ihn erwartungsvoll an. Fassrath setzte sich auf die Bettkante, griff nach dem Heft und blätterte es flüchtig durch. „Seit wann liest du denn ‚Bravo'?"

„Die is von Julia. Sie hat sie mir ausgeliehen, weil ein Interview mit Thomas Müller drin ist."

„Und ein Poster von Take That."

„Das sind doch Grufties – die sind alle schon über dreißig!"

„Dass die in ihrem Alter überhaupt noch singen dürfen", sagte Fassrath.

„Julias Mutter steht auf sie", sagte Daniel.

Fassrath gab ihm die Zeitschrift zurück. „Und wer ist Julia?"

„Die ist neu in meiner Klasse. Sie wohnt hier um die Ecke, und wir fahren immer zusammen zur Schule."

„Und, magst du sie?"

„Für ein Mädchen ist sie ganz okay." Er fischte eine M&M-Tüte vom Nachttisch und stopfte sich ein paar davon in den Mund. Ein schelmisches Lächeln huschte über sein Gesicht. „Erzähl' bloß Mama nicht, dass ich mir die Zähne nicht geputzt habe. Die kriegt sonst zuviel."

Mit viel Mühe schaffte es Fassrath, ernst zu bleiben. „Und warum hast du dir die Zähne nicht geputzt?"

„Wegen der Frau, die sich im Bad eingeschlossen hat."

„Welche Frau?"

„Ich weiß nicht, wie sie heißt, aber die ist schon ewig lange da drin. Ich glaube, sie heult." Ungerührt kippte er sich eine weitere Ladung der Schokodragees in den Mund und kaute selig.

Fassrath stand auf. „Na, dann werde ich mal deine Mutter fragen, wer von den Gästen vermisst wird. Schlaf gut, und", er zeigte auf die Süßigkeiten, „ich wasche meine Hände in Unschuld."

„Hä?"

„Das heißt, ich weiß nichts davon, dass du abends im Bett Schokolade isst, sonst gibt mir deine Mutter eins aufs Dach."

Daniel, der die Schwäche seines Patenonkels für Süßes kannte, drückte ihm die noch halb volle Tüte in die Hand. „Hier, kannst du haben, ich habe noch zwei in der Schultasche."

„Träum' was Schönes, du Held. Wir sehn uns am Samstag."

„Nacht."

Fassrath steckte die Tüte ein, löschte das Licht und ging rückwärts aus dem Zimmer. Im gleichen Moment wurde die Badezimmertür aufgerissen, und als er sich umdrehte, prallte er gegen den weichen Körper einer Frau. Reflexartig hielt er sie fest, damit sie nicht fiel. Sie stand so dicht vor ihm, dass er ihr Gesicht nicht sehen konnte, doch er atmete den Duft ihres Parfums ein und wurde sich im selben Moment ihrer Brüste bewusst, die sich durch den dünnen Stoff ihrer Bluse an seinen Oberkörper drückten, während sie versuchte, ihr Gleichgewicht wieder zu finden.

„Sie können mich jetzt los lassen." Sie trat einen Schritt zurück, hob den Kopf und sah ihm in die Augen. „Chris?" sagte sie ungläubig. Ihre Augen und ihre Nase waren gerötet, ihre Stimme klang verschnupft.

Er hielt noch immer ihre Arme fest. Sie fühlten sich kalt an. Zögernd ließ er sie los, bückte sich und hob ihre Handtasche auf, die ihr beim Zusammenstoß heruntergefallen war. „Hanna, was ... was machst du denn hier?"

„Das frage ich mich auch. Ich ... mir ... mir ist irgendein Viech ins Auge geflogen – es hat getränt wie verrückt." Ihre Unterlippe zitterte, und sie klemmte sie zwischen die Zähne.

Er sah ihr forschend ins Gesicht. „Alles okay?"

„Ja, klar." Verlegen spielte sie mit dem Verschluss ihrer Handtasche. „Es sind sicher alles nette Leute hier, aber ich kenne niemanden, außer Harald, der mich hierher geschleppt hat, und der ist gleich zum Grillmeister befördert worden."

Fassrath versuchte, seine Enttäuschung zu verbergen. „Harald, ist das dein Freund?"

Sie nickte. „Ja, er ist wahrscheinlich der beste Freund, den ich je hatte. Schade, dass wir uns nicht ineinander verlieben können. Wir wären das perfekte Paar."

Fassraths Laune besserte sich schlagartig. Er griff in die Tasche und holte die Tüte mit den Schokopillen heraus. „Magst du welche?"

Sie lachte und streckte die Hand aus. Er gab ihr eine Handvoll und steckte auch selbst ein paar in den Mund. „Hat mir gerade mein Patenkind geschenkt", sagte er, „er konnte sich die Zähne nicht putzen, weil du das Bad blockiert hast."

„Ich glaube, ich werde jetzt verschwinden", sagte sie, „mir ist heute Abend einfach nicht danach, einen Haufen fremde Leute kennen zu lernen."

„Kann ich gut nachvollziehen", sagte Fassrath, „ich würde auch viel lieber ..." Er räusperte sich verlegen. „Hast du deinen Brief schon bekommen?"

Sie wusste sofort, wovon er sprach. „Nein, du?"

Er schüttelte den Kopf. „Ich habe doch deinen Namen angekreuzt."

„Ich deinen auch. Aber ich hätte nicht gedacht, dass wir uns so schnell wiedersehen."

„Gut, dann lass' uns gehen." Ohne sich dessen bewusst zu sein, hielt er den Atem an. War er zu aufdringlich? Vielleicht wollte sie ja wirklich einfach nur allein sein.

Sie sah ihn an, schien zu überlegen.

Gedämpfte Partygeräusche drangen nach oben. Eine Frau lachte, irgendjemand stellte die Musik lauter, und Fassrath erkannte die Reibeisenstimme von Joe Cocker.

„Okay", sagte sie.

„Okay", sagte er. Und atmete aus.

In diesem Moment kam Margareta die Treppe hinauf. „Hier steckst du, Vincent." Sie streckte Hanna die Hand hin. „Tut mir leid, wir haben uns noch gar nicht kennen gelernt. Ich bin Margareta."

Hanna gab ihr die Hand und sagte ihren Namen.

Margareta zog die Augenbrauen hoch und sah ihren Kollegen an. Er warf ihr einen warnenden Blick zu und schüttelte leicht den Kopf.

„Okay, na, dann kommt doch runter und holt euch was zu essen, bevor alle Steaks verbrutzelt sind."

„Eigentlich wollten wir gerade gehen", sagte Fassrath. Wieder dieser Blick, der sie warnte, Fragen zu stellen.

„Tja, dann ... schade ..." Sie umarmte Fassrath und flüsterte ihm ins Ohr: „Die Nacht ist noch jung."

Fassrath legte den Gang ein und startete den Motor. Die Frau, die neben ihm saß, versetzte ihn in einen Zustand freudiger Erregung und machte ihn gleichzeitig nervös. Es war halb zehn, noch nicht einmal dunkel, und er hatte keine Ahnung, was er jetzt tun sollte. Am liebsten hätte er sie mit nach Hause genommen. Doch dafür war es zu früh – in jeder Hinsicht. Immer wieder dachte er daran, wie sie zusammengestoßen waren und er sie für einen Augenblick in seinen Armen gehalten hatte. Es war ein wunderbares Gefühl gewesen, das beste seit langer Zeit.

Er fuhr los.

Sie sagte immer noch nichts.

Er drehte den Kopf zu ihr. „Und jetzt?"

„Lass' uns auf die Messe gehen!"

Fassrath hatte für Rummelplätze nichts übrig. Er verband damit ein paar unangenehme Erinnerungen aus seiner Zeit als Streifenpolizist. Einmal hatte er sich im Alleingang in eine Schlägerei eingemischt und wäre fast erstochen worden. Als sein Kollege endlich vom Klo zurückgekommen war, hatte Fassrath bereits einen tiefen Schnitt im Arm. Er war mit siebzehn Stichen genäht worden und hatte eine beeindruckende Narbe zurückbehalten. Trotz allem war er froh, dass Hanna einen Vorschlag gemacht hatte.

Sie liefen nebeneinander her wie zwei Fremde, die sie ja eigentlich auch füreinander waren. Vielleicht erwartete sie von ihm, dass er ihr am Schießstand eine Rose oder ein Plüschtier holte. Er hatte keine Lust, sich wie ein verliebter Sechzehnjähriger zu benehmen. Und er hatte keinen Sinn für Schießbudenromantik.

„Gilt dein Angebot immer noch?"

Er sah sie verwirrt an. „Welches Angebot?"

„Dass ich dich fragen kann, was ich will, und du wirst mir antworten?" Sie lächelte. „Schau' mich nicht so erschrocken an. Es ist ganz leicht. Ich möchte nur wissen, warum du dich mit ‚Chris' vorgestellt hast."

„Tut mir leid, das war blöd. Ich heiße eigentlich Vincent."

„Eigentlich?"

„Chris ist mein zweiter Vorname, na ja, fast."

„Du meinst ‚Chris' als Kurzform für ‚Christoph' oder ‚Christian'?"

Er schüttelte den Kopf.

„Du meinst also, ‚Chris' wie ‚Chris Roberts'?"

„Wer ist Chris Roberts?"

„Chris Roberts – der Schlagersänger – meine Mutter hat ihn geliebt."

„Sagt mir überhaupt nichts."

„Du kannst nicht immer siebzehn sein", trällerte sie.

„Nein, ‚Chris' für ‚Chrystostomos'. Irgendwie wollte ich bei dieser seltsamen Veranstaltung möglichst anonym bleiben."

Sie lachte ungläubig. „Chrysto ...was?"

„Chrystostomos", wiederholte er geduldig.

„Vincent Chrystostomos, du lieber Gott, wie hast du bloß die Schulzeit überstanden?"

„Ganz einfach, ich habe mich mit den übelsten Schlägertypen meiner Klasse zusammengetan."

„Und, was ist aus ihnen geworden?"

Er grinste. „Detlev Hieronymus arbeitet als Bodyguard im Kanzleramt, und Hasso Balthasar ist der stellvertretende Leiter der Karlsruher Mafia." Er wunderte sich über sich selbst. Normalerweise war er nicht so schlagfertig, aber Hannas Gegenwart schien ungeahnte Talente in ihm freizusetzen.

Er mochte ihr Lachen.

„Und jetzt fährst du mit mir Achterbahn."

Ihm drehte sich der Magen um. „Ich ..."

„Komm' schon, ich lade dich ein." Sie ging zum Kassenhaus. Er blieb stehen und sah sich die Höllenkonstruktion an, fünf Loopings in den Farben der olympischen Ringe. Schon vom Hinschauen wurde ihm schlecht. Mit steigender Panik beobachtete er, wie Hanna die Tickets kaufte. Übermütig winkte sie ihm zu.

Sie reihten sich in die Schlange ein. Er konnte es nicht fassen, dass er nicht einfach ‚nein' gesagt hatte.

„Setz dich vorn hin, da hast du die beste Sicht." Guter Witz. Sie knöpfte ihre Jacke zu. „Hast du noch ein paar von den M&Ms?"

Er gab ihr die Tüte. Als die Bahn losfuhr, umklammerten seine Hände den Sicherheitsbügel. Er kniff die Augen zusammen, doch das grauenhafte Gefühl, ins Bodenlose zu fallen, das ihm tief in den Bauch fuhr, riss sie ihm wieder auf. Die fünf Loopings kamen schnell hintereinander, und schon war die Fahrt vorbei. Zumindest hatte er nicht geschrien. Hoffte er zumindest.

Er spürte Hannas Hand auf seiner Schulter. „Wie fühlst du dich?"

„Wie nach meiner Mutprobe vor dreißig Jahren, als ich einen Regenwurm essen musste, um in den Stamm der Grünfederindianer aufgenommen zu werden." Er stieg aus und lief mit wackligen Knien neben ihr her.

„Hast du sie bestanden?"

„Ich bin als Häuptling ‚Kotzender Büffel' in die Stammesgeschichte eingegangen."

„Du bist gleich Häuptling geworden?"

„Na ja, es war ein ziemlich langer Wurm."

Sie lachte wieder. Ihre kurzen dunklen Haare waren vom Fahrtwind zerzaust, die Wangen gerötet. „Und jetzt habe ich Hunger."

Sie holten sich Pizza und Bier und setzten sich damit auf die Stufen vor den Autoscootern. Hanna warf ihm einen schrägen Blick zu. „Heute keinen Notizblock dabei?"

Fassrath betrachtete seine Pizza. „Ich habe mich wohl ziemlich idiotisch benommen. Weißt du, das war mein erstes Speed-Dating."

„Ja, meins auch."

„Und hoffentlich mein letztes", fügte er hinzu. „Du bist doch nicht mehr sauer, oder?"

Sie schüttelte den Kopf. „Wenn das die einzige Lüge bleibt ..." Sie stieß mit ihrer Flasche gegen seine. „Auf die Wahrheit."

Die Musik war laut, aber sie konnten sich trotzdem unterhalten. Fassrath genoss es, endlich einmal wieder einen Abend in weiblicher Gesellschaft zu verbringen, und obwohl er die Frau neben sich gerade erst kennen gelernt hatte, spürte er eine Vertrautheit, über die er sich selbst wunderte. Er mochte ihre ruhige, tiefe Stimme, er mochte es, wie sie sich hungrig die Pizza in den Mund stopfte und sich die Tomatensoße von den Lippen leckte. Er fand sogar den Mut, sie zu fragen, warum sie geweint hatte. Sie saßen so lange auf den Stufen, bis die Buden schlossen, und machten danach einen langen Spaziergang durch die Oststadt.

Er fuhr sie nach Hause, hielt an und stellte den Motor ab. Er sah sie nicht an, sagte auch nichts über den schönen Abend, überließ ihr die Entscheidung. Hanna löste ihren Sicherheitsgurt. Sie öffnete die Tür und zögerte. „Möchtest du vielleicht noch ..."

„Ja, gern." Er stieg aus, folgte ihr zur Haustür, lief hinter ihr die Treppe zum zweiten Stock hoch, wartete, bis sie aufgeschlossen hatte, betrat nach ihr die Wohnung und schloss die Tür hinter sich. Nach außen hin wirkte er ruhig, doch sein Herz schlug bis zum Hals. Trotz ihrer Einladung spürte er ihren Widerstand. Er wollte nichts falsch machen, nichts überstürzen, doch das Bedürfnis, sie zu berühren, war so stark, dass er es kaum kontrollieren konnte.

Hanna ging in die Küche und schaltete den Kaffeeautomaten an. „Ich mache uns einen Espresso – du musst ja noch fahren."

Seine Enttäuschung war bitter, aber nicht völlig unerwartet. Sie hatte ihre Position klar gemacht. Er sagte ihr nicht, dass seine Wohnung nur ein paar Straßen entfernt war und er auch zu Fuß nach Hause gehen könnte. „Ein Espresso wäre toll." Sein Herzschlag beruhigte sich. Er würde ihr Zeit lassen – und sich auch. Er lehnte sich an die Arbeitsplatte und sah ihr zu. Er mochte die Art, wie sie ihre Hände bewegte.

Sie holte eine kleine bunt gepunktete Schale aus dem Schrank, die mit Zuckerstücken in Kleeblattform gefüllt war. „Möchtest du?"

Er nickte. „Zwei Stück, bitte."

Sie verrührte den Zucker in seiner Tasse, reichte sie ihm und leckte gedankenverloren den Löffel ab.

Die Geste erregte ihn, gerade, weil sie so unschuldig war. Er beobachtete sie fasziniert.

„Was ist?" Sie fuhr sich mit der Zunge über die Lippen und lächelte.

„Nichts." Im trüben Licht der Küchenlampe hatten ihre Augen die Farbe dunklen Bernsteins. Er mochte ihre Augen. Er mochte so ziemlich alles an ihr. „Bist du müde?"

„Ja, ziemlich."

„Ich auch."

Langsam tranken sie den Espresso. Er war genau richtig, stark und süß.

Sie nahm ihm die leere Tasse aus der Hand und stellte sie in die Spüle. Als sie ihm den Rücken zuwandte, gab er dem übermächtigen Drang, sie zu berühren, nach, legte seine Hände auf ihre Oberarme und drückte sein Gesicht in ihr Haar. Als sie den Kopf bewegte, streiften seine Lippen ihren Hals. Er nahm noch immer einen schwachen Hauch ihres Parfums wahr, vermischt mit dem Geruch nach Pizza und Espresso.

Er spürte ihre Anspannung und seufzte. „Soll ich gehen?"

Für einen Moment lehnte sie sich an ihn, und er betete, dass sie ‚nein' sagen würde, doch dann nickte sie. „Es tut mir leid, ich ..."

Er ließ sie los. „Es ist okay." Er musste dringend hier raus.

An der Tür sah sie ihm in die Augen. Sie sah traurig aus.

Tapfer widerstand er dem Verlangen, sie in seine Arme zu ziehen. Er steckte die Hände in die Taschen und ballte sie darin zu Fäusten. „Also dann ..."

Sie streckte eine Hand aus und strich zart über seinen Arm. „Sehn wir uns wieder?"

Er bildete sich ein, die Wärme ihrer Finger durch den dünnen Stoff seines Jacketts zu spüren. Sein Hals war trocken, und als er sprach, klang seine Stimme heiser. „Wann immer du willst."

Als er sich umdrehen wollte, legte sie ihre Hand in seinen Nacken, zog seinen Kopf zu sich und küsste ihn. Bevor er reagieren konnte, hatte sie ihn schon wieder losgelassen. „Schlaf gut." Sie ging hinein und zog die Tür hinter sich zu.

22. Kapitel

„Willst du drüber reden?" Margareta warf Fassrath einen kurzen Blick zu und schaute wieder auf die Straße.

Er schüttelte den Kopf, streckte sich und gähnte ausgiebig.

„Dann sag' mir wenigstens, ob es dir gut geht."

„Ja, es geht mir gut", sein Blick wurde weich, „sehr gut sogar." Er griff sich in den Nacken. „Abgesehen von den üblichen Altersbeschwerden."

Margareta strahlte. „Michael hat mir zwei Sojaschnitzel für dich eingepackt, und ich habe dir noch ein Stück Schokoladenkuchen gerettet."

„Du bist ein Schatz."

„Lieber nicht."

Sie lachten sich an.

„Wo ist der Kuchen?"

„In meiner Tasche."

Er angelte sich die Tasche vom Rücksitz, schälte das Kuchenstück aus der Folie, biss ein großes Stück ab und schloss genießerisch die Augen.

„Du bist wie Daniel." Sie schnalzte missbilligend mit der Zunge, als er sich den Rest des Kuchenstücks auf einmal in den Mund stopfte. „Michael lässt dir ausrichten, du sollst die Woche mal zum Skatspielen vorbei kommen."

„Damit ihr beide mich wieder abzocken könnt", sagte er mit vollem Mund.

„Klar, warum sonst", sagte sie fröhlich, „und vergiss bloß nicht das Fußballspiel am Samstag. Daniel ist schon ganz aufgeregt."

„Ich auch. Sag' ihm, dass mich nichts davon abhalten kann."

„Du meinst, nichts außer Engelsmörder zu jagen."

„Vielleicht haben wir ihn bis Samstag gefasst."

Sie stellte das Auto neben einem silbernen Passat mit Freiburger Kennzeichen ab. „Schau an, die Kollegen sind schon da."

Als sie das Vorzimmer betraten, kam ihnen Heinrich Schatz entgegen. Er blieb vor Fassrath stehen und runzelte die Stirn. „Schön, dass Sie sich ein weißes Hemd angezogen haben. Eines ohne Flecken wäre wohl zu viel verlangt gewesen."

Fassrath sah an sich hinunter. „Das ist nur ein Kuchenkrümel." Er wischte ihn ab und hinterließ eine feine braune Bremsspur.

„Mein Gott, Fassrath, wann werden Sie endlich erwachsen!"

Fassrath grinste und klopfte seinem Chef auf die Schulter. „Das weiß ich noch nicht genau, Chef, aber Sie werden der Erste sein, der es erfährt."

Schatz sah ihn verblüfft an. „Haben Sie etwas getrunken?"

„Er ist nur ein bisschen durch den Wind", sagte Margareta, „das ist der permanente Schlafmangel in unserem Job."

„Ja, schon gut, vielleicht kann er sich wenigstens die nächsten zwei Stunden zusammenreißen. Wir fangen in fünf Minuten an. Bringen Sie Frau Schiller mit, ich brauche Sie fürs Protokoll."

Die Besprechung dauerte zweieinhalb Stunden. Schatz schlug vor, das Treffen mit einem späten Mittagessen im ‚Litfass' abzuschließen. Die Kneipe befand sich etwas abseits des Fußgängerzonentrubels in der Nähe des Kronenplatzes hinter einer kleinen Kirche und war von der Dienststelle aus zu Fuß in zehn Minuten erreichbar. Die Hauptessenszeit war vorbei, so dass sie zwei nebeneinander liegende Sitzgruppen ergatterten. Ein junger Mann, der auf dem Rücken seine Gitarre fest geschnallt hatte, fuhr mit dem Fahrrad vor. Im Fahrradkorb befanden sich ein Verstärker, zwei kleine Lautsprecherboxen und ein Falthocker. Während das Kernteam der ‚SoKo Vampir' sein Mittagessen verdrückte, baute er sein Equipment auf, setzte sich auf den Hocker und stimmte die Gitarre.

Beate grinste. „Da fühlt man sich gleich wie zuhause."

Er spielte ein paar bekannte klassische Gitarrenstücke und ging dann mit seinem Spendenkörbchen von Tisch zu Tisch.

„Hier." Fassrath warf zwei Euro hinein. „Schon allein für das ökologische Bewusstsein."

Der Junge bedankte sich und schaute die anderen, die noch am Tisch saßen, erwartungsvoll an.

Bergheimer gab ihm einen Fünf-Euro-Schein. „Das ist von uns allen, und jetzt schau' zu, dass du Land gewinnst." Er griff in die Tasche, holte eine runde Blechdose heraus, auf der ‚dänisches Buttergebäck' stand und schob sie zu Fassrath über den Tisch. „Bevor ich es vergesse, das hat mir Wölkchen für Sie mitgegeben. Selbst gebackene Kekse." Ein Hauch von Neid schwang in seiner Stimme mit. „Für uns hat sie schon lange keine mehr gebacken."

Fassrath öffnete die Dose und strahlte. „Geben Sie ihr einen Kuss von mir!"

Beate zwinkerte Fassrath zu. „Keine Sorge, ich werde ihn daran erinnern, wenn wir wieder zuhause sind." Sie rührte in ihrem Espresso. „Die willst du aber nicht alle allein essen, oder?"

„Also gut." Er schob die Dose zu Carola, die neben ihm saß. „Aber jeder nur einen."

Zwei Stunden später saß Fassrath schon wieder am PC. Gerhard Brenck steckte den Kopf zur Tür herein und wedelte mit einer Liste. „Wir haben alle Blumenläden in Karlsruhe überprüft."

„Und?"

„Alle verwenden entweder bedrucktes Papier oder Folie."

„Was ist mit den Rosen?"

„Einige Blumenläden bieten vorgebundene Sträuße an, die aber nie nur aus Rosen bestehen. Die Spurensicherung hat fast im gesamten Flur Blütenblätter und Blütenstaub gefunden, ausschließlich von Rosen, blassgelb, goldgelb, orange, rot."

„Und keiner kann sich erinnern, einen Strauß, der nur aus Rosen bestand, verkauft zu haben", sagte Fassrath resigniert.

Brenck nickte. „Bleiben die Wochenmärkte und die Lebensmittelgeschäfte, die Einkaufscenter, die Blumenläden außerhalb ..."

„Und die Schrebergärten", ergänzte Fassrath resigniert, „na ja, einen Versuch war's wert – haben wir wenigstens einen brauchbaren Fingerabdruck?"

„Zumindest einen halben. Auf dem Papierfetzen. Aber er ist arg verwischt, kaum verwertbar. Wir bleiben dran."

Maria Walther schob sich an Brenck vorbei und betrat das Büro. „Wir sind durch mit der Befragung der Nachbarn."

„Und?", fragten Margareta und Fassrath gleichzeitig.

„Fehlanzeige", sagte Maria. „Auf der rechten Seite wohnt ein junges Paar, die haben am Sonntagmorgen um halb zehn das Haus verlassen und sind zum Klassikfrühstück gefahren, waren dann den ganzen Tag auf dem Fest und sind erst gegen halb zwölf in der Nacht wieder zurückgekommen. Links wohnt eine alte Frau. Sie hängt zwar normalerweise wohl den ganzen Tag am Fenster, aber ausgerechnet an diesem Tag haben sie ihre Enkel schon um zehn zu einem Familienausflug abgeholt. Sie konnte allerdings bestätigen, dass ein schwarzer VW gegen neun vorbeigefahren ist."

„Von Hohenstein", sagte Margareta.

Maria nickte.

„Und von den übrigen Anwohnern hat keiner etwas bemerkt?"

„Leider nicht", bestätigte Maria, „obwohl einige von ihnen ganz schön neugierig waren."

Fassrath fuhr sich mit der Hand übers Gesicht und stöhnte. „Und sonst – irgendwelche Hinweise aus der Bevölkerung, was den Mann mit dem Rollstuhl betrifft?"

Brenck betrachtete ihn kopfschüttelnd. „Machst du Witze? Carola hängt nur noch am Telefon. Bis jetzt allerdings nichts Brauchbares. Jürgen und Eddy sind noch am Auswerten."

„Was ist eigentlich mit dir los, Vincent?", fragte Margareta, als Brenck und Maria gegangen waren. „Geht's dir nicht gut?"

Er drehte sich auf seinem Stuhl zu ihr um und verzog schmerzlich das Gesicht. „Mein Nacken bringt mich um."

Sie stellte sich hinter ihn, legte ihre Hände auf seine Schultern und grub ihre Finger in die verhärteten Muskeln. „Meine Güte, du bist ja total verspannt."

Er jaulte auf. „Etwas zärtlicher bitte."

„Dann hilft es aber nichts."

„Störe ich?" Staatsanwalt Hilt war unbemerkt ins Zimmer getreten und baute sich jetzt vor Fassraths Schreibtisch auf.

Margareta sah auf und nickte ihm zu. „Sie sind der Nächste."

Er verschränkte die Arme. „Kein Bedarf. Ich mache jeden Tag zehn Minuten Rückengymnastik. Sollten Sie auch mal probieren, Herr Fassrath." Er strich mit der Hand über seine hellblaue Krawatte, als wolle er überprüfen, ob sie noch da war, wo sie hingehörte und wippte auf den Zehen hin und her. „Wie ich höre, haben die Hausbesitzer auf eine Anzeige verzichtet?"

Fassrath nickte. „Die Krügers sind ausgesprochen kooperativ. Sie werden auch keine Anzeige gegen von Hohenstein erstatten. Immerhin hatten Sie ihm den Hausschlüssel überlassen und ihm sozusagen unbeschränkten Zutritt gewährt. Da die Absprache mündlich war, würde bei einer Anzeige Aussage gegen Aussage stehen."

„Fragt sich nur, wie sich der Mord an Sofia Stern auf den Verkaufspreis des Hauses auswirken wird", sagte Hilt.

Fassrath stand auf und streckte sich. Die Nackenschmerzen waren mittlerweile in seinen Kopf abgewandert. „Von Hohenstein hat ihnen einen neuen Makler besorgt. Zwei Interessenten sind abgesprungen, aber er ist immer noch zuversichtlich, dass sich das Haus gut verkaufen lasst." Er warf Hilt einen misstrauischen Blick zu. „Sie sind doch bestimmt nicht gekommen, um sich mit uns über Immobilienpreise zu unterhalten."

Der Staatsanwalt hörte auf zu wippen und begann, im Zimmer auf- und abzugehen. „Bringen Sie mir Ergebnisse! Dieser Fall ist ein gefundenes Fressen für die Presse. Das dürfte Ihnen ja wohl klar sein." Er kam zurück, stellte sich vor Fassrath und tippte ihm mit dem Zeigefinger auf die Brust. „Und keine Alleingänge mehr!" Er warf Margareta einen strengen Blick zu. „Das gilt für Sie beide!"

Margareta stand im Besprechungsraum vor der Magnetwand und betrachtete die Fotos und die Zettel mit den Namen derjenigen, die etwas mit dem Fall Sofia Stern zu tun hatten. Daneben hing eine Liste der Personen, die bereits vernommen worden waren. Außer den Namen enthielt die Liste den jeweiligen Bezug zum Opfer und das Alibi, soweit vorhanden.

Heinrich Schatz betrat das Zimmer und stellte sich neben sie. „Haben Sie gewusst, dass unser Staatsanwalt auch Mitglied in diesem Elite-Fitness-Center ist?"

Margareta sah ihren Chef überrascht an. „Hat er Ihnen das erzählt?"

„Was denn sonst", brummte Schatz. „Natürlich hat er kein Interesse daran, dass er mit von Hohenstein und Kess privat in Verbindung gebracht wird."

„Kennt er sie denn?"

Schatz schnalzte ungeduldig mit der Zunge. „Die kennen sich doch alle. Zumindest vom Sehen."

„Das heißt ...?"

„Das heißt, dass ‚Le Corps Vital' gegenüber der Presse nicht erwähnt wird. Jedenfalls nicht, solange es sich irgendwie vermeiden lässt. Ist das klar, Frau Sturm?"

„Keine Sorge, Chef. Dazu haben wir vorerst überhaupt keinen Grund." Sie grinste.

„Woran denken Sie?", fragte er misstrauisch.

„Ich stelle mir gerade Hilt in der Sauna vor. In seinem Anzug."

Für einen Moment grinste Schatz ebenfalls, dann räusperte er sich. „Ich weiß, dass Sie und Fassrath ein gutes Team sind, und ich weiß auch, dass Sie am besten arbeiten, wenn man Ihnen freie Hand lässt. Ich werde also versuchen, Ihnen Hilt so gut wie möglich vom Hals zu halten. Das geht aber nur, wenn Sie mich auf dem Laufenden halten und ich nicht jeder Information hinterher rennen muss." Er sah sich um. „Wo ist Fassrath?"

„Ich habe ihn nach Hause geschickt. Er muss sich unbedingt ein paar Stunden ausruhen. Heute Abend findet der VHS-Kurs statt, an dem Sofia Stern teilgenommen hat, und da wollte er dann auch noch hin. Ich hätte ihm das ja gern abgenommen, aber …"

„Schon gut", winkte Schatz ab, „wie Sie die Arbeit unter sich aufteilen, überlasse ich Ihnen. Er sah heute ganz schön schlecht aus. Hat er wieder Migräne?"

Margareta nickte.

„Das kommt von der Schokolade, die er ständig in sich hineinstopft." Schatz betrachtete die Zettel an der Magnetwand. Als würde ihm das beim Lesen helfen, strich er mit dem Zeigefinger über die Namen. „Eleonore Kess, Mutter von Konrad Kess, – was hat sie mit dem Fall zu tun?"

„Kess war bei ihr, als Sofia ermordet wurde. Sie ist sozusagen sein Alibi. – Ach, bevor ich's vergesse …" Sie nahm einen leeren Zettel, schrieb ,Wilfried Hilt' darauf und heftete ihn neben die von Kess und von Hohenstein. „Haben wir nicht irgendwo noch ein Foto von unserem Staatsanwalt, vielleicht von der letzten Weihnachtsfeier?"

Schatz beugte sich vor, entzifferte den Namen, fetzte ihn von der Wand und zerknüllte das Papier in seiner Faust. „Sehr witzig, Frau Sturm. Vielleicht sollten Sie jetzt auch besser Feierabend machen."

Carola steckte den Kopf zur Tür herein. „Kannst du mal kommen, Margareta? Vorne wartet einer, der unbedingt mit einem ‚richtigen Kommissar' sprechen will."

Margareta nickte ihrem Chef zu und folgte Carola in den Flur. „Hat er gesagt, um was es geht?"

„Er hat nur gesagt, dass es um den toten Engel geht. Das hat er immer wieder gesagt."

Er saß auf einem der drei Stühle, die vor Margaretas Büro an der Wand standen. Der Geruch eines verschwitzten Körpers, der schon lange nicht mehr mit Wasser und Seife in Berührung gekommen war, stieg ihr in die Nase. Er trug eine schlammgrüne Cordhose, die ihm zu kurz war, so dass seine Fußknöchel und noch ein Stück seiner mageren weißen Waden zu sehen waren, und darüber, trotz der Sommerhitze, einen mottenzerfressenen hellgrauen Wollpulli. Sein Alter war schwer zu schätzen. Er hatte graue Haare, die ihm wirr ins Gesicht hingen. Auf seinem Schoß lag eine mittelgroße Aldi-Tüte, die er mit den Händen festhielt, als befürchtete er, jemand wolle sie ihm wegnehmen.

Margareta blieb vor ihm stehen. „Sie wollten zu mir?"

Er sah auf, und Margareta bemerkte erstaunt, dass er glatt rasiert war. „Sind Sie die Kommissarin?"

Sie nickte. „Mein Name ist Sturm. Wie heißen Sie?"

„Stanicki, Peter Stanicki", sagte er.

Sie hielt ihm die Tür zu ihrem Büro auf. „Kommen Sie bitte, Herr Stanicki."

Er sprang sofort auf, folgte ihr und setzte sich auf einen der Besucherstühle.

Margareta nahm hinter ihrem Schreibtisch Platz.

„Es geht um den toten Engel", begann er und sah sie erwartungsvoll an.

Sie sagte nichts.

„Sofia Stern", sagte er, „ich habe ihre Handtasche gefunden." Seine Augen blitzten triumphierend, und mit einem breiten Grinsen entblößte er sein nikotinverfärbtes Gebiss.

„Wo?"

„In einem Mülleimer im Botanischen Garten. In dieser Tüte. Ich suche in den Mülleimern immer nach Pfandflaschen, und da habe ich sie gefunden."

„Geben Sie sie mir", sagte Margareta ruhig.

„Nicht so schnell, gute Frau", sagte er, und sein Gesicht bekam einen verschlagenen Ausdruck, „nicht bevor wir uns auf einen Finderlohn geeinigt haben."

Ohne ihren Besucher aus den Augen zu lassen, nahm Margareta den Telefonhörer ab und drückte einen Knopf. „Carola, sei doch bitte so nett und bringe unserem Gast einen Kaffee." Sie bedeckte den Hörer mit der Hand. „Milch und Zucker, nehme ich an?"

Stanicki nickte verwirrt.

„Und jetzt geben Sie mir die Tüte."

„Nicht, bevor ..."

„Herr Stanicki, muss ich hier wirklich das ganze Programm abziehen? Behinderung der polizeilichen Ermittlungen in einem Mordfall, Unterschlagung von Beweismaterial, Widerstand gegen die Staatsgewalt ..."

Er kratzte sich nervös am Kopf, und ein Schuppenregen rieselte auf seinen Pullover.

Margareta fischte Latexhandschuhe und ein paar Plastikbeutel aus der Schreibtischschublade, streifte sie über und streckte die Hand aus. „Geben Sie schon her!"

Zögernd reichte Stanicki ihr die Tüte. Mit spitzen Fingern zog sie die Handtasche heraus, öffnete den Verschluss und leerte den Inhalt auf die Schreibtischplatte.

Carola brachte Stanicki Kaffee und ein belegtes Brötchen.

Hungrig biss er hinein. „Was ist denn jetzt mit meinem Finderlohn, Frau Kommissarin?", fragte er mit vollem Mund.

„Wie es aussieht, haben Sie sich schon bedient", sagte Margareta und wedelte mit dem Geldbeutel, der zwar Karten und Ausweise aber kein Bargeld enthielt."

„Das ist nicht wahr, da war kein Geld drin. Ich schwör's beim Leben meiner Mutter."

„Sehr beeindruckend", sagte Margareta trocken, tütete den Geldbeutel ein und zeigte auf das Päckchen Papiertaschentücher und die Kosmetiktasche. „Und ich soll Ihnen glauben, dass das alles war, was Sofia Stern in Ihrer Handtasche hatte?"

Stanicki trank einen Schluck aus seiner Tasse. „Mehr war nicht drin."

„Kein Handy? Oder vielleicht ein Terminkalender?"

„Nein, wenn ich's Ihnen doch sage. Außer ..."

„Außer was?" Sie tütete die restlichen Sachen ein.

„Also gut, ich habe mir die Zigaretten rausgenommen. Ein halbes Päckchen. Sie hätte sie doch eh nicht mehr gebraucht." Er lehnte sich zurück. „Und jetzt können Sie mich meinetwegen verhaften."

23. Kapitel

Mit einem leisen Stöhnen fuhr Fassrath aus dem Schlaf auf und rettete sein Handy, das dank seiner Vibrationsfunktion im Takt zu ,Rockstar' todesmutig auf die Kante des Nachttischs zurobbte. „Jetzt sag' bloß nicht, wir haben eine neue Leiche."

„Nicht dass ich wüsste", sagte Gramling, „ich wollte dich nur an den Liegeradstammtisch heute Abend erinnern."

Fassrath setzte sich vorsichtig auf und fasste sich an den Kopf. Seine Migräne hatte sich dank einer Schmerztablette und zwei Stunden Schlafs in ein dumpfes Druckgefühl verwandelt. „Das habe ich ganz vergessen."

Fassrath und Gramling waren beide begeisterte Liegeradfahrer und -bastler. Gramling hatte eine Doppelgarage, die voller Räder stand und außerdem als Werkstatt genutzt wurde. Kurz nach der Scheidung von Corinna hatte Fassrath jede freie Minute dort verbracht. Fassraths jüngstes Projekt war ein sogenanntes ,Sociable', ein Tandem, auf dem die beiden Radler nebeneinander saßen. Gramling war der Karlsruher Liegeradguru schlechthin, stolzer Erbauer des leichtesten Faltliegerads der Welt, Vorsitzender des Karlsruher Liegeradvereins und Mitherausgeber der deutsch-französischen Liegeradzeitschrift ,Couchiclette'.

„Wir wollten heute das Sommertreffen im Schlosspark besprechen", sagte Gramling. „Außerdem sind die Tretlagerpatronen angekommen, die du für dein Nebeneinandem bestellt hast."

„Haben sie diesmal die richtigen geschickt? Die 155er?"

„So steht es zumindest auf dem Lieferschein", sagte Gramling. „Sehen wir uns jetzt nachher?"

Fassrath stand auf und ging in die Küche. „Tut mir leid, aber ich glaube, das schaffe ich nicht. Ich muss in einer knappen Stunde in der VHS sein."

„In der VHS? Sag' bloß, du hast dich zu einem dieser Sommerkurse angemeldet."

„Nein, es geht um den neuen Fall. Heute Abend findet ein Kurs statt, den Sofia Stern besucht hat, und ich will mir mal den Kursleiter und die Teilnehmer anschauen."

„Kann das nicht Gretchen übernehmen?"

„Sie muss zum Elternabend." Er griff nach einer halbvollen Sprudelflasche und trank einen Schluck. „Wenn es nicht zu lange dauert, komme ich noch nach."

„Das sagst du jedes Mal", brummte Gramling ins Telefon und legte auf.

Fassrath ging ins Bad und betrachtete sein blasses unrasiertes Gesicht im Spiegel. Er sah genauso aus, wie er sich fühlte, müde und alt. Außerdem musste er dringend zum Friseur. Seine Haare, um deren in den verschiedensten Blondtönen natürliche Strähnchen ihn wahrscheinlich jede Möchtegern-Blondine glühend beneidete, standen nach allen Richtungen ab. Er dachte an Hanna und daran, wie sie ihn geküsst hatte, bevor er gegangen war, so schnell, dass er nicht hatte reagieren können, und beobachtete im Spiegel, wie sich ein zufriedenes Lächeln auf seinem Gesicht ausbreitete und sich die Fältchen um seine Augen vertieften. ‚Du spinnst, Fassrath', sagte er halblaut zu seinem Spiegelbild, doch das Lächeln blieb. Gut, dass Gramling ihn geweckt hatte. So blieb ihm noch Zeit zu duschen.

„Herr Bäuerle?"

Der Angesprochene, ein mittelgroßer grauhaariger Mann Mitte vierzig, der gerade dabei war, einen der Schreibtische, die in dem kleinen Unterrichtsraum standen, an die Wand zu schieben, sah auf. „Ja?"

„Fassrath, Kriminalpolizei. Ich habe ein paar Fragen an Sie."

Bäuerle sah nicht überrascht aus. „Zeigen Sie mir bitte Ihren Ausweis, Herr Fassrath."

„Ja, natürlich." Er hielt Bäuerle seinen Dienstausweis vor die Nase, bis dieser nickte.

„Ich weiß, warum Sie hier sind. Schreckliche Geschichte."

„Wie haben Sie davon erfahren?"

„Übers Radio. Sie haben gestern Morgen bei der ‚Neuen Welle' darüber berichtet." Er seufzte. „Ich nehme an, Sie möchten auch mit den Teilnehmern sprechen."

Fassrath nickte.

„Der Kurs beginnt in zehn Minuten. Wenn Sie schon hier sind, können Sie mir helfen, den Raum vorzubereiten." Er wartete Fassraths Einverständnis nicht ab und zeigte auf die verbliebenen fünf Schreibtische und die dazugehörigen Stühle. „Die müssen alle an die Wand."

Fassrath unterdrückte ein Lächeln. Bäuerle hätte nicht offensichtlicher demonstrieren können, dass er nicht gewillt war, die Kontrolle abzugeben, geschweige denn, sich durch die Anwesenheit der Kriminalpolizei einschüchtern zu lassen. Zusammen schoben sie die Möbelstücke an die Wand, so dass eine etwa zwanzig Quadratmeter große freie Fläche entstand.

Aus zwei IKEA-Taschen, die an der gegenüberliegenden Wand standen, holte Bäuerle ein paar Decken heraus und breitete sie kreisförmig auf dem graugrünen Linoleumboden aus.

Fassrath lehnte sich an einen der Tische. „Was ist das genau für ein Kurs, den Sie anbieten, Herr Bäuerle?"

Der Psychologe ging um den Deckenkreis herum und zog hier und da eine Ecke zurecht. „Ich nehme an, Sie haben die Beschreibung im VHS-Programm gelesen."

„Allerdings. Klingt wie eine Art Gruppentherapie."

Bäuerle richtete sich auf und sah Fassrath direkt in die Augen. Er hatte ein kantiges Gesicht und trug eine randlose Brille, die er bis auf die Nasenspitze vorgeschoben hatte. „Es ist keine Therapie. Alle Teilnehmer müssen vorher unterschreiben, dass

213

sie davon in Kenntnis gesetzt wurden, dass dieser Kurs keine Therapie sein oder ersetzen will. Das wird bei allen Kursen so gehandhabt, die über die VHS angeboten werden." Er zupfte einen Wollfussel von seinem buntkarierten Hemd. „Der Ablauf eines Kursabends hat drei Teile: Körperarbeit, Gespräche, Entspannung. Manche entscheiden sich nach Ende des Kurses für eine Therapie, einzeln oder in einer Gruppe."

„... die auch Sie anbieten, nehme ich an", sagte Fassrath.

„Unter anderem", gab Bäuerle zu, „aber mittlerweile ist meine Warteliste fast so lang, wie die meiner Schwester. Und die ist eine der gefragtesten Schönheitschirurginnen in der Region."

Fassrath erinnerte sich plötzlich an das Gespräch, das er mit Leonhard von Hohenstein geführt hatte. ‚Für Britta war es keine Liebesheirat', hatte von Hohenstein gesagt, ‚Britta von Hohenstein klingt einfach besser als Britta Bäuerle'. „Sie sind also der Bruder von Britta von Hohenstein?"

Bäuerle nickte erstaunt. „Sind Sie ein Patient von ihr?"

Fassrath ignorierte die Frage. „Wussten Sie, dass Sofia Stern ein Verhältnis mit Leonhard von Hohenstein hatte?"

Bäuerle schüttelte langsam den Kopf. „Nein, sie hat nichts davon erzählt. Und nein, meine Schwester hat mir auch nichts davon gesagt."

„Was aber nicht heißen muss, dass sie es nicht weiß", sagte Fassrath. „Also gut, Herr Bäuerle, was können Sie mir über Sofia Stern sagen? Ist Ihnen irgendetwas Ungewöhnliches an ihr aufgefallen, oder vielleicht etwas an dem Verhalten eines der anderen Teilnehmer ihr gegenüber?"

Bevor Bäuerle antworten konnte, ging die Tür auf und Engermann trat ein.

„Hallo Jürgen." Bäuerle lächelte ihn an und zeigte auf den Deckenkreis. „Du bist früh dran, mach's dir doch schon mal bequem."

Engermann blieb stehen und fuhr sich verlegen durch die Haare. „Hallo Chef."

Bäuerle sah von einem zum anderen. „Sie kennen sich?"

„Ich bin in seinem Team", sagte Engermann niedergeschlagen. „Wir waren am Sonntagabend zusammen am Fundort der Leiche, ich meine, wo Sofia ..." Er brach ab und sah auf den Boden.

„Schon gut, Jürgen", sagte Bäuerle und legte ihm die Hand auf den Arm. Wir können später darüber sprechen, wenn du willst."

„Das wird sich wohl kaum vermeiden lassen", sagte Fassrath trocken. „Engermann haben wir es übrigens zu verdanken, dass wir Frau Stern so schnell identifizieren konnten."

„Das muss eine schlimme Erfahrung für dich gewesen sein", sagte Bäuerle. Seine Stimme hatte einen völlig anderen Klang bekommen, sanft und einfühlsam, und Fassrath fühlte sich sofort an seine Sitzungen mit Dr. Berndorf erinnert. Er überlegte, ob es wohl im Rahmen des Psychologie-Studiums ein Pflichtseminar gab, das sich mit Stimmmodulation befasste, und widerstand dem Impuls, die Augen zu verdrehen.

„Das kannst du laut sagen, Mann", sagte Engermann, sah aber dabei Fassrath an.

„Keine Sorge, Engermann, ich habe nicht vor, an Ihrer Gruppensitzung teilzunehmen, aber ich muss ein paar Fragen stellen, das können Sie sich ja denken."

Engermann nickte. „Aber versprechen Sie sich nicht zu viel davon, Chef."

Zehn Minuten später war die Gruppe vollzählig, und Fassrath saß mit den anderen im Schneidersitz auf dem Fußboden und versuchte, sich ein Bild von den übrigen Teilnehmerinnen zu machen. Hätte er gewusst, dass man ihn hier dazu auffordern würde, die Schuhe auszuziehen, dann hätte er mehr Sorgfalt auf die Auswahl seiner Socken verwandt. Engermanns Blick ruhte auf Fassraths großem Zeh, der durch ein beachtliches Loch im linken Socken seinen Weg in die Freiheit gefunden hatte. Er grinste übers ganze Gesicht. Fassrath gönnte ihm seine Schadenfreude aus vollem Herzen. Er wusste, wie unangenehm die Situation für seinen jungen Kollegen war. Wenn er Engermann durch den Anblick eines zerlöcherten Sockens einen Teil seiner Befangenheit nehmen konnte, war ihm das nur recht.

Außer Engermann saßen sechs junge Frauen zwischen zwanzig und dreißig auf den Decken. Die Hälfte von ihnen weinte, sie hatten erst heute Abend von dem Mord an Sofia erfahren.

Viel konnten sie ihm ohnehin nicht sagen. Es stellte sich heraus, dass Sofia den letzten Kursabend versäumt hatte, und da er heute erst zum dritten Mal stattfand, hatte sie nur eineinhalb Stunden mit der Gruppe verbracht.

Fassrath machte sich ein paar Notizen auf seinem Block, ließ sich von Bäuerle die Teilnehmerliste geben, bedankte sich und stand auf. „Mit Ihnen hätte ich noch gern kurz allein gesprochen", sagte er zu Bäuerle und zog seine Schuhe an.

Der Psychologe erhob sich ebenfalls und schlüpfte in seine Sandalen. Er wandte sich an seine Gruppe. „Ich möchte, dass ihr euch jetzt hinlegt und versucht, euch zu entspannen. Ich bin gleich wieder da." Er schaltete den mitgebrachten Ghettoblaster an, und sanfte fernöstliche Klänge gaben sich alle Mühe, die angespannte Atmosphäre zu vertreiben.

Gehorsam legten sich alle hin und schlossen die Augen. Engermann lag mit geballten Fäusten auf dem Rücken, seine krampfhaft geschlossenen Augenlider zuckten. Er sah alles andere als entspannt aus.

Bäuerle ließ Fassrath den Vortritt und zog leise die Tür hinter sich zu.

„Sie haben Ihre Gruppe gut im Griff", sagte Fassrath.

„So ein Kurs bringt nur dann etwas, wenn man auch bereit ist, sich darauf einzulassen. Und Sie dürfen nicht vergessen, dass die Betroffenen ihr Geld und ihre Freizeit opfern, um daran teilzunehmen." Er lief neben Fassrath die Treppe hinunter und fischte eine angebrochene Packung Reyno Light aus der Hosentasche.

„Sie rauchen?", fragte Fassrath verwundert.

Bäuerle ging hinaus in den Hof und zündete sich eine Zigarette an. Er warf Fassrath einen belustigten Blick zu. „Warum wundert Sie das so? Weil ich Psychologe bin?"

Fassrath wusste keine Antwort.

„So ein Päckchen reicht mir normalerweise für zwei Wochen." Er klopfte mit dem Fingerknöchel auf die Packung und grinste. „Und Menthol ist doch gut für die Gesundheit, oder?"

Fassrath grinste auch. Obwohl er den Scherz ziemlich albern fand, war ihm Bäuerle auf einen Schlag viel sympathischer. „Ich habe aufgehört."

„Wann?"

„Vor ein paar Wochen."

Bäuerle zog mit sichtlichem Genuss an der Zigarette. „Wann genau?"

„Vor sieben Wochen, drei Tagen und ...", er warf einen Blick auf seine Armbanduhr, „ ... drei Stunden und siebenundfünfzig Minuten. Um Mitternacht habe ich die letzte Zigarette ausgedrückt."

Sie grinsten sich an.

„Und die restlichen Zigaretten zerschnippelt und ins Klo hinuntergespült?", fragte Bäuerle.

Fassrath schüttelte den Kopf. „Meine letzte Packung habe ich am nächsten Tag einem Obdachlosen geschenkt. Und zwar demselben, der am Sonntagabend Sofia Sterns Leiche im Schlosspark entdeckt hat."

„Es gibt schon merkwürdige Zufälle." Bäuerle schnippte die Asche in den säulenförmigen Aschenbecher, der neben dem Eingang aufgestellt worden war und nahm einen weiteren Zug. „Ich muss allmählich wieder nach oben. Die Gruppe ist sehr aufgewühlt, und um neun beginnt der nächste Kurs – ich kann also nicht verlängern."

„Wo wir gerade von Zufällen sprechen, Herr Bäuerle, halten Sie es auch für Zufall, dass Frau Stern sich für den Kurs bei Ihnen entschieden hat, ich meine, wenn man bedenkt, dass Sie der Bruder der Frau ihres Geliebten sind?"

Bäuerle erwiderte offen seinen Blick. „Ja, natürlich. Selbst wenn sie gewusst hätte, dass Britta meine Schwester ist, was ich nicht glaube, was hätte es ihr gebracht, aus diesem Grund bei mir einen Kurs zu machen?"

„Was denken Sie also, warum Sofia diesen Kurs bei Ihnen belegt hat?"

Bäuerle lächelte. „Warum machen Menschen Volkshochschulkurse? Manche nur, um mal wieder unter Leute zu kommen – das Thema des Kurses ist dann gar nicht so wichtig. Frauen belegen Anfängerkochkurse, um Männer kennen zu lernen, Männer melden sich zu einem Kurs für meditative Tänze an, weil sie wissen, dass sie dort viele Frauen treffen werden. Manche machen Volkshochschulkurse, um ihr schlechtes Gewissen zu beruhigen, um sich fortzubilden. Und erfreulicherweise gibt es auch noch ein paar Menschen, die kommen, weil sie das Thema interessiert, was ja eigentlich auch der Sinn der Sache ist."

„Und zu dieser Gruppe gehörte Sofia?"

„Davon bin ich überzeugt. Ich denke, dass Sofia eine Menge aufzuarbeiten hatte, was ihr Verhältnis zu ihren Eltern, vor allem zu ihrem Vater betrifft, und vielleicht wollte sie mit diesem Kurs einen Anfang machen. Kein Kurs kann eine Therapie ersetzen, aber er kann ein Sprungbrett dafür sein."

Fassrath nickte nachdenklich. „Sie scheinen an diesem ersten Kursabend bereits eine Menge über Sofia erfahren zu haben. Hat sie auch erzählt, dass sie eine Zwillingsschwester hat?"

„Nein, sie hat nur eine ältere Schwester erwähnt. Aber wir sind an diesem Abend nicht weiter darauf eingegangen."

„Okay, andere Frage: Was glauben Sie, wie Ihre Schwester Britta von Hohenstein reagiert hätte, wenn sie von der Affäre ihres Mannes mit Sofia erfahren hätte?"

„Sie meinen, ob sie Sofia umgebracht hätte?" Er schüttelte den Kopf. „Britta ist zwar temperamentvoll und sicher auch sehr eifersüchtig, aber sie ist viel zu sehr Vernunftmensch, um einen Mord zu begehen. Sie hatte schon immer die Fähigkeit, die Relationen richtig einzuschätzen und nie den Blick für das Ganze zu verlieren." Er inhalierte ein letztes Mal, blies den Rauch an Fassrath vorbei und drückte die Kippe aus.

Fassrath nickte. Er zweifelte nicht daran, dass Bäuerle es ehrlich meinte, aber er war ihr Bruder, und so war es gut möglich, dass ihm die innere Distanz fehlte, um seine Schwester objektiv zu beurteilen.

Bäuerle trat einen Schritt vor und legte seine Hand auf den Türgriff. „Ich muss jetzt wirklich zu meiner Gruppe."

„Okay, vielen Dank, dass Sie sich die Zeit genommen haben." Fassrath gab ihm seine Karte. „Wenn Ihnen noch irgendetwas einfällt, oder wenn sich im Laufe des Kurses etwas ergeben sollte, das mit dem Tod von Sofia Stern in Zusammenhang stehen könnte ..."

„Das halte ich für sehr unwahrscheinlich", unterbrach ihn Bäuerle.

„Ich auch", gab Fassrath zu, „aber trotzdem ... Sie wissen, wo Sie mich erreichen." Er ging mit Bäuerle wieder hinein und machte einen kurzen Abstecher in die Cafeteria, wo er sich einen Marsriegel aus dem Automaten zog.

Bäuerle, der auf dem Flur stehengeblieben und ihn durch die Tür beobachtet hatte, griff in die Brusttasche seines Holzfällerhemdes und gab Fassrath ebenfalls seine Karte. „Rufen Sie mich an, falls Sie sich mal auf die Suche nach Ihrem inneren Kind machen wollen."

24. Kapitel

Am nächsten Tag fuhren Fassrath und Margareta nach Pforzheim, um einen von Sofias Kunden zu überprüfen. Sie wollten die Fahrtzeit nutzen, um sich gegenseitig auf den neuesten Stand zu bringen und ihre Eindrücke in Ruhe zu diskutieren.

Allerdings war Fassrath, kaum dass sie losgefahren waren, auf dem Beifahrersitz eingenickt. Sein Kinn lag auf seiner Brust, und er schnarchte leise. Margareta ließ ihn schlafen. Er schien ein bisschen Ruhe bitter nötig zu haben.

Ein BMW überholte sie und scherte so knapp vor ihnen ein, dass sie auf die Bremse treten musste. Ihr Hintermann hupte, und sie schlug auf das Lenkrad. „Blöder Idiot!"

Fassrath fuhr aus dem Schlaf auf. „Was ist denn?"

„Alles okay, ruh' dich noch ein bisschen aus, wir sind gleich da."

„Jetzt bin ich wach." Er gähnte und richtete sich auf.

Sie lächelte. „Und, hast du was Schönes geträumt?"

„Nein, das nicht, aber ich muss die ganze Zeit an die Frau von Leo denken."

„Frau Doktor von Hohenstein? Hat sie dich jetzt auch eingewickelt mit ihrer überirdischen Schönheit?"

„Quatsch, ich muss an etwas denken, was von Hohenstein neulich bei der Vernehmung auf dem Revier gesagt hat. Ich habe mir die Stelle auf dem Band immer und immer wieder angehört. Er hat gesagt: Sie wollte immer von mir hören, dass sie die Schönste ist. Und das war sie auch. Bis Sofia aufgetaucht ist ..."
Er fuhr sich durch die Haare. „Weißt du, an was mich das erinnert?"

„Keine Ahnung."

„An diesen Zauberspiegel in dem Märchen. Spieglein, Spieglein an der Wand, wer ist die Schönste im ganzen Land?"

„Frau Doktor, Ihr seid die Schönste hier, aber Sofia Stern ..."

„... ist noch tausendmal schöner als Ihr."

Margareta fasste Fassrath am Ärmel und sah ihn entsetzt an. „Oh, mein Gott!"

Er sah auf die Straße und griff ins Lenkrad. „Pass' auf, wo du hinfährst. Na super, da vorn kommt ein Stau."

Mechanisch schaltete Margareta den Warnblinker an, trat auf die Kupplung und legte den Leerlauf ein. Sie stellte den Fuß auf das Bremspedal und drehte sich wieder zu Fassrath um. „Die Königin konnte es nicht ertragen, dass Schneewittchen schöner war als sie. Wie ging es weiter?"

„Sie hat den Jäger beauftragt, Schneewittchen in den Wald zu führen, sie dort zu töten und ihr das Herz herauszuschneiden, oder war es die Leber?"

Hinter ihr hupte es. Sie rollten ein paar Meter weiter. „Mensch Vince, da könnte wirklich was dran sein."

„Dann müssen wir jetzt nur noch den Jäger finden."

„Wie wär's mit Kess?"

„Kess und Britta von Hohenstein? Das kann ich mir nicht vorstellen. Außerdem hat er ein Alibi."

Margareta schnalzte ungeduldig mit der Zunge. „Das ist es ja gerade. Sein Alibi ist viel zu maßgeschneidert. Er hätte über den Zaun klettern, nach Knielingen fahren, Sofia ermorden und danach wieder zurück zu seiner Mutter fahren können. Der Pförtner hat mir erzählt, dass sie starke Schmerzmittel nimmt und viel schläft. Von der Zeit her hätte er es schaffen können."

Fassrath gähnte erneut. „Gott, bin ich müde. Ach, ich weiß nicht so recht, ich traue Kess nicht so viel Kaltblütigkeit zu. Hat Carola in Frankfurt angerufen?"

Margareta seufzte. „Ja, Frau Doktor war dort und hat sogar einen Vortrag gehalten. Aber sie kann trotzdem einen Killer be auftrag haben. Was ist mit diesem Strasser? Er scheint ihr sehr ergeben zu sein."

„Was wissen wir von ihm?"

„Nicht viel, außer, dass er Fitnesstrainer im LCV war und Britta von Hohenstein ihn von dort zu sich nach Hause geholt hat."

„Das heißt, er kennt von Hohenstein, und er kennt Kess."

„Die Frage ist, ob er auch Sofia gekannt hat."

Fassrath schüttelte den Kopf. „Ich habe das Gefühl, wir kommen nicht so richtig weiter."

Margareta ließ den Wagen ein paar Zentimeter vorrollen. „Weißt du, was mir aufgefallen ist? Keiner scheint zu wissen, dass Sofia eine Zwillingsschwester hat, außer Marbach. Findest du das nicht merkwürdig?"

Fassrath nickte nachdenklich. „Ich habe sie danach gefragt. Sie scheinen beide keinen Wert darauf gelegt zu haben, sich als Zwillinge zu outen. Und Silvana selbst läuft im Kaftan durch Karlsruhe, um nicht erkannt zu werden. Mir gefällt das alles nicht. Es wäre mir lieber, sie würde nach Freiburg zurückfahren. Aber ich kann sie natürlich verstehen. Vielleicht bleibt sie auch wegen Marbach." Er warf seiner Kollegin einen schrägen Blick zu. „Lass uns das Blaulicht draufsetzen und über den Seitenstreifen fahren, wer weiß, wie lange wir sonst noch im Stau stehen."

Manoped war ein alteingesessenes Familienunternehmen, das ausschließlich Hand- und Fußpflegeprodukte herstellte. Der Geschäftsführer Georg Weinstein war der letzte Kandidat auf der Liste von Sofias ehemaligen Kunden, den sie überprüften.

Sie zeigten an der Pforte ihre Ausweise, worauf der Pförtner einen kurzen Anruf tätigte. Weinsteins Sekretärin holte sie ab, fuhr mit ihnen in den zweiten Stock, führte sie in einen kleinen Besucherraum und ließ sie allein.

Fassrath und Margareta setzten sich auf das Sofa und sahen sich um. An den Wänden hingen gerahmte Werbeplakate, auf denen äußerst gepflegte wohlgeformte Frauenhände und -füße abgebildet werden, darunter der Name des jeweiligen Produkts aus der Manoped-Serie. Auf dem Couchtisch lagen Prospekte neben einer Holzschale mit Salzgebäck.

„Irgendwie sieht es doch überall gleich aus", sagte Fassrath und kippte sich eine Handvoll Erdnüsse in den Mund.

Die Sekretärin kam wieder herein und brachte ihnen Kaffee und Mineralwasser. Nachdem sie gegangen war, schraubte Fassrath die Thermoskanne auf und goss sich eine Tasse ein. „Magst du auch?"

Margareta schüttelte den Kopf. „Gib' mir lieber ein Wasser."

Georg Weinstein betrat das Zimmer und stellte sich vor. Er trug einen tadellos sitzenden Anzug mit passender Krawatte, der seine breiten Schultern betonte. Mit seinen schwarzen Haaren, dem gepflegten Bärtchen und der gebräunten Haut sah er ein bisschen südländisch aus.

Er nahm Margaretas Hand in seine, betrachtete sie eine Weile und hob sie dann an die Lippen. „Enchanté, Madame", gurrte er. „Wenn ich das sagen darf, Sie haben sehr gepflegte Hände."

Margareta verzog keine Miene. „Und das, obwohl ich noch nie etwas von ihrem Produkt gehört habe."

Er lachte und zeigte seine weißen Zähne. „Und Sie haben Humor, das gefällt mir." Margareta fiel auf, dass er das ‚R' rollte.

Fassrath schüttelte er die Hand. „Nun", er klatschte in die Hände und setzte sich ihnen gegenüber. „Was verschafft mir die Ehre? Hat einer meiner Mitarbeiter etwas ausgefressen?"

„Sagt Ihnen der Name Sofia Stern etwas?"

Seine Miene wurde ernst. „Ja, natürlich. Ich habe es in der Zeitung gelesen. Schreckliche Geschichte. Sie suchen nach diesem Mann, der den Rollstuhl geschoben hat."

Margareta ging nicht darauf ein. „Sie kennen also ihren Namen nur aus der Zeitung?"

Er schwieg eine Weile, und man konnte förmlich sehen, wie es in seinem Kopf arbeitete. „Nein, Sie hat als Model für mich gearbeitet. Das wissen Sie doch sicher schon." Er schlug die Beine übereinander und wippte nervös mit dem Fuß. Er deutete auf die Prospekte, die auf dem Tisch liegen. „Hier, das ist sie. Sie hatte wunderschöne Hände und perfekte Füße."

„Und sonst?"

„Ich verstehe nicht ..."

Fassrath beugte sich nach vorn und warf den Ausdruck von Sofias E-Mail-Verkehr mit Weinstein auf den Tisch. „Oh, ich denke, Sie verstehen uns ziemlich gut."

Weinstein warf einen Blick auf das Papier. „Wo haben Sie das her? Das ist private Korrespondenz."

„Hören Sie auf mit dem Mist. Sie waren mit ihr im Casino, und wir wissen auch, dass Sie mit ihr geschlafen haben."

Das wusste Fassrath zwar nicht, aber der Bluff wirkte.

„Sie müssen das vertraulich behandeln. Wenn das meine Frau erfährt, Dio mio ..."

„Wir sind keine Moralapostel. Wann haben Sie Frau Stern zum letzten Mal gesehen?"

„Das muss so Mitte Mai gewesen sein. Wir waren im Casino und haben hinterher dort im Hotel übernachtet. Ich wollte ein bisschen feiern. Ich hatte 3.000 Euro gewonnen. Am nächsten Tag habe ich sie bezahlt und zum Bahnhof gebracht. Danach hatten wir keinen Kontakt mehr."

„Okay, dann sagen Sie uns jetzt noch, was Sie am Sonntag zwischen elf und dreizehn Uhr gemacht haben."

Seine Miene hellte sich auf. „Wir waren mit den Kindern im Europapark. Aber bitte, sagen Sie meiner Frau nichts, ich habe drei Kinder, Sie wollen doch meine Familie nicht zerstören."

Fassrath trank seinen Kaffee aus. „Keine Sorge, das haben wir gleich." Er holte sein Handy heraus und tippte die Nummer der Telefonauskunft ein. „Verbinden Sie mich bitte mit dem Privatanschluss von Georg Weinstein in Pforzheim." Er wartete einen Moment. „Frau Weinstein? Hier ist Chris vom Europapark, wir machen eine Umfrage und rufen eine zufällige Auswahl von

Kunden an, die uns letzten Sonntag besucht haben. Wir haben nur drei Fragen. Wann sind Sie von zuhause losgefahren? Um acht schon? Was hat Ihren Kindern denn am besten gefallen? Der Silver Star, verstehe. Und ihrem Mann? Ach so, da waren Sie sich also alle einig. Und jetzt die letzte Frage. Werden Sie uns wieder besuchen? Das freut mich. Dann vielen Dank, dass Sie sich die Zeit genommen haben, und einen schönen Tag noch."

„Chris vom Europapark." Margareta kicherte noch, als sie schon wieder im Auto saßen. „Das wäre mir nie eingefallen. Mein Gott, hast du sein Gesicht gesehen?"

Fassrath hörte ihr nicht zu. Verzückt sah er auf das Display seines Handys.

Margareta lächelte. „Hanna?"

Er antwortete nicht, sondern tippte ‚ok' ein und drückte auf ‚Absenden'. Er überlegte kurz, dann schickte er noch drei Worte hinterher. Geistesabwesend strich er mit den Fingern über das Display.

Margareta legte den Gang ein und fuhr los. „Was ist los, Vincent, muss ich mir Sorgen machen?"

Er legte das Handy auf die Ablage, drehte ihr den Kopf zu und lächelte breit. „Alles bestens."

Sie schaltete das Radio ein und suchte einen Oldiesender. „Lass' uns für heute Feierabend machen. Ich schreibe zuhause den Bericht und maile ihn ins Büro. Wir müssen ja nicht jeden Tag vierzehn Stunden arbeiten."

25. Kapitel

Als Fassrath nach Hause kam, war es kurz nach halb sieben. Er holte sich ein Bier und setzte sich auf den Balkon.

‚Ich möchte dich gerne kennenlernen' – der Inhalt von Hannas SMS wurde zu einem Mantra. Es kreiste in seinen Gedanken und erfüllte ihn mit einem lange entbehrten Gefühl, das so intensiv war, dass es ihm fast Angst machte.

Er saß zwei Stunden auf dem Balkon, dann zog er ein Hemd über sein T-Shirt und verließ die Wohnung. Er warf einen Blick auf sein Liegerad, das abgeschlossen vor dem Haus stand, doch ihm stand der Sinn mehr nach Spazierengehen. In Gedanken versunken lief er Richtung Mühlburg und stand kurze Zeit später vor Hannas Haus in der Philippstraße. ‚Du spinnst, Fassrath', sagte er zu sich selbst, ‚du kannst sie doch nicht einfach so überfallen'. Kopfschüttelnd setzte er sich wieder in Bewegung, da sah er, dass die Haustür nur angelehnt war. Er holte tief Luft, dann ging er hinein und lief die Treppen hinauf.

Hanna öffnete die Tür und sah ihn überrascht an. Sie war barfuß, die kurze karierte Hose endete knapp über ihren gebräunten Knien. Fassrath stand ein bisschen atemlos vor ihr und wusste nicht so recht, wie er sie begrüßen sollte. Und wieder übernahm sie die Initiative. Sie ging einen Schritt auf ihn zu und umarmte ihn, ließ ihn aber gleich wieder los. „Komm' rein."

Sie ging ihm voraus in die Küche. Die Tür zum Balkon stand offen. Auf dem Tisch standen eine geöffnete Sektflasche und zwei halbvolle Gläser. Und auf einem der beiden Stühle saß ein Mann, der ihm bekannt vorkam. Fassrath überlegte kurz, dann fiel es ihm ein. Er hatte den Typen beim Speed-Dating gesehen.

Fassrath fühlte sich, als würde ihm der Boden unter den Füßen weggezogen. „Tut mir leid, ich wollte nicht stören. Du hast ja schon Besuch." Die Eifersucht durchzuckte ihn so heftig, dass er dem gut aussehenden Fremden sein unverschämtes Grinsen am liebsten mit der Faust aus dem Gesicht gewischt hätte. Jetzt blieb ihm nur noch ein möglichst würdevoller Abgang. „Ich geh' dann mal wieder." Er kam sich wie ein Idiot vor.

Hanna kümmerte sich nicht um seine offensichtliche Befangenheit und holte ein drittes Glas aus dem Schrank. „Quatsch, ich freue mich, dass du da bist."

Der Mann stand auf, kam mit der Sektflasche in die Küche und streckte Fassrath die Hand hin. „Hallo, ich bin Harald, Hannas bester Kumpel – hoffe ich jedenfalls."

Fassrath schüttelte ihm verwirrt die Hand. „Du bist Harald? Aber, du warst doch auch bei dieser komischen Veranstaltung."

Harald grinste. „Stimmt genau, ich habe einen Artikel darüber geschrieben – und Hanna war sozusagen meine Co-Autorin."

Er nahm Hanna das Glas aus der Hand, füllte es mit Sekt und gab es Fassrath. „Hier, trink' erst mal was auf den Schreck!"

Hanna holte noch einen Stuhl aus der Küche, und sie setzten sich auf den Balkon und stießen miteinander an. Sie unterhielten sich über ihre Erfahrungen beim Speed-Dating, und zu Fassraths Enttäuschung machte Harald keine Anstalten zu gehen. Für Hanna schien das völlig in Ordnung zu sein. Sie war ein bisschen beschwipst, lachte über Haralds trockene Witze und fühlte sich sichtlich wohl in der Gesellschaft der beiden Männer.

Auf dem Balkon war es eng, und Fassrath saß so dicht neben Hanna, dass sich ihre Oberschenkel berührten. Als sie aufstand, um eine zweite Flasche Sekt aus dem Kühlschrank zu holen, strich sie im Vorbeigehen zart mit den Fingerspitzen über die Rückseite seines Halses.

Ihre Berührung ging ihm durch und durch, und er spürte sie länger, als sie anhielt. „Schon ganz schön spät", sagte er, an

Harald gewandt. ‚Merkst du nicht, dass du störst?' sagte sein Blick.

Mittlerweile war es dunkel geworden, aber der Mond schien so hell, dass sie trotzdem ihre Gesichter erkennen konnten.

Endlich verabschiedete sich Harald.

„Ich dachte schon, der geht gar nicht mehr", sagte Fassrath.

„Jetzt ist er ja weg." Sie beugte sich vor, und er spürte ihren Atem auf seiner Haut wie einen warmen sektgeschwängerten Lufthauch. „Wenn ich nüchtern wäre, würde ich dich jetzt auch nach Hause schicken."

„Wirklich?" Er küsste sie. Es war ein sanfter, vorsichtiger Kuss – eine geküsste Frage. Er hatte immer noch Angst, dass sie ihn zurückweisen würde, doch ihre Lippen öffneten sich unter seinen, und als er eine Hand an ihre Wange legte, hielt sie sie dort fest, rieb sich daran wie eine verschmuste Katze. Er schloss die Augen und fühlte eine seltsame Mischung aus Erregung und wohliger Zufriedenheit. Und für einen köstlichen Moment gelang es ihm, sich von allen Ängsten und Zweifeln freizumachen. Er hatte vergessen, dass es so sein konnte. Falls es überhaupt jemals so für ihn gewesen war. Nach einer Weile löste sie sich von ihm, stand auf und nahm seine Hand. „Mir ist kalt. Lass' uns reingehen."

Er ließ sich von ihr hochziehen und folgte ihr in die dunkle Küche. Sie blieb stehen und drehte sich zu ihm um. „Und jetzt?"

Er konnte ihre Gesichtszüge in der Dunkelheit nicht erkennen, doch er hörte die Unsicherheit in ihrer Stimme. „Das liegt bei dir", sagte er. Er hörte selbst, wie rau seine Stimme klang. Sein Hals fühlte sich wund an. Vielleicht war es auch sein Herz.

Sie schwieg einen Moment, dann lachte sie leise. „Bist du immer so rücksichtsvoll?"

„Nein." Er lachte nicht. Er wollte sie so sehr, dass es ihm weh tat. Doch ihre Unentschlossenheit bedrückte ihn, vielleicht sollte er besser gehen. „Vielleicht sollte ich besser gehen", sagte er.

Sie sagte nichts.

Da wären wir wieder, dachte er resigniert. Doch seine Füße verweigerten den Befehl, und er rührte sich nicht von der Stelle, spürte ihre Nähe wie ein magnetisches Kraftfeld. Er legte seine Hände sanft an ihren Hals und küsste ihre geschlossenen Augen, ihre Nasenspitze, ihre Wangen, die sich heiß und trocken anfühlten, ihre Mundwinkel. ‚Noch ein Kuss', dachte er, und dann würde er gehen.

„Vincent", sagte sie.

Er hatte den Namen nie gemocht, aber aus ihrem Munde klang er wunderschön.

Ihre Hände schoben sich unter sein Hemd, wanderten nach oben, strichen über seine Brust, tasteten sich über seinen Bauch, ihre Fingerspitzen streiften seinen Hosenbund. Er hielt den Atem an, fühlte Erregung, Verwirrung, Wut, Freude, alles auf einmal.

„Ja, du solltest gehen", sagte sie. Sie küsste die kleine Kuhle an seinem Hals. „Aber warte, bis es hell ist."

Hanna wachte auf, weil ihr Arm weh tat. Im Mondlicht, das ins Zimmer schien, erkannte sie die schattenhafte Gestalt des Mannes neben ihr. Sein Kopf lag auf ihrem Arm und drückte ihr das Blut ab. Er schlief. Seine Züge waren entspannt. Sie drehte ihr Gesicht zu ihm und sah die Zeichen der Erschöpfung, die dunklen Schatten unter seinen Augen, die kleinen Falten, die sich um seine Mundwinkel eingegraben hatten.

Hanna mochte das Vertraute, das Beständige. Sie wollte klare Verhältnisse, Stabilität in ihrem Leben. Chaos machte ihr Angst. Vielleicht war das einer der Gründe gewesen, warum sie so lange bei Paul geblieben war. Eigentlich sollte sie ihm dankbar sein, dass er ihr die Trennung so leicht gemacht hatte.

Während ihres gemeinsamen Abends auf dem Rummelplatz hatte Fassrath ihr von seiner Arbeit erzählt. Sie schien den größten Teil seines Lebens auszufüllen. Sie versuchte sich vorzustellen, wie es wohl wäre, mit ihm zusammenzuleben, aber in ihrem

Kopf fanden sich keine Bilder ein. Und doch spürte sie eine tiefe Verbundenheit, die weit über das Körperliche hinausging. Vorsichtig zog sie ihren Arm unter seinem Kopf weg und versuchte, das Kribbeln zu ignorieren, als das Blut wieder zu kreisen begann.

Fassrath murmelte etwas im Schlaf und drehte ihr den Rücken zu. Dabei rutschte die Decke von seinen Schultern. Sie konnte der Versuchung, ihn anzufassen, nicht widerstehen. Seine Haut war so hell, dass ihre Hand darauf im Dämmerlicht fast schwarz wirkte. Sie rückte näher an ihn heran, schob ihre Hand unter seinem Arm durch und legte sie auf seine Brust. Sein Atemrhythmus veränderte sich, und seine Finger schlossen sich um ihre. Sie spürte seinen Herzschlag, ruhig und gleichmäßig.

„Eiskaltes Händchen", murmelte er, und schon war er wieder eingeschlafen.

Als sie das nächste Mal aufwachte, lag sie allein im Bett. Sie griff nach seinem Hemd, das er über den Bettpfosten gehängt hatte, zog es an und folgte dem Kaffeegeruch in die Küche.

Fassrath stand in Boxershorts und T-Shirt mit seiner Tasse auf dem Balkon und beobachtete ein Eichhörnchen, das gerade die Birke vor Hannas Haus hochflitzte. Er lächelte, als Hanna neben ihn trat und hielt ihr die Tasse hin.

Sie nahm sie, trank einen Schluck, schüttelte sich und gab sie ihm zurück. „Wie viel Zucker ist denn da drin, um Gottes Willen?"

„Drei Stück", sagte er unschuldig, „ist er dir etwa zu süß?"

„Ich wette, im Büro musst du einen Zuckerzuschlag bezahlen."

„Kann schon sein", murmelte er und gab ihr einen Kuss.

Sie lehnte sich an ihn und legte eine Hand auf seine Brust. „Geht's dir gut?"

Er nickte. „Ich habe schon lange nicht mehr so gut geschlafen."

Das Eichhörnchen saß jetzt auf einem Ast, und es sah aus, als würde es zu ihnen hinüberschauen.

„Vielleicht hätte es auch gern einen Kaffee", sagte er.

„Die kommen manchmal sogar auf den Balkon", sagte sie.

Er drückte sie an sich und seufzte. „Ich muss zur Arbeit."

„Ja, ich auch. Geh' ruhig zuerst ins Bad."

Er trank seinen Kaffee aus. „Ich kann auch daheim duschen. Ich muss sowieso noch mal nach Hause." Er ging ins Schlafzimmer, zog Jeans und Schuhe an und kam wieder in die Küche. „Ja dann ..."

Hanna sah an sich hinunter. „Ach so, dein Hemd." Im selben Moment wurde ihr bewusst, dass sie darunter nackt war. Sie erkannte an seinem Lächeln, dass auch er daran dachte, und plötzlich genierte sie sich.

„Lass' es lieber an, sonst kommen wir beide zu spät zur Arbeit." Die Art, wie er sie ansah, ließ ihr die Knie weich werden.

Sie brachte ihn zur Tür. „Gehst du jetzt wieder auf Mörderjagd?"

„Ja, genau."

„Entschuldige, das war ein blöder Spruch. Das passiert mir immer, wenn ich verlegen bin."

Er bewunderte ihre Offenheit. „Mach' dir nicht so viele Gedanken. Im Grunde hast du ja Recht." Er strich ihr eine Haarsträhne hinters Ohr und ließ seine Hand in ihrem Nacken liegen. „Was machst du morgen?"

„Ich habe noch nichts vor."

„Magst du Fußball?"

Sie verzog das Gesicht. „Nicht wirklich. Sag' bloß, du hast eine Dauerkarte für den KSC."

Er lachte. „Ganz so schlimm ist es nicht. Aber Daniel, mein Patenkind, hat ein wichtiges Fußballspiel um drei, und ich habe ihm versprochen, dass ich zum Anfeuern komme."

„Ich weiß nicht so recht, ist es nicht ein bisschen früh, mich in deine Familie einzuführen?"

Er streichelte ihren Hals. „Daniel ist der Sohn von Margareta. Meine Mutter ist nicht dabei, versprochen."

26. Kapitel

Margareta saß gedankenverloren auf einem der Besucherstühle vor dem Schreibtisch und rührte in ihrer Kaffeetasse. Ihr
Gesicht hellte sich auf, als Fassrath hereinkam. „Da bist du ja
endlich."

„Einen wunderschönen guten Morgen, mein Fels in der Brandung!" Er ging zu ihr, legte eine Hand auf ihre Schulter und gab
ihr einen Kuss auf den Kopf.

Margareta lachte und schob ihn mit beiden Händen von sich
weg. „Plumpe Vertraulichkeiten im Dienst? Was ist denn mit dir
los?"

Er antwortete nicht, sondern begann, leise vor sich hin zu
singen. „Gimme, gimme, gimme just a little smile ..."

Sie betrachtete ihn neugierig.

„Das lief vorhin im Radio, als ich unter der Dusche war, und
jetzt krieg' ich's nicht mehr aus dem Ohr."

„Klar." Sie hielt ihm den Ausdruck eines Fotos hin. „Können
wir mal kurz dienstlich werden?"

Fassrath nahm ihr das Blatt aus der Hand. „That's all I ask
of ..." Er brach ab und starrte auf das Foto. Es zeigte einen unter-
setzten dunkelhaarigen Mann Mitte vierzig. Sein einziges Klei-
dungsstück war ein Tanga aus schwarzem Lackleder. Er stand
mit dem Rücken zur Kamera mit gespreizten Beinen vor einer
verspiegelten Wand. An den Handgelenken war er an eine
Stange gekettet, die von der Decke hing und sich über seinem
Kopf befand. Neben ihm stand Sofia Stern in Dominamontur.
Mit der linken Hand riss sie seinen Kopf an den Haaren zurück,
in der rechten hielt sie eine kurze Lederpeitsche.

„Konrad Kess – wer hätte das gedacht. Sieht aus wie ein professionelles Studio." Er legte das Blatt auf den Schreibtisch. „Wo hast du das her?"

„Uri hat es endlich geschafft, die gelöschten Dateien wieder herzustellen. Und ist dabei auf den ‚Konrad-Ordner' gestoßen. Die Bilder sind etwa zwei Monate alt. Uri hat ein paar davon ausgedruckt."

Fassrath setzte sich auf die Schreibtischkante. „Deshalb war Kess so nervös. Anscheinend wusste er nicht, dass Sofia die Bilder gelöscht hat. Vielleicht hat er gedacht, sie will ihn damit erpressen." Er nahm den Ausdruck wieder in die Hand. „Was ist das für ein Fleck am Rand?"

„Mein Kaffee ist übergeschwappt. Muss die Aufregung gewesen sein." Sie stand auf, lief um den Schreibtisch herum und bewegte die Maus. „Und jetzt kommt das Beste. Haben mir gerade die Mannheimer Kollegen geschickt."

Der Bildschirmschoner verschwand, und ein Foto von Benjamin Strasser erschien.

„Strasser ist vorbestraft?" Fassrath rief die nächste Seite auf und überflog ein drei Jahre altes Vernehmungsprotokoll zum Mordfall Henriette Wolff.

Margareta setzte sich auf den Schreibtischstuhl, machte eine Vierteldrehung und sah zu Fassrath hoch, ein triumphierendes Glitzern in den Augen. „Zumindest aktenkundig. Er hat eine Zeitlang als Animateur in einem Luxushotel in der Dominikanischen Republik gearbeitet. Und hat dort großen Eindruck gemacht. Vor allem auf die reiche reife Weiblichkeit."

„Was ist passiert?"

„Die Versuchung war zu groß für ihn. Eine der älteren Damen, eben diese Henriette Wolff hat ihn in ihrem Zimmer erwischt, als er sich gerade ihren Schmuck unter den Nagel reißen wollte. Ihre Freundin konnte sie zwar davon abbringen, ihn anzuzeigen, aber die Hotelverwaltung hat ihn natürlich rausgeschmissen. Und jetzt rate mal, wer ihn unter ihre Fittiche genommen hat."

Fassrath schüttelte den Kopf. „Keine Ahnung, ich nehme an, eine der reichen Ladies, die eine Schwäche für ihn hatte."

„Stimmt genau. Ihr Name war Eleonore Kess. Sie war die Urlaubsbegleitung von Henriette Wolff. Jedenfalls war Strasser völlig abgebrannt. Also hat ihm die alte Kess den Rückflug bezahlt. Sie hat damals noch in ihrer Villa in Mannheim gelebt, die Wolff war ihre Nachbarin."

Fassrath runzelte die Stirn. „Und dann?"

„Eines Morgens fand man sie tot in ihrem Bett."

„Und Strassers Fingerabdrücke auf der Mordwaffe", ergänzte Fassrath.

Margareta schüttelte den Kopf. „Es gab keine Mordwaffe, man ging davon aus, dass der Mörder ihr den Mund zugehalten hat, als sie schreien wollte, und sie erstickt ist. Aber innen auf der Klinke ihrer Schlafzimmertür fanden sie tatsächlich Strassers Fingerabdrücke. Die Mannheimer Kollegen haben ihn auch gleich verhaftet. Und was meinst du wohl, wer ihm für die Tatzeit ein Alibi gegeben hat?"

„Eleonore Kess." Geistesabwesend nahm Fassrath seiner Kollegin die Tasse aus der Hand und trank einen Schluck. „Wie hat er seine Fingerabdrücke auf der Klinke erklärt?"

„Die Kess gab zu Protokoll, dass sie ihre Freundin mit ihm zusammen besucht hätte. Angeblich, weil er sich noch einmal bei ihr entschuldigen wollte. Er hatte ihr sogar Blumen gebracht. Der Fall wurde bis heute nicht aufgeklärt. Vor knapp drei Jahren ist die alte Kess dann nach Karlsruhe gezogen. Strasser hat sich eine günstige Wohnung gesucht, und ihr Sohn hat ihm den Job im LCV besorgt." Margareta stand auf und lief vor dem Schreibtisch auf und ab. „Ich frage mich nur, warum sie das alles getan hat. Ich habe sie kennen gelernt, und ich bin mir ziemlich sicher, dass sie nichts tut, ohne selbst einen Nutzen davon zu haben."

„Was hat ihr Strasser zu bieten?", fragte Fassrath.

„Fragen wir ihn einfach", sagte Margareta munter. „Wenn wir gleich losfahren, erwischen wir ihn noch."

„Wie meinst du das?", fragte Fassrath verblüfft.

„Ich habe mit von Hohensteins Frau telefoniert. Strasser ist im LCV. Er gibt dort einmal die Woche Kurse. Holen wir ihn ab."

„Und du meinst, er kommt so ohne Weiteres mit? Wir haben doch überhaupt nichts gegen ihn in der Hand."

„Doch, haben wir!" Margareta stieß sich mit dem Fuß am Tisch ab und drehte sich auf dem Schreibtischstuhl einmal um sich selbst.

„WAS?"

„Du wirst es nicht glauben."

„Gretchen!"

Sie sagte es ihm.

27. Kapitel

Als sie die Ortseinfahrt von Malsch passierten, setzte leichter Nieselregen ein. ‚Le Corps Vital' lag abseits der Bundesstraße in einer von hohen Kirschbäumen umsäumten ruhigen Sackgasse am Waldrand. Das Grundstück war riesig. An das Hauptgebäude schlossen sich einige voneinander abgetrennte Außenbereiche an, mehrere Tennisplätze und zwei Beach-Volleyball-Felder. Ein Teil des Grundstücks wurde von dichten Hecken begrenzt, die von außen keinen Einblick gewährten, offenbar befand sich dahinter das Außengelände des Saunabereichs.

Fassrath parkte seinen Golf zwischen einem Mercedes-Cabrio und einem silbernen Porsche. Er ließ seinen Blick über die übrigen Fahrzeuge schweifen und seufzte neidisch.

‚Le Corps Vital' war von außen betrachtet ein eher hässlicher Bau, es hatte einen T-förmigen Grundriss, die Außenwände waren hellgrau verputzt. Über dem Haupteingang, der vom Parkplatz abging, prangte in geschwungenen Leuchtbuchstaben in hellem Orange der Name des Fitnesszentrums. Als Fassrath und Margareta darauf zugingen, beobachteten sie, dass sich die Farbe der Schrift veränderte. Die Flügeltüren des gläsernen Portals öffneten sich, und die beiden Ermittler betraten eine geräumige Eingangshalle, deren edle Ausstattung das unscheinbare Äußere des Gebäudes vergessen ließ. Blickfang war ein hübscher kleiner Springbrunnen, in dessen schäumenden Fontänen sich das Farbspiel von draußen fortsetzte. Der Fußbodenbelag bestand aus hellem, mit feinen rosa Äderchen durchzogenem Marmor. An den mit blassgelber Seide bespannten Wänden hingen mannshohe, in Gold gerahmte Gemälde, die sportliche Szenen aus dem antiken Griechenland zeigten. Auf unscheinbaren, kniehohen Sockeln befand sich eine Anzahl ausgewählter Skulpturen. Fassrath erkannte den Diskuswerfer von Myron und Michelangelos David im Kleinformat. Allerdings hielt er keine Schleuder in der Hand, sondern ein echtes Sprungseil. Die nächste Skulptur stellte wieder David dar, dieses Mal beim Seilspringen. Einen Fuß halb aufgesetzt, den zweiten angehoben, sah es wirklich so aus, als ob er das Seil, dessen Enden er locker in beiden Händen hielt, jeden Moment über seinen Kopf schwingen wollte. Fassrath grinste – Michelangelo hätte sich wahrscheinlich im Grab herumgedreht. Auf einer Seite der Halle befanden sich mehrere Sitzgruppen, die aus jeweils fünf weißen Ledersesseln und einem niedrigen Glastisch bestanden. Zwei Männer im Tennisdress hatten sich dort niedergelassen, vor sich zwei mit einer schlammfarbenen Flüssigkeit gefüllte Gläser. Sie sprachen leise miteinander. Der jüngere der beiden klopfte dabei immer wieder mit dem Tennisschläger auf sein Knie.

Fassrath spazierte ohne Eile die Gemäldegalerie entlang, als wäre er ein Museumsbesucher, während Margareta auf den Empfangstresen zusteuerte. Der untere Teil des etwa zehn Meter langen Kastens bestand über seine ganze Länge aus einem riesigen Aquarium, in dem große Schwärme von bunten Fischen in verschiedenen Farben und Formen gemächlich hin und her schwammen. Darüber war eine hell lackierte Holzplatte befestigt. Etwas abgesetzt, im rechten Winkel zum Tresen, stand ein Schreibtisch, an dem ein junges Mädchen vor einem Computerbildschirm saß und ihre Tastatur bearbeitete, als wollte sie einen Schnelltippwettbewerb gewinnen. Sie war völlig konzentriert und schien die Besucherin erst zu bemerken, als ihr Kollege sie begrüßte.

Margareta zeigte dem Mitarbeiter, der hinter dem Tresen stand, ihren Ausweis. Ein schwarzes T-Shirt spannte sich wie eine zweite Haut über seinen muskelbepackten Oberkörper. Knapp unter dem vertrauten Schriftzug ‚Le Corps Vital' hatte er ein Namensschild geheftet, auf dem ‚Mike' stand. Er hatte dichtes schwarzes Haar, das er mit viel Gel gebändigt hatte, und leuchtend blaue Augen, die sie mit professioneller Freundlichkeit musterten. „Kriminalpolizei?", sagte er und warf einen Blick auf Fassrath, der sich mittlerweile der zweiten Davidskulptur zugewandt hatte und sie langsam umrundete. „Ich nehme an, Sie sind nicht hier, um sich um eine Mitgliedschaft zu bewerben?"

Margareta betrachtete ihn amüsiert. „Man muss sich bewerben? Reicht es nicht, wenn man das nötige Kleingeld hat?"

Er lächelte frostig. „Wir haben strenge Kriterien, was die Auswahl unserer Mitglieder betrifft, um ein entsprechend hohes Niveau zu gewährleisten." Es klang wie auswendig gelernt.

„Trifft das auch auf die Auswahl des Personals zu?", erkundigte sich Fassrath. Er hatte sich endlich vom Anblick des seilspringenden Davids losgerissen und war neben Margareta in die Hocke gegangen, um zwei kleine Welse in Augenschein zu nehmen, die sich an der Innenseite der Glasscheibe festgesaugt hatten.

„Selbstverständlich", sagte Mike. „Darf ich den Herrschaften etwas zu trinken anbieten? Einen Red Bull vielleicht?"

Fassrath richtete sich auf und lachte. „Nein danke, ich finde, das Zeug schmeckt wie flüssige Gummibärchen."

„Oder einen ‚LCV Spezial'?"

„Was ist das?"

„Ein Mix aus Molke, frisch gepresstem Karottensaft, einem Schuss Rapsöl und zwei gehäuften Teelöffeln Heilerde."

Als hätte er nur auf sein Stichwort gewartet, kam der Ältere der beiden Tennisspieler auf sie zu und stellte zwei leere Gläser auf den Tresen. „Die reinschde Dreckbrie is des, awwer xund musses jo sei, fer den Preis, un was dut mer net alles fer die Xundheit." Er warf einen Blick auf seine Armbanduhr. „Alla, ich muss los, Meik, mei Studende glaabe sunschd noch, ich kumm heit gar nimmi." Er legte einen Zwanzig-Euro-Schein hin, klopfte zweimal mit den Fingerknöcheln auf den Tresen, als wäre er in seiner Stammkneipe und wollte sich von seinen Saufkumpanen verabschieden, dann nahm er Kurs auf die Umkleideräume.

„Bis morgen, Herr Professor", rief ihm Mike hinterher.

„Hält er seine Vorlesungen auch auf pfälzisch?", erkundigte sich Fassrath.

„Sicher nicht", sagte Mike, „er ist Germanistikprofessor."

„Wo finden wir Benjamin Strasser?", fragte Margareta.

„Ben?" Mike drehte sich um und warf einen Blick auf den gerahmten Kursplan, der über dem Tresen hing. „Er ist noch in seinem Kurs, müsste aber gleich vorbei sein."

„Und wo ist das?"

„Ich bringe Sie hin." Er wandte sich seiner Kollegin zu, die immer noch mit unverminderter Begeisterung in die Tasten hackte. „Janine?"

Sie sah auf, einen verwirrten Ausdruck im Gesicht, als müsste sie sich erinnern, wo sie sich befand.

„Ich bin mal kurz weg."

Fassrath griff nach einem der dünnen Prospekte auf dem Tresen und blätterte es durch. Darin fand sich eine Auflistung der Kursangebote und der zugehörigen Trainer inklusive Fotos. Er faltete es zusammen und steckte es ein

Mike blieb vor einer geschlossenen Tür stehen, die mit Halle 3 gekennzeichnet war. Sie hörten die gedämpften Klänge eines langsamen Klavierstücks.

„Entspannungsphase", sagte Mike.

„Was ist es denn für ein Kurs?", fragte Fassrath.

„Bauch-Beine-Po", sagte Mike. ‚Täte dir auch mal gut', sagte sein Blick.

Die sanfte Melodie verklang und wurde von allmählich lauter werdendem Stimmengewirr abgelöst. Die Tür ging auf, und die ersten Kursteilnehmerinnen verließen die Halle. Es waren ausschließlich Frauen mittleren Alters. Sie trugen teure Sportbodies und Leggins in grellen Farben und dazu passende Schweißbänder um Stirn und Handgelenke. Sie sahen aus, als hätten sie gerade einen Werbespot für einen Aerobic-Kurs gedreht. Jede von ihnen hatte ein weißes Handtuch mit eingesticktem Logo von ‚Le Corps Vital' entweder um den Hals oder über den Arm gehängt. Manche drehten sich noch einmal um und winkten ihrem Trainer zum Abschied. Sie warfen Fassrath, Margareta und Mike neugierige Blicke zu.

Eine der Frauen blieb bei ihnen stehen. „Nanu, was machen Sie denn hier?"

„Frau Hilt?" Die Angesprochene trug einen pinkfarbenen Body über glänzenden Leggins im gleichen Farbton. Ihre hellblonden Haare waren zu einem Pferdeschwanz zusammengebunden, der Haaransatz war dunkel vor Schweiß. Margareta kannte sie von der Weihnachtsfeier, zu der sie ihren Mann begleitet hatte. Sie war eine der erfolgreichsten Scheidungsanwältinnen der Stadt.

„Wollen Sie etwa zu Benny?"

Fassrath und Margareta tauschten einen Blick.

Sie wartete die Antwort nicht ab. „Geht mich ja nichts an. Solange sie dafür sorgen, dass er nächste Woche wieder hier ist."

„Ist er denn so gut?", fragte Fassrath.

„Er ist der Beste." Sie zwinkerte Margareta zu. „Er weiß ganz genau, wo unsere Grenzen sind."

„Klingt wie ein echter Frauenversteher", sagte Fassrath.

Constanze Hilt lachte und schlug Fassrath mit dem Handrücken leicht auf den Bauch. „Kommen Sie doch auch mal in unseren Kurs, Herr Fassrath, täte Ihnen bestimmt gut. Und Sie würden die Männerquote immens steigern."

Fassrath grinste. „Ich überleg's mir. Vielleicht kriege ich einen Zuschuss von der Krankenkasse."

„Gute Idee. Ich muss weiter, ich habe in einer Stunde einen Gerichtstermin." Sie lächelte noch einmal in die Runde, dann machte sie sich auf den Weg.

Mike wartete, bis sie in Richtung der Duschräume verschwunden war, dann betrat er die Halle, die zwei Ermittler im Schlepptau. „Besuch für dich, Ben." Er ließ die beiden stehen und ging wieder zurück zur Eingangshalle.

Strasser, der gerade dabei war, die auf dem Holzschwingboden verstreuten Matten einzusammeln, sah auf. „Keine Straßenschuhe in der Halle." Er kam auf sie zu und wedelte mit der Hand, als wollte er sie zurück in den Flur scheuchen. Als sie nicht zurückwichen, blieb er vor Fassrath und Margareta stehen, und der Schreck des Wiedererkennens stand ihm ins Gesicht geschrieben. „Sie sind von der Kripo. Ich habe Sie neulich abends gesehen, als sie Leo abgeholt haben."

Fassrath nickte. „Und jetzt holen wir Sie ab."

„Wie wär's, wenn Sie sich erst einmal ausweisen würden?", sagte Strasser. Es war offensichtlich, dass er nur Zeit gewinnen wollte.

Sie hielten ihm beide ihre Ausweise entgegen, doch er warf nur einen flüchtigen Blick darauf.

„Fassrath und Sturm, Kriminalpolizei", sagte Margareta. „Wir fahren jetzt zusammen auf unsere Dienststelle und dann unterhalten wir uns ein bisschen."

Strasser verschränkte die Arme und lachte bitter. „Stimmt, hatte ich ganz vergessen. Mit mir kann man's ja machen. Wäre ja schließlich nicht das erste Mal." Er schnaubte verächtlich. „Sie müssen ja ganz schön verzweifelt sein. Ich habe die Frau noch nicht einmal gekannt."

„Möchten Sie einen Anwalt?", erkundigte sich Fassrath.

„Wozu? Ich habe nichts verbrochen."

„Dann haben Sie auch nichts zu befürchten", sagte Margareta. Näher kommende Stimmen ließen vermuten, dass die Teilnehmer des nächsten Kurses bereits im Anmarsch waren. „Wir können uns natürlich auch hier unterhalten, wenn Ihnen das lieber ist."

Strasser sah sie böse an, griff nach einer Sporttasche, die neben der Stereoanlage auf dem Boden stand und zog seine Jeans-Jacke über. „Wir gehen hinten raus."

Als die drei den Flur zu den Büros betraten, kam ihnen Gerhard Brenck mit Putzzeug entgegen. Er zeigte mit dem Schrubber auf die Tür des Vernehmungsraums. „Da würde ich jetzt nicht reingehen. Da drin ist jemand schlecht geworden. Wartet zehn Minuten."

„Was ist mit Verhörraum 2?"

„Da sind gerade die Handwerker drin, wegen des kaputten Fensterrahmens."

Fassrath sah auf seine Armbanduhr. „Okay, gehen wir solange in unser Büro. Möchten Sie einen Kaffee?"

Strasser nickte. „Schwarz, wenn's geht."

„Ich hole Ihnen einen." Margareta ging in die Küche.

Strasser ließ sich auf einen der Besucherstühle fallen. Fassrath stand am Fenster und betrachtete ihn nachdenklich. Der Mann, der sich betont lässig in seinen Stuhl lümmelte, war nicht halb so abgebrüht, wie Fassrath angenommen hatte.

Es klopfte an der Tür. Bevor Fassrath ‚Herein' sagen konnte, wurde sie aufgerissen, und Staatsanwalt Hilt steckte den Kopf ins Zimmer. Er warf einen wütenden Blick auf Strasser. „Herr Fassrath, ich möchte Sie kurz sprechen."

Fassrath sah unschlüssig zu Strasser, der mit unbeteiligtem Gesichtsausdruck aus dem Fenster sah. „Vielleicht sollten wir warten, bis Frau Sturm wieder ..."

„Sofort!"

„Schon gut, ich bin da." Margareta kam ihm entgegen, eine dampfende Tasse in der Hand. Seufzend sah sie den beiden hinterher, dann ging sie ins Büro und schloss die Tür.

Strasser nippte an dem Kaffee und verzog das Gesicht. „Kann ich vielleicht doch einen Schluck Milch haben?"

„Zu stark für Sie?"

„Zu bitter."

„Ich bin gleich wieder da."

Als sie zurückkam, fand sie Strasser genauso vor, wie sie ihn verlassen hatte. Trotzdem hatte sie den Eindruck, dass irgendetwas anders war. Es war etwas in seinem Blick, das sie nicht einordnen konnte. Vielleicht war es die Art, wie er demonstrativ aus dem Fenster sah. Selbst als er die Milchtüte, die sie auf den Schreibtisch gestellt hatte, in die Hand nahm, sah er nur ganz kurz hin und drehte sofort wieder den Kopf weg.

Margareta betrachtete das Chaos auf ihrem Schreibtisch, der mit einem Wust an Papieren und Computerausdrucken übersät war, obenauf lag noch immer das Foto von Kess und Sofia. Sie ging um den Schreibtisch herum, schob die Papiere zusammen, öffnete die obere Schublade und ließ sie hineinfallen. Dann setzte sie sich, rollte mit dem Stuhl ein Stück zurück und schlug die Beine übereinander.

Strasser trank einen Schluck aus der Tasse. Seine Hand zitterte leicht, und er stellte die Tasse auf den Tisch. „Sie machen's ja verdammt spannend!"

Margareta stützte beide Ellbogen auf die Lehnen des Stuhls und legte die Fingerspitzen aneinander. „Wir warten auf meinen Kollegen."

Wenig später kam Fassrath zurück. „Wir können jetzt anfangen, kommen Sie bitte mit, Herr Strasser."

Der schmutzig weiße Linoleumboden im Vernehmungsraum war noch etwas feucht, und es roch nach Putzmittel. Margareta setzte sich Strasser gegenüber, während Fassrath stehen blieb und ihn von der Wand aus beobachtete. Er wusste, dass Staatsanwalt Hilt im Nebenraum hinter der Glasscheibe das Verhör mitverfolgte. Nun gut, es gab nichts zu verbergen.

Margareta nahm die gleiche Sitzposition ein wie gerade in ihrem Büro und betrachtete ihr Gegenüber, ohne etwas zu sagen. Das einzige Geräusch war das Ticken der Wanduhr.

Strasser sah an Margareta vorbei und konzentrierte sich auf den roten Sekundenzeiger, der mit einem leisen Schnarren seine endlosen Kreise über das Zifferblatt zog.

Schließlich schaltete Margareta das Aufnahmegerät ein. „Sie sagen also, Sie haben Sofia Stern nicht gekannt."

Strasser nickte.

„Antworten Sie bitte so, dass wir Sie hören können."

„Ich habe Sofia Stern nicht gekannt."

„Wie erklären Sie sich dann, dass wir Ihre Fingerabdrücke bei ihr gefunden haben?"

Sie konnte förmlich sehen, wie es in seinem Kopf arbeitete. „Das ist völlig unmöglich", sagte er schließlich.

„Sie haben etwas übersehen, als Sie Ihre Spuren verwischt haben", sagte Fassrath gleichmütig, „das kann ja mal vorkommen."

Strasser verschränkte die Arme. „Hören Sie auf mit den Spielchen. Das ist nicht mein erstes Verhör. Wenn Sie wirklich etwas gegen mich in der Hand hätten, säße ich schon längst in Untersuchungshaft."

Margareta schlug eine schmale Mappe auf, die vor ihr auf dem Tisch lag und blätterte darin herum.

„Egal, was Sie gegen mich in der Hand zu haben glauben – da will mir jemand was anhängen. Wäre ja nicht das erste Mal!"

„Sie haben sie gar nicht gekannt, sagen Sie." Sie warf ihm ein paar Fotos hin. „So sah sie aus, als wir sie gefunden haben."

Strasser warf einen Blick auf die Ausdrucke und schluckte. Er war sehr blass.

Es klopfte, und Brenck kam herein und reichte Margareta einen durchsichtigen Plastikbeutel. Sie stellte ihn direkt vor Strasser auf den Tisch. „Wie kommen Ihre Fingerabdrücke auf Sofia Sterns Handtasche, Herr Strasser? Und auf ihren Geldbeutel?"

Strasser warf einen Blick auf die Tasche, sichtlich geschockt, doch dann beobachteten sie verblüfft, wie sich der gehetzte Ausdruck in seinem Blick veränderte und sich in pure Erleichterung verwandelte. Er griff nach einem der Fotos, als müsste er sich Sofias Gesicht noch einmal in Erinnerung rufen, dann lehnte er sich zurück und sah Margareta direkt in die Augen. „Ich habe sie doch einmal gesehen. Ich konnte mich nur nicht mehr daran erinnern."

„Aber jetzt erinnern Sie sich?"

Strasser nickte. „Es ist schon ein paar Tage her, irgendwann nachmittags im P10."

„Wo?"

„Im P10, ach so, das kennen Sie wahrscheinlich nicht, das ist eher was für Jüngere."

„Klären Sie uns auf."

„Es ist eine Art Strandbar auf dem obersten Parkdeck vom Karstadt-Parkhaus. Sie hat nur in den Sommermonaten geöffnet. Ich habe dort einen Cappuccino getrunken, und sie hat mich angesprochen."

„Wie schmeichelhaft für Sie."

„Nein, nicht was Sie denken, sie wollte sich nur meine Zeitung ausleihen. Und dabei ist ihr die Handtasche heruntergefallen. Der Geldbeutel fiel heraus und ein Päckchen Zigaretten. Ich habe die Sachen eingeräumt und habe sie ihr zurückgegeben. Deshalb sind meine Fingerabdrücke drauf." Er grinste boshaft. „In Zukunft werde ich darauf achten, Handschuhe zu tragen."

„Nette Geschichte", sagte Fassrath. „Die Frage ist nur, wer sie uns bestätigt. Frau Stern können wir ja leider nicht mehr fragen." Er stieß sich von der Wand ab, schlenderte zum Tisch hinüber und setzte sich auf die Kante. „Ich nehme nicht an, dass es einen Zeugen gibt?"

„Doch, gibt es. Leonhard von Hohenstein."

Fassrath musste sich bemühen, sich seine Enttäuschung nicht anmerken zu lassen. „Sie haben also Sofia Stern in Begleitung von Leonhard von Hohenstein in dieser Bar getroffen und konnten sich nicht daran erinnern?"

„Fragen Sie Leo", sagte Strasser. „Er hat mich nicht gesehen, die beiden saßen hinter mir in einem Strandkorb, aber ich bin sicher, er hat das Ganze mitbekommen."

„Warum haben Sie ihn nicht begrüßt?"

„Seine Frau ist meine Chefin. Glauben Sie, er hätte sich gefreut, mich zu sehen, wenn er sich gerade mit seiner Freundin trifft?" Er trank den Kaffee aus. „Kann ich jetzt gehen?"

„Wir sind gleich fertig", sagte Margareta. „Sagen Sie uns nur noch, wie Sie den Sonntag verbracht haben."

„Ich habe gearbeitet."

„Im Fitnessstudio?"

„Nein, auf dem Fest, in der Günter-Klotz-Anlage. Ich war bei der Security. Meine Schicht ging von neun bis drei."

„Dann haben Sie ja sicher jede Menge Zeugen", sagte Fassrath.

Strasser trommelte mit den Fingern auf sein Knie. „Fragen Sie Ulrich Schmitt, er hat die Einteilung gemacht."

„Und wie erreichen wir Herrn Schmitt?"

„Über die Security-Firma, bei der ich angestellt bin. Sie nennt sich ‚City-Guard' – ich arbeite schon seit drei Jahren für sie."

„Klingt nach einem lockeren Job", sagte Margareta, „zumindest Sonntagmorgen beim Klassik-Frühstück. Wie fanden Sie denn die Zugabe?"

Strassers Trommeln verstärkte sich. „Keine Ahnung, ich habe nicht darauf geachtet. Ich mache mir nichts aus klassischer Musik. Außerdem war ich hinten am See eingeteilt."

Fassrath ging ins Nebenzimmer, wo Hilt ihn bereits erwartete und trat neben ihn an die Glasscheibe. „Irgendetwas stimmt nicht mit ihm", sagte er, mehr zu sich selbst als zu Hilt. „Ich frage mich die ganze Zeit, was wir übersehen haben."

„Ich kann Sie ja verstehen, Fassrath", sagte Hilt, „Sie kommen nicht weiter und klammern sich an jeden Strohhalm."

„Ich glaube nur nicht an Zufälle", sagte Fassrath.

28. Kapitel

„Was ist das für eine Musik?" Durch das ovale Loch in der Massageliege beobachtete Fassrath eine kleine Spinne, die ohne Eile über die dunklen Holzdielen krabbelte und zwei Sekunden später aus seinem Blickfeld verschwand.

„Kitaro – die soll dir dabei helfen, dich zu entspannen." Er fühlte Hannas warme Hand auf seinem Rücken. „Hast du's bequem?"

„Ich glaube schon, bis jetzt jedenfalls." Seine Stimme klang misstrauisch. „Versprich' mir, dass du kein Foto von mir machst."

Sie lachte. „Warum nicht? Ich finde, die Simpsons machen sich gut auf deinem Hintern. Besonders Maggies Schnuller auf deiner linken Arschbacke ..."

„Ja, was Unterhosen für seinen Patenonkel angeht, hat Daniel einen guten Geschmack. Es war übrigens ein Dreierpack – du solltest mal die beiden anderen sehen."

„Ich freu' mich drauf." Er hörte, wie sie den Verschluss einer Flasche aufdrehte. „Dann wollen wir mal anfangen."

„Was ist das?"

„Das ist Massageöl mit Arnika. Es fördert die Durchblutung."

„Ich hoffe, die Wohnung ist schalldicht."

„Keine Angst, ich werde dir nicht wehtun. Außerdem bin ich ein Profi. Du darfst dich nur nicht verkrampfen."

„Genau, der Hund beißt nicht, nur wenn er merkt, dass du Angst hast."

„Vertrau' mir, Vincent." Sie wärmte das Öl auf ihren Handflächen an und verstrich es auf seinem Rücken. Es war ganz angenehm, und er schloss die Augen. Mit geübten Griffen arbeitete sie sich vorsichtig zu den tieferen Schichten seiner verhärteten Muskulatur vor. Ihre Hände waren sanft, und die meditative Musik tat ihr Übriges. Er fühlte, wie der schmerzhafte Druck in seinem Kopf allmählich nachließ und seine Nackenmuskeln weich und geschmeidig wurden.

„Du bist eine Heilerin", murmelte er.

„Nicht reden." Sie beendete die Massage und breitete eine Decke über ihn. „Bleib' noch fünf Minuten liegen!"

Es klingelte an der Haustür.

„Das muss die Pizza sein." Sie drückte auf den Türöffner, öffnete die Wohnungstür und ging ins Bad, um sich die Hände zu waschen. „Kommen Sie rein und legen Sie sie in die Küche!", rief sie aus dem Bad, „ich bin gleich da."

„Hallo Hanna." Paul lehnte an der Arbeitsplatte, neben sich zwei stark nach Gorgonzola riechende Pappkartons. „Ich habe unten den Pizzaboten getroffen und habe mir erlaubt, ihn zu bezahlen."

Hanna sah ihn verblüfft an. Sie wischte sich die Hände, die immer noch etwas feucht waren, an ihren Shorts ab und verschränkte die Arme. „Okay, was schulde ich dir?"

„Das ist eine gute Frage."

„Fang' bloß nicht so an, Paul." Sie griff nach ihrem Geldbeutel und hielt ihm einen Zwanzig-Euro-Schein entgegen. „Hier, das dürfte wohl reichen." Als er ihr den Schein nicht abnahm, legte sie ihn neben die Pizza auf die Arbeitsplatte.

Er seufzte. „Tut mir leid, Hanna. Ich will doch nur mal mit dir reden. Ich meine, drei Jahre Beziehung wirft man doch nicht so einfach weg."

„Aber genau das hast du getan."

„Du bist ungerecht. Okay, ich habe einen Fehler gemacht. Hast du noch nie einen Fehler gemacht, Hanna?"

Sie schwieg.

„Meinst du vielleicht, ich habe das geplant? Mein Chef hat mir Lena als Assistentin zugeteilt, und wir, na ja, wir haben sehr eng zusammengearbeitet. Über Monate. Und dabei kommt man sich automatisch näher. Und dann ist es einfach passiert."

Hanna nickte. „Über Monate. Und du hast sie nie erwähnt. Du hast mich die ganze Zeit belogen, hast so getan, als ob zwischen uns noch alles in Ordnung wäre, während du schon mit ihr ..." Ihre Stimme zitterte, und sie brach ab.

„Ach hör' schon auf, Hanna. Es gehören immer zwei dazu, wenn es in einer Beziehung nicht gut läuft, das hast du mir doch immer gepredigt. Du hast gewusst, dass ich Harald nicht ausstehen kann, trotzdem hast du dich ständig mit ihm getroffen – es war dir scheißegal, wie ich mich dabei gefühlt habe." Er ging einen Schritt auf sie zu, blieb aber stehen, als sie vor ihm zurückwich. „Ich habe mit ihr Schluss gemacht."

„Warum?"

„Weil die Geschichte nichts zu bedeuten hatte. Sie war nur ein Ausrutscher. Lena ist 21 – sie passt nicht zu mir."

Sie sah ihn ungläubig an. „Hast du ihr das so gesagt? Dass sie nur ein Ausrutscher war?"

Paul strich verlegen mit dem Finger über den oberen Pizzakarton. „Aber du, Hanna, du passt zu mir. Und du liebst mich doch. Gib' uns noch eine Chance."

Hanna schüttelte traurig den Kopf. „Es hat keinen Zweck, Paul. Es ist vorbei."

Erst jetzt schien er den liebevoll für zwei Personen gedeckten Tisch zu bemerken, die Kerzen, die beiden Weingläser. „Mein Gott, das hätte ich mir denken können. Hat er dich rumgekriegt, dieser eingebildete Schmierfink!" Seine Stimme wurde lauter. „Mein Gott, Hanna, du kannst einfach nicht allein sein, nicht wahr? Aber dieser armselige Pisser war schon immer scharf auf dich. Meinst du, ich habe nicht mitgekriegt, wie er dich angesehen hat, wenn er geglaubt hat, du merkst es nicht?" Er schlug mit der Faust an einen der Hängeschränke, und sie hörte das Geschirr darin klirren. „Oder läuft das schon länger mit euch? Hat er dich schon gefickt, als du noch mit mir zusammen warst?

Dann kam dir ja die Geschichte mit Lena gerade recht. Und du konntest die Betrogene spielen und mir ein schlechtes Gewissen machen. Habt euch wohl kaputtgelacht hinter meinem Rücken!"

Mit bemerkenswerter Selbstbeherrschung schaffte es Hanna, ruhig zu bleiben. „Geh' jetzt, Paul. Und nimm' dein Geld mit."

Wieder schlug er mit der Faust auf die Tür, und dieses Mal fiel innen ein Glas um. „Ich gehe nicht, bevor du mir eine Antwort gegeben hast. Das bist du mir schuldig!"

Sie trat einen Schritt vor und ballte die Fäuste. „Raus!"

„Gibt's ein Problem?" Fassrath stand in seiner Simpsons-Unterhose an der Küchentür. Rund um sein Gesicht war ein zwei Zentimeter breiter rötlicher Abdruck von dem Guckloch der Massageliege, seine Haare waren ölig und standen nach allen Richtungen ab.

Paul sah ihn an und lachte ärgerlich. „Wer ist das denn, um Gottes Willen?"

Fassrath verzog keine Miene. „Das wollte ich dich auch gerade fragen."

Wie die beiden Männer sich gegenüberstanden und sich fixierten, erinnerten sie Hanna an zwei Westernhelden, die kurz davor waren, ihre Colts zu ziehen. Sie spürte, wie ein hysterisches Kichern in ihr aufstieg und presste die Lippen zusammen.

Paul zeigte mit dem Finger auf Fassrath und drehte sich zu Hanna um. „Ist das etwa dein Neuer? Diese übergewichtige Witzfigur?"

„Das kommt nur davon, weil ich mit dem Rauchen aufgehört habe", sagte Fassrath gleichmütig und klopfte sich auf den Bauch. „Schokolade statt Zigaretten. Bis Weihnachten habe ich das wieder runter."

Paul schob sich an Hanna vorbei und baute sich wütend vor Fassrath auf. „Willst du mich verarschen?"

Fassrath schüttelte den Kopf und bemühte sich, ernst zu bleiben. „Aber vielleicht willst du dich bei Hanna entschuldigen, bevor du gehst."

Paul atmete heftig. „Bilde dir bloß nichts ein, du blonder Affe." Wieder wandte er sich zu Hanna um. „Ich glaub's einfach nicht – dieser Kerl? Das kannst du doch nicht ernst meinen ..."

Hanna ging zu Paul und zerrte an seinem Arm. „Geh' jetzt endlich."

Fassrath trat zur Seite, und obwohl Paul Hanna körperlich mit Sicherheit überlegen war, ließ er sich von ihr aus der Küche hinausschieben. Im Flur ließ sie ihn los. Er sah elend aus. Ohne ein weiteres Wort verließ er die Wohnung. Sie sah ihm einen Augenblick hinterher, wie er mit hängenden Schultern die Treppe hinunterlief, dann schloss sie mit zitternden Händen die Tür. Sie drehte sich zu Fassrath um, der lässig am Rahmen der Küchentür lehnte und sie aufmerksam ansah. „Musste das sein?"

Er zog die Augenbrauen hoch. „Was meinst du? Wäre es dir lieber gewesen, wir hätten uns geprügelt?"

„Du hättest dich nicht einmischen sollen."

Er verschränkte die Arme. „Er hat rumgebrüllt und um sich geschlagen. Hätte ich warten sollen, bis er anfängt, die Wohnung auseinanderzunehmen? Oder auf dich loszugehen?" Seine Mundwinkel zuckten. „Wobei, so wütend, wie du ausgesehen hast, habe ich ihn wahrscheinlich eher vor dir gerettet."

„Verdammt noch mal, Vincent, glaubst du, das war unser erster Streit? Ich hatte alles im Griff. Aber du musstest ihn ja unbedingt provozieren mit deinem arroganten ‚Gibt's ein Problem'-Gerede! Wie ... wie ... wie ein pubertierender Halbstarker!" Ihre Augen funkelten wütend, und er sah erstaunt, wie sie eine Träne wegblinzelte.

„Was hast du denn, Goldauge?" Er ging einen Schritt auf sie zu und fasste sie an den Schultern.

„Lass' mich einfach in Ruhe." Sie schüttelte seine Hände ab, ging an ihm vorbei ins Schlafzimmer und schloss die Tür hinter sich.

Fassrath beobachtete, wie die heruntergedrückte Türklinke wieder in ihre ursprüngliche Position zurücksprang. Wie alle

Türklinken in Hannas Altbauwohnung bestand sie aus blank poliertem Messing und hatte einen kleinen Schnörkel am Ende. Die hohen Türen waren weiß gestrichen. Fassrath mochte Hannas Wohnung. Sie passte zu ihr. Keine Staubfänger und nichts Plüschiges, aber ein paar ausgesuchte Möbelstücke, ein gemütliches Ecksofa und eine Menge Grünpflanzen. Er strich gedankenverloren über den rauen Stamm einer fast zwei Meter hohen Yucca-Palme, die in einer Ecke des Flurs stand. Er wollte nichts mehr als Hanna hinterhergehen und sie in die Arme nehmen, aber er wusste, dass es klüger war, ihren Wunsch zu respektieren. Vielleicht hatte sie Recht, und er hätte sich nicht einmischen müssen. Aber spätestens, als er gehört hatte, wie Paul sie bat, zu ihm zurückzukommen, hatte er es nicht mehr ausgehalten. Geistesabwesend griff er sich in den frisch massierten Nacken. Er fühlte sich an wie eine Ölsardine.

Zehn Minuten später stieg er aus der Dusche, rubbelte sich die Haare trocken und schlang sich das Handtuch um die Hüfte. Seine Klamotten waren im Schlafzimmer, und er wusste nicht, ob er dort jetzt willkommen war. Er schlenderte in die Küche, hob den Deckel des obersten Pizzakartons an und stellte fest, dass die Pizza inzwischen kalt war. Er schenkte sich ein Glas Rotwein ein und trank einen Schluck. Keine gute Idee. Der Alkohol stieg ihm sofort zu Kopf. Sie waren spät aufgestanden und hatten das Frühstück ausfallen lassen. Er überlegte kurz, ob er den Backofen anschalten sollte, um die Pizza aufzuwärmen, entschied sich aber dagegen. Vielleicht wartete sie ja darauf, dass er ging. Aber sie wäre bestimmt nicht begeistert, wenn er sich zur Erheiterung ihrer Nachbarn im Lendenschurz auf die Suche nach seinem Auto machen würde, das er irgendwo in der Nähe geparkt hatte.

Er klopfte an die Schlafzimmertür, wartete einen Moment und trat schließlich unaufgefordert ein.

Hanna lag angezogen auf dem Bett und starrte an die Decke.

„Entschuldige, ich bin gleich weg, ich wollte nur meine Sachen ...“

„Er hat mich monatelang belogen“, sagte sie.

Fassrath hängte das nasse Handtuch über einen Stuhl und zog seine Hose an.

„Ich meine, wie geht so was?“

Er ging um das Bett herum und setzte sich zu ihr auf die Kante.

Sie drehte sich zu ihm und stützte den Kopf in die Hand. Ihre Augen waren trocken. „Weißt du, auf diese Lena bin ich noch nicht einmal wütend. Sie ist halb so alt wie Paul und hat sich von seinem Charme einwickeln lassen. Wer weiß, ob er ihr überhaupt von mir erzählt hat. Und auch ihm hätte ich die Sache mit Lena vielleicht verzeihen können. Wenn es wirklich nur ein Ausrutscher gewesen wäre und er es mir auch gleich gesagt hätte.“

Fassrath sagte nichts. Sein Herz zog sich schmerzhaft zusammen. Was, wenn er für Hanna nur ein Trostpflaster war? Er wollte sich weigern, diesen Gedanken zu Ende zu denken. Doch wie von selbst schob sich das Bild von Hanna und Paul als glücklich wiedervereintes Paar in sein Bewusstsein.

Sie seufzte. „Na ja, vielleicht auch nicht. Ich kapier' einfach nicht, wie er sich mir gegenüber monatelang verstellen konnte. Und ich hatte so ein schlechtes Gewissen. Als ich dich kennen gelernt habe, war ich noch mit Paul zusammen, und ich konnte es erst gar nicht einordnen, was das zwischen uns war.“ Sie sah nach unten und zupfte an der Bettdecke.

Fassrath schluckte. „Weißt du es denn jetzt?“ Er hatte Angst vor ihrer Antwort und sah ebenfalls auf die Bettdecke.

Hanna setzte sich auf und rutschte zu ihm heran. „Ich weiß es, seit du mit mir Achterbahn gefahren bist.“ Sie strich ihm über die feuchten Haare. „Ich möchte eine Abmachung mit dir treffen, Vincent.“

„Was immer du willst.“ Er nahm ihre Hand und drückte einen Kuss auf die Innenfläche.

„Ich meine es ernst. Ich möchte, dass wir uns versprechen, immer ehrlich miteinander zu sein." Sie sah ihm in die Augen, und er spürte, wie sich seine Zweifel verflüchtigten. „Oder es zumindest zu versuchen."

Er nickte. „Einverstanden. Apropos Achterbahn ..."

„Sag' bloß, ich habe dich von deiner Angst geheilt!"

„Noch nicht ganz. Aber, was hältst du davon, wenn wir uns morgen Abend das Feuerwerk anschauen?"

„Ich denke, du magst keine Rummelplätze?"

Er grinste. „Manche Dinge ändern sich."

29. Kapitel

Kylie hätte nicht gedacht, dass der Tod seines Starmodels ihren Chef so mitnehmen würde. Kess saß schon seit zwei Stunden in seinem Büro und starrte auf den Bildschirm des PCs. Als sie ihm einen Cappuccino brachte, gelang es ihr, einen Blick darauf zu erhaschen. Hastig bewegte er die Maus, und eine Excel-Tabelle schob sich über das Foto von Sofia Stern.

„Kannst du nicht anklopfen, verdammt noch mal!" Seine Stimme klang gereizt und gleichzeitig unendlich müde.

„Ich habe sogar zweimal geklopft, aber wahrscheinlich waren Sie so in Gedanken, dass ..."

„Schon gut." Er sah auf und nahm Kylie die Tasse aus der Hand.

Kurze Zeit später klingelte das Telefon.

„Was ist denn schon wieder? Ich habe doch gesagt, du sollst keine Gespräche durchstellen."

„Sorry, Chef, da ist so ein Typ dran von einem großen Versandhaus. Er hat den Geschäftsführer verlangt."

„Dann gib' ihm einen Termin – mein Gott, wozu habe ich dich denn eingestellt!"

Kylie atmete tief durch. „Er hat gesagt, es geht um einen größeren Auftrag, und er ist gerade dabei, in Frage kommende Agenturen zu sondieren – er will keinen Termin, er will sofort mit Ihnen sprechen oder die Sache ist für ihn erledigt."

„Welche Firma?"

„Ich habe den Namen nicht richtig verstanden, aber ich glaube, das könnte ein richtig dicker Fisch sein. Und der Agentur geht's doch nicht so gut, jetzt wo Sofia nicht mehr da ist, und ..."

„Okay, von mir aus. Wie heißt er denn?"

„Egon Müller."

Kess nahm den Hörer in die linke Hand und griff mit der rechten nach einem Bleistift.

„Hier spricht Konrad Kess. Guten Tag, Herr Müller, was kann ich für Sie tun?"

„Kommen wir gleich zur Sache. Es geht um Sofia Stern." Die Stimme des Anrufers war ein heiseres Flüstern.

Kess drückte den Bleistift so fest auf das Papier, dass die Spitze abbrach. „Hören Sie, falls Sie von der Presse sind, dann ..."

„Ich bin nicht von der Presse", unterbrach ihn Müller. „Ich möchte Ihnen ein Geschäft vorschlagen."

„Da bin ich aber gespannt."

„Da ich mittlerweile weiß, wie nah Ihnen der Tod von Frau Stern gegangen sein muss, würde ich Ihnen gern ein Erinnerungsstück überlassen."

Kess fing an zu schwitzen. „Wer sind Sie?"

„Das tut nichts zur Sache. Durch einen glücklichen Zufall bin ich in den Besitz eines – sagen wir mal – äußerst delikaten Fotos gekommen. Wer hätte gedacht, dass Sie so einen süßen Knackarsch in Ihren Anzughosen verstecken."

Kess spürte Panik in sich aufsteigen. Er fuhr sich mit der Hand über das Gesicht und versuchte, ruhig durchzuatmen. „Wo haben Sie das her?"

Der Anrufer lachte leise. „Wenn ich Ihnen das verraten würde, würden Sie es mir nicht glauben. Sagen Sie mal, Herr Kess: Wer versohlt Ihnen denn jetzt den Hintern?"

„Also gut – ich gebe Ihnen 5.000 Euro. Wo treffen wir uns für die Übergabe?"

„Sie sind ein Witzbold, Herr Kess. Legen Sie noch 15.000 Euro drauf, sonst geht das Bild an die Presse. Ich sehe schon die Schlagzeile vor mir: ‚Liebeskranker Millionenerbe enthüllt seine geheimsten Begierden.' Was wohl Ihre Mutter dazu sagen würde? Kommen Sie heute Abend um zehn zum Riesenrad."

„Sie sind verrückt. Wo soll ich bis heute Abend so viel Geld hernehmen?"

„Plündern Sie die Kaffeekasse. Ach noch was, kleine Scheine, Zehner und Zwanziger. Und keine Tricks. Dass es äußerst unklug wäre, die Polizei einzuschalten, muss ich Ihnen ja wohl nicht sagen."

Es klickte in der Leitung. Langsam ließ Kess den Hörer sinken. Er schaltete den PC ab, stand auf und verließ das Büro.

Kylie sah ihn erwartungsvoll an. „Und? Haben Sie ihn an Land gezogen?"

Bevor er antworten konnte, piepste sein Handy. Das Fotosymbol, das den Erhalt einer MMS ankündigte, blinkte. Er wurde noch blasser, als er ohnehin schon war.

„Chef? Alles in Ordnung?" Kylie erschrak, als sie seinen gehetzten Blick sah.

„Ja. Ja, alles okay. Das ist nur die Hitze." Er brachte sogar ein Lächeln zustande. „Hör' zu, Kylie, ich nehme mir morgen frei. Sei so nett und lege meine Termine um oder frage Martin, ob er sich drum kümmern kann." Er nickte ihr zu und lief die Treppe hinunter. Erst als er das Gebäude verlassen hatte, öffnete er die MMS. Er blieb mitten auf der Straße stehen und starrte auf das Foto. Ein Fahrradfahrer, der nicht mehr rechtzeitig ausweichen konnte, rempelte ihn im Vorbeifahren an. Er spürte weder den Schmerz am Arm, wo ihn die Lenkerstange gestreift hatte, noch hörte er das laute Fluchen des erschrockenen Jungen. Erst als es hinter ihm hupte, setzte er seinen Weg zur anderen Straßenseite fort.

Der Anrufer wischte sich den Schweiß von der Stirn. Das war besser gelaufen, als er gedacht hatte. 20.000 Euro waren viel Geld für ein peinliches Foto, aber Kess war ein reicher Mann und würde keine Schwierigkeiten machen.

Der hässliche Klingelton seines zweiten Handys ließ ihn zusammenzucken.

„Ja?"

„Ihre Papiere sind fertig – kommen Sie um halb zehn in mein Büro."

„Kann ich etwas früher kommen? Ich habe noch einen anderen Termin."

„Halb zehn." Sein Auftraggeber legte auf.

Strasser drückte auf den Klingelknopf und lehnte sich an die gläserne Eingangstür. Erstaunt bemerkte er, dass sie offen war, drückte sie mit der Schulter auf und betrat das durch einen etwas zu protzigen Kronleuchter erhellte Foyer. Der Empfang war nicht besetzt. Es roch leicht nach Desinfektionsmitteln. Überall herrschte peinliche Sauberkeit. In den hellen Bodenfliesen konnte man sich spiegeln. Mit einem leisen Pling öffnete sich die Fahrstuhltür, und eine dicke Türkin schob einen vollen Putzwagen in die Eingangshalle. Den dünnen schwarzen Kabeln zufolge, deren Enden unter ihrem Kopftuch verschwanden, hatte sie einen MP3-Player in der Tasche ihrer Kittelschürze. Sie summte leise vor sich hin. Es klang verdächtig nach ‚Männer sind Schweine'. Schwungvoll rollte sie ihren Wagen auf Strasser zu und sah erst auf, als sie direkt vor ihm stand. Sie zuckte zusammen und schaltete hastig den MP3-Player aus.

Strasser hob beschwichtigend die Hände. „Tut mir leid, ich wollte Sie nicht erschrecken."

Sie nickte heftig, zeigte erst auf den Putzeimer und dann nach oben. „Vorsichtig sein, noch alles nass." Sie ging an ihm vorbei und verschwand mitsamt ihrem Wagen hinter einer der Türen, die vom Empfang abgingen. Wenig später kam sie zurück. Sie hatte die Kittelschürze abgelegt und trug jetzt einen leichten Sommermantel, der bis unter das Kinn zugeknöpft war und fast bis auf den Boden reichte. Eilig verließ sie das Gebäude.

‚Dr. Eberhard Hoffmann, Rechtsanwalt und Notar' stand in goldenen Lettern auf einem blankpolierten Schild, das neben der Eingangstür zu Hoffmanns Büro im ersten Stock hing. Strasser warf einen verächtlichen Blick darauf und klopfte an die Tür. Auch sie war nicht verschlossen.

„Jetzt kommen Sie schon herein, ich habe nicht den ganzen Abend Zeit." Die Stimme des Anwalts klang ärgerlich.

Strasser sah auf die Uhr, es war zwei Minuten vor halb. Er schluckte eine scharfe Erwiderung hinunter, durchquerte das verwaiste Vorzimmer, betrat das Büro und ließ sich unaufgefordert in einen abgewetzten Ledersessel fallen, der schräg vor dem riesigen Mahagonischreibtisch stand. Dahinter saß Dr. Hoffmann auf einem hohen Lehnstuhl, als wäre es ein Thron.

„Ich glaube, ich muss mir eine neue Sekretärin suchen", begann er, „die dumme Gans hat schon wieder vergessen, die Tür abzuschließen."

Das Telefon klingelte, und Hoffmann nahm ab. Er hörte eine Weile zu und ließ dabei Strasser nicht aus den Augen. „Ich denke auch, dass das die beste Lösung ist", sagte er schließlich, „du kannst dich auf mich verlassen. Ich rufe dich an, wenn die Sache erledigt ist." Er legte auf, griff nach einer kunstvoll geschliffenen gläsernen Karaffe und goss sich etwas von der bernsteinfarbenen Flüssigkeit in ein Whiskyglas. Strasser bot er nichts an. „Handy", sagte er und streckte die Hand aus.

Strasser legte es auf den Tisch. „Geben Sie mir jetzt meine Papiere und den Rest des Geldes, ich bin in Eile."

Der Anwalt sah ihn erstaunt an. „Welchen Rest?"

„Das wissen Sie genau. Sie haben sich nicht an die vereinbarte Summe gehalten. Also geben Sie mir das Geld, oder ich lasse die ganze Sache auffliegen."

„Klar, das glaube ich Ihnen sofort. Sie sind doch der, der am tiefsten drinhängt."

„Sie können es ja drauf ankommen lassen."

Dr. Hoffmann schwenkte den Whisky in seinem Glas. Ein unangenehmes Lächeln kräuselte seine Lippen. Ohne Vorwarnung holte er aus und schüttete Strasser den Whisky ins Gesicht.

Strasser sprang auf. „Sind Sie verrückt geworden?" Er rieb sich die Augen, in denen der Alkohol brannte. Als er wieder klar sehen konnte, blickte er in die Mündung einer Pistole.

Die Hand, die sie hielt, war vollkommen ruhig. „Glauben Sie wirklich, ich lasse mich von Ihnen erpressen?"

Strasser wurde schlecht. „Hören Sie auf mit dem Scheiß!"

Dr. Hoffmann erhob sich ebenfalls, ging um den Schreibtisch herum und auf Strasser zu, bis die Mündung der Pistole dessen Brust berührte. „Hier müsste doch das Herz sein, oder? Falls Sie überhaupt eines besitzen." Seine Stimme klang jetzt wütend. „Sie wollen mehr Geld für einen Job, den Sie so schlecht erledigt haben, dass alles schief gegangen ist?"

„Es war ein perfekter Plan", sagte Strasser, bemüht, den aufsteigenden Brechreiz zu unterdrücken. „Ich konnte nicht wissen, dass der Vampir schon gefasst war. Außerdem hatte ich doch alles mit Ihnen besprochen. Und Sie waren einverstanden. Sie haben mir sogar den Rollstuhl besorgt."

„Ihr Fehler war, dass Sie zu lange gewartet haben", sagte Hoffmann, „und das wissen Sie genau."

„Ich musste den richtigen Zeitpunkt abwarten. Meinen Sie mir hat es Spaß gemacht? Sie war eine wunderschöne Frau."

„Ja, das war sie. Und jetzt ist sie tot."

Strasser sah voller Angst auf die Pistole an seiner Brust. „Das war sie eben am Telefon, nicht wahr? Hat sie gesagt, Sie sollen mich umbringen?"

Wieder dieses unangenehme Lächeln, das Strasser einen kalten Schauder über den Rücken jagte. „Was denken Sie von mir, ich bin doch kein Mörder." Die Mündung der Waffe beschrieb kleine Kreise auf Strassers Brust. „Aber ich hätte keine Skrupel, einen Einbrecher in Notwehr zu erschießen."

Strasser fuhr sich mit der Zunge über die Lippen. „Das ist nicht nötig. Sobald ich den Pass habe, bin ich weg. Vergessen Sie von mir aus das Geld." Ein Schluchzen stieg aus seiner Kehle herauf, und er drückte sich die Faust in den Mund.

Dr. Hoffmann trat einen Schritt zurück und ließ die Waffe sinken. „Setzen Sie sich!"

Strasser tastete nach hinten, bis er die Armlehne des Sessels zu fassen bekam und ließ sich langsam hinein sinken. Seine Beine zitterten. „Ein neues Leben ...", flüsterte er, „das war der einzige Grund, mich überhaupt darauf einzulassen."

Hoffmann warf ihm einen angewiderten Blick zu. „Mein Gott, Strasser, was sind Sie bloß für ein Jammerlappen! Und hören Sie mit diesem Gerede von einem neuen Leben auf. Seit man Sie damals beinahe eingebuchtet hat, geht Ihnen doch der Arsch auf Grundeis. Frau Kess hat Ihnen den Hals gerettet, finden Sie nicht, dass da ein bisschen Dankbarkeit angebracht wäre?"

„Dankbarkeit!" Strasser spie das Wort nur aus wie eine faule Frucht. „Sie hat mich doch überhaupt erst dazu getrieben. Greifen Sie zu, Ben, die Alte wird es noch nicht einmal merken. Sie hat ihre sogenannte Freundin gehasst, wussten Sie das?"

„Aber Sie hat Ihnen sicher nicht gesagt, dass Sie sie umbringen sollen."

„Ach, hören Sie doch auf, Sie wissen genau, dass ich ihr einen Gefallen getan habe. Außerdem war es ein Unfall. Ich wollte nur, dass sie aufhört zu schreien." Er verschränkte seine Hände, bemüht, das Zittern zu unterdrücken. „Diese alte Hexe. Sie hat mich keinen Tag vergessen lassen, dass sie nur ihre Aussage, dass ich zur Tatzeit mit ihr zusammen war, zurückziehen muss, damit ich lebenslänglich in den Knast wandere."

„Kommen Sie schon, Strasser. Sie vergessen, was sie alles für Sie getan hat." Der Anwalt griff in die Schublade seines Schreibtischs und warf Strasser einen Umschlag zu. „Hier haben Sie Ihren Pass. Und noch mal 10.000 Euro Taschengeld. Weil Sie es sind." Er hob wieder die Pistole. „Aber bevor Sie gehen, werden Sie noch etwas für mich aufschreiben."

Fünf Minuten später nahm er Strasser das unterschriebene Blatt Papier aus der Hand und las es noch einmal durch.

Den Stift so fest umklammernd, dass seine Fingerknöchel weiß hervortraten, hatte Strasser mit gesenktem Kopf das Geständnis niedergeschrieben, das ihm Dr. Hoffmann diktiert hatte. Sein T-Shirt war durchgeschwitzt, der angetrocknete Whisky spannte wie eine klebrige Maske auf seinem Gesicht. Er zuckte zusammen, als er die Hand des Anwalts auf seiner Schulter spürte.

„Jetzt sind wir quitt. Entspannen Sie sich, Ben." Er nahm ein zweites Whiskyglas von einem Teewagen, der neben dem Schreibtisch stand, schenkte es voll und drückte es seinem Gast in die Hand.

Strasser nahm es ihm ab, stand auf und trank es in einem Zug leer. Erleichterung durchflutete ihn wie ein warmer Sommerregen. Dr. Hoffmann hatte sein Geständnis, na, wenn schon. Er würde es nicht verwenden. Er, Strasser, würde in zwei Tagen am Strand liegen. Er würde sich ein völlig neues Leben aufbauen und die Albträume, die ihn seit Sofias Tod jede Nacht quälten, würden aufhören. Er atmete tief durch und schloss für einen Moment die Augen.

Ein kurzes, hartes Klicken riss sie ihm wieder auf. Dr. Hoffmann hatte die Waffe entsichert.

„Was … ?" Entsetzt sah er, wie sich der Finger des Anwalts am Abzug spannte.

„Ich hab's mir anders überlegt. Sicher ist sicher."

30. Kapitel

Kess sah nervös auf die Uhr. Auf dem Weg zum Riesenrad drängte er sich an Scharen teilweise angetrunkener Jugendlicher vorbei. Der Geruch von gebrannten Mandeln, Zuckerwatte und Popcorn lag in der Luft und verursachte ihm Übelkeit. Am Riesenrad angekommen, ging er zur Kasse und kaufte sich ein Ticket. Die Aktentasche mit den 20.000 Euro an sich gepresst, ging er langsam auf und ab. Er hatte nicht die Absicht, einen Koffer voller Geld gegen ein fragwürdiges Versprechen einzutauschen. Er würde ihn jederzeit wieder erpressen können. Jetzt musste Kess erst einmal herausfinden, mit wem er es zu tun hatte. Um dann eine Möglichkeit zu finden, ihn unschädlich zu machen. Er steckte die Hand in die Tasche seines Jacketts. Seine schweißfeuchten Finger glitten über das kühle Metall, und obwohl er sich der Lächerlichkeit seiner Waffe bewusst war, wurde er ein bisschen ruhiger. Er setzte sich schließlich auf die metallene Treppe. Es war fünf nach zehn. Der Mistkerl ließ ihn warten. Wahrscheinlich beobachtete er ihn schon längst.

Ein paar Meter entfernt von ihm schlenderten zwei Streifenpolizisten vorbei, ein Mann und eine Frau. Sie wirkten völlig entspannt und schienen sich angeregt zu unterhalten. Die Frau hielt einen angebissenen, in Schokolade getauchten Apfel am Spieß in der Hand. Sie hielt ihn ihrem Kollegen hin, doch der schüttelte den Kopf und lachte.

Kess wandte angewidert den Blick ab. Er hatte schrecklichen Durst, doch er traute sich nicht, seinen Posten zu verlassen.

Fassrath stieg aus der Berg- und Talbahn aus und streckte Hanna die Hand hin. „Hör' auf zu jammern und komm'!"

„Du hast mich fast erdrückt."

„Du wolltest ja unbedingt außen sitzen", sagte Fassrath. „Warum suchst du dir immer solche Höllengefährte aus?"

„Ich weiß auch nicht. Auf zur Achterbahn."

Er schüttelte lachend den Kopf. „Nein, Goldauge, da bringst du mich nicht noch mal rein. Aber ich bleibe gern unten stehen und winke dir zu."

Sie legte die Arme um seinen Hals. „Sei doch nicht so langweilig." Die neongrüne Leuchtschrift der Wurfbude hinter ihnen spiegelte sich in ihren Augen.

„Ich weiß, du bist nur mit mir zusammen, weil ich so eine gute Partie bin." Er küsste sie. „Komm', ich kauf' dir eine Tüte Magenbrot."

„Lieber eine Bratwurst."

„Die musst du dir selbst kaufen. Wie wär's mit Pommes?"

Hand in Hand gingen sie weiter auf der Suche nach dem nächsten Imbissstand. Als sie am Riesenrad vorbeikamen, sah Fassrath Kess auf den Stufen sitzen. Er drehte sich um und zog Hanna weiter.

„Was ist denn?"

„Ich habe jemanden gesehen, der etwas mit dem Tod von Sofia Stern zu tun haben könnte. Und er verhält sich verdächtig."

Hanna sah über die Schulter. „Wieso, was tut er denn?"

„Nicht hinsehen, geh' einfach weiter." Fassrath sah sich um. „Da vorn gibt's Pommes. Bestell' uns doch schon mal welche. Ich bin gleich wieder da." Er drückte ihre Hand und fiel in Laufschritt.

Hanna sah ihm nachdenklich hinterher. Er war ganz in seinem Element. Sie war sich sicher, dass er sie in diesem Moment vollkommen vergessen hatte. Er würde sich erst wieder an sie erinnern, wenn er das, was er dachte, erledigen zu müssen, erledigt hatte, was auch immer es sein mochte.

Sie dachte an den Samstagnachmittag, den sie zusammen auf dem Sportplatz verbracht hatten. Obwohl sie dem Zusammentreffen mit Vincents Freunden mit gemischten Gefühlen entgegengesehen hatte, hatte sie schnell gemerkt, dass sie sich keine Sorgen hätte machen müssen. Margareta und Michael hatten sie ganz selbstverständlich als Vincents neue Freundin aufgenommen, und auch Daniel hatte sich so sehr über Vincents Kommen gefreut, dass er dessen Begleitung großzügig akzeptiert hatte. Nach dem Spiel, das unentschieden ausgegangen war, waren sie alle zusammen Eis essen gegangen. Daniel, der zwar selbst kein Tor geschossen, aber – und da waren sich alle einig – maßgeblich an der Vorlage beteiligt gewesen war, die den Ausgleich zum 1:1 ermöglicht hatte, wollte unbedingt die wichtigsten Spielzüge noch einmal durchsprechen. Hanna hatte alle ihre Kenntnisse heraus gekramt, die sie im Laufe ihres Zusammenlebens mit Paul, einem glühenden Bayern-München-Fan, gesammelt hatte.

Vincent hatte gespannt beobachtet, wie sich zwischen Hanna, seinem Patenkind und Michael eine heftige Diskussion über eine vermeintliche Fehlentscheidung des Schiedsrichters entwickelt hatte. Als sie sich verabschiedeten, hatte Daniel sie gebeten, doch bitte auch zu seinem nächsten Spiel zu kommen.

Fassrath hatte die beiden Polizisten eingeholt und tippte dem linken auf die Schulter. Sie drehten sich gleichzeitig um.

„Was macht ihr denn hier?", fragte er verblüfft.

„Wir tun unserer alten Dienststelle einen Gefallen", sagte Maria Walther, „die Hälfte der Kollegen hat die Sommergrippe, und wir ..."

Fassrath betrachtete die beiden kopfschüttelnd. „Weiß Schatz Bescheid?"

„Natürlich", sagte Engermann schnell, „okay, wir haben nicht selbst mit ihm gesprochen, aber ..."

„Schon gut, so genau will ich's gar nicht wissen. Außerdem ist es gar nicht so schlecht, dass ihr hier seid."

„Wir haben allerdings bald Feierabend", sagte Engermann und grinste.

„Da würde ich mich mal nicht drauf verlassen", sagte Fassrath trocken. Er sah Marias Schokoapfel an, als wollte er ihn verhaften. „Was haben Sie da?" Seine Stimme klang streng. „Drogen im Dienst?"

Maria errötete leicht. Sie hatte einen blonden Wuschelkopf und Sommersprossen. In einem ihrer Mundwinkel klebte etwas Schokolade. Sie sah aus wie sechzehn. Fassrath wusste, dass sie dreiundzwanzig war, sie war das Küken auf der Dienststelle. „Aber das ist doch nur ..." Sie merkte, dass er Spaß machte und grinste unsicher.

Fassrath grinste zurück. „Denkt immer daran, dass ihr Vorbildfunktion habt." Er wurde wieder ernst. „Ihr müsst mir einen Gefallen tun. Vor dem Riesenrad sitzt Konrad Kess mit einer Aktentasche auf der Treppe. Er ist ein Tatverdächtiger im Fall Stern. Sieht aus, als würde er auf jemanden warten. Ich möchte wissen, auf wen und warum. Ihr lasst ihn nicht aus den Augen. Ich bin gleich dort drüben am Pommesstand, aber ich möchte nicht, dass er mich sieht. Wenn irgendetwas passiert oder er weggehen sollte, ruft ihr mich auf meinem Handy an. Alles klar?"

Engermann war kurz davor zu salutieren. „Klar Chef, Sie können sich auf uns verlassen."

„Ach, und ... Frau Walther ... ?"

Sie drehte sich um. „Ja?"

„Ich passe solange auf Ihren Apfel auf. Ist vielleicht besser, wenn Sie die Hände freihaben."

Er sah den beiden hinterher. Wie jung sie waren! Er könnte fast ihr Vater sein. Engermann war auch nur zwei oder drei Jahre älter als Maria. Fassrath überlegte kurz, ob er gern mit ihm tauschen würde, die letzten fünfzehn Jahre noch einmal zurückdrehen, und es vielleicht besser machen. Dann dachte er an Hanna, und die melancholische Stimmung verflog. Nein, er wollte ganz bestimmt nicht tauschen.

Als er zurückkkam, fischte sie gerade die letzten Pommes aus der Tüte. Er sah enttäuscht zu, wie sie im Mund verschwanden.

„Mmmh." Sie leckte sich das Salz von den Lippen.

„Wo sind meine?"

„Ich wusste ja nicht, ob du wieder kommst."

„Ich komme immer wieder." Er warf einen Blick auf den Schokoapfel, dessen Fruchtfleisch sich schon leicht bräunlich zu verfärben begann. „Ach, was soll's", murmelte er und biss hinein.

„Wo hast du den her?"

„Den habe ich bei meiner Kollegin konfisziert. Er würde sie nur bei der Arbeit behindern."

„Und, wie schmeckts?"

Er nahm noch einen Bissen. „Golden Delicious, und irgendeine Billigschokolade, die wahrscheinlich schon zwanzigmal eingeschmolzen worden ist." Er warf den Rest des Apfels in einen Abfallbehälter und seufzte. „Ich muss eventuell heute Abend noch arbeiten, könnte länger dauern. Tut mir leid, ich weiß, wir wollten …"

„Kein Problem. Du musst dich für deine Arbeit nicht entschuldigen. Ich weiß, dass dir dein Beruf sehr wichtig ist, und das finde ich gut."

„Wer bist du – Mutter Teresa?" Er hatte einen Witz machen wollen, aber er hörte selbst die Bitterkeit in seiner Stimme.

„Nein, aber ich bin auch nicht deine Exfrau."

Er presste die Lippen zusammen und sah an ihr vorbei.

„Tut mir leid. Das hätte ich nicht sagen sollen. Ich sehe mir noch das Feuerwerk an, und dann fahre ich nach Hause." Sie wandte sich zum Gehen. „Ich ruf' dich morgen an."

Er griff nach ihrer Hand und zog sie an sich. „Mir tut's auch leid."

Ein paar Jugendliche, die direkt neben ihnen ihre Pommes verdrückten und die Szene beobachteten, stießen sich an und kicherten. Einer von ihnen, ein gutaussehender Achtzehnjähriger und offenbar der Anführer, machte einen Witz, und die anderen lachten anerkennend. Ein etwa sechzehnjähriges Mädchen mit einem kaum verheilten Nasenpiercing warf ihm einen sehnsüchtigen Blick zu. Ihre Augen leuchteten, als er sie ansah und ihr zuzwinkerte.

Fassrath bekam davon nichts mit. Er hatte sein Gesicht in Hannas Haar vergraben und hielt sie so fest, als hätte er Angst, sie würde ihm davonlaufen, wenn er seinen Griff lockerte. Er hob den Kopf und sah ihr in die Augen. „Du hast da einfach einen wunden Punkt getroffen."

„Ja, ich weiß, das wollte ich nicht, aber das wird uns noch öfter passieren." Sie fuhr mit dem Zeigefinger die kleine Narbe an seiner Augenbraue nach. „Ich habe auch ein paar davon."

Er lächelte. „Das ist sehr beruhigend." Sein Handy meldete sich, und Fassrath lief los. Er hatte ihr gar nicht richtig auf Wiedersehen gesagt. Er würde es wieder gutmachen.

Maria kam ihm entgegen. „Er hat immer wieder auf die Uhr gesehen, dann ist er aufgestanden und gegangen – Richtung Geisterbahn. Jürgen ist hinter ihm her."

„Hat er euch bemerkt?"

„Ich glaube nicht. Er sah ziemlich verzweifelt aus."

„Gute Arbeit."

„Was ist denn aus meinem Apfel geworden?"

„Ich habe ihn entsorgt, ich wollte nicht, dass Ihnen schlecht wird."

Sie berührte Fassrath am Arm. „Da vorn ist er."

Kess war stehen geblieben, drehte sich um und kam zurück.

Fassrath zog Maria hinter einen Luftballonverkäufer. „Okay, ich übernehme ab hier. Ihr fordert Verstärkung an, an jedem Ausgang ein Einsatzwagen. Ihr zwei bleibt in der Nähe. Wenn ich Hilfe brauche, melde ich mich auf Engermanns Handy."

„Alles klar."

„Warten Sie noch eine Sekunde. Ich bin gleich wieder da." Fassrath ging zu einem Stand, der Lose verkaufte, und hielt dem Mann am Mikrophon seinen Dienstausweis unter die Nase. „Fassrath, Kriminalpolizei."

Der Mann wurde blass. „Was wollen Sie von mir?"

„Keine Panik, ich will mir nur einen von Ihren Affen ausleihen. Sie kriegen ihn wieder zurück." Fassrath gab ihm seine Karte. „Und falls Sie das Bedürfnis haben sollten, Ihr Gewissen zu erleichtern ..."

„Mein Gewissen ist rein, wahrscheinlich reiner als Ihres. Ich mag nur keine Bullen – das ist alles."

„Okay, dann geben Sie mir den Affen, und Sie sind mich los."

Der Mann grinste und präsentierte dabei eine beachtliche Zahnlücke. „Sie wollen wohl Ihre Freundin beeindrucken? Kleiner Amtsmissbrauch, was?" Er beugte sich vor und legte Fassrath die Hand auf die Schulter. „Keine Angst, Chef, ich verrate Sie nicht, aber ausleihen ist nicht. 25 Euro, und Sie haben freie Auswahl. Nehmen Sie doch einen Tiger – die Mädels stehn drauf." Fassrath drückte ihm einen Schein in die Hand. „10 Euro – und ich nehme den Affen." Der Mann stopfte das Geld in die Hosentasche und reichte Fassrath einen riesigen rosa Plüschgorilla. „Seien Sie gut zu ihm."

„Danke. Ich werde ihn Heinrich nennen." Fassrath nahm den Affen auf den Arm. Jetzt sah er aus wie ein echter Rummelplatztourist.

Maria grinste, als sie ihn sah. „Steht Ihnen gut."

„Okay, wo ist er?"

„Sitzt wieder auf der Treppe."

Fassrath beobachtete, wie Kess sein Handy aus der Tasche holte und auf das Display starrte. Kess' geheimnisvolle Verabredung hatte ihn offenbar versetzt.

Fassrath schlenderte auf das Riesenrad zu, sorgsam darauf bedacht, dass der Plüschaffe sein Gesicht verdeckte, und ließ sich neben Kess auf den Stufen nieder.

Kess umklammerte die Aktentasche. „Was fällt Ihnen eigentlich ein, mich hier eine halbe Stunde warten zu lassen!"

„Ging nicht früher", flüsterte Fassrath.

„Warum haben Sie nicht angerufen?"

Fassrath brummte etwas Unverständliches.

„Also, was haben Sie mir anzubieten?"

„Das wissen Sie doch."

„Wissen Sie, was – ich glaube, Sie bluffen. Geben Sie mir den Fotochip, und dann sehen wir weiter."

„Zeigen Sie mir erst das Geld", flüsterte Fassrath.

„Sie wollen hier in aller Öffentlichkeit das Geld zählen? Sind Sie verrückt?"

„Sie haben Recht, gehen wir." Fassrath stand auf und nahm Kess am Arm.

Kess schüttelte Fassraths Hand ab, stand aber auf und lief neben ihm her. „Nehmen Sie doch endlich diesen dämlichen Affen runter."

Fassrath beschleunigte seinen Schritt und lief auf den Ausgang zu, Richtung Durlacher Allee. An der Straße standen zwei Polizeiautos.

„Was zum Teufel ..."

Riesige bunte Sterne explodierten am Himmel und ließen vielfarbige Lichtfunken herunterregnen. Das Feuerwerk hatte begonnen.

Fassrath zerrte Kess am Arm nach vorne, drückte ihn gegen einen der Wagen und tastete ihn nach Waffen ab. Alles, was er fand, war eine kleine Dose Tränengas. „Was wollten Sie denn damit?"

Kess antwortete nicht. Einer der Polizisten stieg aus, nahm die Aktentasche an sich und legte sie ins Auto. Kess war viel zu verblüfft, um sich zu wehren. Ehe er wusste, wie ihm geschah, saß er neben seiner Tasche auf der Rückbank. Fassrath lief um den Wagen herum, hob den Affen, den er während der Aktion fallengelassen hatte, auf und stieg auf der anderen Seite ein. Das Auto fuhr los. Fassrath rückte etwas näher an Kess heran und setzte den Gorilla neben sich.

„Sie!", war alles, was Kess herausbrachte.

„Freut mich, dass Sie sich an mich erinnern", sagte Fassrath, „und jetzt sehe ich mir mal Ihre Tasche an."

Kess schloss die Augen und ließ sich erschöpft in die Polster sinken.

Fassrath ließ den Verschluss aufschnappen. „Wie viel ist das?"

„Zählen Sie's doch selber", sagte Kess.

„Und, was wollten Sie dafür haben?"

Kess schwieg.

Fassrath betrachtete ihn von der Seite. Kess wirkte auf ihn nicht wie ein Mörder. Eher wie ein Opfer. „Kommen Sie schon, Kess. Wenn Sie kooperieren und sich die Sache als harmloser erweisen sollte, als sie jetzt aussieht, können Sie heute Nacht in Ihrem eigenen Bett schlafen, statt auf der harten Pritsche unserer Arrestzelle."

Kess öffnete die Augen. „Ich glaube Ihnen kein Wort. Sie denken doch, dass ich sie umgebracht habe."

„Sie haben kein Motiv. Frau Stern war Ihr bestes Pferd im Stall, das Aushängeschild Ihrer Agentur. Warum hätten Sie sie also umbringen sollen? Außerdem hat Ihre Mutter Ihnen ein wasserdichtes Alibi gegeben. Und trotzdem werde ich das Gefühl nicht los, dass Sie mir etwas sagen möchten."

Kess fuhr sich mit dem Ärmel über das Gesicht und sah aus dem Fenster.

„Warum haben Sie sich denn von Ihrer Freundin getrennt?"

„Was?" Kess sah ihn verwirrt an.

„Wissen Sie, was mir aufgefallen ist: Sie haben sich ungefähr um die gleiche Zeit von Ihrer Freundin getrennt, als Sofia sich von Marbach getrennt hat. Vielleicht wollten Sie für Sofia frei sein. Vielleicht waren Sie ja auch Sofias heimlicher Geliebter. Warum auch nicht, wie ich gehört habe, war Sofia nicht sehr wählerisch, und hatte wohl auch ständig wechselnde Männerbekanntschaften, also ..."

„Sprechen Sie nicht so von ihr!", sagte Kess.

„Sie verstehen sich auch nicht sonderlich gut mit Ihrem Geschäftspartner, vielleicht, weil er der Einzige war, den Sofia wirklich geliebt hat."

„Halten Sie den Mund!"

„Zumindest bis Ihr Freund Leo aufgetaucht ist", sprach Fassrath unverdrossen weiter, „das muss Sie doch tierisch gewurmt haben. Von Hohenstein musste noch nicht einmal selbst aktiv werden. Sie hat sich ihm praktisch an den Hals geworfen."

„Hören Sie auf, über Sofia zu sprechen, als ob Sie sie gekannt hätten. Sie haben keine Ahnung, was für ein Mensch sie war, und ..." Er brach ab und sah wieder zum Fenster hinaus.

Das Auto hielt vor der Dienststelle. Fassrath brachte Kess in den Vernehmungsraum. Es war viertel vor elf. Er dachte an Hanna. Ob sie wohl schon zuhause war? Hoffentlich dauerte das hier nicht die ganze Nacht. Kess schien ziemlich am Ende zu sein, und das musste Fassrath ausnutzen.

„Kann ich etwas zu trinken haben?" Kess fuhr sich mit der Zunge über die Lippen.

Fassrath zögerte kurz. Würde es den Verlauf des Verhörs günstig beeinflussen, wenn er Kess etwas zu trinken verwehren würde? Wohl eher nicht. Er stellte eine Wasserflasche und zwei Gläser auf den Tisch.

Kess kippte das erste Glas in einem Zug hinunter und schenkte sich gleich ein zweites ein, das er zur Hälfte leerte.

„Soll ich Ihnen einen Kaffee holen?"

„Nein, danke."

Fassrath setzte sich Kess gegenüber und lehnte sich zurück. „Also, fangen wir noch einmal von vorn an, Herr Kess. In diesem Aktenkoffer sind etwa 25.000 Euro."

„20.000", sagte Kess.

„Okay, also ziemlich genau 20.000 Euro. Für wen waren die gedacht und was sollten Sie dafür bekommen?"

Kess richtete seinen Oberkörper auf, erhob sich halb von seinem Stuhl und stützte sich mit beiden Händen auf die Tischplatte. „Sie haben kein Recht, mich länger hier festzuhalten. Wie und mit wem ich meine Geschäfte abwickele, das geht Sie nichts an."

Fassrath betrachtete ihn gleichmütig, und schließlich setzte sich Kess wieder hin und verschränkte die Arme. Seine Hände hinterließen Schweißabdrücke auf der dunklen Kunststoffplatte des Tisches.

Fassrath schenkte sich ein Glas Wasser ein. „Okay, Herr Kess, fassen wir noch einmal zusammen. Ihre Mitarbeiterin wird brutal ermordet, ein paar Tage später erwische ich Sie dabei, wie Sie mit einem Koffer voller Geld auf einen unbekannten Erpresser warten."

„Das eine hat mit dem anderen nichts zu tun." Kess sah auf. Er hatte einen so gequälten Ausdruck in den Augen, dass er Fassrath fast leid tat. Aber hier ging es um Mord, und da war für Mitleid kein Platz.

Fassrath stand auf. „Ich bin gleich wieder da." Als er zurückkam, legte er ein Foto vor Kess auf den Tisch. „Ging es vielleicht darum?"

Kess warf nur einen kurzen Blick darauf. Dann schloss er die Augen und ließ den Kopf in seine Hände sinken. „Sie haben es die ganze Zeit gewusst", flüsterte er.

Fassrath schwieg und beobachtete ihn.

Nach einer Weile nahm Kess die Hände von seinem Gesicht und sah Fassrath an. „Wo haben Sie das her?"

„Musste Sofia deswegen sterben?", fragte Fassrath ruhig.

„Ich habe sie nicht umgebracht", sagte Kess.

Fassrath nahm den Ausdruck in die Hand. „Das hoffe ich für Sie, Herr Kess. Denn wissen Sie, was das Tragische an der Sache ist? Wenn Frau Stern noch leben würde, hätte niemals jemand von diesen Bildern erfahren. Sie hatte sie nämlich auf ihrem PC gelöscht. Unser Computerexperte hatte einige Mühe damit, sie wieder herzustellen."

Kess griff nach dem Ausdruck und fuhr mit dem Zeigefinger die Umrisse von Sofia nach. Sein Gesicht war tränenverschmiert und so blass, dass es fast grünlich wirkte. Seine Nase lief, doch er schien es nicht zu bemerken.

Fassrath hielt ihm ein Taschentuch hin. „Wer wollte Sie erpressen, Herr Kess?"

Kess nahm das Taschentuch entgegen und wischte sich das Gesicht ab. „Ich habe keine Ahnung." Er legte sein Handy auf den Tisch. „Aber wenn Sofia die Fotos gelöscht hat, wie konnte er mir dann diese MMS schicken?"

Fassrath schloss für einen Moment die Augen und stieß einen lautlosen Fluch aus. Strasser! Er musste den Ausdruck entdeckt haben, als er, Fassrath, draußen mit Hilt gesprochen hatte. Margareta war wahrscheinlich noch einmal hinausgegangen, und Strasser musste die Gunst der Gelegenheit genutzt und ein Foto gemacht haben.

Er öffnete die MMS und sah seinen Verdacht bestätigt. Er legte das Handy vor Kess auf den Tisch und den Ausdruck daneben. „Sehen Sie genau hin, Herr Kess! Erkennen Sie den dunklen Fleck am linken Bildrand?"

Kess nickte langsam.

„Das ist ein Kaffeefleck. Er stammt von heute Morgen. Es ist dasselbe Bild!"

Kess sah ihn verwirrt an. „Aber dann, ich verstehe nicht ..."

„Ich denke, ich weiß, wer dahintersteckt. Benjamin Strasser war heute bei uns auf der Dienststelle. Irgendwie muss er es geschafft haben, den Ausdruck mit seinem Handy abzufotografieren. Es tut mir leid."

Kess knüllte den Ausdruck zusammen und zerriss ihn in kleine Fetzen. Dabei wimmerte er wie ein kleines Kind.

Fassrath betrachtete ihn mit einer Mischung aus Abscheu und Mitleid. In Momenten wie diesen hasste er seinen Job. Er holte tief Luft, fasste Kess an den Schultern und schüttelte ihn leicht. „Menschenskind, Kess, Sie wissen doch etwas. Wollen Sie denn nicht, dass Sofias Mörder bestraft wird?"

Kess sah auf. Seine Augen waren rot umrandet. „Sie glauben mir also, dass ich es nicht war?"

Fassrath nickte. „Sagen Sie mir, wer sie getötet hat."

Kess schüttelte den Kopf. „Ich weiß es nicht."

„Möchten Sie dann nicht wenigstens Anzeige erstatten? Sie wissen doch, dass auch nur versuchte Erpressung eine Straftat ist."

„Nein, ich will keine Anzeige erstatten. Ich will nur, dass dieser ganze Albtraum irgendwann ein Ende hat."

„Okay, Sie können gehen." Fassrath klopfte an das verspiegelte Fenster des Vernehmungsraums, hinter dem Brenck, Engermann und Maria das Verhör verfolgt hatten. „Mein Kollege fährt Sie nach Hause. Aber Sie dürfen vorerst die Stadt nicht verlassen."

Kess stand auf und machte zwei unsichere Schritte. Fassrath bezweifelte, dass er es bis zum Auto schaffen würde. Er reichte ihm den Koffer. „Vergessen Sie Ihr Geld nicht."

Fassrath setzte sich auf den Stuhl, von dem Kess gerade aufgestanden war und massierte sich die Schläfen. Zweifelsohne war Strasser ein Opportunist, aber war er auch ein Mörder?

Die Tür öffnete sich, und Maria kam herein. „Das war ziemlich beeindruckend."

Fassrath sah auf. „Finden Sie? Nur hat es uns leider nicht viel weitergebracht."

„Glauben Sie, dass Strasser Sofia Stern getötet hat?"

„Es geht nicht darum, was ich glaube. Wir haben keine Beweise. Und Strasser hat ein Alibi."

„Reicht die Erpressung nicht für einen Haftbefehl?"

Fassrath schüttelte den Kopf. „Kess hat seine Stimme nicht erkannt. Alles andere wäre reine Spekulation."

„Aber Sie wissen doch, dass er es war!"

„Ich kann es nicht beweisen, Maria. Theoretisch könnte jeder, der Zugang zu den Räumlichkeiten hier hat, der Erpresser sein. Und man munkelt, dass das Polizistengehalt nicht gerade üppig sein soll."

„Aber man könnte doch versuchen, die MMS zurückzuverfolgen."

„Die MMS wurde über das Internet verschickt – und das macht es sehr schwierig, aber Sie haben natürlich Recht, einen Versuch ist es wert." Er lächelte, als er ihren konzentrierten Gesichtsausdruck sah. „Sie haben nicht zufällig noch einen Schokoapfel im Ärmel?"

Sie erwiderte sein Lächeln und griff in die Tasche ihrer Uniformjacke. „Das nicht, aber vielleicht tut's auch das hier." Sie gab ihm eine kleine Tüte, in der noch ein paar gebrannte Mandeln waren. „Nehmen Sie sie ruhig alle – ich kann sie nicht mehr sehen."

Er legte den Kopf zurück und kippte sich den Inhalt der Tüte auf einmal in den Mund. In diesem Moment klingelte sein Handy. Kauend schaute er auf das Display, auf dem Margaretas Name aufleuchtete. Das konnte nichts Gutes bedeuten – zumindest nicht um diese Uhrzeit.

31. Kapitel

Nicki brachte ihrem Lieblingsgast einen Martini und blieb bei ihm stehen. „Wie geht's dir, Leo?"

„Wie soll's mir schon gehen. Meine Freundin ist tot – meinen Job kann ich an den Nagel hängen, und meine Frau ...", er trank einen Schluck und stellte das Glas wieder hin, „mir geht's blendend."

„Tut mir leid", sagte Nicki erschrocken, „ich wollte nicht ..."

Von Hohenstein sah sie an. Er sah schlecht aus, und sie war sich sicher, dass er nicht mehr ganz nüchtern war. Ein Schatten seines alten charmanten Lächelns huschte über sein Gesicht. „Schon okay, komm', ich lade dich zu einem Drink ein."

Nicki strich sich verlegen eine Haarsträhne hinters Ohr. „Der Chef sieht es nicht gern, wenn die Angestellten ..."

„Was sieht der Chef nicht gern?" Bodo Richter zog sich einen Barhocker heran und ließ sich neben von Hohenstein nieder.

„Ich habe Sie gar nicht kommen sehen", sagte Nicki. Automatisch griff sie nach der Tomatensaftflasche.

„Ich nehme das Gleiche wie er", sagte Richter.

Nicki sah ihn überrascht an. Sie hatte bisher noch nie erlebt, dass ihr Chef Alkohol getrunken hatte. Aber sie hütete sich, einen Kommentar dazu abzugeben. Er musste einen wirklich harten Tag gehabt haben.

Von Hohenstein kippte seinen Martini hinunter. „Vielleicht ein anderes Mal", sagte er zu Nicki.

Richter drehte sich halb zu ihm um. „Ich möchte mit Ihnen anstoßen, Herr von Hohenstein. Was trinken Sie?"

„Nein danke", sagte von Hohenstein, legte einen Geldschein auf den Tresen und stand auf.

Richter nahm seinen Drink entgegen und roch daran. „Sie mögen mich nicht besonders, stimmt's?"

Von Hohenstein antwortete nicht.

„Oder liegt es nur daran, dass Nicki einen hübscheren Hintern hat als ich?" Als er aufsah, war von Hohenstein schon gegangen. Richter schob Nicki den Martini hin. „Kipp' das weg und gib' mir einen Tomatensaft."

Ohne eine Miene zu verziehen, entsorgte sie den Martini und kam mit einem Glas Tomatensaft zurück – ohne Strohhalm. Sie legte eine Serviette vor ihren Chef und stellte das Glas daneben.

„Na, geht doch." Seine kurzen dicken Finger schlossen sich um ihr Handgelenk. „Hör' zu, Schätzchen, wenn ich noch einmal sehe, dass du dich diesem Playboy an den Hals wirfst, fliegst du raus, ist das klar?"

Nicki riss sich so heftig los, dass sie dabei sein volles Glas umstieß. Sein Inhalt ergoss sich über Richters helle Leinenhose. Fasziniert beobachtete sie, wie sich der dickflüssige Saft langsam im Schrittbereich und auf seinen Oberschenkeln ausbreitete, als hätte ihm jemand ein Messer in den Unterleib gestoßen. Ein Teil der Flüssigkeit, die der Stoff nicht aufnehmen konnte, tropfte auf den Fußboden. Sie erlaubte sich ein triumphierendes Lächeln. Gleichzeitig spürte sie einen Stich des Bedauerns. Trotz der Schikanen ihres Chefs hatte sie gern hier gearbeitet. Und ein paar der Gäste würde sie vermissen. Vor allem Leo.

Zum ersten Mal seit sie ihn kannte, hatte es Richter die Sprache verschlagen. Er sah mit offenem Mund auf die Bescherung auf seiner Hose. Nicki reichte ihm über den Tresen einen feuchten Lappen. „Hier, wischen Sie lieber schnell den Saft vom Boden auf, das gibt sonst Flecken."

Verdutzt nahm er den Lappen entgegen, dann lachte er, bis ihm die Tränen kamen. Er rutschte von seinem Hocker, wischte die Sauerei auf und gab Nicki den Lappen zurück. „Gib' mir ein Handtuch." Er kicherte immer noch. „Und mach' das nie wieder!" Er versuchte, ein strenges Gesicht zu machen, aber er schaffte es einfach nicht. „Und fassen Sie mich nie wieder an!" Konnte es tatsächlich sein, dass er sie trotz allem nicht feuern würde?

„Einverstanden." Er lachte schon wieder und streckte ihr die Hand hin.

Sie zögerte kurz, dann schüttelte sie sie.

Er drückte das Handtuch an seine Hose und ging langsam zur Tür. „Probezeit bestanden", rief er ihr über die Schulter zu.

Als von Hohenstein den ‚Blue Saloon' verließ, stieß er fast mit seiner Frau zusammen. Er blieb stehen und sah sie verblüfft an. „Was machst du denn hier?"

„Ich habe dich gesucht." Sie trug ein schlichtes hellgrünes Sommerkleid aus einem fließenden Stoff, das er noch nie gesehen hatte. Ihre dunkelroten Locken fielen ihr offen auf die Schultern. Sie sah wunderschön aus.

„Warum?"

„Ich dachte, wir könnten reden." Sie fuhr sich nervös mit der Zunge über die Lippen. „Das mit Sofia tut mir leid."

Er musterte sie unfreundlich. „Das glaube ich dir nicht."

Sie sah die Feindseligkeit in seinem Blick und lächelte traurig. „Ich habe nie gewollt, dass du unglücklich bist."

Er hatte sie noch nie so unsicher erlebt, und dass sie ihm plötzlich ihre Verletzlichkeit zeigte, berührte ihn mehr, als er sich eingestehen wollte. Die Fassade der kühlen karrierebewussten Ärztin, die ihre Gefühle immer unter Kontrolle hatte und keine Schwächen akzeptierte, begann zu bröckeln, dahinter verbarg sich die Frau, in die er sich vor zehn Jahren verliebt hatte.

Er streckte die Hand aus und strich ihr leicht über die Wange. „Das weiß ich."

Sie schluckte. Es war lange her, dass er sie zärtlich berührt hatte. „Gehen wir ein Stück spazieren?"

„Okay, warum nicht."

Sie liefen Richtung Schlosspark, weg vom Trubel der Innenstadt. Ein leichter Wind kam auf, zerzauste ihre Haare und bauschte ihr Kleid auf.

„Ich habe mit Ben geschlafen", sagte sie.

„Was?" Er blieb stehen und sah sie ungläubig an.

„Ich hatte es nicht geplant – es ist einfach passiert."

„Mir musst du keine Rechenschaft abgeben", sagte er leise, „weiß Gott nicht." Er dachte an den Knutschfleck auf ihrem Hals und spürte eine unbändige Wut auf Strasser in sich aufsteigen. „Hast du dich in ihn verliebt?"

Sie lachte kurz auf. „Mit Liebe hatte das nichts zu tun." Sie warf ihm einen schrägen Blick zu. „Vielleicht habe ich einfach mal wieder jemanden gebraucht, der mich in den Arm nimmt."

Er ignorierte die Spitze. „Und wie geht's jetzt mit euch weiter?"

„Es gibt kein ,uns'. Es war eine einmalige Sache. Ich glaube, Ben hat große Probleme – irgendeine Frauengeschichte, die er nicht verkraftet hat –, rede du doch mal mit ihm!"

„Bist du noch ganz dicht? Der Hurenbock schläft mit meiner Frau, und ich soll den Seelentröster spielen?"

Sie wunderte sich über die Heftigkeit, mit der er reagierte. „Glaub' mir, Leo, es hatte überhaupt nichts zu bedeuten. Du kannst es nicht vergleichen mit dir und Sof ..."

„Lass' Sofia aus dem Spiel!"

Sie merkte, wie sie wütend wurde. „Entschuldige vielmals, wie unsensibel von mir. Wie konnte ich es wagen, auch nur ihren Namen zu erwähnen. Die perfekte, heilige ..."

„Halt' den Mund!" Von Hohenstein war stehen geblieben. Er packte sie am Arm und zog sie dicht zu sich heran, sein Gesicht verzerrt vor Wut und Schmerz.

Sie konnte den Alkohol in seinem Atem riechen. Ihre Augen glänzten feucht, doch sie weinte nicht. „Du musst sie loslassen, Leo", sagte sie leise. Sie sah ihn unverwandt an, streichelte seinen Arm, und beobachtete, wie sich sein Gesichtsausdruck veränderte und die Wut daraus verschwand.

„Es tut mir so leid", sagte sie wieder.

Er sagte nichts, doch er rückte auch nicht von ihr ab. Als sie ihn in die Arme nahm, versteifte er sich kurz, doch schließlich stieß er mit einem zittrigen Seufzer die Luft aus und vergrub sein Gesicht an ihrem Hals. Sie hielt ihn fest, spürte, wie er schluckte und streichelte seinen Rücken. Ihr war bewusst, dass in seiner Umarmung kein Begehren lag. Genauso gut hätte sie seine Mutter sein können.

Nach einer Weile löste er sich von ihr. Als er sie ansah, bemerkte sie die Tränenspuren auf seinem Gesicht. „Du hast dich verändert", sagte er.

Sie wartete auf mehr, doch er wandte sich ab, und wies auf eine der Bänke, die direkt vor dem Schloss vor dem großen Springbrunnen standen. „Wollen wir uns kurz setzen?"

Er wartete, bis sie seiner Aufforderung nachgekommen war, dann setzte er sich neben sie. Am Brunnen war die Luft kühl, und sie ärgerte sich, dass sie keine Jacke mitgenommen hatte. Als sie sich die Arme rieb, zog Leo sein Jackett aus und legte es ihr um. Sie spürte, wie ihre Anspannung nachließ, legte den Kopf an seine Schulter und schloss die Augen. Es lief besser, als sie erwartet hatte. Natürlich würde er noch etwas Zeit brauchen, um Sofias Tod zu überwinden, aber dann würden sie wieder zueinander finden und von vorn anfangen.

Der Wind wurde stärker, und ein dumpfes Grollen kündigte das nahende Gewitter an. Sie richtete sich auf und legte die Hand auf sein Knie. „Lass' uns nach Hause gehen."

Er nahm ihre Hand in seine und betrachtete ihre langen schmalen Finger. Der kleine Brillant, der in ihren weißgoldenen Ehering eingelassen war, glitzerte im Licht der Straßenlaternen. Im Gegensatz zu ihm hatte sie den Ring nie abgenommen.

Die ersten Regentropfen fielen. Sie stand auf und strich ihm mit der freien Hand über die Haare. „Komm' schon, Liebling, wir werden ganz nass."

Er ließ ihre Hand los; hob den Kopf und sah sie an. „Ich will die Scheidung."

32. Kapitel

„Was gibt's, Gretchen?"

„Verdammt noch mal, Vincent, ich kann doch auch nichts dafür." Ihre Stimme klang nicht minder gereizt als seine.

„Entschuldige bitte, ich ..."

„Ja, ja, schon gut. Es hat eine Schießerei gegeben in einem Anwaltsbüro. Die Putzfrau hat die Polizei informiert."

„Wie viele Tote?"

„Wohl nur einer. Schuss in die Brust. Wo bist du überhaupt?"

„Im Büro. Es gab ein kleines Zwischenspiel mit Kess. Es sieht so aus, als ob Strasser versucht hat, ihn zu erpressen. Mit dem Dominafoto, das er wohl am Freitag bei uns auf sein Handy abgelichtet hat."

„Oh verdammt! Deswegen wollte er die Milch haben! Mein Gott, wie konnte ich nur so blöd sein!"

„Ich verstehe kein Wort."

„Ich habe ihm doch einen Kaffee gebracht, als du gerade mit Hilt hinausgegangen bist. Plötzlich wollte er Milch dazu haben, obwohl er ausdrücklich um einen schwarzen Kaffee gebeten hatte. Als ich zurückgekommen bin, habe ich gesehen, dass das Foto noch auf dem Schreibtisch lag."

„Was für ein gerissener Mistkerl."

„Du sagst es."

„Ich freue mich schon auf Hilts Gesicht."

„Ach was, der wird morgen andere Sorgen haben. Wobei wir wieder beim Thema wären. Ich fahre jetzt los."

„Okay, wir treffen uns dort."

Sie sagte ihm die Adresse und legte auf.

Fassrath warf Maria einen prüfenden Blick zu. „Ich weiß, Sie haben eigentlich schon längst Feierabend, aber wollen Sie mitfahren?"

„Klar." Sie tastete nach ihrer Dienstwaffe, die vorschriftsmäßig im Halfter steckte. Es beruhigte sie, das kühle Metall an ihren Fingern zu fühlen.

Fassrath verkniff sich ein Lächeln. Er wusste, dass sie hinter ihrer coolen Fassade genauso aufgeregt war, wie es der ersten Leiche im Leben einer Polizeibeamtin gebührte.

Er überließ Maria das Steuer und hing seinen Gedanken nach. Immer wieder führten sie ihn zu Hanna. Er war nicht besonders religiös, aber er dankte dem Schicksal, der höheren Macht oder wie immer man es auch nennen mochte, die ihn zu ihr geführt hatte. Er dachte auch an Corinna, und zum ersten Mal fühlte er sich mit der Tatsache versöhnt, dass sie ihn verlassen und einen anderen Mann geheiratet hatte. Sogar ihn, diesen gesichtslosen Fremden, der bis vor kurzem sein Feind gewesen war, sah er jetzt in einem freundlicheren Licht. Ob Hanna wohl schon schlief? Er stellte sich vor, wie sie im Bett lag, ihre Züge entspannt im Schlaf, die Lippen leicht geöffnet, die Haare zerzaust. Er seufzte so tief, dass Maria ihn irritiert ansah.

„Alles in Ordnung, Chef?"

Er fuhr aus seinen Gedanken auf, sah sie an und lächelte. „Aber sicher. Ich freue mich nur auf den Feierabend."

Hatice Özil saß mit verweinten Augen auf dem Besuchersofa im Vorzimmer der Anwaltskanzlei von Dr. Hoffmann. Ihre Hände lagen im Schoß und zerknüllten ein Papiertaschentuch. Neben ihr saß ein etwa sechzehnjähriger Junge – offenbar ihr Sohn. Er hatte den Arm um sie gelegt und sprach in schnellem Türkisch auf sie ein.

Als Margareta, Fassrath und Maria hereinkamen, sprang sie auf. „Bitte, darf gehen?"

„Sie dürfen bald nach Hause", sagte Margareta freundlich, „aber wir müssen erst noch Ihre Aussage aufnehmen."

„Hab' schon gesagt", sagte sie und schluchzte auf, „alles schon gesagt, helfe Polizei. Immer."

Margareta setzte sich neben sie aufs Sofa und legte ihr die Hand auf den Arm. „Es dauert nicht mehr lange, versprochen. Mein Name ist Sturm." Sie zeigte den beiden ihren Dienstausweis. „Wie heißen Sie?"

„Özil", sagte diese leise. „Hatice Özil."

„Wie der Fußballspieler", mischte sich der Junge ein, „der euch die WM gerettet hat."

Margareta sah sich hilfesuchend nach Fassrath um, aber der war mit Maria schon ins Anwaltsbüro hineingegangen.

„Ach so, der", sagte sie tapfer.

„Meine Mutter möchte nach Hause", sagte der Junge. „Sie hat den anderen Polizisten schon alles gesagt. Sie hat den ganzen Abend gearbeitet und ist jetzt müde."

„Wie heißt du?"

„Murat."

„Okay, Murat. Deine Mutter war als Erste am Tatort und hat den Toten entdeckt. Sie ist eine sehr wichtige Zeugin. Und jetzt ist die Erinnerung noch ganz frisch, deshalb müssen wir noch einmal mit ihr sprechen um sicherzugehen, dass wir auch nichts übersehen haben. Verstehst du das?"

Murat nickte mürrisch.

Sie wandte sich an Hatice. „Frau Özil, möchten Sie etwas trinken?"

Hatice sah ihren Sohn an. „Ja, trinken.".

Margareta gab Murat einen 10-Euro-Schein. „Nebenan ist ein McDonalds. Hol' was für deine Mutter und dich."

Murat nahm das Geld und stand auf. Hatice hielt ihn am Ärmel fest und sagte etwas auf Türkisch. Ihr Sohn antwortete ihr, machte sich sanft von ihr los und ging. Was er gesagt hatte, schien sie beruhigt zu haben. Ihr Mund verzog sich zu einem zaghaften Lächeln „Ist guter Junge."

Fassrath steckte den Kopf zur Tür herein. „Kommst du mal?"

Gramling kniete neben der Leiche, als Margareta das Büro betrat. Neben der Leiche lagen die Scherben einer Glaskaraffe inmitten einer kleinen auf dem hellen Holzboden goldgelb schimmernden Whiskypfütze. Es roch wie in einem irischen Pub. Der Tote lag auf dem Bauch. Der Blutfleck auf der Rückseite seines Hemdes war nicht sonderlich groß. Gramling wandte sich an Fassrath. „Hilf mir mal, ihn umzudrehen."

Fassrath platzierte seine Hände auf Hüfte und Oberschenkel des Toten, zögerte aber und warf Maria, die neben ihm stand, einen schrägen Blick zu. „Alles klar bei Ihnen?"

Sie nickte. „Mir geht's gut."

Der Blutfleck auf der Vorderseite war wesentlich größer. Gramling fuhr sich mit dem Handrücken über die Stirn und sah zu Maria hoch. „Brustschuss aus nächster Nähe. Wie es aussieht, hat er noch eine Weile gelebt."

Margareta ließ ihren Blick langsam über das blutgetränkte Hemd nach oben wandern. Die wässrigblauen Augen starrten blicklos zur stuckverzierten Zimmerdecke. Der Mund war weit geöffnet. Unter der leicht geschwollenen Nase klebte geronnenes Blut. Margareta ging in die Hocke, um das Gesicht des Toten besser betrachten zu können.

Der Gerichtsmediziner nahm die Nase des Opfers zwischen Daumen und Zeigefinger und bewegte sie leicht hin und her. Es knirschte ekelerregend „Er hat sie sich beim Aufprall gebrochen. Er muss direkt auf sein Gesicht gefallen sein."

Maria war ebenfalls in die Hocke gegangen. Ihre Augen klebten an dem Blutfleck auf der Brust des Toten. Sie runzelte die Stirn. „Warum ist er auf den Bauch gefallen? Ich meine, wenn doch der Schuss von vorn kam, hätte er doch eigentlich nach hinten umkippen müssen." Sie sah unsicher von einem zum anderen. „Oder nicht?"

„Gut kombiniert, Dr. Watson", sagte Gramling. „Ich denke, ich weiß, wie es war. Nachdem der Schuss ihn getroffen hatte, ist er nicht gleich umgekippt, sondern hat einen oder zwei

Schritte nach vorn gemacht, vielleicht auf seinen Mörder zu. Als er schließlich gefallen ist, hat er die Whiskyflasche vom Tisch gefegt."

„Zwei Gläser", sagte Maria, „also wahrscheinlich kein Einbrecher."

Fassrath nickte anerkennend.

„Den kenne ich", sagte Margareta. „Das ist der Neffe von der alten Kess."

Fassrath sah sie erstaunt an. „Bist du sicher?"

„Natürlich bin ich sicher. Ich habe dir doch von ihm erzählt. Ich habe ihn im Haus Abendsonne getroffen."

Gramling machte sich an der Hand des Opfers zu schaffen. Triumphierend hielt er ein paar braune Haare hoch und ließ sie in einen Plastikbeutel fallen. „Scheint so, als hätte er die seinem Mörder ausgerissen."

Margareta und Fassrath tauschten einen Blick.

„Die Haarfarbe stimmt", sagte Fassrath.

„Sprechen wir mit Frau Özil", sagte Margareta.

Fassrath kramte das Faltblatt aus ‚Le Corps Vital' aus seiner Tasche und zeigte ihr das Foto von Strasser. Sie war sich völlig sicher, dass er der Mann war, den sie gesehen hatte.

Fassrath griff nach seinem Handy und rief bei der Zentrale an, um die Herausgabe der Fahndung nach Strasser zu veranlassen.

Murat, der als Übersetzer fungierte, berichtete ihnen, dass seine Mutter an der Bushaltestelle bemerkt habe, dass sie ihren Geldbeutel vergessen hatte. Also sei sie zurück zum Anwaltsgebäude gegangen, um ihren Sohn anzurufen und sich von ihm abholen zu lassen. Beim Betreten des Foyers habe sie mehrere Schüsse gehört, dicht hintereinander. Sie sei fürchterlich erschrocken, und als sie die blinkende Lampe des Fahrstuhls sah, habe sie sich geistesgegenwärtig hinter dem Empfangstresen versteckt. Von ihrem Versteck aus habe sie beobachtet, wie die Fahrstuhltür aufgegangen und der Mann herausgekommen sei, dem sie vor einer halben Stunde hier begegnet war. Auf dem linken Ärmel seines Jacketts sei ein großer Blutfleck gewesen, und er habe sich seinen Ellenbogen gehalten, während er – ohne sie zu sehen – an ihr vorbeigestolpert sei und das Gebäude verlassen habe. Als sie sicher sein konnte, dass er weg war, sei sie nach oben gefahren und habe die Leiche entdeckt. Daraufhin habe sie erst ihren Sohn und dann die Polizei angerufen.

„Ich fahre zu Strasser", sagte Fassrath, „wir müssen ihn so schnell wie möglich fassen – er ist bewaffnet und hat nichts mehr zu verlieren." Er wandte sich an Margareta. „Fahr' du mit Frau Özil aufs Präsidium und nimm' ihre Aussage auf. Strasser weiß nicht, dass er beobachtet worden ist. Wenn er verletzt ist, ist er sicher noch einmal nach Hause gefahren."

„Oder zu Britta von Hohenstein", sagte Margareta.

„Wir schicken Kuhn und Brenck mit einem zweiten Einsatzkommando hin", sagte Fassrath und hatte schon das Handy am Ohr.

„Ich komme mit", sagte Margareta. „Huber soll Frau Özil aufs Revier bringen." Ihre Stimme klang neutral, aber Fassrath kannte sie gut genug um zu wissen, dass sie wütend war, und er wusste auch warum. Als Leiter der Ermittlungen war er auch ihr gegenüber weisungsbefugt, trotzdem behandelte er sie fast immer als gleichberechtigte Partnerin. Doch sobald eine Situation gefährlich werden könnte, versuchte er, sie zu schützen und sie aus der Gefahrenzone zu schicken. Das hatte nichts damit zu tun, dass er an ihren Fähigkeiten als Polizistin zweifelte, schließlich hatte er sie schon oft genug in brenzligen Situationen in Aktion erlebt, aber er fühlte sich für ihre Sicherheit verantwortlich, und er konnte den Gedanken nicht ertragen, dass ihr etwas zustoßen würde.

Margareta dagegen tat seinen Beschützerinstinkt als reines Machogehabe ab, obwohl es ihr ihm gegenüber ganz ähnlich ging.

33. Kapitel

Sein Arm brannte wie Feuer. Er ignorierte den mit jeder Bewegung zunehmenden Schmerz, während er den königsblauen Corsa Richtung Oststadt lenkte. Er fuhr langsam, konzentrierte sich auf den Straßenverkehr, und um nicht durchzudrehen, versuchte er, seine Gedanken nur auf den jeweils nächsten notwendigen Schritt zu richten, achtete darauf, ein- und auszuatmen. Er verschwendete keine Zeit mit der Parkplatzsuche, sondern stellte seinen Wagen in eine Hofeinfahrt auf der anderen Straßenseite. Er konnte nicht einschätzen, wie viel Zeit ihm noch bliebe, bevor die Polizei seine Spur verfolgen würde, doch ihm war klar, dass er sich von seinem Auto verabschieden musste – je früher, desto besser. Im Hof stand sein Mountainbike, er würde erst einmal zum Bahnhof fahren, sich in einen Bummelzug setzen und irgendwo in einer kleinen Pension übernachten. Er brauchte dringend einen Platz, wo er in Ruhe nachdenken und seine Flucht vorbereiten konnte. Selbst wenn niemand die Schüsse gehört hatte, würde die Leiche des Anwalts spätestens am nächsten Morgen entdeckt werden. Dem blonden Kommissar würde es nicht schwerfallen, zwei und zwei zusammenzuzählen – außerdem hatte ihn die Putzfrau gesehen, als er am späten Abend die Anwaltskanzlei betreten hatte.

Glücklicherweise wohnte er im Hochparterre und musste nur zehn Stufen hinauf. Er atmete auf, als die Wohnungstür hinter ihm ins Schloss fiel, wankte ins Bad, schaffte es aber nicht mehr, den Toilettendeckel hochzuklappen und erbrach sich ins Waschbecken. Der säuerliche Geschmack von halbverdauter Pizza vermischte sich mit dem Whisky, dessen seifig-scharfe Konsistenz ihm die Mundhöhle zu verätzen schien. Er drehte den Wasserhahn auf und spülte sich den Mund aus. Hohläugig und bleich sah ihn sein Spiegelbild an. Seine Haare klebten schweißdurchtränkt am Kopf. Mit zusammengebissenen Zähnen zog er sein Hemd aus und unterdrückte einen Schmerzensschrei, als er den Stoff wegriss, der an der Wunde klebte. Der Arm begann wieder zu bluten. Er säuberte ihn notdürftig und sah, dass es nur eine oberflächliche Fleischwunde war, Ergebnis eines harmlosen Streifschusses, der ihn eigentlich hätte töten sollen. Im Stillen dankte er Britta, dass sie seinen Medizinschrank so gut ausgerüstet hatte, besprühte die verletzte Stelle mit Desinfektionsspray, legte eine Lage Mull darüber und wickelte einen Verband darum, so gut ihm das mit der linken Hand möglich war. Er nahm die Zähne zu Hilfe, als er den Knoten möglichst fest zog. Er hätte sich gern den Angstschweiß vom Körper gewaschen, doch dafür blieb keine Zeit.

Im Kühlschrank fand er eine Dose Cola. Er leerte sie zur Hälfte und spürte, wie sich sein Magen wieder etwas beruhigte. Dann ging er ins Schlafzimmer, zog sich um, warf wahllos ein paar Sachen in einen Rucksack, packte das Geld und den falschen Pass ein, klebte sich den Bart an und setzte die Perücke auf. Im Bad setzte er die Kontaktlinsen ein. Seine normalerweise braunen Augen waren jetzt blau, was gut zu der dunkelblonden Perücke passte. Ein fremder Mann sah ihm aus dem Spiegel entgegen. Er erkannte sich selbst nicht mehr – gut so.

Die Wunde an seinem Arm begann unter dem Verband zu pochen, und er fühlte, wie ihn eine tiefe Erschöpfung überkam, die sogar die immer wieder aufflackernde Panik überdeckte. Ihm wurde schwindlig. ‚Nur eine Minute', dachte er und legte sich aufs Bett.

Als er die Augen schloss, durchlebte er noch einmal die letzten Stunden dieses albtraumhaften Abends. Der Kampf war kurz und schrecklich gewesen – die Todesangst hatte ihm zusätzliche Kräfte verliehen, mit denen keiner von ihnen beiden gerechnet hatte. Nie würde er das zu einer Maske aus Wut und Entsetzen verzerrte Gesicht des tödlich getroffenen Anwalts vergessen, der, eine Hand auf die Brust gepresst, die andere nach ihm ausgestreckt, auf ihn zugewankt war. Dr. Hoffmanns Finger hatten sich in seine Haare gekrallt, dann war er zusammengebrochen, sein Körper hatte noch einmal kurz gezuckt, dann war es vorbei gewesen.

Strasser war zurückgewichen und hatte dabei versehentlich die Whiskykaraffe heruntergestoßen. Ungläubig hatte er die Pistole in seiner Hand betrachtet, er konnte sich nicht mehr daran erinnern, dass er sie Hoffmann abgenommen hatte. Dann war er aus der Kanzlei geflüchtet, den Nachhall der beiden Schüsse noch im Ohr.

Fassrath fegte einen leeren Pappbecher und ein paar Krümel vom Beifahrersitz, damit Margareta sich setzen konnte. Sie sahen sich kurz an.

„Tut mir leid, Partner", sagte er.

Margareta nickte. Sie sah angespannt aus. „Ich weiß. Lass' es einfach."

Während er geschickt aus der engen Parklücke ausscherte, programmierte sie den Navi. „Buntestraße – habe ich noch nie gehört, muss irgendwo in der Oststadt sein."

Sie fuhren in flottem Tempo die Durlacher Allee hinunter und bogen schräg gegenüber der Lutherkirche nach einer Tankstelle in die kleine Straße ein. Auf beiden Seiten befanden sich langgezogene mehrstöckige Häuserblocks, alle Eigentum des Mieter- und Bauvereins, einer gemeinnützigen Wohnungsbaugesellschaft. Auch die großzügigen Innenhöfe mit ausgedehnten und teilweise mit Birken bepflanzten Grünflächen konnten den kasernenartigen Eindruck nicht vertreiben. In der Nähe weinte ein kleines Kind, und die mal leiser, mal lauter klingenden Stimmen eines streitenden Paares vermischten sich mit den dröhnenden Bässen einer aufgedrehten Stereoanlage.

Margaretas Handy klingelte. Sie hörte kurz zu, dann beendete sie das Gespräch und sah Fassrath triumphierend an. „Wir haben das Autokennzeichen." Sie zeigte auf den blauen Corsa. „Das ist sein Auto – das Kennzeichen stimmt."

„Prima." Fassrath setzte seinen Golf zurück und fuhr in die Tankstelleneinfahrt. Im Rückspiegel erkannte er zwei vollbesetzte Einsatzwagen, die ebenfalls gerade angekommen waren. „Auf geht's", sagte er munter und stieg aus.

Margareta sprach mit dem Tankstellenpersonal, und Fassrath beobachtete, wie einer der beiden jungen Männer auf ein Polizeimotorrad zeigte, das an der Ecke geparkt hatte. Der Fahrer war nicht zu sehen.

Strasser kniete vor Hoffmanns Leiche und starrte voller Angst auf das zu einer schmerzverzerrten Fratze entstellte Gesicht. Als er den Kopf hob, stand plötzlich die tote Sofia vor ihm. Aus den Wunden an ihrem Hals und den Handgelenken floss das Blut und breitete sich wie ein roter See auf dem Fußboden aus. Er wusste, dass sie gekommen war, um auch ihn zu töten, doch als er fliehen wollte, richtete sich der Tote zu seinen Füßen auf und packte ihn mit eisernem Griff am Arm.

Strasser wachte von seinem eigenen Keuchen auf. Sein Körper war mit Gänsehaut überzogen, und das hämische Gelächter des toten Anwalts hallte in ihm nach wie ein schauriges Echo. Es dauerte eine Weile, bis er in die Wirklichkeit zurückfand. Er sah auf seine Armbanduhr und erschrak, als er erkannte, dass er über eine Stunde geschlafen hatte. Höchste Zeit, die Kurve zu kratzen. Er warf einen Blick aus dem Wohnzimmerfenster, konnte nichts Verdächtiges entdecken. Sein Auto stand immer noch in der Einfahrt – bis jetzt schien sich keiner daran gestört zu haben. Er wollte sich gerade vom Fenster abwenden, da vernahm er aus dem Augenwinkel eine Bewegung. Er sah wieder hin und beobachtete entsetzt, wie ein Polizist um den Wagen herumging und mit einer Taschenlampe ins Innere leuchtete.

„Hey, weg vom Auto, und machen Sie das verdammte Licht aus!" Fassrath, der an der Straßenecke auf der anderen Seite stand, unterstrich seine nur geflüsterten Worte mit wilden Armbewegungen, wedelte mit seinem Dienstausweis und unterdrückte einen Fluch, als er das erschrockene Gesicht des jungen Beamten sah, der dem Befehl so schnell Folge leistete, dass er stolperte und hingefallen wäre, hätten ihn die Eisenstäbe des Eingangstors nicht gestoppt. Fassrath gönnte ihm jeden seiner blauen Flecken. Der Polizist joggte auf Fassrath zu und bekam große Augen, als er die Kollegen des Einsatzkommandos in ihren schwarzen Kampfanzügen sah. Fassrath scheuchte ihn zu seinem Motorrad und wandte sich seinem Trupp zu, um letzte Anweisungen zu erteilen.

Strasser klopfte das Herz bis zum Hals – jetzt nur nicht den Kopf verlieren. Vielleicht hatte ja jemand seiner Nachbarn die Polizei alarmiert, weil sein Auto die Einfahrt blockierte. Und wenn nicht ... ihm blieb immer noch die Möglichkeit, durch den Hof zu verschwinden.

Er schnappte sich den Rucksack, betrat die kleine Loggia, die von der Küche abging und schwang ein Bein über die Betonbrüstung. Im Hof war es dunkel und ruhig. Er hörte, wie die Wohnungstür krachend aufflog und sprang hinunter. Obwohl es nicht besonders tief war, spürte er einen stechenden Schmerz im Knöchel. Als er sich aufrichtete, wurde er vom Strahl mehrerer Taschenlampen geblendet, die ihm direkt ins Gesicht leuchteten. „Stehen bleiben, Polizei!"

Reflexartig tastete er nach der Waffe, die in seiner Hosentasche steckte.

„Hände nach oben", brüllte eine weibliche Stimme, dann wurde ihm der verletzte Arm hochgerissen, und er verlor das Bewusstsein.

34. Kapitel

Fassrath erwachte mit hämmernden Kopfschmerzen. Kein Wunder, er hatte nur vier Stunden geschlafen. Es war kurz vor halb sieben. Nach Strassers Verhaftung hatte er es sich nicht nehmen lassen, bei der darauf folgenden Wohnungsdurchsuchung dabei zu sein. Wenigstens hatte es sich gelohnt.

Stöhnend schleppte er sich in die Küche und stellte die Kaffeemaschine an. Er warf zwei Brausetabletten in ein volles Wasserglas und wartete ungeduldig, dass sie sich auflösten.

Er fluchte, als sein Handy klingelte, doch als er Hannas Namen auf dem Display sah, besserte sich seine Laune. „So früh schon wach?"

„Klar, ich bin ja gestern früh ins Bett gekommen. Außerdem habe ich um acht meine erste Patientin. Wie geht's dir?"

Er kippte das Glas mit den aufgelösten Tabletten hinunter. „Gleich viel besser."

„Ich dachte, wir könnten zusammen frühstücken."

Er warf einen Blick auf den Kaffee, der fast durchgelaufen war. „Wo bist du denn?"

„Schau' mal aus dem Fenster!"

Er öffnete das Küchenfenster und sah sie unten vor seinem Haus stehen. Sie hielt eine Brötchentüte in der Hand und winkte ihm fröhlich zu. „Lässt du mich rein?"

Er schaltete das Handy ab und drückte auf den Türöffner. Unter einer blassgelben Jacke trug sie ein blaues Sommerkleid, das mit kleinen weißen Blüten bedruckt war. Ihre kurzen braunen Haare waren feucht und zerzaust. Sie roch nach Sommerregen und Zitronenduschgel.

Als sie ihn aus der Nähe sah, krauste sie mitleidig die Stirn. „Du siehst ja furchtbar aus! Schlimme Nacht gehabt?"

„Und du siehst wunderschön aus", sagte er und umarmte sie. „Ich habe Kopfschmerzen. Aber das wird hoffentlich gleich besser. Ich muss kurz unter die Dusche. Gib' mir fünf Minuten."

Es wurden dann doch zehn, und als er aus dem Badezimmer kam, hatte sie bereits den Tisch gedeckt und Kaffee eingeschenkt. Die Selbstverständlichkeit, mit der sie in seiner Küche hantierte, als wäre sie hier zuhause, gefiel ihm. Sie hatte sogar den Brotkorb, den er irgendwo hinten im Küchenschrank aufbewahrte, gefunden, mit einem frischen Geschirrhandtuch ausgelegt und die Brötchen darauf verteilt.

Er setzte sich an den Tisch, und als sie hinter ihn trat und ihre kühlen Hände an seine Schläfen legte, lehnte er den Kopf an ihren Bauch, schloss die Augen und seufzte behaglich. Ihre Finger bewegten sich in sanften kreisenden Bewegungen. Es fühlte sich gut an.

„Daran könnte ich mich gewöhnen", murmelte er.

„An das Frühstück oder an die Massage?"

„Daran, dass du hier bist."

Sie gab ihm einen Kuss auf den Kopf, ließ ihn los und setzte sich ihm gegenüber. „Kann es sein, dass du nur zwei Tassen hast?"

Er rührte drei Löffel Zucker in seinen Kaffee und trank einen Schluck. „Eigentlich sind es fünf, die anderen drei müssen in der Spülmaschine sein."

Sie betrachtete den Frühstückstisch und griff zögernd nach dem Nutellaglas. Andere Brotaufstriche hatte sie nicht gefunden.

„Tut mir leid, ich frühstücke nur sehr selten zuhause." Fassrath stand auf und öffnete den Kühlschrank. „Gorgonzola könnte ich dir noch anbieten, oder kalte Gemüsebratlinge."

„Nein, danke." Sie grinste, stellte das Nutellaglas zurück und fischte ein Croissant aus dem Brotkorb. „Geschieht mir recht, wenn ich dich so überfalle. Ich bringe dein Morgenprogramm durcheinander."

„Du bringst mein ganzes Leben durcheinander." Er setzte sich wieder hin und griff über den Tisch nach ihrer Hand. „Und du glaubst gar nicht, wie gut mir das tut."

Als Fassrath um Viertel nach acht das Besprechungszimmer betrat, waren seine Kopfschmerzen besser geworden, und er fühlte sich einigermaßen fit. Erleichtert bemerkte er, dass er nicht der Letzte war, griff über den Tisch nach der Thermoskanne, goss sich eine Tasse ein und setzte sich neben Margareta. Carola, die mit aufgeklapptem Laptop neben Schatz saß, lächelte ihm kurz zu und schob ihm die Zuckerdose über den Tisch.

Schatz hatte sich zurückgelehnt und trommelte mit den Fingern auf die Tischplatte. „Wir warten auf Hilt", sagte er.

Gramling kam herein, wedelte mit einem Laborbericht und schüttelte seine silberne Löwenmähne, die er ausnahmsweise offen trug. Er sah äußerst zufrieden aus. Kurz darauf betrat Lisa das Besprechungszimmer, beladen mit einer großen Papiertüte, die mit dem Logo der ‚Badischen Backstub' bedruckt war. „Frühstück", sagte sie, setzte sich neben Fassrath und hielt ihm die Tüte hin. „Butterbrezel?"

„Nein danke, ich habe schon gefrühstückt." Er bemerkte ihren enttäuschten Blick und lächelte aufmunternd. „Trotzdem, super Idee!" Er nahm ihr die Tüte ab und reichte sie an Margareta.

„Du hast schon gefrühstückt?", flüsterte diese erstaunt.

„Überraschungsbesuch", flüsterte er zurück.

Die Tür ging auf und Staatsanwalt Hilt betrat das Zimmer, sein Handy am Ohr. „Wir melden uns nach unserer Besprechung bei Ihnen." Er hörte kurz zu. „Dann wimmeln Sie sie ab. Darin müssten Sie doch allmählich Übung haben." Er klappte das Handy zu, ging um den Tisch herum und setzte sich auf den letzten freien Platz zwischen Lisa und Gramling. „Das war die Pressestelle", sagte er und griff nach der Thermoskanne.

Schatz wartete höflich, bis Hilt sich einen Kaffee eingeschenkt hatte. Keiner sprach. Das einzige Geräusch war das Klappern der Tasten, als Carola die Namen der Anwesenden in ihr Protokoll eintippte. Er räusperte sich. „Also gut, fangen wir an. Guten Morgen, allerseits. Dann erzählen Sie mal, Fassrath."

Fassrath berichtete, was am Abend zuvor geschehen war, angefangen bei der vereitelten Erpressungsaktion, dem Verhör von Kess, der mutmaßlichen Ermordung von Dr. Hoffmann bis hin zur Verhaftung von Benjamin Strasser, die damit geendet hatte, dass dieser mit dem Rettungswagen ins Krankenhaus gefahren worden war, wo man ihn über Nacht zur Beobachtung dabehalten hatte – streng bewacht natürlich.

„Die Haare, die wir in Hoffmanns Hand gefunden haben, stammen eindeutig von Strasser", sagte Gramling und tippte auf den Laborbericht, der vor ihm auf dem Tisch lag, außerdem haben wir haufenweise frische Fingerabdrücke von ihm gefunden und Blutspuren von seiner Schusswunde."

„Alles schon ausgewertet?" Schatz klang gelinde überrascht.

„Die Nacht ist nicht allein zum Schlafen da", sagte Gramling mit einem selbstzufriedenen Lächeln. „Manchmal sind die Jungs aus dem Labor richtig fix."

„Strassers Haare in Hoffmanns Faust? Klingt nach einem Kampf", sagte Hilt.

‚Schnellmerker', dachte Fassrath und warf Margareta einen vielsagenden Blick zu. Sie grinste.

„Eddy hat vorhin angerufen", meldete sich Maria zu Wort. Eddy war einer der Beamten, die die Nacht über vor Strassers Tür gesessen hatten. „Strassers Gesundheitszustand ist stabil. Es gibt keinen Grund, ihn länger im Krankenhaus zu behalten. Er kann noch heute Vormittag dem Haftrichter vorgeführt werden."

Alle Köpfe wandten sich dem Staatsanwalt zu.

„Keine Einwände", sagte dieser, „zumindest der Fall Hoffmann scheint relativ klar zu sein. Lassen Sie Strasser abholen und bringen Sie ihn her."

„Wir gehen davon aus, dass Strasser auch Sofia Stern ermordet hat", sagte Fassrath. „Wir haben ihr Handy und ihre Digitalkamera in seiner Wohnung gefunden, leider ohne Chip."

„Ich denke, er hat ein Alibi", sagte Hilt. „Wie kann er gleichzeitig auf dem Fest und in Knielingen gewesen sein?"

Fassrath nickte Engermann zu, der ihm gegenüber saß und gerade einen herzhaften Biss von seiner Butterbrezel genommen hatte.

Engermann, erschrocken, dass sich plötzlich aller Aufmerksamkeit auf ihn richtete, lief rot an, nickte heftig und schüttelte gleich danach den Kopf, während er sich bemühte, seinen Mund möglichst schnell wieder leer zu kriegen.

„Geht's vielleicht ein bisschen deutlicher?", brummte Schatz.

Engermann schaffte es endlich, das Brezelstück hinunterzuschlucken. „Der Schichtleiter hat bestätigt, dass Strasser sich um neun an- und um drei abgemeldet hat. Allerdings hat er für die Zeit dazwischen keine Zeugen. Bis auf ein paar Ausnahmen werden die Security-Leute paarweise eingeteilt, aber Strasser hat sich angeboten, allein zu arbeiten."

„Das heißt, theoretisch hätte er zwischendurch nach Knielingen fahren und Sofia Stern ermorden können", sagte Hilt.

Fassraths Handy, das vor ihm auf dem Tisch lag, vibrierte. Eine Freiburger Nummer leuchtete auf dem Display auf. Er nahm den Anruf an und ging vor die Tür. Eine Minute später kam er zurück. „Das war Ernst Stern, der Vater von Sofia und Silvana. Seine Waffe ist aus dem Nachttisch verschwunden, und er nimmt an, dass Silvana sie genommen hat. Wahrscheinlich schon am Tag nach dem Mord, als sie ihre Eltern in Freiburg besucht hat."

„Das hat uns gerade noch gefehlt", stöhnte Margareta.

„Er hat Angst, dass sie sich etwas antun will." Fassrath war schon wieder am Telefon. „Sie geht nicht an ihr Handy", sagte er schließlich. Er hinterließ eine Nachricht auf ihrer Mobilbox mit der Bitte, ihn zurückzurufen – es gäbe Neuigkeiten. „Carola, gib' eine Fahndung raus – ich fahre zu ihrer Wohnung."

„Ich komme mit", sagte Margareta und stand auf, „ich glaube, ich habe einen ganz guten Draht zu ihr."

„Kann das nicht jemand anders übernehmen?", motzte Schatz, „ich brauche Sie hier!"

„Wir sind in einer halben Stunde wieder da", sagte Fassrath, und schon waren die beiden zur Tür hinaus.

Die Luft im Vernehmungsraum war stickig. Der vom Gericht bestellte Pflichtverteidiger Dr. Klaus Dünnbrecht saß neben Strasser, vor sich eine aufgeklappte Mappe, die seine momentan noch spärlichen Notizen enthielt. Er trug eine etwas altmodische Brille mit halbrunden Gläsern, die bis auf die Nasenspitze vorgerutscht war und seinem fast faltenlosen Gesicht mit den rosaroten Hamsterbäckchen einen Ausdruck des Wohlwollens verlieh, als sei er ein guter Onkel, der gleich seine Geschenke verteilen würde.

Fassrath und Margareta hatten schon des Öfteren mit Dünnbrecht zu tun gehabt, und sie wussten beide, dass sich hinter seinem harmlos wirkenden Äußeren ein scharfer Verstand und knallhartes Verhandlungsgeschick verbarg. Moralische Bedenken waren ihm fremd. Das geringstmögliche Strafmaß für seinen Klienten zu erwirken, stand für ihn immer im Vordergrund.

Die Suche nach Silvana war bislang erfolglos verlaufen. Sofias Nachbarin hatte ihnen die Wohnung aufgeschlossen, doch Silvana war nicht da gewesen. Fassrath fiel es schwer, sich zu konzentrieren, die arbeitsreichen letzten Tage und die kurze Nacht forderten ihren Tribut. Und jetzt noch die Sorge um Silvana. Dieser aalglatte Rechtsverdreher hatte ihm gerade noch gefehlt.

Dünnbrecht schob seine Brille einen halben Zentimeter hoch, legte die Fingerspitzen aneinander und lächelte wohlwollend. „Ich denke, wir sind uns alle einig, dass es sich im Todesfall Dr. Hoffmann eindeutig um Notwehr handelt. Mein Mandant hat zugegeben, den Verblichenen in erpresserischer Absicht in seinem Büro aufgesucht zu haben. Dr. Hoffmann tat erst so, als würde er auf die Sache eingehen und gab ihm das Geld, bedrohte ihn aber daraufhin mit einer Waffe und zwang ihn, dieses zugegebenermaßen lächerliche Geständnis niederzuschreiben, das Sie bei meinem Mandanten sichergestellt haben. Er schoss auf ihn, zweifelsohne mit Tötungsabsicht, woraufhin sich ein Kampf entwickelte, in dessen Verlauf sich ein weiterer Schuss löste, der Dr. Hoffmann tödlich verwundete. Mein Mandant nahm daraufhin das Geld an sich und beschloss, sein Glück in der Flucht zu versuchen, da er annehmen musste, dass Sie ihm die Geschichte nicht glauben würden. Was sich ja auch bestätigt hat." Er tippte sich wieder an die Brille und wandte sich Strasser zu, der zögernd nickte.

„Ja, so war es", sagte er.

„Das erklärt nicht den falschen Pass", sagte Margareta.

Der Anwalt nickte bedächtig, „Ich verstehe Ihr Misstrauen", sagte er, „bei der Übergabe des Passes handelte es sich allerdings um eine separate Transaktion, die bereits vor Wochen in die Wege geleitet worden war, da sich mein Mandant mit der Absicht trug, sich außerhalb Europas eine neue Existenz aufzubauen. Natürlich ist es bedauerlich, dass er sich dazu hinreißen ließ, sich illegaler Mittel zu bedienen."

„Ohne Geld?", fragte Fassrath, „die Erpressung konnte er ja zu der Zeit noch nicht geplant haben." Er wandte sich direkt an Strasser. „Oder hatten Sie noch andere Eisen im Feuer?"

„Ich wollte einfach nur weg von der alten Hexe", sagte er wütend.

„Herr Strasser", sagte Dünnbrecht warnend.

„Ach, halten Sie doch den Mund", fuhr ihn Strasser an.

Dünnbrecht öffnete den Mund, doch Fassrath sprach schnell weiter. „Es sieht verdammt schlecht für Sie aus, Herr Strasser, und ich denke, das wissen Sie auch. Und das nicht nur, weil wir das Handy und die Digitalkamera von Sofia Stern in Ihrer Wohnung gefunden haben."

„Die Sachen hatte Hoffmann in seinem Büro, das habe ich Ihnen doch schon gesagt."

„Ach kommen Sie, Strasser. Sie wollen mir doch nicht erzählen, dass Sie, nachdem Sie Hoffmann erschossen hatten und selbst verwundet waren, sich noch die Zeit genommen haben, sein Büro zu durchsuchen."

„Hab' ich nicht. Ich habe nur die oberste Schreibtischschublade aufgezogen."

„Warum?"

„Ich habe nach Geld gesucht."

„Tja, da müssen Sie wirklich blind gewesen sein. Wir haben in Dr. Hoffmanns Büro eine Geldkassette mit fast 20.000 Euro Inhalt sichergestellt. Und jetzt raten Sie mal, wo sich die befand!"

Strasser wurde noch blasser, als er ohnehin schon war.

„Was haben Sie eigentlich mit dem Terminkalender gemacht? Verbrannt?"

„Da war kein Terminkalender in der Han ..."

„Strasser!", brüllte Dünnbrecht. Alle falsche Gelassenheit war von ihm abgefallen.

„Warum lassen Sie Ihren Mandanten nicht ausreden?" Fassrath sprach leise, doch er hatte die Fäuste geballt und zitterte vor Wut.

„Da war kein Terminkalender in der Schublade", sagte Strasser.

Fassrath beugte sich soweit vor, dass er fast mit seiner Nase die Strassers berührte. „Und was ist mit den Zeitungsausschnitten und den Berichten über die Morde des Vampirs? Wir haben einen ganzen Ordner davon bei Ihnen gefunden, ganz zu schweigen von den Aufnahmen der Fernsehberichte auf der Festplatte Ihres DVD-Recorders."

„Das ist kein Verbrechen", sagte Strasser, „es hat mich einfach interessiert. Okay, vielleicht bin ich sensationsgeil, aber ich bin kein Mörder."

Dünnbrecht stand auf. „Lassen Sie uns bitte kurz allein. Ich muss mich mit meinem Mandanten besprechen."

Strasser sah ihn aus rotgeränderten Augen an. „Das ist nicht nötig. Ich habe sie nicht getötet. Hoffmann wars. Er wollte, dass ich für ihn die Dreckarbeit mache, aber ich habe mich geweigert. Also hat er es selbst getan, oder er hat einen anderen Killer angeheuert. Deswegen konnte ich ihn auch erpressen. Und deswegen hat er versucht, mich auch umzubringen."

„Wenn Sie Wert darauf legen, dass ich weiterhin Ihre Interessen vertrete, möchte ich mich jetzt unter vier Augen mit Ihnen unterhalten", insistierte Dünnbrecht.

Margareta und Fassrath tauschten einen Blick.

„Schon gut", sagte Margareta schließlich, wir machen zehn Minuten Pause."

„Vergessen Sie nicht, die Mikrofone auszuschalten", rief ihnen Dünnbrecht hinterher.

„Bin mal gespannt, welches Märchen sich dieser kleine Wichser jetzt wieder ausdenkt", sagte Margareta, wobei nicht ganz klar war, ob sie von Dünnbrecht oder dessen Mandanten sprach.

Fassrath schlug mit der Faust auf den Tisch. Er konnte vor Wut kaum sprechen. „Wir waren so nah dran. Ich könnte ihn …"

Margareta streichelte seinen Arm, als wollte sie ein nervöses Pferd beruhigen. „Reg' dich nicht so auf, Vincent. Wir kriegen ihn schon noch dran."

Fassrath drehte sich zu Hilt um, der neben ihnen hinter der Glasscheibe stand und den Anwalt beobachtete, der offensichtlich eifrig auf Strasser einredete. „Was sagen Sie dazu, Herr Staatsanwalt? Außer, dass ich mich zusammenreißen soll?"

Hilt sah mindestens genauso wütend aus. „Ich sag' Ihnen jetzt mal was, Fassrath. Wenn ich da drin gewesen wäre, hätte ich diesem hinterfotzigen Dreckskerl ein paar aufs Maul gegeben. Und damit meine ich nicht Strasser. Insofern können Sie stolz auf sich sein. Dieser Dünnbrecht ist eine Schande für seinen Berufsstand." Er sah sich in dem kleinen Raum um, als würde er nach versteckten Kameras suchen und strich sich über die Krawatte. „Das habe ich natürlich nie gesagt."

„Schade", sagte Fassrath sarkastisch, „für einen Moment waren Sie mir richtig sympathisch."

Ein schwaches Grinsen huschte über Hilts Gesicht. „Sie mir auch, Fassrath."

Margareta streichelte immer noch Fassraths Arm.

Er hielt ihre Hand fest und drückte sie leicht. „Lass' gut sein, Gretchen."

Margareta sah selbst ziemlich mitgenommen aus. „Was wir jetzt brauchen, ist ein Geständnis. Strasser und sein feiner Anwalt werden weiterhin versuchen, Hoffmann den Mord an Sofia in die Schuhe zu schieben, Hoffmanns Tod war Notwehr, bleibt nur noch die versuchte Erpressung, und er kommt auf Kaution raus."

Fassrath streckte sich, und ein vertrauter Schmerz fuhr ihm in den Nacken. „Ich bin gleich wieder da." Ihm war kalt, was natürlich auch am Schlafmangel liegen konnte. Er griff nach seiner Lederjacke und zog sie sich im Gehen an. Er lief die Treppe hinunter, nickte dem Pförtner zu und verließ das Gebäude. Unter dem Vordach vor dem Eingang blieb er einen Moment stehen und sah nachdenklich in den stärker werdenden Regen hinaus.

Es war deutlich kühler geworden, und die frische Luft tat ihm gut. Er schlug den Kragen seiner Jacke hoch und rannte los. In fünf Minuten musste er wieder zurück sein. Als er um die Ecke bog, lief ihm Silvana Stern in die Arme. Sie hatte weder Schirm noch Jacke dabei, sondern trug ein leuchtend rotes Sommerkleid, dessen dünner Baumwollstoff völlig durchnässt war und wie eine zweite Haut an ihrem Körper klebte. Es war dem Kleid, das ihre Schwester an ihrem Todestag getragen hatte, sehr ähnlich. Ihre nackten Arme waren mit Gänsehaut überzogen, und Fassrath registrierte, dass sie zitterte. Widerstandslos ließ sie sich die Handtasche abnehmen. Er öffnete den Verschluss und holte eine kleine Glock heraus.

„Ich glaube, sie ist noch nicht einmal geladen", sagte Silvana.

„Jetzt nicht mehr", sagte Fassrath, entfernte das Magazin und steckte beide Teile in seine Hosentasche. „Ihr Vater hat mich angerufen, er hat Angst, sie wollen sich etwas antun."

„Und Sie", sagte Silvana, „haben Sie das auch gedacht?"

Fassrath schüttelte den Kopf. „Nein, aber die andere Variante gefällt mir auch nicht viel besser."

„Ist er da drin?" Sie versuchte, sich an Fassrath vorbeizudrängen, doch er hielt sie am Arm fest. Sie war erschreckend blass, und ihr Atem ging flach.

Er überlegte, ob er riskieren konnte, sie loszulassen. Als hätte sie seine Gedanken gelesen, trat sie einen Schritt zurück, und er ließ die Hand sinken.

Sie schlang die Arme um ihren Oberkörper und zitterte jetzt heftiger. „Ich will ihn sehen", sagte sie mit klappernden Zähnen. „Das Schwein soll mir in die Augen sehen!"

Fassrath zog seine Jacke aus und legte sie ihr um die Schultern. Er machte sich Sorgen um sie – sie sah aus, als könnte sie jeden Moment zusammenklappen. „Kommen Sie mit hinein, Sie kriegen einen Kaffee und können sich aufwärmen, und dann fahren wir Sie nach Hause."

„Ich will ihn sehen!", wiederholte sie. Sie machte einen Schritt auf ihn zu, und die Jacke drohte von ihren Schultern zu rutschen.

„Ziehen Sie sie an. Sie ist schön warm." Behutsam half er ihr hinein. Natürlich war ihr seine Jacke zu groß, und sie sah seltsam verloren darin aus. Er ging mit ihr zurück und brachte sie zu Carola. „Frau Schiller wird Ihnen Gesellschaft leisten, bis Sie Ihren Kaffee getrunken haben, dann fährt Sie einer meiner Kollegen nach Hause." Er erwartete, dass sie protestieren würde, aber sie nickte nur und setzte sich in den Sessel, der in einer Ecke des kleinen Büros stand. Carola ging in die Küche und kam mit einem dampfenden Kaffeebecher zurück.

Fassrath nahm ihn ihr ab, brachte ihn Silvana, die ihn wortlos entgegennahm und ging vor ihr in die Hocke. „Sie haben ,Kriponews' gelesen, nehme ich an?"

Silvana sah auf. „Haben Sie gewusst, dass die Seite alle paar Minuten aktualisiert wird? Ich habe die ganze Nacht nicht geschlafen. Ich wollte erst ins Krankenhaus, um ihn zu sehen, aber sie haben nicht geschrieben, in welches er gebracht wurde." Sie legte beide Hände um den Becher. „Hat er gestanden?"

Fassrath schüttelte den Kopf. „Bis jetzt nicht."

„Aber Sie haben ihn doch überführt, oder?"

„Wir stehen kurz davor."

„Also nicht." Sie nickte wieder. „Wie sieht Ihr Plan aus?"

„Zermürbungstaktik", sagte er. „Irgendwann bricht jeder zusammen." Er betrachtete sie, wie sie vor ihm saß, das blasse Gesicht, das rote Kleid, ihrer toten Schwester zum Verwechseln ähnlich. Und er hatte eine Idee, wie er Strasser dazu bringen könnte, endlich zu gestehen. Der Gedanke war absolut naheliegend und moralisch absolut verwerflich. Er war sich sicher, dass sie keinen Moment zögern würde, und er glaubte, dass sie stark genug war, das Ganze psychisch zu verkraften, doch schließlich siegte sein Beschützerinstinkt, sein starkes Bedürfnis, sie vor weiteren Verletzungen zu bewahren. Sie würden es auch so schaffen. Professionelle Distanz – von wegen, dachte er bitter. Er umschloss ihre kalten Hände mit seinen. „Vertrauen Sie uns, Frau Stern." Es klang lahm, und er ärgerte sich über sich selbst. Fehlte nur noch, dass er ‚alles wird gut' sagte.

Er hatte die Hand schon an der Türklinke zum Vernehmungsraum, als er nach seinem Handy griff und Ernst Stern anrief. Danach machte er noch einen zweiten Anruf.

Fassrath war frustriert. Seine Kopfschmerzen hatten sich mit voller Macht zurückgemeldet, und er hatte das Gefühl, dass sie kein bisschen vorankamen. Strasser blieb hartnäckig bei seiner Aussage, dass er Sofia Stern weder getötet noch gekannt hätte, abgesehen von seiner kurzen Begegnung mit ihr im P10. Sein verletzter Arm bereitete ihm offensichtlich Schmerzen, und er bat um ein Glas Wasser, um eine der Tabletten hinunterzuspülen, die ihm der behandelnde Arzt des Krankenhauses mitgegeben hatte.

Margareta stand auf, um es ihm zu holen. Als sie die Tür öffnete, wurde ihr die Klinke von außen aus der Hand gerissen, und Silvana Stern drängte sich an ihr vorbei. Margareta war viel zu verdattert, um Silvana am Eintreten zu hindern. Fassrath, der an der Wand gelehnt hatte, war mit zwei Schritten bei ihr und bekam gerade noch ihren Arm zu fassen, bevor sie sich auf Strasser stürzen konnte. Die blaugrünen Augen funkelten in ihrem kalkweißen Gesicht, und sie zitterte am ganzen Körper. „Du mieses Schwein!" Ihre Stimme war nur ein heiseres Flüstern.

Strasser war ebenfalls aufgesprungen, in seinen Augen stand das nackte Grauen. „Das ist doch total krank!", schrie er, die Arme vor sich ausgestreckt, als wollte er einen bösen Geist abwehren. „Du bist tot! Oh Gott!" Er schluchzte. „Ich wollte dich nicht umbringen. Die alte Hexe hat mich dazu gezwungen! Und überall war Blut ... so viel Blut ...deine Haare waren ganz verklebt ..." Er würgte.

Silvanas Mund verzog sich zu einem verzerrten Lächeln. Sie wandte sich Fassrath zu, der immer noch ihren Arm umklammerte. „Das reicht hoffentlich als Geständnis?"

Sie stand ganz nah bei ihm, und als er sie ansah, erkannte er im grellen Neonlicht des Vernehmungsraums, dass die unnatürliche Blässe ihres Gesichts von einer dicken Schicht Makeup herrührte. Er ließ sie los, und mit großer Anstrengung gelang es ihm zurückzulächeln. „Ja, das reicht."

Sie zitterte nicht mehr. Wie eine Rachegöttin stand sie da, den Ausdruck glühenden Triumphes in den Augen.

Strasser hatte sich in seinem Stuhl zusammengekrümmt. Der widerlich-säuerliche Geruch von frisch Erbrochenem hing in der Luft. Er würgte noch immer.

Silvana warf einen letzten zornerfüllten Blick auf ihn, in den sich jetzt Abscheu und Trauer mischten, dann ließ sie sich von Fassrath hinausführen.

Vor der Tür stand Carola wie das personifizierte schlechte Gewissen. „Es tut mir so leid, Vincent. Sie wollte auf die Toilette, und ich ..."

Fassrath winkte ab. „Es ist alles in Ordnung, Carola, wirklich."

Auf dem Flur kam ihnen Marbach entgegen. „Mistwetter!", sagte er und hielt Silvana eine pralle Stofftasche entgegen. „Ich habe dir was zum Umziehen mitgebracht."

Silvana warf Fassrath einen erstaunten Blick zu und schüttelte leicht den Kopf. „Sie hätten Sozialarbeiter werden sollen."

35. Kapitel

„Ich habe Sie erwartet." Eleonore Kess saß sehr aufrecht in einem schwarzen Ledersessel und schaute durch die offene Terrassentür in den Garten. Es regnete immer noch.

„Nun, dann wissen Sie ja auch, warum wir hier sind", sagte Fassrath. Er drückte ihr den Durchsuchungsbeschluss in die Hand, doch sie ließ das Papier auf den Boden fallen, ohne es anzusehen. Fassraths Team verteilte sich und machte sich routiniert an die Arbeit.

„Der Regen tut den Pflanzen gut", sagte die alte Frau. Sie hatte den beiden Ermittlern noch immer den Rücken zugewandt und ignorierte die hektische Betriebsamkeit um sie herum.

„Wir sind nicht hergekommen, um uns mit Ihnen über das Wetter zu unterhalten", sagte Margareta.

Frau Kess lachte, doch es klang brüchig. „Ich bedaure Eberhards Tod sehr. Er war ein guter Anwalt. Ich habe seine Loyalität sehr geschätzt."

„Er war ein gewissenloser Verbrecher und Mörder", sagte Margareta kalt. „Genau wie Sie."

Die alte Frau schnaubte. „Was verstehen Sie schon davon. Manchmal muss man ungewöhnliche Wege einschlagen, um die Familie zu schützen. Sofia Stern hätte das Leben meines Sohnes zerstört, wenn ich nicht eingegriffen hätte."

„Und wie viele Menschenleben haben Sie zerstört, Frau Kess? Ich wette, Sie hatten auch bei dem Reitunfall der Verlobten Ihres Mannes die Hand im Spiel."

Die alte Frau wandte sich an einen der Polizeibeamten, der gerade die Kommode im Wohnzimmer durchsuchte. „Ich nehme an, Sie suchen den Terminkalender von Sofia Stern. Sie finden ihn im Schlafzimmer unter meiner Matratze. Und dann wäre ich Ihnen sehr verbunden, wenn Sie damit aufhören würden, meine Sachen zu durchwühlen."

Margareta holte sich einen Stuhl, setzte sich direkt vor Frau Kess und sah ihr in die Augen. „Da Sie uns so bereitwillig Auskunft geben, nehme ich an, dass sie noch andere Dinge hier versteckt haben, Frau Kess. Vielleicht ein paar Souvenirs von den anderen Morden, an denen Sie beteiligt waren?"

Die alte Frau zuckte zusammen. „Sie verstehen nichts."

„Sie sind doch schon immer über Leichen gegangen. Deshalb haben Sie sich auch Strasser an Land gezogen, nicht wahr? Sie haben gleich erkannt, dass er für Geld alles tun würde. Also haben Sie dafür gesorgt, dass er von Anfang an in Ihrer Schuld stand. Aber im Fall Sofia Stern lief alles schief, und Sie wussten, dass Strasser nicht mehr lange durchhalten würde. Also mussten Sie ihn loswerden. Wie war denn der ursprüngliche Plan, Frau Kess? Wollten Sie ihn wirklich mit seinem falschen Pass ziehen lassen oder haben Sie Ihren ach so loyalen Neffen angewiesen, Strasser umzubringen?"

Frau Kess erhob sich mühsam und sah Margareta böse an. „Ihre Fantasie geht mit Ihnen durch. Ich nehme an, Sie möchten, dass ich Sie begleite."

„Ich denke nicht, dass Sie eine Wahl haben", sagte Margareta, der das vornehme Getue der alten Frau auf die Nerven ging.

Es klopfte an der Tür, und Fassrath öffnete.

Maximilian König wirkte sehr verlegen. „Ich wollte Ihnen nur sagen, falls Sie Frau Kess mitnehmen, sie ist nicht sehr gut zu Fuß, deshalb dachte ich mir, ich bringe Ihnen ihren Rollstuhl vorbei." Er wandte sich an Frau Kess. „Ich habe ihn gereinigt und die Räder geölt, wie Sie gesagt haben. Jetzt ist er wieder wie neu." Er schob ihn in die Mitte des Zimmers. Auf der Rückseite des Rollstuhls befand sich ein kleiner Aufkleber mit dem Logo vom Haus Abendsonne.

„Der Igel im Meer", murmelte Fassrath, und ihn schauderte bei dem Gedanken, dass das wohl derselbe Rollstuhl war, mit der Strasser die Leiche von Sofia Stern zur Parkbank transportiert hatte.

Konrad Kess saß vor Fassraths Schreibtisch und schwitzte so stark, als hätte er gerade einen Halbmarathon hinter sich.

Fassrath musterte ihn ungnädig. „Jetzt sagen Sie endlich, warum Sie hier sind, oder gehen Sie."

„Kann ich ein Glas Wasser haben?"

„Nein."

Kess wischte sich mit einem Taschentuch das Gesicht ab. Als er den Arm hob, stieg Fassrath eine Welle des sauren Schweißgeruches in die Nase, den Kess aus allen Poren auszudünsten schien. Fassrath stand auf, öffnete das Fenster und setzte sich wieder hinter seinen Schreibtisch. Er verspürte das starke Bedürfnis, den Raum auszuräuchern und lechzte nach einer Zigarette. Stattdessen schob er sich einen Kaugummi in den Mund. „Ich höre."

„Was passiert mit den Fotos?", brachte Kess schließlich hervor. „Sie werden Sie doch wohl nicht an die Presse weitergeben? Mein Anwalt hat gesagt ..."

„Es ist mir scheißegal, was Ihr Anwalt gesagt hat", unterbrach ihn Fassrath. „Das ist also Ihre größte Sorge – wie Sie Ihren guten Ruf wahren können? Oder vielmehr, das, was noch davon übrig ist?" Er betrachtete ihn angewidert.

Kess lief dunkelrot an, griff sich an den Hals und lockerte seine Krawatte. „Ich wusste nichts davon. Das müssen Sie mir glauben. Ich hätte nie gedacht, dass sie so weit gehen würde. Ich habe Sofia geliebt, wie ich noch nie eine Frau gelie ..."

„Halten Sie den Mund!", sagte Fassrath, „ich will nicht auf meinen eigenen Schreibtisch kotzen müssen. Sie wussten sehr genau, dass Ihre Mutter völlig skrupellos ist, sobald es um ihre Familie geht. Sie waren schon immer ein Muttersöhnchen, haben sich bei ihr ausgeheult, wenn es ein Problem gab, und sie hat es für Sie gerichtet. Ich sage Ihnen, wie es war. Sie waren völlig besessen von Sofia, und Sofia hatte ein weiches Herz und hat Ihnen einen Traum erfüllt, nur dass es für Sofia eine einmalige Sache war, aber Sie, Herr Kess, Sie wollten immer mehr, Sie konnten es nicht ertragen, dass Sofia kein erotisches Interesse an Ihnen hatte. Und Sie hatten Angst, wegen der Fotos, und weil Sie nicht wussten oder Sofia nicht glaubten, dass sie die Fotos vernichtet hatte. All das haben Sie brühwarm Ihrer Mutter erzählt, denn Sie wussten, dass Ihre Mutter eine Lösung für Sie finden würde. Und wahrscheinlich hat Ihre Mutter es Ihnen sogar gesagt, dass Sie sich keine Sorgen mehr machen müssen, weil Sie das Problem aus der Welt schaffen würde. Nur das Problem war Sofia, also musste sie Sofia aus der Welt schaffen."

„Hören Sie auf!", flüsterte Kess.

„Deshalb sind Sie an besagtem Sonntag mit Ihrer Mutter ins Kurhaus nach Baden-Baden gefahren und danach noch mehrere Stunden bei ihr geblieben. Sie müssen zumindest den Verdacht gehabt haben, dass es darum ging, Ihnen für die Tatzeit, für den Mord an Sofia, ein Alibi zu beschaffen.

Kess beugte sich vor und vergrub den Kopf in den Händen. „Ich hatte keine Ahnung", sagte er.

„Das Personal im Kurhaus hat ausgesagt, dass Sie kaum etwas gegessen haben, obwohl Sie das große Büffet bestellt hatten. Sogar der Pförtner hier hat ausgesagt, dass es Ihnen an diesem Morgen total schlecht ging. Trotzdem sind Sie nicht nach Hause gegangen, sondern haben bei Ihrer Mutter ausgeharrt. Sie haben es gewusst, Kess, oder zumindest geahnt, und Sie haben nichts getan, um den Mord an Sofia zu verhindern. Und mit dieser Schuld müssen Sie jetzt leben."

36. Kapitel

Für Ende September war es erstaunlich warm. Es war fast so, als wollte der Sommer noch ein letztes Mal aufbegehren, bevor er sich bis zum nächsten Jahr verabschieden musste.

Fassrath stand am geöffneten Fenster, nippte an seinem Kaffee und beobachtete das geschäftige Treiben auf der Straße. Ein mildes Lüftchen wehte herein und strich ihm liebkosend über das Gesicht. Der Gedanke an den nahenden Herbst versetzte ihn in eine melancholische Stimmung, und ohne sich dessen bewusst zu sein, begann er, halblaut sein Lieblingsgedicht zu rezitieren. „Herr, es ist Zeit, der Sommer war sehr groß, leg' deinen Schatten auf die Sonnenuhren ..."

„... und auf den Fluren lass' die Winde los."

Er fuhr herum und sah erstaunt die junge Frau an, die unbemerkt eingetreten war, jetzt zielstrebig auf einen der beiden Besucherstühle vor seinem Schreibtisch zusteuerte und sich, ohne seine Aufforderung abzuwarten, hinsetzte. „Tut mir leid, ich wollte Sie nicht erschrecken. Frau Schiller hat mich hereingelassen."

Fassrath brauchte einen Moment, bis er sie erkannte.

Ihre Mundwinkel zuckten, als sie sah, wie sich sein Gesichtsausdruck veränderte. „Ich musste in der Schule mal eine Interpretation über dieses Gedicht schreiben. Und ich wollte unbedingt die Beste sein."

Er lehnte sich an die Fensterbank. „Warum?"

„Ich war verliebt in meinen Deutschlehrer und wollte ihn beeindrucken. Ganz schön armselig, was?"

Fassrath schüttelte den Kopf. „Überhaupt nicht."

Sie sah an ihm vorbei. „Meine Mutter hat Ihnen die Geschichte erzählt, nicht wahr?"

„Nicht wirklich, nur, dass er irgendwann wieder zu seiner Frau zurück ist."

„Er hat mir das Herz gebrochen, der Mistkerl." Sie schwieg eine Weile, dann lächelte sie. „Aber immerhin hat er mir Rilke nähergebracht." Sie schloss die Augen, um sich besser konzentrieren zu können, und auf ihrer Stirn bildete sich eine kleine Falte. „Befiehl' den letzten Früchten voll zu sein, gib ihnen noch zwei südlichere Tage ... Dränge ... dränge sie ..." Sie stockte.

„... Dränge sie zur Vollendung hin, und jage die letzte Süße in den schweren Wein", deklamierte Fassrath, „Wer jetzt kein Haus hat, baut sich keines mehr. Wer jetzt allein ist, wird es lange bleiben ..."

„... wird wachen, lesen, lange Briefe schreiben und wird in den Alleen hin und her unruhig wandern, wenn die Blätter treiben", vollendete Silvana.

Fassrath nickte anerkennend und prostete ihr mit seiner Kaffeetasse zu. „Möchten Sie auch einen?"

„Nein, danke." Sie strich sich eine Haarsträhne aus der Stirn und grinste ihn an. „Wie gefällt's Ihnen?"

Er wusste, dass sie nicht von dem Gedicht sprach. Sie trug Jeans, ein hellgrünes Kapuzenshirt und dazu passende Sneakers. Ihre dunkle Haarpracht hatte sie durch einen frechen Kurzhaarschnitt in einem warmen Rotton ersetzt. Abgesehen von einem feinen dunkelgrünen Lidstrich, der ihre meerfarbenen Augen betonte, war sie ungeschminkt.

Fassrath lächelte. „Sie sehen gut aus."

Sie stellte einen Fuß auf und zupfte am Schnürsenkel. „Es war Zeit für etwas Neues."

„Wie geht's Ihnen, Silvana?", fragte Fassrath.

„Es geht mir gut. Ich habe eine neue Stelle, ab November."

„Herzlichen Glückwunsch. Wo werden Sie arbeiten?"

„Wieder bei der Jugendgerichtshilfe."

„In Freiburg?"

Ihr Grinsen wurde breiter. „Nein, in Berlin."

Er hob die Brauen.

„Martin hat dort einen Job bekommen. Über die Chefredakteurin von ‚WearIt!', dieser Modezeitschrift, für die er ab und zu
arbeitet."

„Ich erinnere mich. Sie sind mit ihm zusammen?"

Silvana nickte. „Wir haben eine Drei-Zimmer-Wohnung in
Kreuzberg. Sie können gern zum Kaffee vorbeikommen, wenn
Sie mal in Berlin sind."

„Vielleicht mache ich das wirklich. Meine kleine Schwester
lebt in Berlin."

„Ich würde mich echt freuen. Sie haben ja meine Handynummer."

„Wie geht es Ihren Eltern?"

„Sie kommen klar. Mein Vater lässt nicht viel raus und ver-
gräbt sich in seiner Arbeit."

„Und Ihre Mutter?"

Sie schluckte. „Es klingt makaber, aber seit Sofias Tod hat
sich unser Verhältnis gebessert. Irgendwie schaffen wir es, uns
gegenseitig zu trösten." Ihre Augen verdunkelten sich, und er sah
die Trauer darin, die immer noch dicht unter der dünnen Schicht
ihrer neuen Fröhlichkeit lauerte, bereit, jederzeit wieder hervor-
zubrechen.

„Das freut mich. Ich mag Ihre Mutter." Sein Blick war warm
und voller Anteilnahme. „Ich glaube, Sie sind ihr sehr ähnlich,
zumindest in manchen Dingen."

Sie lächelte und wischte sich eine Träne aus dem Augenwinkel. „Sie mag Sie auch. Sie hat sich gefreut, dass Sie zur Beerdi-
gung gekommen sind." Sie stand auf. „Ich muss gehen, Martin
wartet draußen – ich wollte mich nur verabschieden."

Fassrath stieß sich von der Fensterbank ab und ging zu ihr. Er
hätte sie gern zum Abschied in den Arm genommen, aber das
erschien ihm unpassend, und so streckte er ihr die Hand hin.

„Es war schön, dass Sie vorbeigekommen sind. Passen Sie auf sich auf, Silvana."

Sie schüttelte ihm die Hand. „Sie auch. Wie heißen Sie eigentlich mit Vornamen?"

„Vincent."

Sie schien kurz zu überlegen. Dann nickte sie, legte leicht die Hand auf seinen Arm und küsste ihn auf die Wange. „Der Name passt zu Ihnen. Wir seh'n uns, Vincent."

37. Kapitel

„Bist du sicher, dass man Spinat nicht aufwärmen darf?" Hanna warf einen bedauernden Blick auf den Rest der Lasagne.

Fassrath stellte die Teller zusammen. „Ganz sicher. Beim Aufwärmen entwickeln sich Giftstoffe, oder so ähnlich. Hat dir das deine Mutter nicht beigebracht?"

„Bei uns gab's nie Spinat", sagte Hanna. Sie hielt seine Hand fest, als er nach der noch fast halbvollen Auflaufform griff. „Du willst das doch nicht etwa wegwerfen?"

„Was soll ich sonst damit tun?"

„Vielleicht kriegen wir heute Nacht Hunger."

„Auf kalte Lasagne", ergänzte Fassrath trocken.

„Warum nicht?" Hanna zog eine Schublade auf, holte eine Rolle Abdeckfolie heraus und riss ein Stück davon ab. „Wegwerfen können wir es immer noch."

Er lächelte nachsichtig. „Ganz wie du willst, Goldauge."

Sie deckte das Gefäß ab und stellte es in den Kühlschrank.

Als sie sich wieder zu ihm umdrehte, zog er sie an sich. „Was machen wir denn jetzt mit dem angebrochenen Abend?"

Sie zeichnete mit den Fingerspitzen zarte Linien auf seine Brust. „Wir werden uns schrecklich langweilen und irgendwann vor dem Fernseher einschlafen."

„Langweilen klingt gut." Er öffnete zwei Knöpfe ihrer Bluse und drückte seine Lippen auf ihren Hals.

„Vielleicht sollten wir vorher noch die Spülmaschine einräumen", sagte sie und schob ihre Hände unter sein Hemd.

„Scheiß drauf!" Während sein Mund langsam nach unten wanderte, fuhr er damit fort, ihre Bluse aufzuknöpfen. Er hatte sich gerade zum letzten Knopf vorgearbeitet, als ihn die Reibeisenstimme von Chad Kroeger erstarren ließ. „Mist, verdammter!"

Hanna strich ihm über die Haare. „Geh' schon ran."

Er warf einen Blick auf das Display und drückte auf die Annahmetaste. „Wehe, wenn es nichts Wichtiges ist!"

„Ich stör' dich doch nicht gerade bei irgendwas?", fragte Margareta scheinheilig.

„Sag' schon!"

„Männliche Wasserleiche. Lag in der Alb unter der Katzenbrücke. Ein Spaziergänger hat sie entdeckt."

„Um diese Uhrzeit? Es ist kurz nach halb elf."

„Er hat seinen Hund ausgeführt. Na ja, eigentlich hat der Hund den Toten entdeckt. Können wir uns dort treffen?"

„Mir wäre es lieber, wenn du mich zuhause abholst. Ich bin nicht mehr ganz nüchtern."

Margareta lachte und versprach, in zehn Minuten da zu sein.

Er warf das Handy auf den Tisch und steckte sich frustriert das Hemd in die Hose.

Hanna legte die Arme um ihn. „Mach' dir nichts draus. Wir machen das nächste Mal genau da weiter, wo wir aufgehört haben."

Er warf einen wehmütigen Blick auf ihre Bluse, die sie schon wieder zugeknöpft hatte. „Versprochen?"

„Versprochen." Sie küsste ihn und fuhr sich mit der Zunge über die Lippen. „Vielleicht solltest du dir die Zähne putzen. Macht wahrscheinlich keinen guten Eindruck, wenn du mit einer Rotweinfahne ankommst."

Widerstrebend ließ er sie los und ging ins Bad. „Morgen such' ich mir einen neuen Job."

Mit einem leisen Knirschen drehte sich der Schlüssel im Schloss, und die Tür schwang auf. Es roch nach Popcorn. Fassrath zog die Schuhe aus und folgte dem schwachen Lichtschein ins Wohnzimmer. Im Fernsehen lief ein Horrorfilm, der Ton war leise gestellt. Ein mutiertes Riesenkrokodil war gerade dabei, eine Touristengruppe zu zerfleischen. Gedämpftes Gekreische untermalte die dramatische Szene. Auf dem Couchtisch standen ein halbvolles Weinglas und eine Schüssel, die noch ein paar Popcorn-Krümel enthielt. Unberührt von der Metzelei zwei Meter vor ihrer Nase lag Hanna mit angezogenen Beinen auf dem Sofa und schnarchte leise vor sich hin. Sie hatte eines seiner T-Shirts angezogen, das ihr viel zu groß war. Daniel hatte es ihm zum Geburtstag geschenkt. Er dachte an die verführerischen Seidennegligees, die seine Exfrau so gern getragen hatte. Nie hätte er gedacht, dass ihm eine Frau im Simpsons-T-Shirt so begehrenswert erscheinen würde.

Er hob die offenbar vom Sofa gerutschte Decke auf, breitete sie über Hanna aus und setzte sich vorsichtig neben sie. Er fühlte sich müde und erschöpft. Wie ein abgekämpfter Krieger, der nach der Schlacht nach Hause kommt, um in den Armen seiner Geliebten die Gräuel des Tages zu vergessen, dachte er und lächelte. Er verjagte eine Stubenfliege, die sich gerade auf Hannas nackter Schulter niederlassen wollte, griff nach dem Glas und trank es leer.

Hanna krauste die Nase, als müsste sie gleich niesen und murmelte etwas Unverständliches. Ohne die Augen zu öffnen, rutschte sie ein Stück zu ihm hin und legte den Kopf in seinen Schoß. „Na, Columbo, fertig für heute?" Ihre Stimme klang undeutlich. Sie war noch nicht ganz wach.

Er vergrub seine Fingerspitzen in ihren Haaren und sagte nichts.

„War's schlimm?"

„Geht so. Er lag wohl schon eine ganze Weile im Wasser. Es war kein schöner Anblick."

Sie blinzelte ihn an, hob eine Hand und strich ihm sanft über die Wange. "Du siehst irgendwie müde aus." Sie gähnte. „Wie spät ist es?"

„Halb drei." Er griff nach der Fernbedienung und schaltete den Fernseher aus.

„He, das wollte ich doch noch sehen!"

„Ich kann dir sagen, wie es ausgeht, ich kenne den Film. Das Krokodil frisst alle auf bis auf das Pärchen. Der jugendliche Liebhaber schießt ihm eine Rakete ins Maul, und es explodiert."

Sie setzte sich auf und verschränkte ihre Hände hinter seinem Nacken. „Das hast du eben erfunden." Er spürte ihr Lächeln an seinem Mund.

„Stimmt", murmelte er, „ich habe eine Schwäche für Happy Ends."

Epilog

Sonntag, 25. Juli 2010

Sofia Stern sitzt nackt auf dem Badewannenrand und taucht gerade eine Hand ins Wasser, um die Temperatur zu prüfen, als es an der Haustür klingelt. Sie erschrickt. Offiziell steht das Haus leer, und die Eigentümer sind verreist. Sie überlegt, ob sie das Wasser abdrehen soll, entscheidet sich aber dagegen. Sie wird einfach nicht aufmachen.

Es klingelt noch einmal. Kurz darauf klopft jemand an die Tür. Sie hört eine Männerstimme, schnappt sich einen der Bademäntel vom Haken und schleicht barfuss in den Hausflur.

„Frau Stern – sind Sie zuhause?"

Sie geht ein paar Schritte weiter und bleibt vor der Haustür stehen. „Wer ist da?"

„Blumen-Liebmann, ich habe eine Lieferung für Sie."

„Warten Sie einen Moment." Sie zieht den Bademantel zurecht und bindet den Gürtel um.

Als sie die Tür öffnet, wird ihr ein bunter Rosenstrauß entgegengehalten, in dem eine Karte steckt. Sie greift nach der Karte: ‚Danke für die wunderschöne Nacht'. Sie streicht mit den Fingern über die verschnörkelte goldene Schrift. Ein bisschen kitschig, aber auch irgendwie süß. Leo steckt voller Überraschungen.

„Die Blumen gehören auch dazu." Das Lächeln des Boten wirkt nicht echt, es hat etwas Maskenhaftes, als müsse er sich dafür anstrengen. Er sieht ihr nicht in die Augen, sondern hat seinen Blick auf einen Punkt etwas oberhalb ihrer linken Schulter geheftet. Vielleicht ist er einfach nur schüchtern. Sie streckt die Hand aus, um den Strauß entgegenzunehmen.

„Warten Sie."

Erstaunt sieht sie zu, wie er versucht, das Papier zu entfernen und es dabei in Fetzen reißt, ebenso wie die Schnur, die die Blumenstängel zusammenhält. Zwei goldgelbe Rosen fallen auf den Boden.

Er bückt sich, hebt sie auf und hält ihr die Blumen entgegen. „Tut mir leid."

Sie nimmt ihm den Strauß ab. „Vielen Dank. Ich wusste gar nicht, dass Sie auch sonntags liefern."

„Besonderer Service für besondere Kunden", sagt er. Es klingt wie ein Werbeslogan. Ist es wahrscheinlich auch.

Sofia wirft ihm einen amüsierten Blick zu und überlegt, ob er nach dieser missglückten Aktion ein Trinkgeld erwartet. „Muss ich irgendwo unterschreiben?"

„Nicht nötig." Er holt tief Luft und sieht ihr zum ersten Mal in die Augen. Sein Lächeln ist verschwunden, und Sofia bemerkt die kleinen Schweißperlen, die sich auf seiner Stirn gebildet haben. „Könnte ich kurz Ihr Badezimmer benutzen?"

„Ja, klar, kommen Sie rein."

Aus der Nähe betrachtet ist sie noch schöner, als er sie in Erinnerung hat – selbst in diesem lächerlichen Bademantel, einem gesteppten, mit rosa Blümchen bedrucktem Monstrum. Obwohl sie vermutlich gerade erst aufgestanden ist, wirkt sie frisch und lebendig. Er spürt Panik in sich aufsteigen. Nur mit Mühe gelingt es ihm, den Impuls zu unterdrücken, sich umzudrehen und zu gehen. Er atmet tief durch, und ein schwacher Knoblauchduft steigt ihm in die Nase.

Sie sieht ihn besorgt an. „Möchten Sie ein Glas Wasser?"

„Das wäre nett." Er tritt ein und schließt die Haustür. Er darf nachher nicht vergessen, die Klinke abzuwischen. Dieser Fehler ist ihm schon einmal passiert und beinahe zum Verhängnis geworden.

Sie zeigt auf eine Tür im Eingangsbereich. „Hier ist die Gäste-toilette. Ich hole Ihnen etwas zu trinken." Sie wendet ihm den Rücken zu und macht einen Schritt.

Ein heftiger Schmerz durchzuckt ihren Kopf. Alles, was sie von sich gibt, ist ein leises Stöhnen. Als ihr Körper auf dem Boden aufschlägt, ist sie bereits bewusstlos.

Strasser betrachtet sein Opfer, das in verkrümmter Haltung zu seinen Füßen liegt, die Rosen um sich verteilt, zwei blassgelbe Blütenblätter auf ihrem Haar – ein Bild wie aus einem makabren Musikvideo. Aus der Platzwunde am Hinterkopf sickert das Blut in den hellen Teppich. Strasser bückt sich und kneift sie hart in die Wange. Sie reagiert nicht. Sie lebt noch, aber ihre Bewusstlosigkeit scheint so tief zu sein, dass der Schmerz nicht mehr zu ihr durchdringen kann. Gut so.

Ihm ist ein bisschen schlecht. Dabei steht ihm das Schlimmste noch bevor. Er holt eine Rolle Pfefferminz aus der Hosentasche, reißt sie auf und schiebt sich zwei davon in den Mund. Dann steigt er vorsichtig über die leblose Gestalt am Boden, verlässt das Haus durch die Garage, holt den schwarzen VW Caravan, den er um die Ecke geparkt hat und schließt das Garagentor von innen. Er öffnet den Kofferraum, zieht den Plastikoverall über und setzt die Kapuze auf. Er ist draußen niemandem begegnet, und falls ihn von der Ferne jemand beobachtet haben sollte, wird der wahrscheinlich denken, dass der Immobilienmakler, der hier ein- und ausgeht, zurückgekommen ist. Da Fahrzeugtyp und Farbe übereinstimmen, wird niemand auf das Nummern-schild achten – und falls doch – Strasser wirft einen Blick auf das Originalnummernschild, das neben der Bohrmaschine im Kofferraum liegt – er hat an alles gedacht.

*

Nachwort

Im Frühjahr 2013 hat die Literarische Gesellschaft einen Preis ausgelobt. Prämiert werden sollte 2015 anlässlich des 300. Geburtstags der Stadt der „aktuelle Karlsruhe-Roman". Dieser sollte im Rahmen der „Kleinen Karlsruher Bibliothek" erscheinen. „Zugelassen sind nur deutschsprachige und unveröffentlichte Romane (keine Erzählungen)", so hieß es in der mehrfach publizierten Ausschreibung. Einsendeschluss war der 15. September 2014. Die Anonymität der Verfasser war gewährleistet.

Die Herausgeber erreichten zwölf unveröffentlichte Manuskripte, eines davon konnte aus formalen Gründen nicht berücksichtigt werden, da es lediglich aus 16 Seiten bestand, ein anderes Manuskript wurde während des Verfahrens bereits in Druck für eine Veröffentlichung gegeben. Die übrigen Romanmanuskripte waren durchweg sehr umfangreich und auf einem guten literarischen Niveau. Sie hatten, wie in der Ausschreibung gefordert, Karlsruhe als Handlungsort und thematisierten aus unterschiedlichen Perspektiven individuelle Erfahrungen mit der Stadt. Unter den Einsendern waren die Mehrzahl Debütanten, wie sich nach Abschluss der Beratungen herausstellte.

Die Jury, bestehend aus den Literaturwissenschaftlern Dr. Susanne Asche, Kulturamtsleiterin der Stadt Karlsruhe, Dr. Beate Laudenberg, Dozentin an der Pädagogischen Hochschule, und Prof. Dr. Hansgeorg Schmidt-Bergmann, Geschäftsführender Vorsitzender der Literarischen Gesellschaft und Dozent am KIT, entschied sich für den Kriminalroman von Sabine Geissel mit dem Titel „Der Igel im Meer", den hier vorliegenden Band in der Reihe „Kleine Karlsruher Bibliothek". Dieser wurde anlässlich einer Lesung am 16. Juli 2015 im „Museum für Literatur" im PrinzMaxPalais der Öffentlichkeit präsentiert. Vorgestellt wurden auch die beiden als Platz 2 und 3 nominierten Romane: Petra Hauser mit ihrem Manuskript „Heimatstadt" und Clara Hösle mit „Schmalbrustkämpfer". Der Wettbewerb hat gezeigt: Karlsruhe ist eine Literaturstadt mit einem großen Potenzial – allen Beteiligten sprechen wir Dank aus und wünschen viel Erfolg.

Hansgeorg Schmidt-Bergmann

Albert Geiger
Die versunkene Stadt

Kleine Karlsruher Bibliothek

Otto Müssle
Von stillen Winkeln
einer Stadt

Kleine Karlsruher Bibliothek

Den Auftakt der „Kleinen Karlsruher Bibliothek" bildete 2006 „Die versunkene Stadt" von Albert Geiger, der mit seinem Roman ein radikales Psychogramm der Kunst- und Kulturszene nach der Jahrhundertwende schuf, die den gesellschaftlichen sowie ästhetischen Umbrüchen am Ende der Wilhelminischen Epoche nicht gewachsen war. Der Schlüsselroman wird hiermit erstmals seit der Erstausgabe im Jahre 1924 wieder aufgelegt.

Er bemühte sich zwar, in allerlei Broschüren und Farbentafeln für die Bahnhöfe, Hotels, Restaurants darzutun: daß „Dingsdahausen" an der Spitze aller Schwesterstädte marschiere ...

Otto Müssle, Leiter der „Literarischen Abteilung des Verkehrsvereins Karlsruhe" und verantwortlicher Schriftleiter der „Karlsruher Wochenschau", nach dem Zweiten Weltkrieg freier Journalist, u. a. bei den BNN, hat den Großteil seines Lebens in Karlsruhe verbracht und erweist sich in seinen Betrachtungen als Kenner der „stillen Winkel". Er nimmt den Leser mit auf einen Spaziergang durch die Stadt, beschreibt Details und lässt auch Verschwundenes wieder aufleben. In Müssles Schilderungen schimmern hier und da Kästner, Tucholsky und Kaléko durch, unvermeidbar, war Karlsruhe ein Zentrum der Neuen Sachlichkeit. Doch Müssle schlägt durchaus auch elegische Töne an.

Band 1 · 288 Seiten · 14,80 Euro
mit einem Nachwort von
Hansgeorg Schmidt-Bergmann
ISBN 978-3-88190-430-8

Band 2 · 92 Seiten · 10 Euro
mit einem Nachwort von
Hansgeorg Schmidt-Bergmann
ISBN 978-3-88190-469-8

Albert Herzog
Ihr glücklichen Augen
Ein Karlsruher Journalist erzählt aus seinem Leben

Kleine **Karlsruher Bibliothek**

Hermine Villinger
Die Rebächle
Roman

Kleine **Karlsruher Bibliothek**

Ich saß in meinem Hotelzimmer und nahm mit den scheidenden Strahlen der Wintersonne etwas beklommenen Herzens Abschied von meinem bunt bewegten Vorleben. Denn ich hatte mir vorgenommen, soweit es in meiner Macht lag, fünf Jahre hier durchzuhalten. Dann ging es tief in das 28. Jahr ...

Albert Herzog kommt Ende 1892 von Berlin nach Karlsruhe, um für fast 30 Jahre Chefredakteur der „Badischen Presse" zu werden. Mit den Erinnerungen wird das Leben um die Jahrhundertwende gegenwärtig. Herzog lernt die Karlsruher Persönlichkeiten kennen. In den Schilderungen lässt sich Karlsruher Leben entdecken, wie es nicht im Geschichtsbuch steht.

Band 3 · 336 Seiten · 16,80 Euro
mit einem Nachwort von
Jürgen Oppermann
ISBN 978-3-88190-500-8

Mama Grossis Sonntagnachmittage spielten eine Rolle in der Residenz. Hier war immer Sonne. Und obwohl Mama Grossi nicht halb so viele Tassen besaß, als Gäste zu ihr kamen, es kam kein Mensch zu kurz. So viel leichtes Leben ging von der schönen Frau aus, die wie der Inbegriff der Behaglichkeit auf ihrem altmodischen Kanapee thronte und ihren Gugelhupf in den Kaffee tunkte.

Mit der Figur der Mama Grossi hat Villinger in ihrem Roman „Die Rebächle" nicht nur der Schauspielerin Amalie Haizinger ein literarisches Denkmal erstellt, sondern zugleich auch die gesellschaftlichen Grenzen dargestellt, die für viele Frauen ihrer Zeit unüberwindlich schienen.

Band 4 · 192 Seiten · 13,80 Euro
Nachwort von Jürgen Oppermann
und Hansgeorg Schmidt-Bergmann
ISBN 978-3-88190-549-7

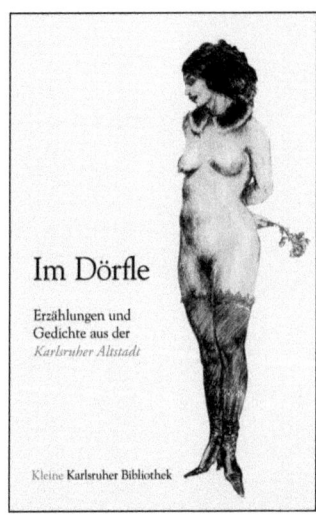

*Eine große Einfahrt führt in das Haus,
für den Vater eine wesentliche Bedin-
gung, weil damals die Möglichkeit, mit
einem Wagen in den Hof hineinfahren
zu können, wichtiger war, als jetzt. So,
wenn Holz gebracht wurde, wenn die
Grube geleert wurde, besonders aber bei
Feuersgefahr ... Für uns Kinder war das
ein glücklicher Umstand, hier ließ sich
„Nonnenräuberles" spielen ...*

Bei Anna Ettlingers Lebenserinne-
rungen handelt es sich um eine lite-
rarisch reizvolle Autobiografie und
einen höchst wertvollen Einblick in
die Gesellschafts- und Kulturge-
schichte der Residenzstadt Karlsruhe
von der Mitte des 19. Jahrhunderts bis
zum Ende der Monarchie.

Band 5 · 392 Seiten · 16,80 Euro
mit einem Nachwort von
Volker Rödel
ISBN 978-3-88190-634-0

„Dieses Nest dient zu nichts, als den
Plan der Stadt Karlsruhe zu verderben
und zu verunstalten", lautete Ende des
18. Jahrhunderts das Urteil in einem
Lexikon über die Siedlung. Ursprünglich lebten hier die Handwerker und
Lohnarbeiter, die die neue Residenz
des Markgrafen aufgebaut hatten.
Später prägten die zahlreichen Gast-
stätten, Amüsierbetriebe und das
Rotlichtviertel das Bild des Stadtteils,
das der Volksmund „Dörfle" taufte.

Mit Texten von Anselm M. Schmidt,
Emil Frommel, Rudolf Schlichter,
Kurt Kranich, Roland Lang, Regine
Kress-Fricke, Rudolf Stähle, Kuno
Bärenbold, Harald Hurst, Wolfgang
Burger und Doris Lott.

Band 6 · 160 Seiten · 13,90 Euro
mit einem Nachwort von
Jürgen Oppermann
ISBN 978-3-88190-881-9

„Kleine Karlsruher Bibliothek", Band 7,
herausgegeben von
Hansgeorg Schmidt-Bergmann
und Thomas Lindemann

Titelbild: ONUK